有爱的青春陪伴者

图书在版编目（CIP）数据

怦燃心动 / 时玖远著 . -- 成都：四川文艺出版社，
2023.7
　ISBN 978-7-5411-6599-3

　Ⅰ . ①怦… Ⅱ . ①时… Ⅲ . ①长篇小说 – 中国 – 当代
Ⅳ . ① I247.5

中国国家版本馆 CIP 数据核字 (2023) 第 062047 号

PENGRANXINDONG

怦燃心动

时玖远 著

出 品 人	谭清洁
责任编辑	陈雪媛
特约编辑	雪 人　听 听
装帧设计	Insect　孙欣瑞
责任校对	段　敏

出版发行　四川文艺出版社（成都市锦江区三色路 238 号）
网　　址　www.scwys.com
电　　话　0731-89743446（发行部）　028-86361781（编辑部）

排　　版　长沙大鱼文化传媒有限公司
印　　刷　长沙鸿发印务实业有限公司
成品尺寸　145mm×210mm　　开　本　32 开
印　　张　11.5　　　　　　　字　数　400 千字
版　　次　2023 年 7 月第一版　印　次　2023 年 7 月第一次印刷
书　　号　ISBN 978-7-5411-6599-3
定　　价　45.00 元

目录 contents

目录 contents

第一章
天降混血弟弟
Felix

▼

1

如果不是老妈从伊斯坦布尔打电话提醒苏一灿去机场接人，苏一灿压根儿把这件事忘得一干二净了。

彼时，窗外乌云压顶，厚厚的云层将日头阻隔，明明才中午，室内不开灯竟让人有种临近傍晚的错觉。

苏一灿刚进家门，问了航班信息，便又匆匆拿起车钥匙出了门，连衣服都没来得及换，身上是黏腻的不爽感，就跟她此时的情绪一样。

要接的人是爸妈一个老友的儿子，老妈一再叮嘱她，先把弟弟接回家安顿好，他们结束这趟行程可能会直接去一趟迈阿密这个男孩的家里，具体情况等他们回国后再说。

苏一灿虽然奔三在即，但她没有单独带娃的经验，想到接下来的日子要照顾一个混血宝宝，突然感觉压力山大，刚坐上车就连接蓝牙，一个电话打给好朋友盛米悦。

盛大小姐用还没睡醒的口吻回道："你一个整天和小孩打交道的人民教师，问我该怎么办？"

苏一灿纠正道："我只是体育老师，和学生私下接触并不多，而且中国小孩和外国小孩相处起来能一样吗？"

盛米悦一句话说到了苏一灿的痛点上："那你跟他语言能沟通得起来吗？"

苏一灿陷入了短暂的沉默。要是小孩想跟她深入交流估计够呛，于是排队加油的空当，她下载了一个翻译软件。

盛米悦问她小孩多大。事情太突然，苏一灿得到的信息有限，老妈只在电话里告诉她，弟弟叫 Felix（费利克斯），让她一定不要迟到，万一飞机提前落了地，人找不到弄丢了就麻烦了。照这么推断，弟弟估计是生活不能完全自理的年龄。

盛米悦十分自信地说："我告诉你，甭管哪个国家的小屁孩，肯定都爱玩具，你就拿这个跟他套近乎。"

所以苏一灿抵达机场后，匆忙从后备厢扯出一个放杂物的纸箱，撕下一块纸壳，用马克笔写上"Welcome Felix（欢迎费利克斯）"，然后按照盛米悦的说法，直奔机场购物店，破费买了一套大黄蜂机器人儿童电控赛车，想着十来岁的小孩肯定看过《变形金刚》。

只是平时外面玩具店四五百能搞定的套装，在机场愣是花了她一千多块，虽然放了点血，不过能用钱哄好小屁孩，一切都好说。

苏一灿自从大学毕业后，一个人住在凤溪乐得逍遥，已经很久没体验过兵荒马乱的感觉，但她并不知道这一切才刚刚开始。

算到昨天下午，她已经被那传说中的"小三"骚扰半个月之久了，一开始是莫名其妙的短信，然后是明目张胆的挑衅。

这种狗血的事情往常她都是在社会新闻中刷到的，虽然屡见不鲜，但每每都会给她一种迷惑的感觉。

在苏一灿的认知里，无论婚姻还是恋爱，最起码得讲个先来后到吧，介入别人感情这种行为，在她心目中简直是"不齿之最"。

按理说干出此等事者应该羞愧、心虚、不敢见光，偏偏就是有姑娘能够理直气壮找正牌理论，甚至开战，这绝对是九年义务教育的漏网之鱼才能干出来的事。

偏偏，她就在茫茫人海中遇到一条漏网之鱼。

她没有急着质问杜敬霆，而是把这件事晾了半个月。

面对那个女人一而再的逼近，苏一灿更多的是麻木。不知道从什么时候开始，她已经不会为了杜敬霆外面的女人而大动干戈，除了有种被人骚扰的烦躁感，她并没有找杜敬霆吵架的冲动。

盛米悦总说她是有钱人找老婆的标准模板，不争不抢，不吵不闹，大度体面。

婚礼酒店已经订过了，亲朋好友都知道明年下半年她和杜敬霆将要结束这场长达近十年的爱情马拉松，正式步入婚姻的殿堂，在所有人眼里，她就是被上天眷顾的宠儿。

其实很多事情她都睁一只眼闭一只眼，并不是她有多看得开，而是她已经失去改变生活的激情，她的日子早就如一潭死水，按部就班，在所有人的期待中稳步前进。

父母对她没有过多的要求，她如今还能像正常人一样生活，对他们来说已经是最奢侈的事。

但是这种"安稳"的日子，只能持续到这位"人鱼小姐"昨天甩照片过来的那一刻。照片的背景，苏一灿再熟悉不过，是杜敬霆家。过去他玩得再过，也不会把姑娘领回家。

苏一灿一夜未眠，天蒙蒙亮的时候将这张照片转发给了杜敬霆，顺便发去一条微信：有什么想说的？

良久，杜敬霆只回了一句：你想让我说什么？

没有任何解释，对自己的所作所为坦坦荡荡。那一刻，苏一灿竟然有种如释重负的感觉，好像压在心口多年的大石终于落了下来。

她回过去：分手吧。

杜敬霆没有再回复任何内容。

苏一灿换上运动装出门围着石臼湖跑了十几公里，用完了最后一丝力气，拖着疲惫不堪的身体回到家，本想着洗个澡好好睡一觉，睡他个天昏地暗，不管他沧海桑田、春去秋来，多美好的失恋日程表，然后……一个电话把她的计划全都打乱了。

站在接机口的时候，苏一灿只有一个感觉，自己快挂了，完全就是吊着一口气举着接机牌，挂之前还在祈祷小屁孩是个听话的萌娃，千万别给自己找事，不然以她现在的状态，分分钟拖着小男孩跳湖。

然后迎面而来一波人流，接机的人群开始骚动起来，苏一灿等了好几波，都没有看到单独出来的小孩。

她又查了下航班，确实二十多分钟前已经落地了。

她不敢大意，强撑着眼皮子往里看。

不知过了多久，人流中一道惹眼的身影吸引了她的全部注意力，准确来说，不光是她，外面这群接机的人全都不约而同地朝那个年轻男人看去。

这人的身高明显比周围人高出一大截，实在引人注目。

苏一灿判断这人差不多超过一米九了，顶着一头有些凌乱的栗色自然卷，一副困倦的表情。生怕别人注意不到他似的，还穿了一件荧光绿的潮 T，腰间扎了一件衬衫，一条松松垮垮的卫裤依然掩盖不了那过于引人注目的大长腿，关键是，一条裤腿卷成七分，还有一条裤腿就这么垮着。

就这身打扮放在凤溪，妥妥的就是一个"三百六十度回旋杀马特"青年，自我感觉特好的那种。

偏偏这个男人身材出挑，一套非主流穿搭硬是让他穿出了国际潮范儿，在这个并不算宽敞的接机口成了鹤立鸡群的存在。

不知道是没睡醒还是天生气质便是如此，男人斜挎着一个黑色运动包，推着行李车，硬是走出一副唯我独尊、君临天下的气势，周围小姑娘都一脸娇羞地憋着笑偷瞄他。

旁边两个大妈已经聊上了。

"中国人外国人啊？长这么高。"

"不像中国人，小伙子都可以去当模特了。"

"说不定人家就是模特……"

苏一灿拿起手机，对着远处走着的"荧光绿"偷拍了一张，发给盛米悦：人间极品。

说是极品是因为帅哥她见得多了，帅得如此特立独行、游走于自然和做作之间的，还真是打着灯笼也难找。

很快，盛米悦回复：你确定这大胆的穿着不是明星？

苏一灿：我不关注"小鲜肉"，不过没看到有粉丝接机，应该不是。

刚发完这条信息，身后突然响起一个声音。

"大姐。"

苏一灿以为是跟旁边人说话，毕竟人生在世这么多年，还没人叫过她"大姐"。她并没有理睬，还在和盛米悦发着信息，肩膀却被人拍了下。她下意识回过头，先对上的是有些晃眼的荧光绿 T 恤，再往上看，她愣住了。

男人眼窝特别深邃，睫毛浓密得像假的，看人的时候瞳孔仿若起了一层雾，自带电流。

乍一看很难判断男人来自哪儿，虽有些东方人的神韵，轮廓却比东方人更加清晰立体。

男人的视线落在她脸上，微微蹙起了眉，那神情仿佛在鉴定古玩，带着点探究的意味，随后又像是想起了什么陈年往事，忽然朝着苏一灿笑了起来。

那唇红齿白的模样，一脸的人畜无害，明明是阴雨天，却让苏一灿有种阳光沁入机场大厅的错觉。

苏一灿错愕了一瞬，脑中只飘过四个字：乖乖，真纯。

苏一灿轻咳了一声，面前的男人把目光从她脸上移到了她的手机上。屏幕内容是和盛米悦的对话框，上面赫然是一张她刚才偷拍的照片，还有那大大的四个字：人间极品。

那一瞬，苏一灿突然万分后悔，为什么上个礼拜路过贴膜摊子的时候没换个防偷窥膜，如果当时换了，此时此刻就不会尴尬得想在接机牌上抠《清明上河图》了。

不过苏老师到底心理素质过硬，云淡风轻地把手机一锁，换上礼貌的笑容："什么事？"

年轻男人指了指她手上写得歪七扭八的接机牌。

苏一灿没明白过来什么意思，还把接机牌反过来看了看，诧异地问道："怎么，字母拼错了？"

男人点了点接机牌上的英文名字，对她说："你好，我是 Felix，岑莳。"

2

苏一灿在听见面前的男人说他就是 Felix 的时候，大脑是死机的状态，有两秒钟愣是没想起来 Felix 是谁。等她反应过来自己要接的弟弟就叫 Felix 时，眼角不禁抽搐了下。

她想象中的是一手就能搂着跑的弟弟，满脸胶原蛋白，蓝眼睛，粉嘴唇，说话带着稚气。

然而面前的却是她"跳起来都搂不到"的男人，澄澈的茶色瞳孔，花里胡哨的打扮，不笑的时候一副傲睨自若的神态。

反差着实……有点大，主要是这擎天柱般的身高。

尽管如此，男人紧致的皮肤和年轻的打扮，无不透着少年气。苏一灿估摸着如果三年一个小代沟，面前这弟弟最起码和自己有两三个代沟。

苏一灿也有一米七五，在女性中不算矮，此时也得抬起头来看他，不由得嘀咕了一句："个儿挺高啊。"顺便不经意地打量了他一番。

男人脚上是限量款球鞋，腕上戴着某品牌太阳能运动智能表，行李车上有三个箱子，其中一个大号品牌箱子，就连那个背得随意的运动包也是个大牌，讲究得很。

苏一灿简单估了下，光那三个箱子的价值就已经上了六位数，还不知道里面到底装了多少值钱玩意儿，到底是怎样一位小伙，出个门要带这么多东西？旅行还是搬家？

综上评估，萌娃没接到，接到一位祖宗，应该属于温室里的花朵，娇养出来的二世祖。

男人瞥向她手上拎着的巨大电控赛车。

苏一灿低头看了眼，这不看还好，一看正好瞟见包装上巨大的"6～14岁"字样。她尴尬地将盒子往身后一背："帮朋友弟弟买的。"然后假装什么事都没发生一样，对他说，"走吧，车子停在车库。"

苏一灿说完便转身往停车场走去。

严格意义上来讲，她皮肤并不白，肤色比较健康，米色运动裤下是一双匀称修长的腿，普通的运动装也能穿出一股火辣味。

岑蔚盯着她的背影静默注视了几秒，默不作声地跟了上去。

苏一灿一路走得大步流星，还特地抄了近道。快下台阶时，她停住脚步，想着回过身来帮忙提一个箱子，结果也不知道岑蔚的行李箱里装了什么，沉得很，她试了两下都没能提起来，刚准备把另一只手里的玩具套装放下，手中的行李箱却被人拎了起来。

混血弟弟淡笑着对她说："谢谢，我来吧。"然后面不改色地将行李箱提下楼梯，没让她动手。

他左手推了一个箱子，把另外两个大箱子背靠背扶着，苏一灿这时才发现这弟弟手很大，掌宽指长，抓着两个箱子的扶手倒是一点都不费劲的样子。

虽然只是细枝末节，但苏一灿感觉这弟弟尽管穿着过于非主流，性格应该还不错，对他的好感度立马提升了些许。

两人将东西放上车，刚开出车库就发现外面在下暴雨。

雨点砸在车玻璃上模糊了视线，苏一灿皱了皱眉，硬着头皮打开雨刮器，又打开双闪把车子驶入暴雨中。

岑蔚坐在副驾驶座，一路上都很安静，单手撑在窗边，上身微斜，眼神似有若无地落在苏一灿的脸上。

虽然苏一灿目视前方，但依然能感觉到她身旁人的眼神。

为了缓和气氛，她打趣了一句："你平时接触陌生女孩都这么直勾勾地盯着人看吗？"

右边传来淡淡的三个字："我脸盲。"

"……"

"所以想尽快记住你的长相，免得走丢。"

"……"苏一灿很想讲一句"少鬼扯"，但岑莳的语调并没有调侃的意味，反而很认真。苏一灿转念一想，自己狭隘了，比她小这么多的弟弟，对她能有什么坏心思呢？

刚想完，身边的弟弟丢出一句："你头发上有根羽毛。"

"羽毛？"

苏一灿随即用右手将头发往脑后顺了顺。

就是这个不经意的动作，让岑莳看见了她发际线边上的那道疤，没想到当年那件事还是给她留下了一些不可磨灭的印记，好在并不明显。岑莳眼神暗了暗。

苏一灿瞄了眼后视镜，微微蹙眉道："还有吗？"

岑莳撑着脸，下巴微抬，陷入短暂的沉思，苏一灿显然没有认出他。

考虑到当年那件事并不算多么愉快的回忆，他一笑了之，假装什么事也没发生，淡淡回道："飞了。"

车厢本就狭小，加上外面大雨倾盆，让车内空间显得更加逼仄，两人都有些不自在。

苏一灿想着她到底是主，对方是客，她又要大他一些，便主动开口说了几句客套话。

"你从北京转机过来的吗？"

"嗯。"

"飞了多长时间？"

"十四个小时。"

"累吧？"

"嗯。"

"听说你妈是中国人？之前和她回来过吗？"

年轻男人沉默了一瞬，浓密的睫毛微微动了下。

雨水顺着玻璃渐渐滑落，形成模糊不清的雨帘，这回岑莳彻底没搭她话，而是瞥了她一下，直接闭了眼。

苏一灿想这孩子可能真的累了，便没再说话。

只不过让她糟心的是，亏她还花了大把流量下载了翻译软件，结果面前的混血弟弟中文说得字正腔圆，普通话比她还要标准，白瞎了她一路上担心来担心去，还临时准备了一段全英文自我介绍。

高速上车子并不多，车轮碾过地面，雨水飞溅，整个城市都笼罩在一片朦胧之中。

苏一灿一路偷偷观察着身旁的混血弟弟。她不跟他没话找话后，他反而睁开了眼，一双如雾的眸子沉寂地盯着窗外，说不上来是什么感觉，似乎整个人都萦绕着一种异样的沉闷。

车子一路往市区狂奔，身旁的年轻男人安静得仿佛不存在般，苏一灿也开始想着自己的事情。

例如爸妈回来后，怎么让他们接受她和杜敬霆分手的事；例如不出所料大概身边人都会劝她"不要折腾，都不是小孩了"，每一个决定在她现在这个年龄看来都不是小事，人活在世上就无法忽视世俗之见，尽管绝大多数人她都不在乎，可父母那边她真的无法忽视。

盛米悦一直没有等来苏一灿的信息，干脆直接回了个电话过来。苏一灿接通，手机还在蓝牙连接中，盛米悦上来就问："怎么样？接到混血弟弟没？"

盛米悦的声音充斥在车内，苏一灿干咳了一声提醒她不要乱说话，然后回了一句："接到了。"

盛米悦突然激动起来："可不可爱？有没有亲一口？玩具送给他后他什么反应啊？有拉着你的手奶声奶气地喊姐姐了没？"

"再见。"

多年的默契呢？全无。

苏一灿黑着脸当即断挂了电话，然后极不自然地瞟了眼身旁的男人。

岑蔚并没有转过头看她，贴心得好似根本没有在听她们的对话内容，可苏一灿依然看见他的唇角不经意地牵动了一下。

就是那一下，让她的表情就跟窗外的天气一样，憋屈。

刚下机场高速便遇见一个红灯，等绿灯放行的时候，车子突然就无法发动了，挡位好像锁死般，任由她怎么拨弄都没用。

岑蔚终于收回放空的目光。苏一灿拿起车上的伞对他说："车子没反应了，我下去看看。"

说完，她打开车门。

大雨如注，打在雨伞上，她走到车前掀开引擎盖，双腿瞬间被雨水打湿，周围雾茫茫的街道空旷得没有一个人，她不知道自己怎么就沦落到了这般境地，就像她此时的处境，落雨残叶，四面楚歌。

也许是这一天突发状况太多，也许是人已经疲累到了极致，也许是眼下的情况让她烦躁不堪，有那么一瞬，苏一灿的情绪突然游走在崩溃边缘，她差点把雨伞砸在车上，发泄这破天气和一堆破事积累的怨气。

可就在她抬起头的刹那，对上岑莳那双幽寂的眸子，眸色像蒂卡波湖一般平静，没有任何波澜，让她狂躁的心情一下子就平复了下来。

岑莳看着她从焦躁到溃败，再到此时，明明澄亮的眼里却充盈着力量。岑莳熟悉这样的眼神，那是绝望前的挣扎，他的心不禁发沉。

就在这时，苏一灿放在口袋里的手机突然振动起来，她拿出手机看了眼，挂断，那头却依然执着地又打过来。

她烦躁地回过身接了电话，来电的正是纠缠了她多日的"人鱼小姐"。

说了几句，等她再转过身的时候，就见混血弟弟不知道什么时候下了车。他半个身子探入引擎盖下，磅礴的大雨早已将他淋湿，那件荧光绿 T 恤贴在身上，他似乎并不在意，从容不迫地处理着故障，然后绕到驾驶室，重新发动了车子，静静地盯着她。

苏一灿心头突然蹿出一股热浪。她挂了电话，上车前，岑莳已经跨坐回副驾驶座，用他的干衬衫仔细将驾驶座上残留的水渍擦干。

苏一灿收了伞坐了进来，对这个做事周到的弟弟有些刮目相看。

她没有立马上路，两人相对沉默着，几秒后，她突然转过头问了句："你会修车？"

岑莳用衬衫擦着胳膊上的雨水，出乎意料地回了两个字："不会。"

苏一灿看着重新亮起的仪表盘，忽然笑了，仿佛刚才那些堵在心里的阴霾忽然被捅开了个口子："其实车子最近开起来一直不大对劲。"

岑莳转过头对她露出个恰到好处的笑容："那就早点送去检修，免得我有生命危险。"

这个混血弟弟和她刚认识不到一个小时，苏一灿不知道自己怎么就要对他的生命负责了。

她转过头对上他，他的眼神干净澄澈，没有丝毫杂质。

苏一灿敛了笑意，这一刻，她突然意识到一个严重的问题。

好像生活中所有的事情她都在拖着，懒得去解决，得过且过，车子是，人也是。

她躲开他的眼神望向车窗外，重新打开雨刮器。随着眼前雨刮条规律的晃动，她心头积压已久的烦躁越来越按捺不住。

她不知道这场大雨要下到什么时候结束，可她突然迫不及待想在天晴前结束眼前的一切。

她慢慢正色道："可以陪我先去一个地方吗？"

岑蔚收回视线"哦"了一声，并没有问去哪里。对于他来说，这座城市的一切都是陌生的，包括这里的人，去哪儿都一样。这样的他，倒是给苏一灿一种十分顺从的感觉。

她突然感觉在今天这个对她来说有些点背的日子里，身边多一个人不见得是坏事。

苏一灿将冷气打开，好在夏天的衣服干得比较快，等车子开到市区，岑蔚的T恤已经半干了。

车子停在市中心一家挺有名的清吧门口，苏一灿带着岑蔚走进去。她没有急着找人，而是观察了一圈。

苏一灿看过"人鱼小姐"的自拍照，一眼就认出了那个姑娘，那姑娘旁边还坐着个男人，两人正在说话，没注意到她。

苏一灿绕到那两个人的隔壁，将岑蔚安顿在卡座里，对他说："我去你旁边那桌见个人，你自己点些吃的等我一会儿。"

岑蔚点了下头没说什么，窝在沙发里拿起手边的菜单翻看。

苏一灿起身走到隔壁桌。

一男一女见有人在他们这桌站定，不约而同抬起头，当看见苏一灿锋利的眼神和火辣的身材时，同时怔了一下，倒是苏一灿面无表情地往他们对面一坐，开门见山问道："找我到底什么事？"

两人对视一眼，那男人的领口露出一截文身，气质一看就像混社会的，见到苏一灿时眼睛亮了下，露出不太正经的眼神："我小妹约了你半个月了，找你见面无非是想坐下来当面把话说清楚。"

苏一灿靠在沙发靠背上，目光移向那个姑娘，直到这时她才细细打量起杜敬霆在外面招惹的小花朵。

女孩叫白芯凡，一看岁数就不大，脸上有一些稚气未脱的娇纵，扎着个马尾，皮肤白白嫩嫩的，青春洋溢。

苏一灿淡淡地朝她吐出一个字："说。"

白芯凡抱着胸上来就对苏一灿道："我在杜总身边的时候，他从来没有跟我提过你的存在。"

苏一灿沉默了一会儿，评价道："那还真够渣的。"

她的回答出乎对面两人的预料，白芯凡咬了下唇，继续说道："我大半年前就认识杜总了，既然你快和他结婚了，我想你有必要了解一下。"

苏一灿单手搭在桌子上拿起一只骰子慢慢转动着，眼睑下垂："你们的事，我为什么要了解？杜敬霆外面的女人跟走马灯一样换个没完，个个都要了解？我又不是干红娘的。"

白芯凡愣了下，心有不甘地回道："你认为杜总是因为爱你才娶你吗？"

苏一灿听到这话笑了下，反问她："哦，那他有对你说过爱你？"

小姑娘憋着一脸怒气，瞪着双眼。

苏一灿抬起视线直逼她的目光："还是他说会甩了我娶你？"

白芯凡抿着唇，脸色难看。

苏一灿步步紧逼，继续问道："他有承认过你们的关系吗？"

三句话，句句像利剑刺向白芯凡，她有些气急败坏地反问苏一灿："我不管他有没有其他女人，我只知道他不爱我会跟我处半年？"

苏一灿将手中的骰子朝玻璃杯里一扔，眼里闪过一丝轻蔑："既然你甘愿当杜敬霆的三儿，就不要跑到我面前跟我谈情谈爱的，俗不俗？有事说事。"

一边的文身男当即凶道："你说谁是三儿？"

苏一灿撇了撇嘴，没有去看那个文身男，视线再次落向白芯凡："你自认为在杜敬霆眼里那么特别，那么我和杜敬霆分手，他为什么不第一时间告诉你？"

后者诧异道："你、你和杜总分手了？什么时候的事？"

苏一灿的耐心已经耗得差不多了，她疲惫地敲打了两下桌面："今天我过来，只想撂给你们一句话，以后有事去找杜敬霆，不要再来烦我。"

说完，苏一灿站起身，却在这时用余光瞥见白芯凡身旁包中的专业装备。她身形顿了下，开口问道："你是专业游泳的？"

白芯凡还没回话，文身男倒是嘚瑟地说："我小妹是市队的。"

苏一灿的表情发生了微妙的变化，她深看了一眼白芯凡，轻飘飘地落下一句："厉害。"

白芯凡却突然站起身，对着她说道："明年省运动会我会代表市队争夺金牌，而你只是个郊区的体育老师，我比你年轻，也比你有前途，我有的是时间让杜总眼里只有我。"

苏一灿略微皱了下眉，语气调侃地说："怎么，下这么大的雨，你们找我来是开'凡尔赛'大会的？"说罢又忽然正色道，"运动员选拔的时候，最基本的要求是严格自律、道德品质优良、弘扬正气，既然你想代表市队出成绩，不如把心思放在训练上。还有，你刚才对我职业的蔑视，我替你老师感到悲哀。"

苏一灿说完便转身，文身男突然起身对着她骂道："杜敬霆要不是看你有病早踹了你！"

音乐迷乱，灯影摇曳，苏一灿的脚步戛然而停，她缓缓回过身，沉着声音道："你说谁有病？"

第二章

鹰击长空，
苍劲却也冷漠

1

这间网红清吧下午客流量也不断，正值暑假，不少年轻人聚在这里聊天拍照，彼时，旁边几桌都注意到这边的动静，强势围观。

文身男指着苏一灿蛮横道："我小妹看见姓杜的家里都是你的病情分析报告，你仗着有病……"

话没说完，苏一灿拿起白芯凡面前的水杯朝着文身男的脸泼了过去，而后把杯子往桌上重重一砸："我仗着有病杀人不犯法，你脖子痒了伸过来。"

此话一出，整个清吧鸦雀无声，就连准备上前劝说的服务生都顿住了。苏一灿眼里布满可怕的血丝，加上一夜未睡，人已经熬上了火，浑身透着煞气，让人望而生畏。

文身男满脸愤怒地抹着脸上的水，苏一灿懒得再跟他们纠缠，转身走到岑蔚那边，敲了下桌子："走。"

这会儿文身男反应过来了，他被一个女人当众羞辱，一时磨不开面子，眼看苏一灿就要走出清吧，朝她背影大吼了句："我看你这个女人欠收拾！"说着跨过沙发，朝着苏一灿走去。

岑蔚慢悠悠地站起身，一米九几的大个子不急不慢地挡住了他的去路，将本就不宽的走道堵了个严实，然后还朝他逼近一步，将他逼到了旁边的卡座里。这下，连二楼的人都下来围观了。只不过岑蔚个子高，正好将文身男卡在死角，后面的人看不大清。

文身男正在气头上，张口就骂："没长眼啊，滚开！"

岑蓓没有挪动分毫，而是语气平淡地问："你想干吗？"

文身男眼睁睁看着苏一灿走出大门，赶忙推了下岑蓓，急道："我不弄死那个女人你以为我吃素的！"

岑蓓眼里早已没了刚才面对苏一灿时的澄澈，取而代之的是一抹乖张的戾气。他的脚下依然纹丝不动，只是缓缓伸出长臂，从刚才他坐的地方拿起那瓶喝完的啤酒，举着瓶子对着文身男砸了下去。

顿时，清吧内尖叫声四起。

岑蓓颀长的身影立在原地，手中还拿着碎掉的酒瓶口，眼里幽寂得像一汪池水，用最平静的情绪干着最狠辣的事。

而后他慢悠悠地将已经破碎的酒瓶口在手中转了一圈，锋利处对向自己，眼也不眨地在手上划了一道口子。

半个小时后，他们一起被请去了城南派出所。

一路上苏一灿都没搞明白，自己都已经出了清吧，这弟弟到底是怎么和那文身男打起来的？

在派出所里配合调查的时候，文身男一个劲地撒泼，对着岑蓓狂飙脏话。反观后者，平静地坐在椅子上，余光都不给他一点，从头到尾只说了一句："他说要弄死我姐，我担心出事拦了一下。"说着似有若无地将受伤的手搭在膝盖上，伤口还有半干的血渍。

岑蓓浓密的睫毛下是一双澄澈坦荡的眼，眼尾天生微垂，给人一种无辜感。

这一对比，但凡在场的人心里的天平都有些倾斜。

在车上的时候苏一灿倒是没注意，这下才发现岑蓓干干净净的手上多出一道伤口，内心顿觉过意不去。

再也听不下去文身男的骂骂咧咧，苏一灿站起来把岑蓓挡在身后，对着文身男冷声道："你口口声声说你没动手，你没动手他伤口哪儿来的？到了派出所还没句实话。"

毕竟一个第一天回国，与她素不相识、非亲非故的弟弟，要不是文身男先动手岑蓓起身去拦，怎么可能会受伤？

苏一灿基本已经断定是文身男先开打，这一来一去，文身男简直百口莫辩。

岑蓓此时倒是一副悠然自得的模样，看着为自己出头的苏一灿，眼里划过一抹久违的笑意。

这一幕恰巧落在文身男眼中，气得他闹着要调监控。

他本以为调来监控岑莳会慌，结果这年轻人也不知道是不是嫌他吵，直接将板凳拖到窗边的角落，长腿微屈，望着窗外放空，好似压根儿没关注这边的情况。

监控画面上，文身男气冲冲地指着苏一灿往外走的身影，岑莳挡在他面前，将他逼到死角。由于岑莳的个子太高，几乎挡住了文身男，只能依稀看见文身男在视频里确实是先扬起了手，只不过当时文身男推的这一下，看在民警眼里便是他先拿酒瓶往岑莳捅去，被岑莳用手挡住了。

这监控不调还好，这一看，文身男反而有种跳进黄河也洗不清的感觉，明明自己是被打的那一个！他心里那个苦啊，恨不得当着民警同志的面把岑莳揍一顿。

白芯凡当时就在隔壁桌，算是唯一的见证人，此时正帮着文身男不停跟民警说是苏一灿他们先动手打的人。

对比他们怒气冲冲的控诉，另一边倒是异常安静。苏一灿坐在民警办公桌对面的凳子上转着笔，岑莳依然一副事不关己的模样。

民警听那两人闹了半天，转头问苏一灿情况，苏一灿只淡淡说了句："原因？说了半天避重就轻，有胆子当'三儿'，还怕在公共场合丢脸？"

一句话让办公室里的民警顿时明白了过来，再看向白芯凡时眼里露出一抹了然，调解道："你们有矛盾解决矛盾，双方协商一下怎么处理，是先上医院还是怎么办？"

苏一灿直接回道："不用了，矛盾源马上到了，等他来再处理。"

白芯凡和文身男对视一眼，她开口问道："你喊杜总来了？"

苏一灿靠在椅背上，斜睨着她没说话。

信息是进派出所前发的，提出分手后苏一灿近期没有再和杜敬霆见面的打算，只是这么一闹，她干脆也豁出去了，直接将杜敬霆约到派出所来，预备当着民警同志的面把事情解决干净了。

白芯凡见苏一灿没有搭理她，在另一边不知道和文身男嘀咕了什么，忽然张口对苏一灿说道："你刚才说和杜总分手了，那他的东西你是不是该还给他？"

苏一灿挑了下眼皮："什么东西？"

白芯凡憋了半天，开了口："清润雍华府。"

苏一灿盯着这个小丫头陷入沉默。

清润雍华府是什么楼盘苏一灿不清楚，她这几年窝在凤溪，很少往城区跑，杜敬霆混出头后的确送了她不少值钱的东西，除了包包衣服，也不乏汽车和房子。

他买给苏一灿的那辆保时捷，她总共也没开过几次，现在还停在杜敬霆住处的停车场。凤溪地方小，街道窄，她开车又猛，难免擦碰，更多时候她情愿开她的大众车。

至于房产……几年前杜敬霆对她说他名下房产不宜太多，需要分散，于是陆陆续续过给苏一灿好几处，她也只是配合签字办手续，那些房子在哪儿她都不知道，更没工夫去看。当年她还调侃过杜敬霆，这属于婚前财产，就不怕他们哪天掰了，她把房子卖了携款潜逃？

那时杜敬霆只是对着她笑，说钱可以再赚，比起她携款，他更怕她潜逃。

和一个人在一起久了，似乎很小的事情都能勾起一段回忆，直到一阵皮鞋踏在地砖上的声音由远及近，打断了她的思绪。

她抬起头时，杜敬霆正从走廊尽头朝这里走来，衬衫西裤，身姿挺拔。

想当年苏一灿翻围墙跑到八中操场，一眼就在排队的人群中看到了杜敬霆，她会对杜敬霆一见钟情，始于颜值。她承认现在杜敬霆依然很养眼，只是属于成功精英人士的养眼，似乎和她记忆中男孩的模样早已相去甚远。

杜敬霆身后还带了两个人。三人一进来，办公室内的气场立马发生了微妙的变化，白芯凡和文身男赶忙站起身，她红着眼睛喊了声："杜总。"

杜敬霆扫了她一眼，目光落在苏一灿身上。

苏一灿依然坐在椅子上，神情淡漠。

白芯凡抽抽搭搭一副要哭不哭的样子，和文身男左一句右一句地把刚才对苏一灿的控诉又跟杜敬霆说了一遍。

杜敬霆的眉峰几不可见地皱了下，随后舒展开来，转过头，似笑非笑地看着跳脚的文身男："灿灿不会主动来招惹你们，更不会无缘无故对你们动手，我倒是希望……"

年轻民警抬起头盯着他，杜敬霆突然打住，没接着说下去。

文身男已经被冤枉了一个小时，现在满肚子火，搞得好像他们栽赃苏一灿一样，当即就跳出来指着苏一灿的鼻子朝她走去："你可以啊，过来见个面还带人，是不是早有准备打算阴我们？"

步子刚迈出去，一直坐在窗边默不作声的岑蒔懒洋洋地打了个哈欠，长腿一伸，恰好伸到了文身男的脚下，绊得他当场摔了个狗吃屎，那动静惹得旁边几个民警都围了过来。

文身男在地上哀号了一声，人还没爬起来就盯着岑莳吼道："你小子活腻味了？"

岑莳刚伸完懒腰，收手跷脚寡淡地抛下一句："你撞疼我了。"

"……"

文身男连滚带爬，不顾民警在场就朝岑莳冲去。苏一灿终于从椅子上起身，一把拽住文身男的后衣领往办公室的大门上狠狠一扔，盯着杜敬霆说道："这两人想追究我的责任。"说完她嘴角勾出一抹笑，眼里却笑意全无，"这个责任，该我承担吗？"

杜敬霆单手抄在西装裤口袋内，只站在那儿就有种天生的森冷感。他瞥了眼苏一灿身后从未见过的年轻男人，答非所问："他是谁？"

苏一灿随口答道："岑……"

她一时间忘了他的中文名，回头看了眼，后者略抬眼皮，接了个"莳"字。

苏一灿转回头对杜敬霆说："我爸妈朋友家的小孩。"

岑莳斜着眼朝那头望去，正好对上杜敬霆没什么温度的眼神，后者同样也在用审视的目光看他。

纵使什么话也没说，可杜敬霆常年在尔虞我诈的生意场交际，让人多少有些压迫感，岑莳却没有丝毫回避，迎上他的目光，嘴角微斜，似笑非笑。

杜敬霆没再多问，偏头对身后的人交代了几句，让他们去处理后续事宜。杜敬霆的手下把文身男拉到一边。

白芯凡在杜敬霆身后小声说道："就是那个男的打我表哥的。"

杜敬霆面上挂着温和的笑意，语气却有些冷地问了她一句："为什么打？"

一句话让白芯凡自知理亏，闷声不说话。

杜敬霆表情不变，接着说："再让我知道你打扰了灿灿，我会让你承担不起这个后果。"

白芯凡低着头，身形明显顿了一下。

苏一灿望着杜敬霆，一时间有些恍惚。

杜敬霆在她的记忆中早就定格了，冰封在他二十岁的那年，那段如沐春风的岁月里。而眼前这个男人，语气像从前一样和善，只是早已不再掩饰他的野心，她甚至经常会产生一种错觉——她从未真正看清过杜敬霆，她记忆中他曾经的样子也随着时间的流逝越来越模糊。

不知道杜敬霆的手下说了什么，白芯凡的表哥也不嚣张了，同意和解。

苏一灿签了字。

杜敬霆立在一边瞧着她的黑眼圈，声音温润了几分："我先送你回去。"

苏一灿不咸不淡地回道："不用，我开车来的，没什么事我就先走了。"

说完，她回头看了眼岑莳就往外走去。岑莳乖乖起身，跟在苏一灿身后出了办公室。

快到走廊尽头的时候，后面突然响起一声"灿灿"。

苏一灿脚步微顿。大雨依然不绝于耳，整座城仿佛都浸泡在水汽中，有种让人窒息的沉闷感。

岑莳也停下脚步瞧着苏一灿的背影。她顿了几秒，缓缓转过身，隔着长长的过道望着杜敬霆。他眉眼间有丝疲惫，声音略沉地对她说："信息我删了，就当你没发过。"

岑莳给他们留出了空间，越过苏一灿身边，自觉地在走廊尽头等她。

苏一灿侧头望向走廊外连绵的雨柱，好似雨水刚落下，头顶又有源源不断的水流不曾停歇，也看不到尽头，仿若她的生活，不知道从什么时候开始进入了死循环，放不开彼此，又再也回不去。

她想起刚才在清吧白芯凡表哥对她说的话，杜敬霆还在找人观察她，定期出病情报告。

她睫毛微微颤动了一下，收回视线再次望向杜敬霆，对他苦笑了下："你是不是觉得我的病根本没好？"

杜敬霆渐渐拢起眉。苏一灿嘴角的苦笑缓缓绽开，她垂着视线，刚才面对里面两人的气势早已消失得无影无踪，好像还是十年前那个整天跟在他屁股后面跑的小姑娘。

杜敬霆很久没有见过她这个样子，然后就听到苏一灿的声音揉在风里，很轻地传到他面前：

"算了，放过我吧。"

向来清高自持的杜敬霆仿若一下子被拉入无边的阴影。

苏一灿没再看他，转过身时，目光对上那双干净的茶色眸子。

2

岑莳修长的身影靠在走廊的墙壁上，轮廓半明半暗，手上有一下没一下地摆弄着一个金属扣。

　　一瞬间苏一灿感到有些无所适从。刚接到这个弟弟没几个小时，自己所有的狼狈都展现在了这个陌生人面前，丢脸和抓狂的感受让她极度压抑，只能努力控制情绪。

　　她低着头大步从岑莳面前下了楼，快三十的人了，虽然她很不想承认，但她的确让自己的日子过得越来越糟心，此时此刻，她只想一个人待着。

　　从三楼到二楼再到一楼，穿过大厅，身后的人如影随形，像鬼魅的影子怎么甩都甩不掉，提醒着她当下的狼狈不堪。

　　直到走出派出所，苏一灿压了多时的火突然发了出来，停住脚步回过头说道："岑莳是吧？谢谢你刚才挺身而出。维护正义是没错，但好事不是这样做的，幸亏刚才那人没事！不管你在国外的生活多优渥，父母多惯着你，这里是中国，China！人不是随便可以打的，是要承担法律责任的懂吗？我爸妈让我照顾你，我不想第一天接到人就直接把你送回去……"

　　派出所门口停了几辆警车，街道上雾蒙蒙的，偶尔有黄色的出租车飞驰而过，溅起一阵水花，空气中是江淮流域特有的湿热黏腻感。

　　岑莳站在离她三步远的地方，心不在焉地听着苏一灿教育自己，耐心地让她发泄，眼神淡淡地睨着她，猜测到底是怎样的经历造就了她如此流利的训人本领，还不带换气的。

　　此时苏一灿双手叉着腰，整个人处于暴躁状态。在她的另一边有一根排烟管从玻璃窗伸出来，此时正冒着烟，岑莳稍微退后，换个角度眯起眼，视觉差正好让那团烟从苏一灿的头顶往上飘，配合着她滔滔不绝、怒气冲冲的样子，活脱脱诠释了真人版"七窍生烟"。

　　岑莳嘴角忽然浮起一丝玩味。恰在这时苏一灿转头，无名火"噌"地就蹿了上来，扬了几个声调："你有在听我说话吗？"

　　天际厚重的乌云随着风往东飘去，耳边磅礴的大雨依然无休止地砸在大地上，让这座陌生的城市显得更加寂寥。

　　岑莳望着越飘越远的云层，竟然有些怀念这喋喋不休的教育方式。

　　他收回目光垂下脑袋想着，以前自己是怎么应付这种情况的？

　　哦，对了，他突然想起来了，抬起视线，眼角下垂，透出几许无辜的神色："我饿了……"

　　苏一灿在听见这句话后，声音戛然而止。事实上，她整个人都怔愣了一下，内心的暴躁瞬间神奇地消散。

准确来说这是很平常的三个字，可岑莳的声音偏偏有种麦片泡在牛奶里的松软甘甜感，还带着股独一无二的懒散，直击人心。

她从来不知道哪个男人能把一句稀松平常的话说得介于撒娇和无奈之间，偏偏神态自若，毫无违和感，让人脾气全无，真是奇怪。

此时苏一灿才意识到，接到人后一路拉着他跑来市区，眼看天都要黑了还让人空着肚子，关键他是因为自己惹了麻烦还受了伤，再教训他难免有些没人性。

她收起满腹牢骚，先是带着岑莳找了家药房，买了消毒碘伏和纱布，在车上给他处理了一下伤口。

岑莳老老实实地将受伤的手伸过来，苏一灿让他放平就放平，让他屈着就屈着，倒是听话得很。

岑莳手放平的时候还无意识地比了下，发现苏一灿的手在他面前小得一拳可握，似乎还软软的，他只要一翻掌心便能攥住，不禁弯了下眼角。

夜幕低垂，车里开着灯，光线偏黄，视线不算好。苏一灿神态认真，问了他一声："疼吗？"

半晌没听见他说话，苏一灿抬眼，便看见岑莳不知道在想什么，很仔细地盯着她看，浓密的睫毛是天生往上微翘的，眉骨像西方人很深邃。苏一灿心软了几分，又说了句："疼要说哦。"

经她提醒，岑莳非常配合地微微皱了下眉，表示："疼。"

他这一说，苏一灿低下头，手下动作放得更轻，岑莳眉眼随即舒展开。

苏一灿替他处理伤时，还顺带说了一句："你刚才在店里不点吃的，一个人喝什么啤酒？"

"身上没干透，冷。"

苏一灿彻底闭嘴，是她没照顾好弟弟，让他回国第一天就跟着她吃苦了。

为了填饱他的肚子，苏一灿带岑莳在附近找了家烤肉店。烤肉店是韩式的，得自己烤，岑莳手有伤，烤肉的重任只有落在苏一灿身上，然后岑莳当真没跟她客气，规规矩矩地坐着，等着投喂。

可是苏一灿投喂的速度根本跟不上他吃的速度，一盘肉刚到他面前，岑莳立马风卷残云吃个精光，让苏一灿深刻怀疑这弟弟是从国外逃荒回来的。

苏一灿突然母性大发，有些心疼地给他烤了一晚上肉，对她亲妈都没这么孝顺过。

虽然岑莳吃得全神贯注，但依然无法阻挡四面八方投来的"如饥似渴"的眼神，主要这家伙长了一张无法让人忽视的面孔，不笑的时候棱角清晰，笑起来又干净腼腆，就他刚才起身去拿小料的空当，苏一灿就瞧见不止一个姑娘找他搭讪。

当然烤肉归烤肉，她还是多唠叨了几句："像刚才那种男的不用理他，你是不是原来在家没怎么吃过苦，觉得他动手打你，特委屈啊？"

岑蔚吃得差不多了，有些意兴阑珊地伸长了腿："是挺委屈。"

"我刚才说你也没有怪你的意思，看你长得白白净净的就知道被家里人保护得挺好，没事，到这儿来了有姐在，不会让你吃亏的。"

岑蔚眼里挑起一丝笑意，顺着她的话乖乖应了声"好"。

晚餐结束，苏一灿的胳膊酸得都快抬不起来了，暗暗决定以后坚决不带这祖宗吃烤肉。

她去了趟洗手间后回来找服务员结账，服务员告诉她单买过了，她一回头，就见岑小弟很绅士地站在烤肉店门口吹着风等她。

苏一灿又一阵过意不去，多懂事的大好男儿，郭春华女士当年咋就没给她生个这么听话的弟弟？

回去的路途比较漫长，从市区开到凤溪正常行驶要一个多小时，他们碰到上下班高峰，足足开了两个小时。

苏一灿对岑蔚说："要累就睡会儿。"

岑蔚说了声"那辛苦你了"，然后足足睡了两个小时。

在苏一灿还小的时候，凤溪是个小县城，房屋围着石舀湖而建，每逢夏季，周边城市的人都喜欢驱车来度假，吃小龙虾。

跟宁市几大主城区相比，凤溪这里的生活节奏慢，很多街道还保留着古色古香的江南风韵。

一路开回家大雨就没停过，车子开进院门，苏一灿才将睡得昏天暗地的岑蔚拍醒。

他的那头自然卷在车灯下更加凌乱了，仿若一个科学怪物。此时，刚睡醒的他双目空洞地盯着苏一灿家的老房子，有些一言难尽地问了句："你住这里？"

"这是我家，下车。"

于是岑蔚好不容易干透的 T 恤一下车又被淋湿了，就这样冒雨把他自己的三个大箱子抬进门廊放着。

苏一灿打开门廊前吊着的那盏灯，把他惊了一下。

他伸出手指对着灯泡弹了一把，"刺啦"一声，灯泡灭了。苏一灿立马转过头瞪着他："怎么回事？"

"我就……抚摸了一下。"

"你以为用'抚摸'这个词我就听不到声音了？"

"你家灯泡装得太低了。"

"我家也没有来过一米九往上走的巨人。"

"我其实不高。"

苏一灿一口气差点没上去，一个一米九的人说自己不高？但此时此刻，苏一灿一身疲惫，懒得跟他站在大门外面争论身高的问题，她一把拉开家门，按下墙上的电灯按钮。

当客厅灯亮起来的那一刻，岑蔚并没有觉得这盏灯亮着和灭着有什么太大的区别。

要说这房子还是苏一灿出生那年的装修风格，墙壁刷的漆是诡异的绿色，伴随着一块块斑驳的起皮，头顶老式三叶旋转吊扇，就地面在苏一灿初中的时候贴了瓷砖，如今也花的花，裂的裂。

想当年苏一灿还在上学时，家里条件好的同学都住上了楼房，苏一灿家里住的是老区的平房，一度让盛米悦她们以为苏一灿是特困生。

出了学校大家才知道苏一灿妈妈是第一医院的主治医师，爸爸是凤溪体校的校长，标准高知家庭，她家的老房子是当年苏一灿老爸单位分配的，片区虽破，也不是一般人能住进去的。

苏一灿上高中后，她爸从凤溪体校调去了市里的体校，他们也举家搬去市区住进正规小区，这凤溪的老房子就一直闲置着，直到苏一灿大学毕业回来当老师才重新搬进来。

本来爸妈想给她翻新一下，但这附近临近拆迁，她嫌装修麻烦，也懒得折腾。

父母当初认为她在凤溪顶多待个两年过渡一下，结婚后迟早要回市区住，也就放任她去了。

苏一灿就这么住了下来，导致来过的人都会有种错觉——哪个剧组想要拍灵异题材的影视剧，借用她家基本可以不用改造，直接入戏。

岑蔚站在大门口硬是愣了老半天都没有踏进去，苏一灿瞅了他一下："要是住不惯，刚才拐过来的路口再往前十来米有家汉庭，对面是凤溪唯一一家星级酒店，我可以送你过去。"

　　岑蒔二话不说，回身将自己的三个大箱子搬进了屋，声音没什么起伏地说："我就欣赏你家这种装修风格。"

　　"……"

第三章
热心肠的外教

1

岑莳浑身湿透了，苏一灿让他先去洗澡。没一会儿人从浴室出来了，穿着宽大的棉质 T 恤和沙滩裤。

家里突然多了这么一个干净养眼的大男孩，苏一灿到底有些不习惯，特地拿着衣服绕开他进了浴室。

她像往常一样，在洗澡前习惯性地放了盆水，然后盯着镜子里的自己看了看，憋住一口气将脸埋了下去。

脸没入水中的那一刻，窗外的电闪雷鸣，屋里年轻男人的脚步声，墙上老式挂钟的嘀嗒声全都消失了，她进入了一种"全真空"的状态。

不知道过了多久，她的后颈突然被一股强大的力量扯了起来。

苏一灿根本不知道发生了什么，满脸是水地仰起头，水流顺着她的睫毛滴落到鼻侧再滑到唇上，透过镜子她看见一张阴恻恻的脸。

"你在自杀？"

岑莳不知道什么时候走了进来，站在她身旁。

苏一灿沉默了两秒，很平静地告诉他："我在洗脸。"

"你在水下快四分钟了。"

岑莳头发湿漉漉的，逆着光，离她很近，身上是她常用的沐浴乳香气，夹杂着年轻男人无法掩藏的荷尔蒙气息。

苏一灿瞧着镜子中的他，牵起嘴角："四分钟能代表什么？你从哪里看出来我像在自杀？"

"你刚失恋。"

苏一灿的笑容瞬间收回："多谢你提醒我。"

苏一灿将原来父母的房间收拾出来给岑莳住。暴雨停歇后，七月的凤溪更加燥热，前些年当地有个段子非常盛行，说是非洲兄弟来到本市都热得受不了，直喊要回非洲大草原。

岑莳来的时机不凑巧，正好赶上宁市最热的时候，夜里雨一停，人就仿若在蒸笼里待着，加上时差还没倒过来，他一夜未睡。

早上苏一灿六点准时起床，看见对面房门大开，房间里没人，她还有些诧异那家伙一大早跑哪儿去了，结果门一推开，就见岑莳瘫在门口的蜗牛椅上吹过堂风。

门廊上放着的这个蜗牛椅，半个月前苏一灿准备买给她的未来大狗的。

还是盛米悦劝了她几个月，她才决定要养一条狗的。

盛大小姐的原话是，周围好多老邻居都搬走了，附近房子都是空着的，她继续这么一个人住下去，哪天被人盯上劫财劫色，那是叫天天不应叫地地不灵，养一条狗不仅能防贼也能有个伴。

盛米悦的建议，苏一灿听进去了，想着买狗得买条大的，忠诚的，听话的，还能陪自己玩玩的，大多时候还要安静点，于是上网查了一圈决定买一条金毛，还非常理想化地幻想着，冬天她在家里追剧，金毛窝在门口晒太阳，多和谐安逸的画面。

可等她在网上买了把蜗牛椅后，又犯了拖延的老毛病，椅子到了，狗一直没去看。如今看见岑莳悠然自若地瘫在蜗牛椅上，朝阳斜进门廊时，他那头栗色自然卷泛着金色，有种一言难尽的感觉。

苏一灿拿了条薄毯轻轻盖在岑莳的身上，静悄悄地出了门。

在她转身的刹那，岑莳睁开了眼，沉默地盯着她的背影。

苏一灿回来后，发现院门口立着道高大的身影，当看到苏一灿时，他眉间的褶皱才终于散去了些。

苏一灿走过去问道："你站在门口干吗？"

岑莳的语气不算好，落了句："你出去好久了。"

苏一灿微愣了下，回道："我晨跑去了。"说完顺势扬了扬手中的东西，"然后去给你买了早餐。"

发现岑莳的目光移向她手中的吃的，苏一灿笑了起来："你不会饿得一直在门口等我吧？"

岑莳转身之际嘀咕了一句："我不识路，下次去哪儿跟我说一声。"

苏一灿自我检讨了一下，这弟弟刚回国，人生地不熟，应该挺没安全感的。

岑莳吃早餐的时候，苏一灿盘腿在沙发上不知道在忙什么。

岑莳不时抬头盯着她瞧，她扬眉回望着他："怎么，不合胃口？"

岑莳张了张口，苏一灿放下手中正在整理的学生号码名录："说话。"

"会包饺子吗？"

苏一灿静默地看了他两秒，直截了当地回道："不会。"

本来苏一灿以为像岑莳这种小青年，来中国要么旅游要么探亲，但一整天下来，她发现岑莳除了吃饭，基本就瘫在门廊的蜗牛椅上，半步也没离开过。

苏一灿看他那萎靡不振的样子走路都费劲，更别提什么旅游了。

至于探亲……她寻思着，他要真有什么亲戚，能借宿在她家？

苏一灿这一天很忙碌，突然接到学校通知，八月份要临时返校参加篮球集训。也不知道校领导那边抽了哪门子的风，要她八月初就回去安排工作，在此之前还得一个个致电给参加训练的学生。

大热天通知放假的学生回去训练本来就是件无语的事，更无语的是他们凤南二中出了名的抠门，学校自打三年前成立篮球队以来，除了买过几个破篮球，压根儿就没有投入啥经费。

这次集训是封闭式的，需要住宿，也存在收费的问题，所以苏一灿还得硬着头皮说服这些学生家长自掏腰包。奈何他们这个小地方，家长对于学习以外的社团活动都没有什么积极性，全都以人在外地或者需要参加补习班为由婉拒了。

傍晚时分，苏一灿站在院中的桃树下拿着手机，人生第一次体会到电话营销是个多么伟大的职业。

在她第 N 次挂了电话，感叹工作不好做时，一直在门廊的那位不知道醒着还是睡着的祖宗突然发出一声极轻的嗤笑。苏一灿有些不确定，对着他"喂"了一声："你笑什么？"

岑莳依然耷拉着眼皮子，声音懒懒地从喉咙里发了出来："我可以给你一个建议。"

苏一灿抱胸看着他："说。"

"一支没有凝聚力和号召力的球队，最好的出路就是原地解散。"

"……"

苏一灿弯腰捡起一根树枝就往门廊砸，岑莳依然闭着眼，然而下一秒，诡异的一幕发生了，他手臂微抬，准确无误地接住了那根树枝，在手指间转了一圈，突然睁开眼睛紧紧盯着苏一灿。不知道是不是苏一灿的错觉，她在岑莳眼中看见了极大的攻击性。

就在岑莳抬起手臂对准她的时候，她几乎下意识躲了一下，下一秒，岑莳突然将树枝往空中一抛再稳稳接住，嘴角浮起一个散漫的弧度。

由于廊前的灯泡坏了，他整个人被黑暗包裹，有种说不出来的孤独感，让苏一灿似曾相识。

她静默地盯着他看了几秒，也没想出个所以然来。

想到还有一个学生家电话始终打不通，苏一灿干脆直起身子，进屋将拖鞋换成了运动鞋，再次出来时，那位弟弟依然如大爷一样躺着，姿势都没换过。

苏一灿抬脚踢了下蜗牛椅，清了清嗓子："我去学生家家访。"

岑莳嘴角微斜："上门营销？"

苏一灿低眸注视着他，想着自己应该是脑子被门夹了才会对个小孩汇报行程。

谁料下一秒，这位看似走路都费劲的祖宗忽然慢悠悠地站了起来，像根巨高无比的电线杆杵在她地面前。

苏一灿瞬间从俯视变成仰视："干吗？"

岑莳倒是不疾不徐地回："和你一起去。"

"我家访，你跟着干吗？"

"转转，顺便认路。"

"……"

到了院门口，苏一灿跨上那辆红色的自行车，直接出了院门，将自行车方向一转看向岑莳，后者双手抄在卫裤口袋里，撞色夸张的连帽 T 恤虽然运动感十足，但和他这萎靡不振的精神面貌相比，着实违和。

待岑莳走到院门口，先是回过身不急不慢地锁上了院门，而后朝她的自行车扫了一眼："不开车？"

"都是小路，开车不方便。"

"你骑车，我怎么办？"

苏一灿脚往自行车踏板上一踩："我骑慢点，你腿长，能跟上。"

一路走街串巷。

路灯陆续亮了起来，飞蛾不顾死活地往灯罩上撞去，苏一灿骑在前面，不时停下朝后望上一眼，岑蔚始终是那副慢吞吞的姿态跟在她身后，虽然看上去像逛大街一样，倒是也没跟丢。

苏一灿将自行车停在一栋老楼前，回身等了岑蔚一会儿。

待他走近后，她压低声音对他说："这个学生叫赵琦，我们校篮球队的队长，父母离异跟着奶奶过。待会儿我进去跟他奶奶谈谈，要是家长问起来，我就说你是学校新来的老师。"说完还上下打量了岑蔚一番，继而说道，"勉强说得通吧，就当是新聘请的外教，你这长相应该没人怀疑。"

岑蔚过于浓密的睫毛微微眨了下，问道："为什么一个外教要来说服篮球队的人参加训练？"他适时指出了这个设定中的逻辑错误。

苏一灿摆出一副大姐大的姿势："因为你是个热心肠的外教。"说完还剜了他一眼，"哪有那么多为什么，反正待会儿进去你尽量不要说话，我来沟通。"

赵琦家就在一楼，赵琦奶奶正好在院中给家里的中华田园犬——俗称大土狗剪毛，听见敲门声，脚步蹒跚地走过来开门。

听说是赵琦学校的老师，老太太露出慈祥的笑容，然后苏一灿便说明来意。

"打你们家电话一直没打通，过来是想通知赵琦，下个月学校篮球队集训，为市秋季赛提前做准备，他作为篮球队队长……"

老太太："小琦又闯祸了？他两天没回来了，我担心啊，都准备报警了，老胳膊老腿又走不动，上次不是和他们班主任说了，我开不了家长会。"

苏一灿："不是让您去开家长会，是篮球队集训，不需要家长陪同，学校有专业的篮球教练。"

老太太："小琦爸妈离婚早，他那个嫌贫爱富的妈早跟人跑了，当初我就跟小琦爸讲，那个女人就不是个过日子的。"

苏一灿："呃，如果不方便，其实也不一定非要联系赵琦妈妈，学校统一管理，这个集训也就十五天左右。"

老太太："我耳朵不好，你声音大点！不过我那个儿子也不是个东西，整天跟女人瞎混，上回还说要给小琦找个六十岁的后妈，把我气的！"

苏一灿突然感觉脑壳有点疼，感觉她们在自说自话。

岑蔚抱着手臂站在院门口做一块称职的背景板。

苏一灿硬着头皮，几乎半喊着凑上前说："主要是这次集训要交食宿费，也不算太贵，学校会承担一部分，个人只需要交八百块钱……"

老太太突然回身抱起自家的大土狗笑得非常开心："我家铁蛋是条母狗，能生，去年才过了一窝，生了足足十条，奶水多。"

"……"敢情这老太太耳朵何止是不好，这都到幻听的级别了。

身后的"背景板"突然发出一阵毫不掩饰的笑声，苏一灿瞪着眼回过头，岑莳弯着嘴角悠然地靠在院门上，一副看大戏的姿态。

至此，苏一灿基本已经断定和面前这个老太太存在着不可跨越的沟通障碍，赵琦那小子又不在家，于是只能告辞。

临走时，老太太还说了句："老了不中用，眼睛看不大清，就不送两位老师了，你们慢慢走啊。"然后转过身，在一片漆黑的环境中非常娴熟地给铁蛋剪毛，并且剪得整整齐齐。

出了赵琦家小区，苏一灿跨上自行车就准备往回骑，还没蹬出去，自行车后座被人拉了下。蹬了个寂寞，自行车非但没朝前走，苏一灿还差点因为重心不稳摔下车。

好在罪魁祸首没有让此事发生，岑莳一手扶着把手，一手拽着后座对她说："这就算了？"

苏一灿整个人被他一拉，一下子撞到他身上。这下撞得不算轻，空气中还发出了闷闷的声音，苏一灿只感觉自己像撞上了一堵墙，硬邦邦的。岑莳这两天穿的都是宽宽大大的潮 T，看不出身材咋样，这一撞让苏一灿有些惊讶，看着萎靡不振的小伙子，身体素质这么好？

怕她跌下去，岑莳没有松手。

苏一灿抬头莫名其妙望着岑莳，岑莳茶褐色的眸子在夜晚的路灯下颜色似乎浅了些，盯着人的时候仿若钩子。

不过苏一灿还没来得及做出任何反应，罪魁祸首就先把视线移开了。

苏一灿赶忙脚撑地，待她站稳，岑莳才松了手。

苏一灿回道："不算还能怎么样？你没看见刚才的情况？我说西瓜红，她说西北风，还有谈下去的必要吗？再说篮球队又不是我负责，我通知到位了，他们不参加我能有什么办法？该头疼也是他们教练去头疼。说到这个教练，也不知道什么来头，跟校长亲戚一样端着个架子，这种工作还要我代劳，也没说工资匀我一半，大热天的……"

岑莳摆出一副一言难尽的表情，头发被夜风吹得更加凌乱了，加上这大个头，整个人有种要飘起来的感觉。

苏一灿刚准备再次踏上自行车，眼看岑莳又要去拽她车，她莫名其妙道："不是，我说你几个意思？"

岑莳在月光下显出几丝冷峻，出声问她："你知道这个赵琦去哪儿了？"

苏一灿疑惑地掠了他一眼："干吗？"

"直接去找他。"

苏一灿皮笑肉不笑地牵了下嘴角："你是不是闲得发慌？"

岑莳一本正经地回答她："我是个热心肠的外教。"

"……"一旦接受了这个设定，多多少少有种走火入魔的感觉。

2

十来分钟后，苏一灿将自行车停在一处烂尾楼附近。外围是一圈混凝土砌的围墙，一扇生锈的大铁门落了锁，周边荒无人烟，借着月色依稀可以望见里面四层的建筑，只有水泥框架，没有外墙和玻璃。

对于志在江湖的钢铁男儿们，这是块放飞自我的宝地，那些兔崽子但凡约个群架、逃个学、离家出走，基本在这儿一逮一个准。

苏一灿熟门熟路地找到一处破损的围墙边。

这里的墙比其他地方要矮上一些，围墙里还有棵树，仿佛就是为了方便人翻围墙而生长。

苏一灿转头对岑莳说："你帮我扶着点，我先上去看看情况。"说罢，脚就往自行车座上一踩。

岑莳微抬眼皮，苏一灿的短裤下是一双匀称笔直的大长腿，此时离岑莳的鼻尖不过两拳的距离。

他眸光闪了闪，默不作声地用一只手替她扶着自行车，另一只手举了起来横在苏一灿的身后，形成安全屏障。

苏一灿三两下爬到了围墙上面，张望过后，她抱着伸出来的树干落到了围墙里面，然后对着外面喊了声："你进来。"

半晌，外面毫无动静。苏一灿又叫了声："岑莳？"

"……"回答她的是远处池塘里的蛙叫。

苏一灿足足等了两分钟，外面依然没有动静，于是她又重新爬上树，登高望远，瞧见叫了半天的小祖宗直接推开了大铁门，双手插兜，大摇大摆地晃了进来。

正在苏一灿吃力地抱着树干吐血三升之际，小祖宗晃到了树下，几乎平视地看着她："大姐好臂力，树懒是你家什么亲戚？"

"如果你非要喊我姐，请不要在前面加一个'大'字。脚抽筋了，帮忙。"

岑莳眼尾微勾地托着她的胳膊将她直接从树上扶了下来。

苏一灿坐在旁边的大石头上喘息揉脚，岑莳便立在离她几步远的树旁安静地等她。

苏一灿气不打一处来，抬起头就质问道："你怎么从大门进来的？"

岑莳声音融在夜色中，淡淡的。

"挂在门上的锁，没扣。"

"你知道锁没扣还眼睁睁看着我爬围墙，也不知道拦我一下？万一我摔着怎么办？我说你这小弟弟良心呢？"

岑莳倒是诚恳："你只跟我说上去看看情况，没说要到里面去，如果你非要喊我声弟弟，请不要在前面加一个'小'字。"

"……"岑鹦鹉吗？学人说话倒挺快。

苏一灿看着他不说话，周围的空气冷了下来。

岑莳也不知道她是不是生气了，他没有哄女孩的经验，只能走到她面前蹲下身，仔细瞧着她的脚踝，声音低了几分："我看看。"

苏一灿倒是没再跟他计较，直接站了起来："你跟好了，走丢自己回去。"

后来岑莳才发现苏一灿说这话还是有些根据的，这幢四层空楼里面错综复杂，到处堆满乱七八糟的杂物，要不是跟着苏一灿，楼梯的方位都难找。

满地的烟头，墙壁上杂乱的涂鸦，岑莳打量着周围的环境，不禁问道："你对这里很熟？"

苏一灿毫不掩饰地回："开玩笑，我可是在这儿长大的。待会儿要是撞见不学无术的小青年，你别慌，都是小场面，我来应付。"

岑莳瞧着苏一灿干脆利落的步伐，眼里浮上笑意："好。"

然后他们真碰上了几个小混混，在三楼平台，有的光着膀子，有的叼着烟，四五个人，身边放着歪七扭八的扎啤。

苏一灿对着里面的人喊了句："赵琦你过来一下，我找你有事。"

赵琦还半躺在平台边上跷着腿，一听有人喊他，眯起眼睛朝苏一灿的方向看来，看了半天猛地坐起来，有些难以置信地问了句："苏老师？"

见苏一灿抱着胸，他直接从天台边跳下来，吃惊道："真是苏老师啊，你怎么跑来找我了？你下学期教我们班了？"

旁边几个小混混都扭头打量着苏一灿。她平淡地说："我教不教你们班还要特地大晚上跑来向你汇报？"

赵琦"嘿嘿"两声，旁边一个小平头露出一抹不怀好意的笑："嘶，这就是你们二中女魔头，传说中的斩男杀手？这腿可以嘛。"

旁边几人都是社会上的不良青年，自然对老师这个身份毫无忌惮，赵琦再混日子，最起码还没到退学这步，他一边往苏一灿的方向走，一边回头对那个小平头说："少说两句。"

苏一灿凉凉地扫了小平头一眼，对赵琦说："你怎么回事？家也不回，你奶奶都要报警了。"

赵琦不以为意地说："老太婆一天到晚要报警，我打碎个碗她也要报警抓我……嗯？苏老师，你还去我家了？"

"嗯，家访。"

"体育老师也要家访吗？你下学期做我们班主任？"

"找你有正事。篮球队集训，为期十五天，费用八百，你身为队长带头号召一下。"

"那不可能。"赵琦想都没想，回绝得干脆。

"为什么不可能？"

赵琦吊儿郎当地用人字拖碾着地上的烟头随口回道："我忙啊。"

"……"你忙啥啊？

旁边小平头几个对苏一灿来了兴趣，也从平台下来朝这边走，嘴里没个正经："忙着找对象啊！苏老师应该知道男女比例严重失衡，现在不赶紧找，以后就得打光棍，要不苏老师陪我们耍会儿，我来劝赵琦回去打篮球啊？"说着小平头的手就肆无忌惮地往苏一灿肩上搂。

苏一灿毫不客气地抬手打开他的手臂，冷声道："滚远点。"

小平头不太痛快："怪不得你们学校的都说你是女魔头，交个朋友，脾气这么大干吗？"

这种段位的小混混，苏一灿压根儿瞧不上眼，看都懒得看，转头继续对赵琦说："你出来混也不擦亮眼睛找几个靠得住的玩，什么阿猫阿狗都混在一起，跟我走。"

小平头被这句话点着了，扔了烟头砸在苏一灿的运动鞋上，指着她："跟你走？真当这里是二中了，跟我们摆老师的威严？今天你不叫我们一声哥哥，看你能不能走得掉！"

岑蔚看着那边火药味越来越浓，眉梢微挑，不过既然苏一灿说小场面她能应付，他便继续看戏。

赵琦怕两方真闹出什么冲突，在中间和稀泥，劝苏一灿："你先走吧苏老师，篮球队那边我真没空去，你帮我和学校说一声。"

苏一灿也没打算闹事，既然赵琦态度坚决，她便打算走人。结果她刚转过身，小平头就带人把她堵住，邪里邪气地说："可以啊老师，这么没把我们兄弟几个放在眼里，圈岗这个地界我罩的，是你说来就来说走就走的？"说着就上去对苏一灿动手动脚。

苏一灿反应快，退后一步，眼看上来几个男的，抬脚就朝其中一个小伙子踢去，狠声道："我没打算找事，你们倒来劲了？"

小平头一听这话，更加怒火中烧。赵琦吓得上去拦着几人，回头对苏一灿喊道："苏老师你先走！"

苏一灿一看寡不敌众，真干起架来自己也占不到便宜，便拽着岑蔚大步离开。走到楼梯口时她不放心回头瞧了一眼，正好看见赵琦被小平头狠狠踢了一脚，倒在地上爬不起来。

苏一灿心口一紧，快速拿出手机对岑蔚说："你赶紧到下面去找个地方躲起来，我叫人。"说着，苏一灿便冲下楼打电话。

岑蔚原本跟着她的步伐缓缓慢了下来，转过身又朝楼里原路返回，回到了刚才那个大平台。

小平头本来还准备多和苏一灿"相处"一会儿，回头好跟他那些小兄弟吹牛，结果被赵琦拦了，一来火，把赵琦揍了一顿。

岑蔚上去的时候，赵琦瘫坐在地上，鼻子不停地在流血。

小平头他们一看刚才跟着苏一灿的男的又回来了，突然就起了劲，对着岑蔚骂道："你挺不怕死的，还敢回来？赵琦不经打，哥几个正好缺个练手的。"说完拳头就朝岑蔚抢了过去。

岑蔚依然站在原地，左手抄在裤兜里，右手突然伸了出来，捏住了小平头的……头。

暗淡的月光下呈现的就是这么诡异的一幕，小平头身高不过一米七，和岑蔚悬殊太大，岑蔚啥也没干，宽大的手掌就这么捏住小平头的脑袋，他便再也无法靠近岑蔚一步，甚至任由他胳膊怎么伸都碰不到岑蔚。画面着实有些滑稽，旁边一个戴耳钉的直接笑喷了。

小平头大怒，甩开岑芍的手就不要命地朝他冲。

岑芍侧了下身子躲过小平头的攻击，回身拽住他的胳膊——"嘎哒"一声，伴随着小平头的惨叫，所有人都惊了。

岑芍甚至另一只手自始至终都没有从口袋里拿出来，就这么单手卸了小平头的胳膊，快狠准。

然而诡异的是，下一秒，又是"嘎哒"一声，他又给小平头把胳膊接了回去。就在小平头松口气之际，"嘎哒"一声，胳膊第二次被卸了下来。

此时空气中已经弥漫着恐怖的气息，另外两个刚准备上去帮忙的小混混不自觉后退，谁也没想到这个一头自然卷、神情淡漠的男人，卸人胳膊跟玩儿似的。

这下小平头疼得反了，对着岑芍就喊道："接回去兄弟！快点，帮个忙！"

岑芍面无表情地瞥了眼下巴掉到脖子上的赵琦，声音悠悠地问道："人我能带走了吗？"

"能……能……"

"待会儿跟苏老师好好道歉。"

"好，好说，好说。"

"嘎哒"一声，小平头的胳膊归了位。他捂着那只差点废掉的胳膊，一脸震惊地盯着这个不知道从哪儿冒出来的，中国人不像中国人、外国人不像外国人的大高个。

既然打不过岑芍，小平头他们便开始打起了圆场，一脸讨好地给岑芍发起了烟。

赵琦跌跌撞撞从地上站起来，再看向岑芍时，内心无比崇拜。

没多久，烂尾楼外来了几辆车，陆陆续续下来七八个人。

小平头伸着头往下看："什么情况？"

苏一灿刚出现，岑芍便一副什么事都没发生过的模样往她身后一站。苏一灿有些诧异地回头对他说："不是让你找个地方躲一下吗？他们没动你吧？"

岑芍摇了摇头。

苏一灿见他没事，也顾不上管他，上去就对着小平头一行人说道："头一次瞧见有小孩敢称围岗扛把子，我把孙四哥请来了，让他看看到底谁这么狂。"

话才说完，小平头看了眼岑芍，当即就对着苏一灿双手合十："我错了，误会误会，刚才不过跟苏老师开个玩笑。"

认错这么快的吗？孙四哥还在后面没上来呢，好歹给片区大佬留点戏份啊！

苏一灿没想到刚才还喊打喊杀的一群人这么快就认怂了，甚至她还没站定半分钟。这着实让她有些蒙，难道小时候还和她称兄道弟的孙老四现在混得这么好，都让人闻风丧胆到如此地步了？

等孙老四带人上来时，这边矛盾已经解决了。小平头一群人不停夸赞苏老师是辛勤的园丁，如此和谐的氛围看得孙老四他们也是一脸蒙。

小平头本来就对苏一灿带来的大高个有所忌惮，现在又被孙老四警告，屁都不敢再放一个，主动向苏一灿鞠躬道歉，没一会儿大家便散了。

下楼的时候，苏一灿突然想到刚才岑莳没跟着她。料想他是温室里的富贵花，估计这种场面见得少，她赶忙放慢脚步走到岑莳身边关心地问了句："刚才那情况没吓着你吧？"

岑莳垂着眼，嘴角浮过一丝不易察觉的笑意："有点。"

第四章

她的心是

不会动的

▼

1

苏一灿听说岑蓸被刚才的场面吓到了，略显内疚地说："早知道就让你在外面等我了。我说过了，我在这片长大的，这种小场面不用慌。"然后又看了眼走在前面的赵琦，压低声音说，"我在这儿混的时候，刚才那群小孩还在和泥巴玩呢。"

岑蓸露出讶异的神色，似笑非笑地瞥着她："那姐现在这职业，属于改邪归正了？"

苏一灿将食指放在唇边"嘘"了一声，结束了这个话题。

到了烂尾楼外面，孙老四喊苏一灿去他酒吧坐坐。苏一灿想着这次麻烦他带这么多人走了一趟，没好意思拒绝。

他们坐上孙老四的车，先把一身伤的赵琦送回家。临分别时，苏一灿还对赵琦说了句，让他明天到街道篮球场找她。

赵琦本来想找个借口搪塞过去，猛然看见站在苏一灿身后的岑蓸动了几下手腕，于是话到嘴边又收了回去，老实巴交地点点头。

他走后，苏一灿带着岑蓸上了孙老四兄弟的车，在车上还对岑蓸吹道："待会儿我们去的酒吧在凤溪挺有名的，去那边消费的都是在我们这里混得人模人样的。等会儿看到孙老四，你就叫他孙哥，以前我和他一起穿开裆裤在门口跑，现在人家混成大哥了，刚才看到没，我就报了个名字，那群人就灰得点头哈腰的。"

岑蓸非常配合地点点头："苏老师人脉挺广的。"

苏一灿笑了笑，表示有她在，万事莫怕。

刚到孙老四的酒吧，好巧不巧一群人瞧见了苏一灿，朝她大喊了一声："灿姐。"

苏一灿回头一看，是初中时的玩伴。

要说这帮人当年跟她关系还不错，整天跟在她后面一口一个"灿姐"地叫。后来他们的父辈在当地搞养殖突然暴富，那段时间特别流行把儿女送出国镀金，这帮人便组团陆续去了国外读书，但是只要回来碰见苏一灿，都会喊她吃饭。苏一灿也很久没碰见他们了，不知道这几人什么时候回的国。

这帮人也热情，非要拉着苏一灿到他们那桌坐。

苏一灿难得见到儿时玩伴，心情大好，和岑葶说了声："都是发小，以前跟着姐混的，走，带你去认识认识。"

几人没见过岑葶，上下打量着他，招呼他喝酒玩骰子。一看这些人就是玩咖，骰子掷得很有一套，几轮下来几乎都是岑葶输。苏一灿怕他时差没倒过来，喝多了不舒服，很仗义地替他挡酒。

这些人一看苏一灿这么护着岑葶，不禁问了句："杜敬霆呢？他就放心这么把你一个人丢在凤溪啊？"

苏一灿云淡风轻地说："分了。"

这几人互相看了眼，没多会儿忽然用英文交流起来。都是在国外留学定居多年的，英文说起来像母语毫无障碍，但是苏一灿就无法加入了——别说酒吧音乐这么吵，就是安安静静的环境她也不一定能全听明白，不免觉得有些格格不入，于是插不上话的她干脆拿出手机刷了起来。

刚才摇骰子时几人听岑葶中文说得地道，一点老外的口音都没有，虽然长得有混血范儿，但应该就是个本土帅哥，其中一个直接用英文问了岑葶一句什么。

岑葶靠在沙发靠背上毫无表情地盯着他，没有出声。

苏一灿有些奇怪。她听不懂就算了，岑葶一个美国回来的，不可能听不懂啊，但他偏偏一个字都没说。

气氛一时间有些尴尬。

旁边的富家女笑着给岑葶翻译道："姜少问你是做什么的？平时开什么车？"

苏一灿有些不爽，问就好好问，故意用英文是几个意思？而且这两个问题明显带着优越感，让人心里不舒服。

岑葶倒是平淡地用中文回道："什么也不做，没车。"

对面几个男人眼里挂上了一丝不屑，没有人再跟岑葶说话，继续聊豪车、楼盘和股票。

旁边有女性旧友跟苏一灿喝酒。岑蒔垂着眼，一副心不在焉的样子，却听见几个男人忽然用英文讨论道："肯定玩完就踹了。当初真看不出来杜一个自命清高的穷小子野心这么大，利用灿舅舅的资源就这么闯出头了，也是厉害，再看灿，到头来什么都没捞到。"

另一个男人感慨道："还记得高中那会儿，咱们几个哪个不想和她好，当时要真好了，就她这身材，我要能娶回家，哪舍得踹了。"

几个男人不约而同笑出声。有人道："你少来，你那是得不到的永远在骚动。"除了这句，前面全是用英文交流的。

岑蒔的手背上还裹着纱布，手指滑过酒杯边缘，侧眸看向苏一灿。

苏一灿原本在跟旁边的女人说话，见岑蒔端起酒杯看向她，瞬时夺过他手上的酒对他说："你少喝点，你手上不还有伤吗？"

对面几人见苏一灿还挺体贴小帅哥，那个叫姜少的又用英文嘀咕道："混得不咋样，还找个吃软饭的。"话语中满是讽刺。

岑蒔夹了块冰块往酒杯里一扔，洋酒立马溅了出来洒到了姜少放在旁边的手机上。姜少也没给苏一灿面子，瞪了岑蒔一眼说道："小伙子注意点。"

就在这时，孙老四喊苏一灿过去喝杯酒。苏一灿虽然没在意这些人刚刚在说什么，不过明明都是中国人，坐在一起还故意说英文，难免让苏一灿不太舒服，而且他们说的那些生意、股票，和她现在的生活早已不在一个圈子了，于是就想借机带着岑蒔离开。

不料岑蒔语气平和地对她说："你去吧，我又不能喝酒，在这边坐会儿。"

苏一灿想想也是，带岑蒔过去他又不能喝酒，是有点不给孙老四面子，还不如把他留在这儿，于是对他说了句："那你坐会儿，我一会儿过来找你。"

岑蒔面上挂着笑意："好。"

然而苏一灿刚走，岑蒔的表情就冷了下来，那双干净的褐色眸里顿时流着几丝轻慢的味道。

姜少一行人见苏一灿不在了，想捉弄捉弄岑蒔，知道他受伤不能喝酒，还故意找他玩骰子，嘴里说着："小兄弟，玩几把。别怕啊，灿姐又不在，男人有点男人样。"

岑蒔慢悠悠地回了句："随便。"

几人一看小伙子上钩挺快，立马将桌上的酒杯全部满上，倒了纯酒不加饮料。

姜少对旁边那个微胖的男人使了个眼色，让他来摇，显然这人是他们当中比较会玩的。

令人诧异的是，几轮下来，刚才明明一次都没赢过的岑莳，现在把把都赢，甚至一度让姜少他们怀疑这骰子是不是有问题。

微胖男一连喝了五六杯，有点扛不住了，张口说道："兄弟，见了鬼了？"

岑莳倒是一脸无辜的表情，还好心建议道："要不我们换一副？"

也不知道是不是心理作用，微胖男感觉不踏实，立马同意换一副骰子，然而换完后，结果还是一样。

本来苏一灿还怕姜少那几人会劝岑莳的酒，老远看过去，岑莳一直没端过杯子，便放下心来没再注意他。

微胖男也算在国内外玩过不少场子的，见得多了自然懂些门道，突然说不玩了。姜少说了他一句："怎么回事啊马彬？"

那叫马彬的微胖男压低声音对姜少说："不太对劲。你没看到这个小子一会儿平摇一会儿竖摇吗？我以前在赌场看过别人这么玩，平摇骰子平行滚动，数字不容易变，竖摇出大的概率高，但这不是绝对的。他能把把都赢不失手，除非能记住每个骰子的数，还能把握好每一次摇的力度，一般人搞不来这个，除非经过专业训练。"

姜少有些吃惊："不可能吧？"

"谁知道啊，反正我不玩了。"

姜少他们心里不痛快，干脆换了一种更恶心人的玩法。

他们叫了一群小姐姐过来，有六七个人，然后让服务生给他们换了一些现金过来，给每个小姐姐都发了一沓小费。

在场的只有岑莳没动。微胖男假装热络地搂着岑莳的肩说："别害羞啊，出来玩放开点，兄弟们意思都到了，你也跟上啊，美女们都等着你呢！"话里话外都在挤对他拿不出钱。

姜少脸上挂着讽刺的笑意插了一句："身上钱不够问灿姐要啊，我们灿姐大度，一定给你玩。"

岑莳盯着他笑笑，当真朝服务生招了招手。服务生过来后，不知道岑莳对他说了什么，然后便跟着服务生走到了卡包外。

姜少他们还对着岑莳喊了句："小兄弟别尿，没钱我们借你。"

这么大的动静自然引来了酒吧其他人的注意，苏一灿放下酒杯三步并两步回来，眼睛一扫，看见姜少他们的卡包站了那么多女的，立马回过味来，气冲冲地走回来，正好在卡包门口碰上岑莳，扯着他的手臂就对他说："不用搭理他们，我们走。"

岑莳没有动，反而顺势拉了她一下："不是说来这里的都是你们这儿混得像样的人吗？就这样走了多不好，以后姐在这里的面子往哪儿放？"说着转身再次走进卡包里，对里面的人笑了笑，说道，"小姐姐们都挺漂亮的，不过我的眼睛不允许我乱看，今晚你们的消费我请了，大家玩得尽兴。"

这下，所有人都傻了眼。来这里玩一晚上的费用本来就高，再加上他们拿了不少酒，算下来怎么也得要个大几万。本来他们的目的是给这个小兄弟一个下马威，想让他下不来台。结果倒好，人家大度地把账结了，出手阔绰，算是给足了苏一灿的面子，一番话说得让卡包里的小姐姐们纷纷对他另眼相看，没拿到小费还都说他的好话。

他们一走，那个跟着姜少他们一起来的富家女就说："我刚都没好意思说，人家身上穿的联名潮牌你们都看不懂吗？怎么会是穷小子？真正有钱人家出来的小孩层次高，不跟你们计较罢了。"

本来这群男人就够窝火的了，一听这话更加难堪，刚才还猜测岑莳是个吃软饭的小白脸，转头就被打脸了。

但是钱的话，岑莳是真没有，软饭他也真是打算吃上了。

一出酒吧，苏一灿就对他说："这群人也太过了，以前在一起玩的时候还挺合得来的，现在个个混好了，飘得找不到北了。"

岑莳双手抄兜静静地听着，心说以前也不见得是好人，个个心思都不正。不过他没有把刚才他们谈论苏一灿那些龌龊话告诉她，只说了句："那以后就不要来往了。"

苏一灿笑了笑，说："还管起我来了？你也是，替他们结账干吗？你又不认识他们。"

苏一灿并不知道那群人背地里议论她和岑莳的关系，岑莳也不打算告诉她，只是一副无所谓的样子回道："不是孙哥的场子吗？不给他们脸，总要买孙哥的面子。"

苏一灿沉默了。如果刚才不付钱就这么走了，大不了以后不跟姜斌他们来往，但是孙老四那群人也在，被姜斌他们当猴耍，难看的是她。岑莳这样做，不但堵了姜斌他们的嘴，也照顾了孙老四的生意，算是事情做得漂漂亮亮。

她没想到一个初出茅庐的小弟弟处事这么圆滑，不禁问了他一句："你多大啊？"

岑莳朝她弯了嘴角："十八岁。"

"……"我信你个鬼，十八岁的赵琦刚刚还被人按在地上摩擦呢。

2

准确来说岑莳身上的确有种少年感，单看样貌，要说他是苏一灿学校高三的学生都能说过去，可他刚才面对那帮人刁难时所表现出的淡定世故，不像那种不谙世事的少年，苏一灿也形容不出来。

而后苏一灿拦了车，带着岑莳回到那片烂尾楼拿自行车。凤溪地方小，很多巷子汽车走不了，这里共享单车也不容易找，她还指望这辆"小红"带她闯天涯呢，不能丢了。

结果在出租车上，苏一灿已经开始打瞌睡了。虽然她酒量还不错，但替岑莳挡了不少酒，又去孙老四那边喝了一些，几种酒一串，难免上头，到了地方后，还是岑莳把苏一灿给摇醒了。

她下了出租车后脚步有点虚，岑莳看她那样没敢落下，紧跟在她后面。走到墙根自行车旁时，岑莳不禁问了句："能行吗？"

苏一灿手一挥："行，怎么不行。"然后一抬腿就踩空了，脑门朝碎石块磕去。

岑莳早有防备，手臂一横，苏一灿跌倒在他臂弯里。

猝不及防的柔软触感让岑莳猛然一愣，他快速松开她背过身去，就听苏一灿说了句："有点晕。"

看岑莳背对着她，她还歪了下头笑了起来："你咋了？不好意思了？我青春期的时候你还在看奥特曼打怪兽呢，想什么呢。"

岑莳绷着脸扫了她一眼，往自行车上一跨："我带你吧。"

苏一灿没动，刚想撵他下去，却听见他说："快点，我困了。"

苏一灿叹了声，往后座上一坐。

岑莳腿太长，骑这种女式自行车无比别扭，看起来有些滑稽。他抬头望了眼残月，心想自己本来是打算回国散心的，怎么还一夜倾家荡产，沦落到骑女式自行车的地步了？

苏一灿在他身后说了声："刚才多少钱，我转给你。"

"不用。"岑莳简单干脆地回。

"你挺有钱啊弟弟，十几万眼睛都不眨的，家里有矿吧？"

"没了。"

"什么？"

"我说我没钱了，所以以后麻烦吃住行姐包一下。"

"……"

苏一灿压根儿没把他的话当一回事，毕竟他那三个行李箱都不止这些钱了，大老远从美国回来就带十几万，还舍得一下子花没了？

岑蔚没再继续这个话题，转而说道："你围墙爬得挺好的。"

虽然这个夸人的角度有点"清奇"，但苏一灿很是受用。大概是喝大了，她毫不掩饰地自夸道："不是我吹，这爬围墙也是有技巧的，都是凭借我多年的经验练出来的。"

岑蔚很迷惑，练啥的都有，但是这爬围墙也怎么听都有点离谱："为什么要练爬围墙？"

苏一灿感觉眼皮子太重，干脆闭着眼回答他："为了看杜敬霆。他在八中，学校管得严，外校人进不去，八中操场东南面有个面条摊，我每次都从那里爬过去，趁着他们上体育课给他送水，整整三年。"

岑蔚沉默了几分钟，问道："就这么喜欢那个人？"

苏一灿坐在后面一颠一颠的，夏日夜里的风吹在身上也不算热，挺舒服的。她整个人有些迷糊了，含混不清地说："是啊，他是我整个青春啊！"说完就没了声音。

岑蔚也没感觉出来这个青春对苏一灿来说有多么重要，综观她失恋的这两天，还是该吃吃，该睡睡，没有表现出一点失恋的人该有的悲伤——除了每次洗脸都跟要自杀一样。

过了好一会儿后面都没有声音，再出声时，苏一灿大大咧咧地说了句："扛不住了，弟弟，背借姐靠一下，到了叫我。"然后脑门往岑蔚的后背上一靠，没了动静。

岑蔚背脊僵了一下，不自觉放慢了骑车的速度。

苏一灿不管不顾地睡了，苦了岑蔚不认路，回去十多分钟的路程，他硬是围着石舀湖转悠了老半天。

苏一灿倒是没再醒过。岑蔚怕她坐不稳摔下去，一路骑得很慢。

湖边的夏风悠悠地吹，吹散了夏日的烦闷，树头的知了齐声叫，赶走了杂乱的思绪，岑蔚大脑放空，全部的注意力都放在了后背上。苏一灿的头发扎到了岑蔚的 T 恤里，那痒痒的感觉从他的皮肤传到他的心口，让他越来越心不在焉，他甚至能感觉到苏一灿细微的呼吸落在他背上，不自觉也跟着她的呼吸踩着踏板。

最后误打误撞给他找到了苏一灿的家，之所以确定，是因为门口停了一辆黑色轿车，一个男人靠在车门上，似乎已经等了很久。看见昏黄的路灯下由远及近的自行车，男人扔掉了手中的烟在皮鞋下碾灭，而后直起身子。

岑蔚也看到了杜敬霆，在离他几米远的地方停了下来，拍了拍身后的人。

苏一灿困苦地挥了下手："别吵我。"

岑蔚回过头对她说："你的青春来找你了。"

苏一灿头脑发蒙地睁开眼，盯着几步之外的杜敬霆看了半晌，好在人虽然喝大了，意识没有完全丧失，从自行车后座走下来问了句："找我干吗？"

杜敬霆瞥了眼双手搭在把手上的年轻男人，眉峰轻拧，抚了抚挺括的衬衫上第一颗扣子，漫不经心地松开。岑蔚倒是没怎么在意他，问苏一灿要了家门钥匙，将自行车骑进院子停好。

杜敬霆这才对苏一灿说："我明天要去趟海南出差，可能要去半个月，走之前来看看你，想要什么礼物？"

苏一灿没什么情绪地盯着他，后一秒突然就笑了，出声道："我觉得这个问题你可能问错人了，去问问上次那朵小百合比较合适呢。"

杜敬霆的语气依然温和："你真介意吗？"

苏一灿反问道："你觉得我不应该介意吗？"

杜敬霆侧过脸，望着幽暗的巷子尽头无声地笑了，半晌，才回道："你要介意，我身边就不会有其他女人了。"

苏一灿有些站不住了，淡淡地说了句："我累了。"

恰好这时，岑蔚停好车子走了出来，面无表情地对着杜敬霆说："苏姐今晚喝了不少酒，人不太舒服，有什么事改天再说吧。"

除了在派出所那次，这是杜敬霆第二次正儿八经打量这个小伙子，话虽然是用平常的语气说的，却散发出一种侵略性。

杜敬霆略微一笑，转而对苏一灿体贴地说道："那你先回去休息吧，等我从海南回来，我会找你好好聊聊，毕竟我们之间不是一句分手就可以断的，你说是吧？"

太多年的羁绊，即使感情可以说断就断，但他们之间那么多动产、不动产都需要协商处理，理智上来说，是需要好好聊聊。

苏一灿点了点头："行吧。"

杜敬霆温文尔雅地对她说："晚安。"

刚想上前摸摸她的脑袋，忽然一道金属光芒划破夜空朝苏一灿飞去，阻挡在她和杜敬霆之间——是刚才岑莳从她那接过的钥匙串。苏一灿抬手接钥匙的时候，杜敬霆僵在半空的手默不作声地收了回去。

苏一灿打了个哈欠往家里走，岑莳待她进去后，也转身走进院门，而后回过身准备将院门重新锁上。

就在快拉上院门的刹那，他抬眸朝院外看去，杜敬霆依然立在院门口望着他，没有离开。

岑莳迎上杜敬霆的目光停下了手上的动作，却看见杜敬霆突然拍了拍心脏的位置，漆黑的眼神里沉着一抹幽暗的光，缓声说道："她这里是不会动的。"

岑莳斜了斜唇角："心脏不会动的是死人。"

杜敬霆眼里漾开一抹凉凉的笑意："也许吧。"说完他便收回目光大步走回车前。黑色高档轿车扬长而去，消失在巷口。

杜敬霆走后，岑莳在半残的月光下陷入了短暂的思索。"不会动"是什么意思？是说苏一灿的心已经死了？

第五章

篮球可以用来打比赛，但不能用来打人

▼

1

岑蒔莫名其妙锁上院门，却在往回走的时候忽然想起一些不对劲的地方，例如苏一灿面对杜敬霆时的平静，例如她生活照旧，完全看不出来是一个刚被深爱的男人劈腿后该有的状态。

岑蒔蹙了下眉走进屋里。

苏一灿已经在洗澡了，岑蒔坐在客厅的沙发上，不时朝浴室的方向看上几眼。半个小时过去了，苏一灿还没出来。

想到她喝了那么多，岑蒔有些坐不住了，走到浴室门口，敲了几下，问："还好吗？"

里面没有声音。

岑蒔又拍了几下浴室的门，还是没有声音。

他的面色突然紧了一下，顾不得那么多，刚准备撞门，浴室的门"哗"地从里面打开，苏一灿穿着才换的 T 恤短裤，看了他一眼："叫魂啊？"

岑蒔感觉不对劲，她刚在里面待了半天，水一直放着也没出声，不会哭了吧？

他低下头仔细打量了她一番，看不出像哭过的样子，试探地问了句："你是……吐了吗？"

苏一灿没回答，径直往房间走，留给他一个背影："你洗吧。"

岑蒔对着她的背影嘀咕了一句："头发滴水就睡了？"

大概苏一灿觉得有点道理，忽然停住脚步又回身看着他，语重心长地说："弟弟啊，姐改天给你包饺子好不好？"

岑蔚预感就没好事，果不其然苏一灿紧接着说道："我在沙发上躺会儿，你待会儿要是吹头发，顺便帮我也吹一下。"然后整个人往沙发上一瘫。

等岑蔚从浴室出来拿着吹风机绕到苏一灿身边时，她已经睡着了，头发垂在沙发外面，睡得很安静，呼吸浅浅的。

岑蔚绕到她头边，打开吹风机，修长的手指穿插在她的发丝间。她的头发还挺长的，很细软，只不过白天见她都是绑着的。发丝间的香气传到了岑蔚的鼻息间，他不自觉地看向苏一灿熟睡的面容。

苏一灿的长相属于很有攻击性的美，一般的男人不敢招惹的那种。从学生时代起，她的五官就明艳张扬，加上个子又高，在女生中间特别出挑。

现在比起从前，少了少女时期的明媚，多了一重女人的妩媚，长发飞舞，那种朦胧的性感让岑蔚无法挪开视线。和白天时的飒气截然不同，现在的她柔软得像水流，这样的吸引力对岑蔚来说是陌生的。

跨越大洋彼岸，在这一刻，他忽然找到了在他心里丢失已久的归属感，或许这种归属感还有个名字，叫"家"。

许是前一天晚上岑蔚睡得挺好，第二天苏一灿一早起来就没看见他人，桌上留了个条子"我出去一下，中午回来"。

不得不说，这外国长大的娃中文写得说是甲骨文都不为过，丑得连亲妈都不敢认。

苏一灿也不知道昨晚黑漆漆的他怎么就把路认明白了，居然一大早敢一个人出去，也不知道去了哪儿，神出鬼没的。

中午，苏一灿随便做了两个菜，这弟弟当真卡着饭点回来了。苏一灿问他去哪儿了，他老实回答："去找了份工作。"

苏一灿看着他，今天他穿的黑色牛仔裤，两个裤腿的膝盖一边一个洞，大腿那边还有个洞，洞口的线头歪歪扭扭，上身是图案乱七八糟的涂鸦连帽衫。穿这样出去找工作？找的是资深非主流业务推广吗？

苏一灿不禁问了句："找到没？"

岑蔚大概饿了，拿起筷子点点头："找到了。"

"什么时候上班？"

"过几天。"

苏一灿笑着调侃了一句："教人跳街舞啊？"

基于这身打扮，她实在想不出还有什么工作适合他。

岑蔚随意回道："差不多吧。"

有颜值就是任性，这么随意出去晃了一圈就找到工作了？苏一灿都开始怀疑新闻里天天播报就业难的真实性。

这个话题结束后五分钟，苏一灿才突然反应过来："不是，弟弟，你不是来旅游的吗？怎么还找起工作了？你是打算长住这边不回家了？"

岑蔚快速地扒拉完一大碗饭说道："回，得赚到回程的机票钱。"

"我可以转给你。"

岑蔚笑得一脸人畜无害："自力更生，丰衣足食。你昨天说包水饺给我吃的，还记得吧？"

"我有说过吗？我不是告诉你我不会吗？"

"有，你让我帮你吹头发，说会包水饺给我吃。"

苏一灿十分果断地说："那不可能，我怎么可能麻烦你帮我吹头发。"

"……"所以昨晚那是在骗小孩吗？

然后她就当啥事没发生一样回房了。

岑蔚想着昨晚她命令自己帮她吹头发时的神情，活像个娇贵的女王。果然女王都是翻脸不认人的。

街道篮球场位于凤南菜场的西边，那里基本上从早到晚都聚集着不少人，小伙子扎堆打篮球、玩滑板，老头儿老太太摇着扇子坐在球场旁边的小广场乘凉唠嗑，早晚还有广场舞大妈们有组织有纪律地进行大规模运动，算是这附近最热闹的地方。

苏一灿换鞋的时候，岑蔚已经自觉地站在院门口等她——虽然她并没有喊他同去。

在走之前，苏一灿已经给副校长去了电话，表示都通知到位了，没人愿意参加。副校长也很发愁，今年刚调过来的大校长比较注重德智体全面发展，重点就想抓一抓校队，这下就难办了。

副校长愁了半天，艰难地决定："那这样吧，费用再降一半，剩下的我来想办法找途径申请，如果你能把这件事办妥，额外再给你申请两百块奖金。"

"……"谢谢余副校长恩典了，我差这两百块？

他们到小广场的时候，赵琦已经到了，正蹲在篮球场边的台阶上跟几个同龄人吹牛，见苏一灿往他那边走，老远就对她招手喊"苏老师"。

苏一灿走过去把集训的事情又跟他说了一遍，赵琦说自己真没时间，八月份打算去干份兼职赚点零花钱。

他们在沟通的时候，岑蔚就靠在一边的石柱上没出声，见他们半天没商量出个所以然来，便慢悠悠地从口袋里摸出十块钱对赵琦说："哪儿有卖水的？"

赵琦指了指马路对面胡同里的小卖部。岑蔚要笑不笑地对他说："带我去。"

赵琦刚想回一句"买个水还要人陪"，但转念想到这人昨晚下手狠辣的样子，心里有些发怵，于是对苏一灿说："苏老师，我先带他去买水。"

苏一灿点点头："去吧。"

刚进到胡同里，岑蔚突然停下脚步。这会儿胡同里正好没人，赵琦见他不走了，心下一慌，顿感大事不妙。果不其然，岑蔚突然抬起手……赵琦吓得下意识捂住脸"哎哟"了一声。

然而，拳头并没有落下来。

赵琦透过指缝看见岑蔚只是挠了挠头，似笑非笑地盯着他："怕什么？"

那眼神看得赵琦鸡皮疙瘩都起来了，心里毛毛的，颤着声问："你、你要干吗？"

岑蔚的手放了下来，顺势抄进裤兜里。

赵琦的个头已经有一米八五了，但岑蔚站在他面前，明显比他还要高出一截，着实有些压迫感。赵琦没敢乱动，听见岑蔚对他说："没想干吗。你不是说八月份要打工赚钱吗？能赚多少钱？"

赵琦有些摸不着头脑，说："没多少，到附近网吧做下半夜兼职网管，也就一千多。"

"哦，到哪儿打工不是赚钱？你现在长身体，天天熬夜不大好，不如这样吧，你喊你队里的人回来训练，喊回一个我给你一百提成，全部都喊回来，你的训练费我出。"

赵琦有些不敢相信自己的耳朵，还有这种好事？

集训的话，一帮兄弟住在一起不就跟度假似的？还能有钱拿？此等好事立马让赵琦笑得合不拢嘴，爽快地答应了。

岑蔚继续交代道："不过这事我们俩知道就行了，要是跟队里其他人多嘴，我饶不了你。另外，苏老师那边也别提，待会儿回去就跟她说你同意参加就行了。"

赵琦心虚地问："这……哥啊，你和苏老师什么关系，还自掏腰包这么义气？"

岑莳回道："和苏老师没关系，你很快就会知道了。"然后摸出那张十块钱递给他，"去买水吧，三瓶。"

2

赵琦大口大口灌着冰爽的可乐跟着岑莳往回走，看见苏一灿坐在篮球场边，岑莳走过去将手上的冰镇矿泉水拧开随手递给她，苏一灿接过，抬头看了他一眼。岑莳垂着眸挑了下眼皮问她："干吗？"

苏一灿笑了笑没说话，抬头喝了口矿泉水。赵琦赶忙按照刚才谈好的，跑到苏一灿面前说他可以参加集训，待会儿他就挨家挨户去喊其他队员，保证把这事办得妥妥的。

苏一灿斜睨着赵琦一脸捡到钱的表情，感觉这事挺奇怪的，买个水的工夫，赵琦突然就变脸了，连打工都只字不提了？

她不禁望向右手边的岑莳。

岑莳一边喝着水，一边盯着篮球场，目光牢牢锁定在一个黑衣少年的身上。那人和赵琦差不多高，留个寸头，左耳朵上戴着一枚黑色的耳钉。

见赵琦走到他面前挡住了他的视线，岑莳拨了下赵琦，问道："那个黑衣服的，你觉得打得怎么样？"

赵琦回头看了半天，说道："你说殷佐啊？我不好评价。"

苏一灿突然接了句："他就是殷佐？"

岑莳偏了下头："你也认识？"

苏一灿回道："认识。他们班我带的，我每次点名都没见到过本人，能不印象深刻嘛。"

赵琦立马嬉皮笑脸道："所以这么一对比，我还算好学生吧苏老师？其他课不敢保证，起码体育课我成绩优异啊。"

苏一灿掠了他一眼："半斤八两。"

岑莳低喃了一句："居然是你们学校的学生？"

赵琦蹲了下来小声道："殷佐那帮人基本上不上学的，保不齐熬不到高三就被开了。"

岑莳一口气喝完手上的矿泉水，将瓶子捏扁，敲了下赵琦的后背："上去跟他打一场。"

赵琦一脸为难地说："还是别了吧。"

岑莳转过头，眼里的光透着一股凉气。

迫于金主的威压，赵琦不情不愿地朝场中走去，喊了声："带我一个。"

十几分钟下来，赵琦的体力还行，准头就一言难尽了。岑莳看见他跑到篮圈下还能扔偏，直接给气笑了。

反观殷佐，虽然打得毫无配合可言，但只要到他手里的球，都能以各种刁钻的角度被扔到篮圈里，那准头吸引了岑莳的注意力。

岑莳对苏一灿说："那个黑衣服的要是能进你们篮球队，应该还能培养培养。"

苏一灿摇了摇头："还进篮球队呢，让他进趟校门都难。"

下午的阳光越来越辣，岑莳侧眸看了眼苏一灿，见她额上已经冒了汗，便问了她一句："热吗？"

苏一灿擦了把汗回："你说呢？"

岑莳站了起来，刚准备说那回家吧，结果场中出现突发状况。

事情源于赵琦传球的时候传偏了，直接砸了一个小伙子的面门，那小伙子当场一把眼泪一把鼻血，旁边有人吼了句："眼瞎啊？"

赵琦的表情也冷了下来："我又不是故意的。"

有人插道："殷佐，这人是你们学校的吧？上次毛子他们要找的人是不是他？"

赵琦面色不好地转头看向殷佐："我跟你没怨没仇吧？你说句公道话，我是不小心的啊。"

旁边那人接着说道："就当你不小心吧，拿两百块钱给兄弟，这事就算了。"

赵琦当然不能忍，他又不是吃素的，那人流了点鼻血就要他掏钱……他瞪着殷佐，心想大不了叫人过来，反正他是不会低头的。

这时其他人也都看向殷佐，显然他在这群人之中说话比较有分量。

殷佐缓缓弯下腰捡起地上的篮球，细长的丹凤眼里透着一股不好惹的邪气，对赵琦说道："要么按照我兄弟说的办，要么你刚才怎么砸的人，我现在怎么还给你。"

赵琦一听，立马火了："你做梦！"

话音刚落，殷佐猛地抬手，篮球直直地朝赵琦的脑袋砸来。

一切都发生在眨眼之间，篮球像离弦的箭，快得让赵琦压根儿反应不过来。

突然，一只大手挡在他的鼻尖前端仅仅一厘米，截住了球。

赵琦吓得退后一步，便看见原本直击他面门的篮球，此刻被岑莳稳稳地握住。

这不是单纯手大就能握住的问题，手指的柔韧性和张力都决定着球性，而面前这个男人却能不费吹灰之力就这么牢牢握住篮球……不仅赵琦，所有人都惊讶地望过来。

以岑莳引人注目的身高和容貌，打从刚才一来这里，很多人就注意到他，只是到此刻，所有人才认真打量起他。

岑莳将篮球在手上颠了两下，目光对上殷佐，淡淡地对他说："篮球可以用来打比赛，但不能用来打人。"说完将球往空中一抛，扔回给殷佐。

殷佐刚抬手接过，旁边那个兄弟就吼道："你谁啊你？"

苏一灿也走了过来对殷佐说道："你课不上也就算了，还想把学校唯一的篮球队长打残了？是打算让我们校连区赛都打不了是吧？哦，对了，还需要向你介绍我是谁吗？"

殷佐眯了下眼，盯着苏一灿看了看，显然认出了她，将篮球在地上拍了两下，没再说什么，转身继续投篮，仿佛刚才的不愉快未曾发生般。

旁边一帮兄弟见殷佐不打算追究，自然也就算了。

赵琦还在那儿骂骂咧咧的，苏一灿一巴掌拍在他背上，训道："差不多行了。"

让苏一灿万万没想到的是，傍晚她就接到了赵琦的电话，说篮球队的人都召集齐了，这倒帮了苏一灿的大忙。

一个电话打给副校长，副校长夸她事情办得利索，让她通知篮球队的人明天回校办集训手续，顺便开个小会，明天梁主任也会带着新教练到场，新教练对学生不熟悉，还要苏一灿过去帮忙组织一下。

苏一灿就知道这两百块奖金不是那么好拿的。只可惜他们学校体育老师总共就五个，两个老资历难得放假，校领导自然是叫不动的，一个老婆大肚子，江老师又要带田径队，所以这种支援工作只能落到苏一灿身上，谁叫她都二十八岁了还是孤家寡人毫无牵挂。

晚上苏一灿给岑莳科普了中国的手机支付。她滔滔不绝地介绍着各种实用方便的 App，岑莳坐在她身旁，抻着头盯着她的手机页面耐心地听着，自然卷在灯光的映照下看上去软绵绵的，那认真学习的模样让苏一灿心情愉悦。

不一会儿，苏一灿让岑莳在她手机上实操如何点外卖。

岑莳看见火锅都能点，出于好奇就点了一份，于是苏一灿那两百块奖金还没拿到手，又倒贴两百块。

两人窝在光线不算好的破木桌上涮羊肉的时候，岑莳随口问了句："你们学校篮球教练怎么样？"

"你说之前的那个范教练啊？听说年轻时在市篮球队，后来退休返聘过来的。反正副校长开会的时候说得他不知道多牛，感觉他来到我们学校后，篮球队都能冲出亚洲走向世界了。

"那人在我们学校待了三年，现在篮球队什么样你也看见了。整整三年了，连我们区都打不出去，更别说什么市赛、省赛了。

"这个范教练前几个月说要回家带孙子辞职了，我听校领导说又找了个新教练，还不知道是什么人，明天非把我叫去配合工作。"

岑莳刚准备开口说什么，苏一灿嘀咕了一句："要不是这个新教练说要搞暑期集训，我也不至于这么多事，真想给他一个过肩摔。"

"喀喀……"岑莳被一口肉呛到。

苏一灿赶忙把他的饮料递给岑莳，于是岑莳硬生生把话吞了回去。

第二天，苏一灿起床后发现岑莳又不见了，桌上留着一张字丑得人神共愤的字条：我先去工作了。

凤南二中离苏一灿家非常近，就在凤南菜场的东南边，苏一灿骑着"小红"，一会儿就能到。

她到学校的时候，赵琦已经搬了张桌子放在进门大厅，桌上放着登记用的表格和笔，还挺有模有样的。

赵琦看到她，嬉皮笑脸地喊了声："早啊，苏老师。"

苏一灿把表格拿过来瞧了眼，问了句："新教练人看到了吗？"

"没啊，好像在梁主任办公室还没下来。"

苏一灿放下表格往楼上走去。

暑假，学校里空荡荡的，过道寂静无声。苏一灿拐到梁主任办公室门口，梁主任正好从隔壁复印室拿了几张纸出来，瞧见苏一灿来了，赶忙招呼道："来得正好，我带你见见新教练。"

梁主任是个将近五十岁的中年女人，个子矮小，常年盘着发。苏一灿跟在她后面，刚走进办公室便看见一个穿着干净白T恤和运动裤的男人坐在窗边写东西，晨曦的光柔柔地从窗外洒进来，男人一头栗色自然卷泛着淡淡的金色。

苏一灿脚步一顿，刚想说这发型怎么这么眼熟，下一秒梁主任便介绍道："岑教练，苏老师过来了，你们认识一下。"

男人放下笔抬起头，那一瞬他整个人沐浴在光晕之中，苏一灿第一次看见他脱掉花里胡哨的潮服，穿得清爽简洁，那画面仿若开了柔美滤镜，晃着苏一灿的眼。

还是岑莳先站了起来，朝苏一灿露出恰到好处的笑容，伸出手："接下来的工作劳烦苏老师了。"

3

苏一灿皮笑肉不笑地朝岑莳伸出手，声音没有丝毫温度："哪里的话，应该的。"

这是两人第一次客气礼貌地握手，就连当初接机时也没有过。

苏一灿的手比岑莳想象中还要柔软，好似稍稍用点力就能掐断。

而苏一灿也头一次如此真切地感受到这个年轻人的手比看上去还要大，几乎将她整个手掌包裹住，带着属于男人的力量感。

四目相对，一个含着笑意，一个冰冷无波，面上好似真的是同事第一次见面般相安无事。

岑莳和苏一灿打过招呼后，又坐下继续写材料。梁主任把刚打印出来的资料递给岑莳："你看着填，哪个地方不清楚的，问下苏老师。"说完梁主任就回到自己的位置上去了。

岑莳抬头看了眼站在一边的苏一灿，伸手拎了把椅子放在他旁边，倒是自觉得很，苏一灿不坐下都显得不关爱新同事了。

她几步走过去，往椅子上一坐，跷着腿斜睨着他填资料。

就是入职档案和基本资料，那字写得怎么样就不说了，关键是写一个字还得想半天，这速度让苏一灿深刻意识到他这两天给她写留言条，应该已经耗尽他"毕生修为"。

岑莳见她盯着自己看，抬起头露出一个无懈可击的笑容。要不是梁主任还在前面坐着，苏一灿都要上手给他一记栗暴了。想到这几天自己为了篮球队的事跑前跑后，忙死忙活，结果居然是为这弟弟忙的，关键他待在自己身边几天居然一声不吭，就看着她为他做牛做马……

就在苏一灿越想越气之际，岑莳忽然将手上的纸往苏一灿面前推了推，压低声音问道："遵守的遵怎么写？"

"……"

苏一灿接过笔帮他写上递给他。

岑莳接过后看了眼，忽然将椅子往苏一灿旁边一移，悄声问道："暂住地要写你家吗？"

苏一灿这才想起来还要登记个人信息，要是让全校老师知道她跟校篮球教练住在一起那还得了！

她夺过他的笔，把爸妈家地址填了上去，再塞回给他。

岑莳一脸苦大仇深的表情对苏一灿说："要不……你帮我全写了吧。"

苏一灿一言难尽地盯着他看了十几秒，拿过笔"唰唰唰"填起来，谁叫爸妈让她照顾好这个祖宗，连汉字都写不明白的祖宗。

梁主任那边手机响了起来，门卫说篮球队的人到得差不多了，问在哪儿集合。

梁主任挂了电话，对岑莳和苏一灿说："我先去阶梯教室开门，你们搞好马上过来啊。"

苏一灿眼看梁主任要出去了，将写得差不多的材料交给岑莳签字，自己跟了出去，在走廊上喊住了梁主任："主任，这个教练靠谱吗？"

梁主任匆匆说道："是余校长那边安排的，应该靠谱吧，余校长还说秋季赛争取在区里拼个前三。"

"……"区里一共也就四个学校。

苏一灿又问："他年纪这么轻，当教练能有什么经验？"

梁主任回道："篮球我也不懂，但我听余校长的意思，这个岑教练来头不小啊，前两天和余校长通电话，他还说岑教练能来带队，我们学校也算蓬荜生辉了。"

"……"教语文的人，用词就是夸张。

苏一灿刚回到办公室就迎面撞见从里头出来的岑莳，一身干净清爽的打扮运动感十足，迎着朝阳的模样的确异常惹眼。

苏一灿顾不得欣赏他的颜值，抬起头瞪着他说道："来头果真不小啊，吃我的住我的，还让我为你鞍前马后地做事，怎么就这么沉得住气的呢？"

岑莳一脸无害地朝她笑："生气了？"

苏一灿的白眼都要翻到天上去了，抱着胸刚转过身。岑莳绕到她面前挡住她的去路，声音低了几分，那略带磁性的嗓音听上去多多少少有些哄人的味道："也没让你鞍前马后，我不都陪着你吗？"

"……"

她整理号码的时候，他在吃饭。

她打电话联系家长的时候，他瘫在蜗牛椅上。

她去找赵琦跟那帮小混混对峙的时候，他在围观。

是，全程陪同，还是零参与的那种。

苏一灿抬起拳头就朝他揍去。她原本是虚张声势，以为他肯定会躲开，没想到拳头砸上去发出"砰"的一声，岑莳不仅没有躲，还硬生生接了她这一拳，给她撒气，而后揉了揉前胸，颇为委屈地说："疼。"

距离很近，他的栗色自然卷松软飞扬，清晰的下颌线勾勒出几近完美的弧度，薄唇泛着自然的红润，有种莫名的乖巧感。

苏一灿瞬间没了脾气，转过头去不再看他。

岑莳弯下腰来平视着她，一只手不得已撑在墙壁上，那样的角度好似将苏一灿半圈在方寸之间，耐心地对她解释道："前几天没说是想从比较客观的角度了解一下篮球队的现况，本来昨晚吃饭的时候打算告诉你的，你说要给我个过肩摔，考虑到才吃过饭就运动对肠胃不好，所以……"

"所以你就干脆提都不提，今天直接给我个惊喜，不，惊吓是吗？"说着苏一灿又叉着腰转回头瞪着他，"我说，你会打篮球吗？"

岑莳看着苏一灿，眼里的光很澄澈，声音干净纯粹："稍微会一点。"

"会打篮球也不代表能带校队啊，你有带队的经验吗？"

岑莳如实告诉她："没有。"

苏一灿一口气差点没上来，所以校领导到底是从哪个犄角旮旯找来的篮球教练，这不误人子弟吗？

岑莳却对着苏一灿笑了起来："反正你们之前的教练也不怎么样还混了三年，不差我一个，等我拿了工资分你一半。"

"……"苏一灿莫名其妙地盯着他。

岑莳眼里含着光，意有所指地说："你帮我代劳了工作，我工资分你一半也是应该的，毕竟大热天的。"

"……"怎么莫名感觉被人内涵了呢？

正好这时赵琦跑上来通知他们可以开会了，结果好巧不巧，撞见的就是岑莳半弯着腰，低眉顺眼地跟苏一灿说话的场面。他第一次看见岑莳对着人笑，把他吓了一跳，关键岑莳一只手还撑在墙上，故意迁就着苏一灿的高度，苏老师倒是双手抱着胸，脸色颇冷。

这乍一看就跟在哄生气的女朋友一样，看得赵琦一愣一愣的。他是听说苏老师有个谈了多年的男友，都要结婚了，现在这情况，他也不敢猜，也不敢问，只敢一个劲儿地看。

岑莳先察觉到动静，很快直起身子松开手，退了一步和苏一灿拉开了距离，好像什么事都没发生。

苏一灿这才侧过头。

赵琦秉承着"只要自己不尴尬，尴尬的就是别人"的理念，没事人一样对苏一灿道："梁主任说差不多可以开始了。"然后看了眼岑蔚，和他打了声招呼，"哥你也来了啊？"

苏一灿从赵琦身旁飘过，点了他一句："别把社会上那套带到学校来，以后看到人喊'教练'。"

赵琦满头问号地愣在那儿。现在是几个意思？这个卸人胳膊不眨眼的魔鬼不仅是苏老师的"小三"，还成了他的篮球教练？他此时此刻只想问一句，之前说好给他的报酬还算数吗？

不得不说，在"钞能力"的推动下，赵琦召集的人数"盛况空前"，平时篮球队训练就没一天全员到齐过，今天连平时的板凳选手都到了，总之凤南二中的篮球队第一次以这么整齐的方式出现，十二人全员到场。

但是，这整整齐齐的坐姿在看到新任教练后，立马就乱了。

本来就是一群常年不守纪律的问题学生组成的队伍，此时看见新教练如此年轻，进教室时还礼貌地朝大家笑了笑，一副好脾气的样子，他们马上就不当一回事了。

所以岑蔚走上讲台的时候，底下说话的说话，哄闹的哄闹，还有人把鞋子都脱了去砸另一边的人。

岑蔚就这样在讲台上站了足足两分钟，看着坐得歪七扭八、开个会连鞋子都能满场飞的画面，若有所思。

梁主任试图维持秩序，奈何没人理她。

苏一灿常年跟这些小孩打交道，多多少少也能掌握他们的心理，今天要是来个岁数大的教练，他们也许还能耐下性子听几句，偏偏岑蔚年纪轻就算了，长得还帅，这些处于青春期的男孩那股子莫名其妙的胜负欲又出来了，更是闹腾。

苏一灿缓缓从位置上站了起来，说了句："需不需要我和梁主任、岑教练出去给你们腾个地出来，你们什么时候聊好，我们什么时候进入正题？"

篮球队里有一部分人是苏一灿的学生，另外一部分不在她班上的也都认识她，苏老师平时在学校几乎不苟言笑，就是再调皮的学生也不怎么敢招惹她。

见这帮人终于安静下来，苏一灿简单介绍了下："范教练家里有事，后面就不带你们了。这位是你们的新任篮球教练，姓'岑'，大家以后喊他'岑教练'，下面有请岑莳给大家开个简短的会议。"

苏一灿给岑莳递了个眼神，意思是场面给他控制住了，他可以发挥了。

岑莳的眼神往每个人脸上一一扫去，问出的第一句话却是："我们这个篮球队有队名吗？"

赵琦率先摇了摇头。

岑莳继续问道："那平时出去比赛都用什么名字？"

有个长相憨憨的大块头说了句："教练，我们就没出去打过比赛。"这话说完，底下发出一阵哄笑。

另一边穿着背心的瘦小伙叫了声："有啊，我们不是有队名吗？"

刚说完，这背心小伙口哨一吹，阶梯教室里突然就传出让所有人震耳欲聋的叫声："树上的雀子成双队。"

苏一灿直扶额，集训还没开始，她已经为岑莳捏把冷汗了。

4

场面一度快要失去控制，反观岑莳，面对乱哄哄的情况没有丝毫多余的表情，问的第二个问题是："我听说之前学校发过篮球服，都在吧？"

队里一个龅牙小伙笑道："我的给我妈穿去跳广场舞了。"

他旁边的说道："上衣还在，裤子扔了。"

在大家议论纷纷的时候，苏一灿盯着岑莳发起了呆。刚才帮他填表的时候，她顺便了解了一下他的基本情况，今年二十一岁，美国佛罗里达州人，按道理说这个年龄的男孩子应该还在读大学，苏一灿不知道岑莳为什么没上大学，突然跑来了中国。

听老妈前几天在电话里的语气，他家里可能发生了什么事，而且事情应该不算小，不然老爸老妈不会突然去迈阿密。如果岑莳不主动提起，苏一灿还是打算等爸妈回来再打听。

岑莳听着大家七嘴八舌，依然没有什么太大的反应，只是简单告知集训周期、内容、地点、注意事项，还有一些需要带和不允许带的东西。

整个碰头会也就七八分钟，岑莳一句废话都没说，快得让底下的人也有些出乎意料。

只是临散场的时候，他淡淡地说了句："今天回去，每个人想个合适的队名，明天投票表决。另外，所有人必须穿篮球服参加集训，没有的回去想办法。"

当然，他这番语气平平的话并没有引起多少人的重视，第一次和篮球队的见面便这么草草结束了。

回去的路上，苏一灿依然骑着她的"小红"，岑莳走在她身边。苏一灿见他一声不吭，估计他是见识到篮球队难管心情低落，不由得说了句："余校长给你多少奖金让你组织大家集训？"

岑莳回道："就说和上个教练一样的待遇。"

"……"也就是啥都没有。

路上日头正烈，晒得人很不舒服。

苏一灿想到接下来的半个月她要在这样暴晒的环境下陪练，有种生无可恋的感觉，抱怨了一句："那你还这么积极？吃饱了撑的吗？"

岑莳瞥了她一眼，嘴角微勾："那苏老师认为应该怎么办？和上一个教练一样混混日子，走了还被人嫌弃一无是处？这就是苏老师的处事态度吗？比如明知车子有问题不去解决，比如门廊的灯坏了也懒得管，再比如你的青春都搭进去了，说算就算了？"

苏一灿没想到她不过抱怨了一句，岑莳就顶了她三句，还句句让她无法反驳。

既然无法反驳，她干脆脚踏一踩，直接加速骑走。

岑莳的话太犀利，戳穿了苏一灿现在的状态，她也不知道从什么时候起自己越来越"佛系"，明明不是这样的人，可面对很多事的时候，她慢慢产生一种"算了，就这样吧，还能怎样"的心态，她非常不喜欢现在的自己，可又不想去改变。

岑莳是十几分钟后自己走回来的。苏一灿虽然先回了家，但是没锁院门，给他留了道缝。

他到家后发现苏一灿待在房间里，房门是关着的，他敲门她也不搭理。

岑莳这才感觉踩到了苏老师青春的尾巴，哄不好了。

傍晚，苏一灿刚出房间走到客厅，就发现门廊的灯不知道什么时候修好了，还换上了特别亮的大瓦数 LED 灯泡，照得整个院子通明透亮，一眼可见停在院子里的大众引擎盖是掀开的，底盘撑着千斤顶，驾驶座的车门也是开着的，但是不见人。

苏一灿下了台阶刚走到车边，岑莳猛地从车底下探了出来，把苏一灿吓了一跳，不禁问道："你干吗？"

岑莳身上的白色 T 恤也成了花的。他站起身，拍了拍身上的灰尘对她说："检查下故障。应该是汽油泵压力过低供油不足导致的，等集训回来我去买个新的换上。"

"你不是说不会修车吗?"苏一灿还是一副不冷不热的样子。

岑莳摸了摸鼻尖,半垂着头嘴角轻轻上扬:"十来岁的时候偷开我爸的车,撞过几次,摸着修过,不算会。"

"你家人知道你要留在这里工作吗?"

岑莳嘴角的笑容变得缥缈了些:"他们管不到我。"

苏一灿想想也是啊,他们那儿的人貌似年满十八父母就不管了,她便没再问什么,转身回房。

岑莳将车锁上跟了进去,问她:"饿吗?"

苏一灿回头调侃了他一句:"饿了你做给我吃?"

"行啊。"没想到岑莳倒是一口答应了。

他洗了手,跑去冰箱里找了一圈,翻出一包碎芝士,做了一盘芝士焗土豆泥,喷香的味道飘满整个老房子,一勺下去,丝滑的土豆泥配上拉丝的芝士,不比在外面店里吃的差。

苏一灿吃得很饱,抬起头看向岑莳的时候,他身上还穿着那件已经脏掉的白T恤。她忽然觉得岑莳也不见得是个娇生惯养的小祖宗,有时候还挺有男人样子的,比如修车的时候,再比如变着花样主动认错的时候。

所以她大人不记小人过,吃完饭主动提道:"你T恤脱下来我帮你洗。"

岑莳粲然一笑,然后就这么当着苏一灿的面直接脱了T恤递给她。

客厅老式壁画旁暗淡的吸顶灯下,是男人毫不遮掩的肌肉线条,苏一灿从没想过宽大的衣服下面是如此精壮的体格,还有那恰到好处的紧窄腰身,配上这身高这模样,直接就让她看蒙了。

她怔然地说:"你脱衣服干吗?"

岑莳莫名其妙:"你叫我脱给你洗的啊。"

"我的意思是你回房间换件衣服出来,把脏衣服给我。"

岑莳"哦"了一声,伸手打算问她要回衣服。

苏一灿转身说了句:"算了。"说完觉得不对劲,又回过身盯着他左胸前的图案,有些讶异地问:"你还有文身啊?"

她完全想象不出来外表长得如此干净阳光的弟弟,身上会有这么奇特的文身。

那是个很复杂的图案,像是一种兵器,但是设计得很有美感,在岑莳的身上莫名有种狂野劲儿。

苏一灿盯着那个图案瞧了瞧问道："文的什么东西？"

"胜利之矛。"

"还有名字啊？"

岑莳垂着视线告诉她："古希腊神话中，宙斯的闪电矛、波塞冬的三叉戟还有哈迪斯的双股叉合成胜利之矛，没有任何生灵可以阻挡。"

岑莳说这番话的时候，语气很平静，虽然只是在简单介绍文身，可苏一灿却听出一种不屈服的韧劲，特别是最后一句话。

再看向那把黑色的矛时，上面缠绕的图腾、雷电和火焰仿佛都有了不同的意义，苏一灿还是第一次了解到这种武器，忍不住想再凑近些以便看得更清楚。

岑莳立在原地，低睇望着苏一灿在他胸前认真研究的模样，她温热的呼吸喷洒在胸口上，让他突然感觉一阵燥热。

苏一灿终于看出来这文身为何这么霸气了，因为……它是立体的。

她不禁赞叹："这文身师傅手艺了得啊，周围一圈火焰文得跟真的一样，还是凸出来的。"

岑莳见苏一灿看得如此入迷，侧过头笑了下，问道："要碰碰吗？"

苏一灿刚准备上手，伸到一半突然觉得不对劲儿，孤男寡女的，她去摸一个小孩的胸算是什么事？怎么都感觉自己这行径有点猥琐啊。于是她眼神一转，收回手走进浴室对岑莳说："回房穿衣服去。"

要说岑莳妈妈和苏一灿父母的关系……据说当年要不是岑莳的妈妈，苏一灿父母也不会走到一起，所以严格上来说，岑莳的妈妈岑佩英算是苏一灿父母的红娘。

苏一灿还小时，她妈经常会提到这位远嫁国外的阿姨，偶尔还能看见妈妈给这个阿姨写信。每逢过年，苏一灿都能吃到这个阿姨从国外寄来的巧克力和进口糖果。所以即使后来妈妈和这个阿姨渐渐少了联系，苏一灿对这个阿姨依然是有印象的。

虽然苏一灿非常不想去参加什么暑期训练营，但就白天那情况，她还真有点不放心岑莳一个人面对那么多问题少年，毕竟都是血气方刚的年纪。

毕竟是父母朋友的儿子，看在小时候吃人家巧克力的情面上，她也只能舍命陪小孩了。

第六章
凤溪酷炫美男子天团
▼

1

第二天一大早七点，篮球队的人准时在校门口集合，七点半大巴出发去训练基地。

岑莳将苏一灿和他的行李放好后，对她说："下面热，你上车等。"

于是苏一灿先上了大巴吹空调，看着岑莳拿着签到板站在下面数人头，来的人都到他面前签了字，签字栏后面还有个空格，要求他们填上昨天回去想的队名。

苏一灿观察了一下，有半数人没有穿篮球服，但是岑莳并没有说什么。

篮球队的人陆续上车，看见苏一灿倒是毕恭毕敬地喊"苏老师"。

苏一灿朝他们点点头。

七点半，岑莳将签到板一收，上车对司机说："走吧。"

苏一灿提醒道："还差一个没到。"

岑莳的语气没什么起伏地说："不等了，集训结束后赵琦给这个人办下退队手续。"

本来哄闹的车厢内顿时安静下来，赵琦有些为难地说："黄志刚是我们的大前锋啊。"

言下之意是把这人开了，主力队员都不够，还打什么啊？

谁知岑莳只是淡淡地"哦"了一声，然后往苏一灿身边一坐。

赵琦他们面面相觑，感觉这个教练似乎有点听不懂人话。

倒是苏一灿在车子开了后，从岑莳手上夺过签到板，看了下这些小兔崽子昨天回去想的队名，结果这不看还好，一看下来，苏一灿差点吐血。

什么"铁狼战甲最妖娆""必胜五剑客""兄弟连连看""凤南高中二病""凤溪酷炫美男子天团"……

苏一灿光看到就觉得辣眼睛了，赶紧将签到板扔还给岑莳，语重心长地建议道："其实我觉得，你要真想找份工作赚点钱，完全可以靠身体吃饭。"

岑莳古怪地瞟了她一眼："姐是想把我卖了？"

"你在想什么？我的意思是，你就当当什么平面模特，随便拍几张照都比你带这些小子强。"

岑莳低着头讪笑道："那行，你这边有这种赚钱渠道可以介绍给我。"

"……"

训练营建在大山里，空气好风景佳，一帮小伙子像出来郊游一样，走山道的时候个个兴奋得大喊大叫，吵得苏一灿脑壳疼。

十点，车子抵达目的地。

训练基地在山洼里，是一个规模较大的拓展培训场，他们租用了两层宿舍楼和一个室外篮球场。

刚下车，小伙子们勾肩搭背跃跃欲试，想赶紧看看宿舍啥样，结果岑莳并没有放人，而是让所有人带着行李在操场集合。

彼时太阳已经很晒，晒得人越发燥热。岑莳让大家站成一排，行李放身后，篮球队的人嬉笑哄闹，站得乱七八糟。

岑莳默默打量着他们的身高，就跟过山车一样，参差不齐就算了，怎么还有一米六出头的？

他歪了歪脖子，对苏一灿说："啧，这身高，不知道的还以为是足球队的。"

苏一灿倒是不以为意："那什么斯伯特·韦伯还有宫城良田也都不高啊。"

"宫城良田和土豆韦伯都是一米六九，而且土豆韦伯的原地弹跳能达到一米三。"岑莳说完转头对着那个矮个子男生说道，"你，跳个看看。"

矮个子左右望了望，发现是在说自己，旁边人都在起哄。他做了个助跑动作，用劲一跳。然后，就没有然后了。

苏一灿只感觉好像有一群乌鸦飞过头顶，这小伙子跳起来也并没有感觉和原地立定相差多少。

岑莳抿了抿唇，语气生硬地说："归队。"

旁边几个人一拥而上架住那矮个子，还挺高兴的样子，完全不觉得教练的考察让他们有任何压力。

岑莳看着赵琦对他说："昨天我说过哪些东西不允许带的，现在你挨个检查，把违规物品收到那边的空地上。"

众人一看这教练动真格的啊，当即都拉长了脸。不过岑莳并不理会，负手站在原地，眼里没什么温度地看着众人。

本来大家以为赵琦肯定第一个跳起来抗议，不承想他却主动打开自己的背包给岑莳看，表态道："教练，不该带的我都没带啊。"然后就挨个检查大家的行李。那操作，看得众队员一愣一愣的。

不多会儿，右边空地上就放了一堆东西，游戏机、iPad、薯片、辣条、娃哈哈奶……还有带了一整个化妆包的。

岑莳看了眼那个化妆品种类齐全的包包，再看了眼化妆包的主人苗英音，一个刘海梳得整整齐齐、涂着发胶的精致男生，被收走化妆包还一脸气鼓鼓的样子。

检查完毕，一帮小子也快被晒成人干了，纷纷出声问道："岑教练，能回宿舍楼了吗？"

岑莳点点头："穿了队服的回去放行李，没穿规定上衣或裤子的围着这里跑五圈，整套都没穿的跑十圈。"

"……"不会吧？来真的啊？

这时大家才开始觉得昨天开会时好脾气的年轻教练，可能并不怎么好说话。

大家一头问号地看向赵琦。

赵琦倒是一套黄色篮球服穿得整整齐齐，拖着行李嬉皮笑脸地说："兄弟我先走为敬。"

岑莳转头对苏一灿说："你带那些人先回宿舍放东西吧。"

苏一灿问了句："你呢？"

"第一课，得教会这些人什么叫'执行力'。"

十一个人，有六个没穿齐全篮球服，其他人一走他们就开始抱怨，特别是那个苗英音，大概因为流汗影响了他精致的形象，此时此刻他正恶狠狠地瞪着岑莳。

岑莳倒是不急不躁的样子，抬手看了看腕上的运动表，悠然说道："十一点半准时开饭，先跑完的先去吃，速度慢吃不到的不要怪我没提醒你们，这山里没有超市小卖部。"

苗英音气得转身就要往训练营外走，岑苘抬起下巴睨着他，扬声道："大巴已经掉头回市区了，从这里走出山，如果你中途不休息，脚程又比较快的话，翻过两座山，可能在太阳下山前能赶到最近的村子，前提是你没有迷路。"

旁边几人赶紧将苗英音拉了回来，劝道："算了算了，跑吧。"

有两个人动起来后，其他人也陆陆续续跑了起来。苗英音一边怨恨地盯着岑苘，一边不情不愿地跟在队伍后面，

岑苘抱着胸站在操场中间，陪着大家一起晒太阳。

等这六个人跑完放好行李赶去食堂时，大家已经开餐了。岑苘坐下吃了两口，面色不大好。饭有点夹生，菜的分量也少，总共就十个菜，青菜榨菜肉丝汤里的肉丝寥寥可数。

唯独让小伙子们感兴趣的红烧肉丸，不多不少正好十二个，由于被罚跑步的六人来得晚，盘子里的肉丸根本不够分的，其他几盘菜也所剩无几。

岑苘扒了两口饭便没有再动筷子，侧头看了眼苏一灿。苏一灿似乎早吃完了，低着头坐在另一边看手机，见他递来一个眼神后起身往外走，苏一灿便收起手机也跟了出去。

一到食堂外面，岑苘就说："伙食有点差。"

苏一灿一副见怪不怪的样子："训练费缩减了一半，一个人四百块包吃包住半个月，学校没让我们啃馒头就不错了。"

食堂门口一棵树都没有，太阳直晒过来，刺得苏一灿眯起了眼，岑苘跨了一步移到她面前遮住了刺眼的光线。也许是离得近，他的声音像一丝凉风驱散了夏日里的炎热，轻缓地问："你吃饱了吗？"

苏一灿还没来得及回答，有同学从食堂里面出来了，岑苘停止了话题，招呼大家都进食堂，他要说个事。

岑苘让所有人针对早上提供的球队名进行不记名投票，出乎意料的是，"凤溪酷炫美男子天团"获得了最高票。

苏一灿坐在最后面，眼角抽了抽。

但让她大跌眼镜的是，岑苘竟然点了点头，默许了这个队名。这让苏一灿开始怀疑起人生来，自己跟这帮小伙子的代沟有这么宽了吗？

散会后，岑苘对着刚起身的苏一灿说了句："苏老师留一下。"

苏一灿坐在位置上刷着手机等他，不一会儿她好似闻到了什么香气，然后面前投下一片阴影。她抬起头，岑苘弯下腰往她手里塞了一个塑料袋，里面是一个

热乎的肉包子。

苏一灿微怔，看着手中的包子问他："哪儿来的？"

岑莳没个正经："去厨房牺牲美色换来的，吃完再回去吧。"说着他便转身往外走。

苏一灿对着他的背影问道："就一个？你不吃吗？"

岑莳头也不回："我不饿。"

2

下午的训练开始。一上来岑莳就让队里的每个人进行了体能测试，各项数据他都详细地记录在一个本子上。

苏一灿背着双手凑过去扫了眼，他所记录的内容密密麻麻用的是英文。虽然岑莳的中文写得一言难尽，但是他的英文书写非常好看，一笔到底，连贯丝滑，就是……一个单词也看不懂。

体测完毕，岑莳将人分成三组，正式开始训练。

山里虽然气温不比市区高，但是白天太阳火辣，对于一群没怎么吃过苦的少年来说，还是有点苦不堪言。

其实篮球队训练的时候基本上没苏一灿什么事，不过她回宿舍躺着也不大好，所以也陪着他们站在大太阳下面，偶尔协助岑莳计计时，或者做做监督工作。

下午四点多的时候，所有人已经热得浑身湿透了。

休息五分钟的空当，岑莳回头看见苏一灿拿着写字板挡在头顶，突然小声喊她："姐。"

苏一灿下意识瞄了眼远处的学生。岑莳见她表情紧绷，阳光下那原本冷峻的脸上突然露出一丝笑意。

苏一灿这才发现他有一颗小虎牙，平时不太明显，沐浴在阳光下时没有攻击性，像温驯的小狼崽。

岑莳压低了声音对她说："我手机没电了，帮我回宿舍充个电好吗？"

苏一灿朝他伸出手："在学生面前喊我'苏老师'。"

岑莳将手机递给她，说："谢了，苏老师，充完直接带到食堂，我一会儿带他们过去。"

于是苏一灿拿着岑莳的手机回了宿舍，喝了一大口水，洗了把脸，顿时感觉凉快了。她随后找到充电器，插上后却发现手机还有一半的电，不过既然走这么远回来了，她便歇了一会儿。

临近晚饭时间，她去食堂等了会儿后，看见上午还闹哄哄的一群小伙子此时跟蔫了的白菜一样，一个个垂头丧气的。

岑莳一下午也没歇着，着实消耗了不少体力，此时落在众人后面，却不见一丝疲态。

苏一灿见他走近，将手机递给他："明明有电，还充啥。"

岑莳顺手接过往裤兜里一放，笑道："是吗？"说完便进了食堂。

苏一灿怔然地盯着他的背影，忽然觉得这弟弟不会是找了个借口让她回去乘凉吧？

还真给苏一灿说中了，晚餐上了一锅大白馒头。本来白天的训练就够消耗体力的了，中午好歹还有大肉丸和几个荤菜，到了晚上，鸡腿都是小小只的，吃得小伙们唉声叹气的。

第一天大家还没有适应如此高强度的训练，所以吃完饭岑莳没有再安排训练，而是让大家回宿舍拿衣服去澡堂冲澡，早点休息，还让赵琦把大家带来的零食又给发了下去。

公共澡堂位于宿舍楼的东南面，要穿过一条幽暗的小道，小道的不远处还有一片深不见底的湖。男澡堂和女澡堂只有一墙之隔，只不过此行他们当中只有苏一灿一个女生。

她提着衣服跟在一群追打哄闹的小子后面，然后单独进了女澡堂。

女澡堂里很空旷，墙上贴着的白色瓷砖因为时间长有些发黄，吸顶灯罩上蒙着一层厚厚的灰，让整个澡堂的光线变得有些昏暗。

苏一灿胆子大，巡视了一圈发现没有其他人，便脱了衣服走到一个花洒下。当她闭着眼冲掉头上泡沫的时候，隐约听见澡堂内的细微声音，她立马关掉花洒抹了一把脸看过去。

空荡荡的女澡堂很安静，并没有其他人，但她还是生出不安。

尽管苏一灿已经加快了洗澡的速度，但到底没有那些小伙子速度快，他们随便冲了一把就回去了。等苏一灿从澡堂出来的时候，外面黑漆漆的，通往宿舍的小道连个路灯都没有，就是她这种常年一个人住在老城区，自诩胆子大的，也感觉心里头毛毛的。

就在这时，她依稀听见男澡堂还有流水的声音，于是走到门口冲着里面喊了声："还有人在吗？"

里面水流被关停，回答她的是一片寂静。

苏一灿又扯着嗓子喊了句："谁在里面？"

不多会儿，一个高大的身影从里面走了出来，身上穿着T恤、运动裤，头发湿漉漉的，还在滴水。岑莳看见苏一灿抱着衣服站在男澡堂门口，有些不解地问："怎么不回去？"

苏一灿头一转，别别扭扭地说："一起回去。"

岑莳回身将东西拿上，走到她身边笑道："苏老师这不是害怕吧？"

苏一灿立马剜了他一眼："怎么可能？我这是担心你怕黑，等你一道走。"

"那谢谢你了。"

"客气。"

第二天早晨六点半大家准时起床，七点半就要开始拉筋热身了。没有一个人赖床，并不是大家多积极，而是生怕睡过了去食堂没东西吃。

训练内容依然很枯燥，除了跑步、深蹲跳，便是一些最基础的步伐训练，两天下来，大家连篮球都没摸到，私下难免各种吐槽抱怨。

苏一灿和岑莳从食堂走回宿舍的时候，正好撞见几个小伙躲在宿舍后面叽叽咕咕。

一个说道："早知道是这样集训，倒贴我四百我都不来。"

另一个接道："真当自己是领导了，就他那样，我一拳就能放倒你们信不信？"

那个龅牙小伙贼兮兮地说："要不这样，明天他再让我们跑二十圈，我们一起闹算了，反正我们人多，怕他不成？"

苏一灿听到这儿，刚准备过去训斥，手肘被岑莳拉了下。她回头看去，岑莳朝她摇了摇头，然后带着她从另一边回了宿舍楼。

苏一灿见岑莳一路低着头，忍不住安慰道："别往心里去，明天他们要真敢闹事，我会帮你。"

岑莳抬起头，茶褐色的眸子里含着幽暗的光，盯着她说了句："好。"

果然第三天一早刚训练完几组交叉步，龅牙小伙就开始叫嚣："岑教练，你是耍我们玩的吧？这天天训练连篮球都碰不到，我们还不如参加田径队去了。"

其他人也跟约好了般，一个接一个开始抱怨起来："是啊教练，哪有你这么训练的，你这方法不对吧。"

见男生们全都围了过来，苏一灿冲上前吼了一嗓子："那之前的教练怎么没把你们都带去CBA(中国职业篮球联赛)啊？瞧你们一个个能的，到底谁才是教练？谁再有意见到我这儿来说。"

苏老师说话很奏效，这些人尽管仍满眼都是不服，但没有再继续闹事，憋着一肚子怨气继续训练。

赵琦正好去搬垫子了，完美避开了一场内部冲突，回来后还嬉皮笑脸地跑到岑莳面前问他："岑教练，够了吧？"

岑莳点了点头说："差不多了，先这样。"然后他又追问了句，"你们好像挺怕苏老师的？"

赵琦赶紧向岑莳报告，学校里面的问题学生会如此忌惮苏一灿，源于学姐学长流传下来这样一则传言：

五年前，苏老师也是个温柔漂亮的年轻女老师，刚担任体育老师那会儿对学生们很慈祥，不少学生挺喜欢她的，有事没事老来找她。当时的二中有些"坏"学生，有几个正好在苏老师班上，见苏老师长得漂亮好欺负，每次上课都带头捣乱，故意让苏老师出糗，还烧过苏老师的头发。苏老师第一年带学生没有经验，经常被气到下课后在器材室捶沙袋。后来某天放学，那群学生打电话给苏老师，说谁谁谁出了事，把苏老师骗到了圌岗附近。那天具体发生了什么大家也不清楚，只听说当天晚上有几十辆车把圌岗围了，那车子都是凤溪当地叫得出名的老大哥的。

"所以高我们几届的说苏老师背景很牛，不能得罪。"赵琦总结道。

这么说来，校长安排苏一灿来协助他，还是有所考量的。

岑莳想到那天晚上自己跟着她去找赵琦，她那十分自信的模样，他不禁挑起眉梢。

还是经历过大风大浪的女人？

3

几天训练下来，这群男生在一起也并非相安无事。

十六七岁的年纪，正是血气方刚的时候，几句话讲不到一起吵起来就要干架，才过了两三天队伍中已经矛盾不断，还搞小团体拉帮结派，赵琦作为队长，夹在中间左右为难。

晚上苏一灿洗完澡出来，就见岑莳顶着一头湿发站在小道上，手机屏幕发出幽暗的光亮。

见苏一灿出来了，岑蔚锁了手机看向她。

苏一灿朝他走去，问道："站这儿干吗？"

"怕黑，等你一起回。"

苏一灿感觉自己被莫名内涵了。

她找了个话题："小伙子们最近情绪比较大，你感觉到了吗？"

岑蔚顺手接过苏一灿提着的大袋子，"嗯"了一声。

苏一灿顿了一下说："他们好像……有些针对你，你怎么看？"

没料到岑蔚淡定地回道："挺好的。"

"？？？"

岑蔚见苏一灿疑惑地盯着他，忽然就笑了起来："是挺好的，你不觉得那帮学生之前就跟一盘散沙一样？能让他们找到统一的敌对目标不是挺好的吗？"

苏一灿突然很佩服他神奇的脑回路，年纪轻轻的，心态挺稳。

她继而说道："你不让他们碰球，他们的耐心很快就会被磨光，我看原来那个教练还经常让他们分成两组打打比赛。"

岑蔚反问了句："有效果？"

苏一灿沉默。

岑蔚停下脚步，对她说："想听实话吗？"

苏一灿也停下步子看向他。

"一场十八分钟高强度的比赛，耗的就是体力。我以前遇过一支队伍，对方深不可测的体力耗干了绝大多数的对手。篮球场上比的是技巧、身高、意识还有体力，要想参加秋季赛，你觉得他们短时间内能制造的优势是什么？"

他们身后是一片寂静无声的湖，月光倒映在上面明亮清透，远处是大山绵延的轮廓，影影绰绰，微凉的空气吸进肺里，让苏一灿的大脑瞬间清醒过来。

技巧这种东西在现在这些队员身上根本没有，意识更是虚无缥缈，没有长年累月的积累很难形成。至于身高，这种先天不足的因素无法改变。唯一在短时间内可以提升的，恐怕也只有体力了。

岑蔚站在她身边，和她一起望向远处那片大山，接着说道："我现在能做的，就是挑出几个起码能打完整场比赛的人。我不希望到时候真跟其他学校的队伍比起来，我们的人到了下半场直接躺在那儿。比赛场上可以输，但不能'送'，这几天的苦，能吃下来的，我会带着继续走，吃不下来的，那就可以离开了。我的队伍需要的是肯跟我一起拼的人。"

苏一灿转眸望着这个年轻男人的侧颜，竟让她想到了很多年前的自己。曾几何时她好像也有过这种拼劲，是什么时候呢？似乎远得像上辈子的事了。

矛盾终于还是爆发了。

队伍里一个小伙子热身没到位就要跑去跟其他人一起训练，被岑莳叫了回来，亲自盯着他把每个热身动作都做到位。

这个小伙子是队里个子最高的，一米九，长相憨憨的，叫魏朱。

被当着队友的面给叫回去，魏朱本来就憋着气，见岑莳一直紧盯着他，逆反心理突然就攀升到了极致，甩开手直起身子朝着岑莳就吼了句："老子不干了！"

他这一嗓子让旁边训练的人都停下动作看了过来。岑莳将目光缓缓移到他喘着粗气的脸上，很平静地问了句："说个理由。"

魏朱走到岑莳面前，满脸怒气质问道："你凭什么做我们教练？之前的范教练好歹以前做过运动员。"

有了出头鸟后，其他人都围了过来，高吼着："是啊，你凭什么来教我们，让我们累死累活的？"

"就是，比军训还苦，我们交钱来就是受罪的，吃又吃不饱，我要回家，不练了！"

龅牙小伙也对着岑莳吼了两句："教练，你到底会不会打篮球啊？到现在都不让我们摸篮球，你懂不懂啊？"

周围一片附和声。

魏朱朝岑莳靠近一步，逼视着他："不如这样吧，我们1V1比一场，你赢得了我再跟我们谈训练的事。"

所有人的情绪此刻都被调动起来，赵琦想劝劝不住。

岑莳面对一群小子恶狼般的眼神，只是垂下眼淡淡地说："我不打。"

瞬时，人群中发出一阵嘘声。

魏朱上去就想推岑莳，手刚伸到岑莳面前，后者身形一偏，魏朱赶忙上另一只手，岑莳盯着魏朱的动作再次躲开，看得旁边人都不自觉让开。魏朱不信邪，两手并用，岑莳脚步微动，突然转到了魏朱的后方拍拍他的肩，笑道："连我人都碰不到，还想从我手上拿球？"

魏朱气得刚想转身，岑莳直接出手制住他的胳膊将他往地上一按，压下身子在他后颈处轻声道："我不打球，不代表我不打人。"说完将魏朱从地上猛地拉起。

待魏朱再次站定后，脑袋还嗡嗡地在发愣，没明白过来刚才到底发生了什么。

赵琦在一旁捏了一把冷汗，生怕岑教练跟对上次那群混混一样，一言不合就卸人胳膊，好在岑教练对自己的队员还算手下留情。

岑莳没再搭理魏朱，转而面向大家："不服是吧？还有谁？"

烈日当空，篮球场一片寂静，有的人低着头，有的人愤愤地盯着岑莳。

岑莳站在所有人中间，微微昂起下巴，脸上是不羁的神态。

即使在所有人都不服的情况下，他依然平静地说道："两天后，我会给你们一个机会，想要挑战我的可以把队排好。"

话音刚落，篮球队的人面面相觑，不知道是怎么个挑战法。

他们在起冲突的时候，苏一灿去食堂接水去了，正好不在，等她回来的时候，风波已经平息。

下午，岑莳终于推来了篮球，开始进入球性训练。

自从这天过后，大家突然像找到目标一样，不仅训练起来更带劲了，就连私下都热火朝天地讨论两天后怎么完虐这个张狂的教练。

对抗岑莳让大家奇迹般地凝聚在了一起。

这个转变让苏一灿感到很意外，她觉得一定是岑小弟的体贴感化了大家，毕竟这几天苏一灿看见他把好吃的几乎都让给了队员，她的学生就是这么知恩图报。

篮球队租了两层楼当宿舍，一楼第一间是岑莳的房间，后面三间是队员的，考虑到苏一灿是女老师，和一群男学生住在一起不方便，所以特地将她安排在二楼。厕所是公共厕所，在澡堂那条路的西边，也要穿过那条小道。

这几天夜里苏一灿能忍就忍，基本没去厕所，一来厕所环境的确不太好，二来大晚上的，厕所那边就门口一盏昏黄的灯，本来就阴森恐怖，这帮臭小子这几天还非说厕所闹鬼，有什么白影在厕所外飘过，还说听到有女人唱黄梅戏，说得有鼻子有眼的，有天晚上一帮人还被吓得鬼哭狼嚎地跑回来。

苏一灿当然不信这些，但真要她深更半夜一个人走小道去厕所，还是有些瘆人的，奈何今夜……她实在有些忍不了了。

苏一灿趿着拖鞋走到一楼，几个房间的灯都是灭的，她又不能把学生喊醒陪她上厕所。

就在她纠结之际，宿舍侧面火星子一闪，她侧过身子就朝楼边走去。

岑莳在听见动静时就已经将烟头踩灭在脚下，他转过头时，苏一灿正好拐过来，月色下，两人就这样莫名其妙地对视着。

还是苏一灿先开了口："你晚上不睡觉，站在外面干吗？"

岑莳四十五度仰望天空："睡不着。"

苏一灿一阵同情心泛滥，觉得这娃铁定是想家了。

隔着几步之遥的距离陪他站了会儿，苏一灿终于忍不住了，有些尴尬地说："既然你睡不着，不如……"

陪我上个厕所去。

去趟厕所以解思乡之愁？

4

苏一灿还在纠结要怎么开口让岑莳陪她去厕所，然而她还没说出来，岑莳就接道："去厕所吗？"

苏一灿点了下头，转身走在前面。虽然她没有再转头看他，不过她知道岑莳就跟在她后面，不用看也想得到是双手抄兜闲散的样子。

不过才一个多星期，她竟已经习惯身后总是跟着这个小尾巴，这对于常年一个人生活的她来说，有种没来由的安全感。

到了厕所门口，岑莳停下了脚步："在这儿等你。"然后转过身去。

大山里本就安静，夜里更是一点声音都没有，靠近屋顶的地方大概是为了透气，用砖头搭得镂空的，风一吹会发出细微的呼呼声，着实有些恐怖。

但想到岑莳就站在外面，苏一灿的心踏实了些。

她快速解决后走出女厕所，突然想到了什么，指了下女澡堂对岑莳说："我每天洗澡总能听见里面有动静。"

岑莳看了眼，抬脚转身："去看看。"

他率先走进女澡堂，打开了手机照明，苏一灿也跟了进去。两人站在女澡堂里停下脚步，有细微的动静从某个地方传来。

岑莳侧耳倾听了一瞬，锁定方向朝里面走去。

这个地方之前会接待一些团体客人，所以澡堂淋浴隔间不少，不过这次就苏一灿一个女的，她一般不会往里走。

两人一直走到隔间最里面才发现那里有扇门，没有锁，但是轻轻推居然推不开。

苏一灿拍了拍岑莳对他说："我来。"

然后她往后退了一步，穿着小短裤，扬起她的大长腿一脚蹬开了门，动作干净利落。岑蔚看着她飒气的样子，在她身后默不作声地弯起了嘴角。

然而门被蹭开后，他们才发现这扇门后面堆的全是杂物，最上面钩着一个袋子，换气扇一吹，那袋子被灌满空气，发出"呼啦啦"的声音。之前那些小子说的黄梅戏，估计就是这个声音。

这几天折磨苏一灿神经的根源终于找到了，她让岑蔚帮她照明，低头找到落脚点后，一脚踩上去伸手去拽那个袋子。

就在她将袋子拽回的刹那，高处的一堆杂物突然晃了下，从摇摇欲坠到轰然倒塌不过一秒钟的时间。

苏一灿只感觉到身体被一股强大的力量扯了过去，等她反应过来的时候脑袋已经被岑蔚按在胸前，所有东西朝他的背砸了上去，他收紧手臂将苏一灿牢牢护在怀中。

在那短暂的几秒里，苏一灿整个人是惊愕的，直到周围完全安静下来，她才抬起眸看着面前的男人。

那双茶褐色的眸子闪着直透人心的光，她肯定自己见过这双眼，在某个时刻，这双眼也是这样盯着她。

她下意识脱口而出："我是不是以前见过你……很久以前，在什么地方？"

岑蔚的目光收紧，呼吸略沉地说："是吗？在哪里？"

苏一灿的大脑闪过太多混乱的画面，皱起眉摇了摇头。岑蔚盯着她笑了起来："那就不要想了，认识现在的我不是更好吗？"

岑蔚松开了手，推开乱七八糟的杂物，回头将手伸向苏一灿。

像有一种无形的力量召唤，她将手伸出去，牵上。

岑蔚把她拽了出来，她忙问他："背有没有受伤？"

岑蔚拉了拉 T 恤："没事。"

苏一灿坚持赶紧回宿舍替他看看。

两人走回岑蔚的宿舍，一进去苏一灿就让岑蔚背过去，岑蔚提醒她："苏老师，关门。"

"关门干什么？"

岑蔚的面色有些微妙："如果苏老师不怕让队员看见你大晚上在我房间脱我衣服的话，我是不介意。"

苏一灿顿了下，赶忙转身去关门，却正好看见赵琦从另一个宿舍出来，大约是刚打完游戏准备回自己宿舍睡觉。赵琦也没想到会让他撞见这么刺激的一幕，两人都愣了下，苏一灿刚准备叫住赵琦，结果赵琦头一仰，非常浮夸地假装欣赏夜色，一溜烟冲回了宿舍。

苏一灿无语地关上门转回身，让岑蔚背过身去，岑蔚乖乖照做。

她掀开他的 T 恤，紧窄的腰身和 V 形的线条出现在她的视线中，那蓬勃的肌肉和性感的背脊还是让苏一灿怔了下。她快速检查了一下，没有伤口，只有两处微红。

她用手碰了下问："这个地方疼吗？"

"还好。"

她又换到另一处，轻轻按了按："这个地方呢？"

面前的男人没了声音。

苏一灿又碰了碰："这里疼？"

岑蔚的呼吸略沉，声音里透出一丝压抑，忽然说："苏老师，我到底是个男人。"

苏一灿莫名其妙："我当然知道你是男的，男的就不会受伤了？"

"我的意思是，你能不能别碰了。"说完岑蔚将 T 恤重新拉了下来，转过身不太自然地瞥了她一眼，问道，"饿吗？"

"你有东西吃？"

"有盒泡面。"

宿舍有两张高低床，岑蔚的东西放在对面下铺。他将自己床铺上的毯子往里面扔了扔，坐在他睡觉的下铺上，把宿舍里唯一一张椅子让给了苏一灿，然后拿出那盒泡面泡上开水。

苏一灿问道："你带泡面来了？"

岑蔚告诉她："赵琦傍晚送来的。"

苏一灿斜着眼调侃道："队长跟你关系处得挺好的啊？"

岑蔚当然不会告诉她，赵琦傍晚拿着泡面屁颠屁颠地来找他，就是想问问之前说的提成还算不算数。

苏一灿坐在椅子上低头看手机，岑蔚坐在床沿也低头看手机，寂静的宿舍里，桌上放着一盒泡面，两人都没再说话。

过了一会儿，岑蔚伸出右手将泡面推到了苏一灿面前。苏一灿收起手机，望向他："有碗吗？分你一点。"

岑蔚放下手机笑："你吃吧。"

宿舍里的灯太暗，岑蔚坐在下铺，头已经快要顶到上铺了，不得已将身子探向前面。

苏一灿能感觉出来他坐得不太舒服，主动要求跟他换一下。

然后她坐在了他的床上，打开热气腾腾的泡面。这种平时她都不怎么碰的东西，在这个夜晚却显得格外香气扑鼻。

她吃泡面的时候，岑莳就安静地坐在另一边拿出他那个记录队员训练情况的本子不停地写。

苏一灿不知道他在写什么，每写一段英文，他还会画上几个简笔图案。

他低着头的时候清晰立体的五官半隐在昏暗中，低垂的睫毛像扇子投下一圈阴影，那专注的模样让苏一灿有些分心。

虽然和他共事时间不长，但这几天苏一灿对岑莳有了新的认识。他比起同龄的男孩做事更加认真，如果不是真心热爱这份事业，她很难想象一个二十出头的小伙子愿意吃这份苦跑来带一群混世魔王。

岑莳似乎感觉到她的目光，抬起头时看见她额边的碎发都落了下来，下意识帮她拨弄了一下："要掉碗里了。"

苏一灿赶忙抬手，正好和他准备收回的指尖撞到了一起。岑莳指尖的温热仿若传给了她，她缩了下手。

岑莳盯着她发际线边浅浅的疤痕。苏一灿注意到他的视线，顺手摸了摸那道疤，说道："怎么了？"

岑莳却收回视线垂下眸："还记得这道疤怎么来的吗？"

苏一灿不知道想起了什么，有些心不在焉地回："忘了。"

苏一灿的确忘了，她的人生在十八岁那年一劈为二，成了一条无法逾越的分水岭。

儿时的苏一灿，妈妈忙忙碌碌奔波于各个手术门诊，陪她的时间非常少，爸爸经常要去市里开会，组织大大小小的活动比赛。有很长一段时间，她都是在训练队度过的，不训练的时候，她和放养的孩子没有什么太大的区别。

十八岁以前她是不爱学习的学渣，一头短发，个性张扬，身边的朋友绝大多数也是学渣。在家长眼里，她被归为坏学生。因为她爸的身份特殊，她叔叔又是凤溪派出所的所长，所以苏一灿平时就算犯了什么错，学校老师和同学对她也都比较宽容。

在她最浑的那几年里，只有一个人对她毫不留情面，那个人便是杜敬霆。

那时八中离她就读的学校隔着几条街，她第一次去那儿是因为身边一个小姐妹说八中有个女的很狂，在学校欺负了她的初中好友，于是苏一灿很仗义地带了几个小姐妹过去找人。

对方便是盛米悦，一个能把蓝白相间的校服穿得时尚明媚的大小姐。

苏一灿带人气势汹汹地过去，盛米悦不仅没躲，反而单枪匹马从学校大门迎了出来，张口就问："你们饿吗？"

结果一群本来准备找碴的女生被她带到八中对面的炸串店，等事情说清楚发现是误会后，她们也都吃撑了。

盛米悦非常豪爽地买了单，从此苏一灿便和她结识了。

第二次再去找盛米悦，苏一灿一眼便看到了人群中的杜敬霆。他清冷的眉眼和出众的长相让她第一次体会到什么叫怦然心动。从此，那个清冷的学霸便住进了苏一灿的心里。

她总共给杜敬霆递过三次情书，头两次杜敬霆直接无视她，从她身边走过，连眼神都没有给她一个。第三次他终于接过了她的情书，那也是盛米悦她们头一次在大大咧咧的苏一灿脸上看见羞涩的神情。

然而接了情书的杜敬霆走到操场尽头的垃圾桶旁停下了脚步，毫不犹豫地将信封扔了进去。他回过头，那是苏一灿印象中杜敬霆第一次正眼瞧她，眼里除了不屑，还有一丝烦躁。

苏一灿就这样望着他远去的背影，眼泪不由自主地溢了出来，有失望、难受，也有羞耻，头一回有人当着她的面将她的真心踩在地上。

她的反应把盛米悦吓了一跳。

盛米悦告诉苏一灿，杜敬霆成绩优异，是学校的重点培养对象，明年有机会保送N大，这种好学生是不可能浪费时间在她身上的。

在后来的两年里，苏一灿无数次故意出现在他的视线中，在他停放自行车的地方和人聊天，在他回家的必经之路上制造巧遇，去他经常去的那家面条店，甚至有几次鼓足勇气坐在他的对面，但杜敬霆始终当她是空气。

她拿空矿泉水瓶砸他，他就弯腰捡起来顺手扔进垃圾桶，头也不回。

她当着他的面和其他男同学哄闹，他便绕道走开。

她悄悄替他付了面条钱，他就将钱留给老板，让老板把钱还给她。

好像一切与她有关的事情，杜敬霆都会像避瘟疫一样躲开。

那两年里，她曾无数次徘徊在八中旁边的那条胡同里，似乎头上这道疤就是那时候留下的，不过她早已忘了具体是什么原因造成的了。

回忆起那段时光，脑海中浮现的只是那个清冷美好的少年，那可能也是苏一灿人生中最美好的时光，苦涩却也纯粹，那时的她并不会想到两年后发生的那件事，会让她的人生天翻地覆。

在她发呆的时候，门外传来敲门声。

岑莳起身去开门。

苏一灿看到门外站着一个陌生的中年男人，身后还停着辆摩托车。

男人和岑莳打了声招呼，然后对着坐在屋里的苏一灿点了下头，随后将一把钥匙递给岑莳便走了。

岑莳接过钥匙，关上门，拿起手机放进运动裤兜里，套了件衬衫外套。

苏一灿有些讶异地问："那个人是谁？你这时候要出去？"

岑莳转身看了她一眼，本不想告诉她，但既然给她撞见了，也不打算隐瞒，直接说道："是训练营的工作人员。我要出一趟山。"

苏一灿有些讶异，问道："现在？大晚上的你要出山？怎么出？外面那辆摩托车？"

岑莳猜到苏一灿是这个反应，低着头将衬衫随便扣了下，没说话。

苏一灿走到他面前挡住了他的去路，叉着腰："问你话呢？"

岑莳将扣子扣好，垂眸望向她，声音平缓："出去弄点吃的回来。再这样下去，我们能扛，队里人也快扛不住了。"

苏一灿也知道白天训练量大、伙食又跟不上是件多么离谱的事，可岑莳打算大晚上的一个人骑摩托车出山？她觉得这事更离谱。

她不禁提高了几个声调说道："你有没有搞错？那山道就算是老司机夜里开车都危险，你还要骑摩托车下山？反正我是不会让你去的。"

岑莳微微皱了下眉，点了点头，好似答应了，然后一边解开衬衫扣子，一边重新拿出手机拨弄起来。

苏一灿刚松了口气，放在泡面旁的手机响了，她走回床铺边拿手机，弹出来的是几天前她刚帮岑莳注册的微信名"SJ"的号发来的信息：回来给你罚，早点睡。

等苏一灿反应过来猛地回头，岑莳早已蹿出屋子跨上摩托车，两根手指放在脑边笑着朝她挥了一下。

苏一灿脑袋"嗡"地一响，等她追出去的时候，摩托车已经拐过弯，融入夜色中。

岑莳走后，苏一灿一直心绪不宁。她不停回想着，山道上到底有没有路灯？那么狭窄的山道，他又不熟路况，万一出了意外怎么办？她如何跟岑莳远在国外的父母交代？

　　夜色渐浓，窗外仿若蒙上了一层迷雾，大山深处被未知的黑暗吞噬着。苏一灿越来越心焦，干脆没再上楼，就待在岑苘的宿舍等着他回来。

第七章
小心肝

1

苏一灿趴在桌子上不知道等了多久，迷迷糊糊中，她看见外面好像有亮光，猛地起身冲出房间，果然看到有车在很远的山道上飞速向这边驶来，她不假思索地往训练营外冲去。

苏一灿跑了好长一段路，才看见那辆黑色的摩托车。

月光笼罩下，她迎着他奔来，这样的画面差点让岑莳以为出现了幻觉。他没想到苏一灿会等到现在，多年前胡同里的记忆忽然全部涌入他的脑中，那个留着短发的女生对他咆哮着："小孩，你不要不知好歹，那帮人不会放过你的，明天姐还在这个地方等你，送你去学校。"

然后他干了什么？

他拿起地上的石子朝她砸了过去。她朝他狂奔而来，他一边咒骂一边往大铁桶上爬，铁桶上成堆的铁片摇摇欲坠，就在坍塌的瞬间，女生拽着他的书包将他护在怀中。他抬起头的时候，就看见鲜血顺着女孩的脸颊流了下来，他吓得将她推倒在废墟里，然后越跑越远……

岑莳目光复杂地盯着苏一灿，长腿跨下摩托站在她面前，取下头盔时他微鬈的短发有些凌乱，那邪帅的模样透着年轻人的张狂，嘴角却扬起一抹温柔，朝她伸出手："上来，带你回去。"

苏一灿绷着个脸，气喘吁吁地瞪着他。岑莳对着她牵起个纵容的笑："回去给你骂。"

岑莳："看我带回了什么？"

苏一灿已经看见了，他带回了一只羊，绑在摩托车后面，已经处理好了，所以看着也不算恶心。

苏一灿看了看岑莳，再看看后面绑着的羊。岑莳自觉朝后让了让对她说："坐前面。"

他给苏一灿让出了位置，待苏一灿坐稳后他才重新发动摩托车。

身后是陌生男人的气息，明明是比自己小这么多的弟弟，可她却觉得在如此静谧的夜里，她坐在他的臂弯间，他似有若无地收紧了手臂将她圈在身前。这样的夜，这样的距离，这样起伏的情绪间，苏一灿感觉呼吸都是紊乱的。

为了掩饰这微妙的情绪，她对岑莳说道："你不要命的吗？这里什么路况你就往外冲？你知不知道事情的严重性？我说你……"

夜风吹在耳边，苏一灿披散的长发在岑莳的颈间来回轻蹭。岑莳一边听着她质问，一边从后视镜里看着她气得涨红的脸，嘴角弯起一丝弧度，在苏一灿毫无防备的情况下一脚踩下刹车。苏一灿的声音戛然而止，身体突然向前倾，还没反应过来发生了什么，岑莳俯身下身在她耳侧软声道："我错了。"

漫天的星空下，大山的轮廓像困住她的城墙，夜风徐徐而来，整个世界都在沉睡。

车子停在宿舍楼前，苏一灿下了摩托车，转身上了楼。

第二天苏一灿到训练场的时候，篮球队的人早已进入面对面弹地传球训练，岑莳穿着米色的宽大 T 恤和灰色运动裤，柔软的自然卷被风吹得有些凌乱，正站在一个队员身边对他说话。

余光感觉到什么，他回过头。苏一灿昨夜的火似乎并没消，看都不看他一眼。

岑莳挠了下头，有些无奈地问面前站着的队员："你们苏老师发火的时候，一般怎么应对？"

面前那个队员正好是苏一灿的学生，想了想后，不明所以地回道："让她踹一脚就没事了。"

"……"

苏一灿一上午都没跟岑莳说话，一直到吃中饭，连一个眼神都没给他。

下午是岑莳答应那些队员，给他们机会挑战自己的时候。篮球队的人格外兴奋，这么多天队员们心里都压着一股股火，等的就是这绝地反击的机会。

挑战规则也很简单，想挑战岑莳的人依次带球过他，但凡能过得了的，放假一天；如果过得了他还能把球送入篮圈的人，他可以答应对方提出的一个条件。反之，过不了他或者被他截了球的人，明天开始加大训练量。

大家都跃跃欲试。岑莳让他们自行决定出战顺序，然后便在操场边上坐了下来，等他们发起挑战。

一群小伙子围在另一边，将早已商量好的战术又确定了一番，大家约定如果谁能进球就让岑教练跪在篮球上唱歌，一解心头之恨。

众人一拍即合。

赵琦没有发表任何意见，因为他的提成岑莳已经结给他了，不过他也并不想向岑莳发起挑战。

第一个申请出战的是龅牙明，一米八二的个头，虽然不算矮，但在岑莳面前还是处于明显劣势。

他拿起篮球气势汹汹地朝岑莳走去，高喊了一声："岑教练，我第一个来！"

彼时，苏一灿也从宿舍楼走了过来，待在一边观看。

龅牙明拍着篮球小跑到场中，非常帅气地想在胯下运个球，然后……球就飞了，直接朝着岑莳滚了过去，送上"一血"。

岑莳似笑非笑地捡起篮球看向他："待会儿结束，障碍物运球增加二十组。下一个。"

身后队友立马对着龅牙明大骂："笨蛋。"

龅牙明也一脸郁闷的表情。

紧接着，队里一个平时很皮的小子站了出来。

岑莳将篮球扔给他，这小子满脸不屑地持球走到岑莳面前，岑莳连防守的姿势都没有摆，只是眼尾瞥着他，淡淡地问了句："准备好了吗？"

小伙子不耐烦地说："来吧。"

话音刚落，手上的篮球直接被岑莳拍飞了。

从岑莳抬起手，到小伙手中的篮球被截，再到篮球飞向下一个出列的队员，前后不过一秒钟的时间，场边原本吵闹的众人顿时安静下来。

这小子明显不服气，顶撞了一句："教练，你这是偷袭，不算数。"

岑莳语气没有一丝波澜："赛场上你跟裁判这么说，看看他会不会为了你一个人重新吹哨？"

小伙子被岑莳说得面红耳赤，转头就走。

苗英音拍了拍他，接替上场。

岑莳一看是这家伙，嘴角立马露出了几许玩味。

和前面两次快速结束的挑战不同，这次岑莳似乎来了兴致，任由苗英音进攻，岑莳都不去截他的球，然而三分钟过去了，旁边人不停大喊，提示苗英音进攻位，他也从左攻换到右攻，还假模假样虚晃了几个动作，但无论他采取何种进攻方式，岑莳就像逗猫一样，总是在他下一个动作到来时，提前堵住他的进攻路线，让他根本来不及反应。

就连苏一灿都能看出来，岑莳如果愿意出手，苗英音手上的篮球早已被他抄截不知道多少次了。

到最后，原本还兴奋大喊的众人声音越来越小，苗英音已经使出浑身解数，却连岑莳的一丝破绽都找不到，最后他体力耗尽，将手中的篮球一扔，不玩了。

魏朱终于站了出来，越过所有人看向岑莳。

岑莳活动了一下手腕，嘴角轻斜。

旁边已经有人跑去捡起篮球，魏朱头略偏，准确无误地接住篮球朝着岑莳就持球冲了过去，那蛮横的劲头让所有在场的人都跟着兴奋起来。

魏朱判断左右手运球很难晃过岑莳，上来就想利用背后运球过人，奈何他的身高在岑莳面前并不占优势，根本无法突破。

岑莳快速提醒道："重心不够低，注意反手腕，再来。"

魏朱准备再来，却突然重心侧移，虚晃了一下，岑莳一眼看出他的破绽，出声说道："时机不对，蹬地快了，跨步抢位又慢了一秒，错过防守人重心前移的最佳时机，再来。"

魏朱被岑莳激起了斗志，转体探肩就想强行突破，岑莳却像牢不可摧的墙，不停用言语激他："速度，快，再快！用交叉步突破，你的步伐呢？眼睛往哪儿瞟？盯着我，气势拿出来。"

魏朱的汗水浸湿了整个上半身，赵琦他们全从地上站了起来，面色严峻地盯着场中。

所有人都感受到了紧张的氛围。和前面儿戏一般的过场不同，岑莳在面对魏朱的时候似乎更有耐心，让众人难以置信的是，岑莳能够一眼看出魏朱的漏洞，而且能在防守的同时点出他的失误。

对比场中魏朱气喘吁吁吃力的模样，岑莳明显要轻松很多，几个回合过后，岑莳突然抢断，原地起跳，魏朱视线惊恐地仰起头，只感觉一大片阴影排山倒海般压向自己。岑莳突然力量爆发朝着对面的篮圈投去，那一瞬，他整个人都似镀上了一层金色的光晕，和斜阳融为一体。

时间仿若静止了，太阳光照射在橙红色的篮球上，球在空中不停旋转，跃过魏朱的头顶形成完美的抛物线，在所有人不可思议的目光中从对面的篮圈中落了下去。篮球砸在地面，每弹一下都仿若重拳砸在所有人的脑袋上。

岑莳的位置在中线，连苏一灿一个不怎么关注篮球的人都被他中场超远投篮的命中率给震住了。

赵琦又生出刚见到岑莳时那种心里发毛的感觉，死命抓头。队伍突然骚动起来，然后便是各种惊叹声。

而魏朱回过头，盯着已经滚远的篮球，整个人都陷入了呆滞中。他热爱篮球，虽然没打过什么正规比赛，也是从小看NBA（美国职业篮球联赛）长大的，家里人都说他是个傻大个，除了能吃、个子高，没有任何优点，他羡慕那些可以把篮球当职业的人，但他所处的环境从来没有机会让他接触真正的高手。

刚才短短几分钟的交手，虽然他基本上被岑莳完虐，却感觉到一种前所未有的畅快感，岑莳的气场像深不可测的大海，这是他在前一个教练身上所没有感知过的能量。

此时此刻，他觉得身体中一直沉睡的热血被突然唤醒了。

魏朱再次回过头时，眼里的傲慢被新的东西取代了。他什么话也没说，只是朝岑莳伸出拳头，旁边人的心都提了一下，以为魏朱要找教练打架，却看见他的拳头停在了半空中。

骄阳似火。

岑莳垂眸，含着浅笑抬起手握拳相碰，而后转向众人问道："还有谁？"

原本热火朝天的场边顿时安静下来，大家都用一种刷新认知的眼神看着岑莳。

岑莳等了一会儿，开口道："没有就散场，晚上我们改善一下伙食。"

众人一哄而散。

岑莳脸上原本平静的神情突然凝重起来，他轻轻皱着眉，将身体的重心慢慢移到左脚。刚准备往回走，抬眸对上苏一灿的视线，下一秒他脸上的神情已经恢复如常，然后大步朝宿舍走去。

苏一灿看着他的背影，将视线落在他的右腿上。

晚上训练场中间搭起了烤炉。这么多天高强度的训练下来，难得放松下来，便像脱缰的野马，大唱大跳起来。

苏一灿坐在一边的大树下看着这些小伙子放飞自我的样子，也不禁跟着弯起了嘴角。

没有人去宿舍喊岑莳，苏一灿不知道他是不是因为早上起太早，这会儿还没睡醒。大约是看教练不在，这些小伙子胆子大了起来。

有人高声道："你们现在什么意思？过了几下球就服软了？中线投篮本来就是凭运气，下午那一下不过是运气好罢了。"

另一个小伙子插了句："我也觉得，大家不能尿，教练说明天训练量加大，我们已经累得跟狗一样了，还怎么加大？"

有人抱怨，难免就有人开始附和，本来已经被打得蔫了吧唧的众人，反抗情绪又开始高涨起来。

但也并不是所有人都有这种抵触情绪，还有一部分人表示静默，其中就有魏朱。

一直到龅牙明来了句："我也觉得他那一下就是走了狗屎运。"

话音刚落，魏朱侧眸冷冷地飘了句："你来走一个。"

周围忽然安静下来，赵琦本在刷油烤羊肉，见气氛不对，马上看了过来。

龅牙明也不客气，瞪了魏朱一眼："难道我说错了？"

魏朱冷笑道："如果你注意到篮球的后旋速度还能说出这种话，只能说你是个菜狗。"

那人立马跳了起来："你说谁是菜狗？"

眼看矛盾就要升级，苏一灿走过去，从后面拍了一下龅牙明。龅牙明刚准备开骂，扭头见是苏一灿，满肚子的话顿时卡在喉咙里。

苏一灿指着烤全羊对他们说："想吃吗？"

此时烤羊肉的香味已经弥漫开来，整个训练场都能闻到这诱人的香气，龅牙明吞了下口水。

苏一灿继续说："我告诉你们这只羊是怎么来的。你们教练昨天问营地里的人借了摩托车，连夜赶出山给大家买的，几乎没睡觉还带伤陪你们练了一整天！之前谁要带头闹事的，都给我站出来，我看看你们还好不好意思下口！"

随着苏一灿的声音落下，篮球队的人陆续垂下视线，原本还剑拔弩张的众人都安静下来，直到苗英音突然望着远处结结巴巴地喊了声："岑、岑教练。"

所有人转过头去，就见岑莳搬着一箱可乐站在训练场的另一头，朦胧的月色下看不清他的表情。

魏朱迈开步子朝岑莳小跑过去，接过他手上的可乐，待岑莳走近后，刚才几个背地里叫嚣的人都躲开了视线。

岑莳只说了句："都来拿可乐，今天大家放开吃。"说完便到一边帮赵琦烤羊。

苏一灿重新走回树下坐着。

喝着可乐吃着羊肉，气氛慢慢地不再尴尬。

赵琦割了块羊腿肉递给岑莳，岑莳接过后看了眼一个人坐在边上的苏一灿，端着羊肉腿走到她面前，往她身边一坐，把盘子递给她，随口问了一句："想踹我吗？"

苏一灿接过盘子莫名其妙道："踹你干吗？"

"据说这个方法可以让你消气。"

苏一灿嗤笑了一声："好啊，过来给我踹。"

岑莳挪到她面前，跟她面对面坐着，一只腿伸着，一只腿屈着，手肘搭在膝盖上，眼里满是笑意："要踹哪儿？"

"脑子。"

岑莳当真将头低了下来，顺从的模样让苏一灿不禁失笑，她突然发现这弟弟总有本事惹她气得跳脚却又发不出脾气来。

岑莳低着头任她处置，却突然看见面前被送来一片肉。他掀起眼皮，苏一灿依然气鼓鼓的样子，手上却给他喂来羊腿肉。

岑莳笑着咬了一口。

苏一灿盯着他问："你的腿怎么了？"

岑莳低头，回了句："没什么。"

"说实话。"

"小伤。"

苏一灿蹙起眉："昨晚弄的？"

岑莳抿着唇没出声，眼里沉着一抹黯淡的光。苏一灿有点担心："有伤还跟他们胡闹？"

岑莳只是淡淡地说："得让他们学会戒骄戒躁。"

责备的话语都卡在喉咙里，苏一灿转而说道："他们刚才那话……别往心里去。"

岑莳丝毫不在意的样子："搞运动的有不服输的劲是好事，我像他们这么大的时候，脾气比他们还差。"

苏一灿无语地瞥了他一眼，他现在距离他们这个年纪也没过去几年，说起话来倒是老气横秋的。

她不禁问道："你以前学过篮球吗？"

岑葑嘴角漫起很轻的笑意："没有特别学过。"见苏一灿明显不信，转头对她说，"但是打过几年野球。"

苏一灿搞不明白，一个只打过野球的小子，凭什么让余副校长这么重视？

她又问道："买羊多少钱？"

"一千五。"

"你怎么不和我商量一下，这个钱学校是不会报的。"

"我知道。"岑葑并不意外。

苏一灿问了句："你不是说你没有钱了吗？"

不远处的火光照得他的轮廓光影感十足。

苏一灿将视线往下移去，停留在他的手腕上，突然察觉到什么，抓住他的手问道："你的手表呢？"

岑葑将手抽了回来，苏一灿难以置信地问："你拿手表换羊了？你疯了吗？你那块手表值多少钱？你就这么给人了？"

岑葑侧眸望着她，收敛了表情："总不能让你们跟着我每天清汤寡水的。"

苏一灿呆愣地看着他，开始怀疑起这年轻人来这里到底图什么。

千金散尽来打工？

到底是青春期的男孩子，都没什么城府，有的是下午见识到教练的能力心服口服，有的是听说教练为了给大家改善伙食，觉都没睡连夜出山买羊，于是大家都陆续过来敬岑葑可乐。

就连下午被岑葑差点虐哭的苗英音都凑了过来，问岑葑："教练，你说我们队这实力能在区里拿名次吗？上次北中的人来看我们训练，骂我们是小学生。"

岑葑"哦"了一声："北中很厉害吗？"

魏朱告诉他："厉害。他们篮球队好多年前还进过市四强，几乎每年都代表我们区出去打比赛。"

虽然龅牙明经常在队里看这个不爽，对那个不服，但听到他们在谈论北中，倒是难得和大家意见统一，站在后面插了一句："我早看北中那帮人不爽了，我有兄弟在他们学校，知道他们私下怎么说我们队吗？"

大家转过视线，龅牙明一脸戾气地"呸"了一声："说我们应该去打残疾赛。"

"……"确实太伤人了。

众人先是沉默了两秒，而后便是一阵可乐罐被捏扁踩烂的声音，若不是还在大山里的训练场，这帮小子都有立马冲去北中干架的气势了。

岑蔚一口气将可乐喝完，笑了下，看向众人："那就让他们知道厉害。"

这话说得异常平静，却好像在队伍中丢了一簇火苗，随着夏日的夜风，这簇小小的火苗"噌"地在队里燃烧起来，在这个特殊的夜晚，这帮小伙子的野心第一次被人撩拨了起来。

一群平时在学校不受同学和老师待见的学渣，好像突然找到了人生的突破口，居然主动和岑蔚勾肩搭背聊起了篮球队的未来。众人七嘴八舌，越说越亢奋，岑蔚笑着坐在他们中间安静地听着。

这晚岑蔚没有催大家早点休息，而是放任他们吃喝，发泄心中的情绪。

夜深了，大家陆续回了宿舍。岑蔚留了两三个人下来，几人坐在篮球架边，身边是几个空可乐罐。

苏一灿穿着贴身T恤、短裤、运动鞋，在另一头收拾残局。几天下来，她也黑了一圈，却显得肤色更加健康，长发轻巧地绑在脑后。

岑蔚和男生们聊着天，不时侧眸向她瞧上一眼。待苏一灿走到他们面前的时候，几人停止了交谈。

她弯下腰打算把那几个空可乐罐捡起来，手腕突然被岑蔚捉住往前一拉，她的身体也随之向前倾了下，惊道："你干吗？"

岑蔚盯着她的指甲瞧了瞧，又松开，说道："你指甲上有纹路。"

苏一灿收回手看了眼问道："有纹路怎么了？"

岑蔚抬眸睨着她，嘴角泛着不明的弧度："小心肝。"

苏一灿用力搓了搓指甲伸给他看："是刚才碰的炭灰不是纹路，我的肝好得很。"说完捡起地上的空啤酒瓶，扔进垃圾袋里便转身去洗手了。

苏一灿刚走，赵琦憋了半天的笑意终于忍不住了："苏老师是真没听出来你是在喊她啊？"

几人大笑了起来。

已经走远的苏一灿莫名其妙地回头看了他们一眼，岑蔚眼里隐着笑回望着她。

由于前一天大家放飞自我很晚才睡，所以第二天的集合时间也相应放宽了，大家九点才到训练场集合。

经过前一晚剖心掏肺、豪言壮语过后，篮球队的人一改往日的精神面貌，个个有种势要干出一番成绩的劲头。

但让所有人始料未及的是，待所有人到齐后，岑蔚看向众人宣布："今天开始，有一部分人会提早结束篮球队的训练，这部分队员的训练费用也会在回去后退给你们。下面念到名字的可以去宿舍收拾行李，半个小时后大巴会在训练营外面等大家。"

一瞬间，篮球队炸开了锅，所有人面面相觑，而岑蔚已经报出了第一个名字："秦佑豪。"

被喊到的小伙子愣愣地出列望向赵琦。赵琦昨晚已经知道了这件事，有些为难地对他点了点头。

训练场空前安静，气氛变得压抑且沉闷。和刚参加训练时的心情不同，此时所有人心中都隐隐地感到不安，甚至不甘心就这么被淘汰，没有人再说话，眼神都紧紧盯着岑蔚。

岑蔚看了眼大家，报出了第二个名字："何子明。"

龅牙明有些意外地指了指自己，又看了看左右。直到最后一个名字报完，龅牙明指着苗英音嚷道："他都能留下来，我为什么要走？"

岑蔚从记录板上撕下一张纸递给他，这是他昨晚让赵琦他们根据他的记录，抄写的一份中文记录单。

龅牙明走上前接过一看，那张纸上记录着他这段时间训练的所有数据。速度、耐力、运球、纵跳、转向跳、站蹲撑立、侧向交叉步等等，每一项数据和在队里的排名一清二楚，他的脸色瞬间变得有些难看，什么话也没说，掉头就往宿舍走去。

其他人也陆续从岑蔚手中接过了测评单，垂头丧气地回去收拾东西。

苏一灿压根儿没想到昨天晚上那顿烤肉是岑蔚准备的散伙饭，大吃大喝时还和颜悦色地和队里的小伙子们打成一片，今早居然直接开掉了一大半，原本十一个人的队伍，瞬间就只剩六个人。

等队伍休整的时候，苏一灿走到岑蔚身边说了句："开掉这么多？五个打比赛，一个替补？"

岑蔚看了她一眼，撇了下嘴："就是考虑到要有替补队员，才没有全都开除。"

"……"

剩下来这批人的训练强度一下子就提升上来，如果前面几天岑蔚还算手下留情，这几天才算真正进入魔鬼式的训练。

训练结束的前一天晚上却发生了意外，有两个小子图凉快，背着所有人跑去宿舍后面那片湖里游泳。当时苏一灿正在宿舍里，隐约听见湖那头有人大喊了一声，她扔掉手里的东西就朝湖边奔去。

等她跑到湖边的时候，就看见徐清已经没了力气，整个人开始往水里沉，和他一起的庄泽凯水性也不算好，勉力托着他大喊"救命"。

苏一灿冲到湖边一个猛子扎入湖里，快速朝徐清游去。水里光线并不好，她游到徐清身边时，才发现他还在奋力抽动左腿。她再次向水下潜去，摸到徐清的左脚被一截塑料绳缠住了。她的身体不停下潜，凑近那截绳子，发现在徐清的奋力挣扎下已经彻底打成了死结，扯断是不可能的了。

她双手抓住徐清的脚，拍了拍他的脚背示意他放松，然后试图将绳子从他脚后跟套下来。

时间已经过去三分多钟了，湖面上的庄泽凯只知道苏老师潜下去一直没再上来，吓得嗓子都叫破了音，突然身边的徐清身子往上一浮，庄泽凯赶忙拖着他就往岸边游。

而湖底的苏一灿终于将塑料绳从徐清脚上取下的刹那，目光一转，四面八方的湖水仿若突然变成了可怕的墨黑色不断朝她涌来，她的身体在瞬间僵硬得无法动弹，呼吸一松，大量的湖水灌入她的鼻腔。月光照在湖面上，她的身体不断下沉，眼睛直直地看着湖面上那白色的浮影像一具惨白的尸体笼罩着她，那个熟悉的声音在她耳边响起：

"灿灿，来吧，来陪我吧。"

"我们是最好的朋友，你怎么能丢下我呢？"

"来找我吧，这样就不会再有人责怪你了……"

她好像看见尤靖浮在水面上召唤她。尤靖还是十年前的样子，穿着那套红白相间的泳服，眉眼里尽是笑意。

她朝尤靖伸出手……

在她快要失去意识前，忽然，一只强劲有力的大手牢牢攥住了她。

2

从身体被岑蔚捞出湖面，再到他一手托着她，一手游到岸边，苏一灿始终没有发出一声，软软地靠在他肩上，仿若失去了知觉。

直到上了岸，岑莳才发现她并没有昏迷，而是一直睁着双眼，眼神空洞，好似被擦去了光彩。

岸边早已围满了人，其他队员都跑了过来。岑莳放下苏一灿就对她吼了一句："你不会游泳还往下跳，找死吗？！"

苏一灿的眼神自始至终盯着湖面，好像被抽走了灵魂。而后她缓缓从地上站了起来，拖着步子往澡堂走，湿漉漉的水渍在她身后拖出长长的一道。

岑莳皱眉看着她的背影，起身回了宿舍。

他拿上衣服后先去了男澡堂冲了一把，然后走到女澡堂门口对着里面喊了声："苏老师，要我帮你拿衣服吗？"

里面没有人出声，但是有流水的声音。

他又说道："我多带了件 T 恤，要不你先套下我的？"

里面依然没有回答。

半晌，岑莳朝里面挪了一步，放低嗓音唤了声："姐。"

水声终于停住，苏一灿开了口："拿来吧。"

岑莳紧了下牙根，垂着视线走进女澡堂。这不是他第一次进女澡堂了，可和上一次比起来，眼下的状况更棘手。

他匆匆看了眼，进门的第二个隔间弥漫着水汽，光线很暗，一道曼妙的影子在朦胧的光影里，只是短暂一瞥，那禁忌的画面足以撞散他瞳孔里的光。

岑莳大步过去撇开头将衣服递给她便转身出去了。走出女澡堂，他的鼻息间仿佛还残留着属于那个女人身上特有的香气，他呼吸燥热，顺手想摸烟，却发现根本没有带。

他头一次没有等苏一灿出来一道走，先回了宿舍。

夜里，岑莳躺在那张高低床上，朦胧的画面不时钻进他的脑中。

几个翻身过后，他想到苏一灿刚才反常的情绪，拿出手机给她发了一条微信：睡了吗？

那边半天没回，他干脆起身借着拿衣服去看看她。

走到二楼的时候发现苏一灿房间的灯还没关，他敲了两下门，里面没有回应，他拧了下门把手，门并没有锁。他往里瞧了眼，苏一灿躺在床上，在他打开门的时候原本闭着的眼微微睁开了。

岑莳看见她还穿着自己的 T 恤并没有换下来，干咳了一声说："本想来拿衣服的，算了你穿着吧，要我帮你关灯吗？"

苏一灿没说话，依然半睁着眼盯着他。

岑蔚发现自从把她捞出水后她就不太对劲，想到自己刚才在队员面前吼了她，不知道她是不是生他气了。

他走进房间带上门，修长的身影靠在门上，睫毛微垂，声音放软了些："要不明天我找个机会给你吼一下？"

苏一灿依然没说话。

岑蔚抬眸看着她。平时他这样，苏一灿一般就不跟他计较了，今天的她的确有些反常。

空气忽然安静下来，苏一灿却忽然开了口："岑蔚。"

"嗯。"他应了一声。

苏一灿有气无力地说："我有点不舒服。"

岑蔚皱起眉大步走到床边探手一摸，发现她的身体很烫。他弯下腰对她说："我去找药。"

岑蔚走后没多久，苏一灿便陷入了梦境，或者准确说，不知道是梦境还是过去发生过的事。

等岑蔚再回来的时候，苏一灿已经睡着了，脸颊两边烧得通红，嘴里喃喃呓语，很痛苦的样子。岑蔚叫了她几声都无法将她从梦境中叫醒，到最后干脆扶着她的肩膀摇了摇。

苏一灿感觉到一阵剧烈的摇晃，直接将她从那个恐怖的梦里惊醒。眼前是一张陌生的脸，在昏暗的环境中看着像是个外国人，她脱口而出："你谁啊？"说着她还甩开岑蔚抓着她的手。

岑蔚轻咳了一声，告诉她："你发烧了，把药吃了。"

他将药递到嘴边，苏一灿乖乖张嘴，他给她喂水，她也顺从地喝下。然后岑蔚对她说："可以睡了。"

她便听话地躺下，像个小孩一样，把岑蔚看笑了。刚准备替她关上灯，苏一灿闭着眼却仿佛能感应到似的，对他说："别关。"

岑蔚的手顿了下，回身看她。

苏一灿依然闭着眼，又开口喊了他一声："岑蔚。"

"嗯？"

"我对面有张床。"

"然后呢？"

"夜里我要再做梦，记得把我叫醒。"

"……"你真是一点都不客气。

苏一灿说完一翻身，呼吸很快变均匀。岑蔚在房间里骑虎难下，还一点找她商量的余地都没有。

他愣了半分钟，叹了声走到对面的下铺上一躺。

苏一灿是睡着了，可是不让关灯，他只能跟那个大灯泡大眼瞪小眼，用意念幻想它是关着的，然而屁用都没有，开着灯他睡意全无。

岑蔚烦躁地下床找了件苏一灿的T恤盖在头上当眼罩，然而衣服上全是她的体香。他又烦躁地拿开T恤，一把坐了起来。

这时苏一灿挥了下手，他以为她又做噩梦了，起身朝对面走去，却发现只是几只蚊子围着她打转，她不耐烦地挠了挠，睡得很不安稳的样子。

于是后半夜，岑蔚便围着床铺帮她抓蚊子。

从前不觉得，今天才发现抓蚊子真是一个工程量浩大的工作，到最后他干脆将苏一灿往里推了推，坐在她床边，打算用自己的血肉之躯帮她吸引蚊子算了。

月光透过云层稀疏地落了进来，他的T恤穿在苏一灿身上和裙子似的，因为领子太大，她侧着睡的时候，脖颈和锁骨之间雪白一片。

岑蔚瞥了眼，收回目光，没一会儿又忍不住用余光瞄了瞄，最后烦躁地拿刚才那件T恤直接将她的脸盖上。

本以为这个世界终于清静了，他刚打算靠在床铺另一头打个盹，这位姐就进入了噩梦模式，张牙舞爪，嘴里含混不清，说着胡话。

不知道她在梦中是不是能听见他的声音，他一喊她，她就痛苦地挣扎，似乎是想醒却醒不来的样子。

岑蔚没办法，只能用老办法，把她扶起来狂摇。

终于，苏一灿停止了喃喃呓语，睁眼茫然地看了眼岑蔚，抱怨了句："这么晚你不睡觉上这儿来干吗？"

"……"岑蔚恨不得把她从二楼扔下去。

苏一灿咂了一下嘴，似乎还朝他翻了个白眼，又睡着了。

就这样，每当岑蔚开始犯迷糊的时候，苏一灿就跟走火入魔一样地嘀咕，到后来岑蔚干脆不睡了，搬了把椅子放在床头，顶着黑眼圈，就这么瞄着她。

他想，要是有人这样恶狠狠地盯着自己，他铁定睡不着。但这姐睡得可香了。

苏一灿虽然从湖里被岑蔚捞出来后就发起了烧，但恢复力也是惊人，第二天一早烧就退了，组织大家吃完早饭准备返程。

反观岑莳，一夜没睡困成狗。

苏一灿和营地的工作人员交接完后上了大巴，看到岑莳一个人坐在第二排靠窗位置，黑色鸭舌帽盖住脸，靠在椅背上。

苏一灿往他身边一坐，拿开鸭舌帽问："昨晚没睡好啊？"

岑莳撩起眼皮斜睨着她，所以昨天他照顾了她一晚上，等于照顾了空气？

苏一灿不好意思道："不会我后来又做梦了吧？我说梦话了吗？"

岑莳没什么温度地说道："你喊了那个姓杜的五次，喊了一个叫尤靖的八次，这人又是谁？你前前男友？"

苏一灿抿了下唇，将鸭舌帽重新扣在他脸上，坐到前面去了。

路上她接到了盛米悦的电话，说马上去凤溪找她，电话里说话一惊一乍的也不知道发生了什么。

苏一灿告诉盛米悦已经在回去的路上了，约好待会儿见便挂了电话。

车子开回凤溪后，依次送走队员们，苏一灿和岑莳便拖着行李往家走。许是昨晚发了一夜烧，虽然烧退了，但苏一灿整个人都蔫蔫的，不得劲儿。

岑莳一手推着行李一手抄在运动裤兜里走在前面，走出老远回头去看她。苏一灿依然拖着个步子，还不停抹头上的汗。

岑莳又走回去接过她的行李箱："就走不动了？"

"我能跟你比吗？"

"……"

说到这儿，苏一灿问起他篮球队的事："话说你把队员都开了，秋季赛你打算怎么打？"

岑莳语气平淡："重新招人。"

苏一灿听着就觉得荒唐："十月中旬！满打满算两个月的时间都不到，你到哪儿招人去？况且就算招到了人，这么短的时间能出成果吗？"

岑莳却回道："找几个身体素质比较好的过来，总比逮着这些人往死里练要强。你也看出来了，有些人根本就打不了球，天赋、身体条件、后天努力一个都不沾边，现在能用的人不超过两个。"

能用的不超过两个，言下之意他留的这六个人，有四个是坐板凳的？

他们学校的篮球队，学校不重视，队员也懒散，别说啦啦队，就连什么小女生排队送水啥的，根本不存在。

所以岑蔚想招人的这个想法，在苏一灿看来是很傻很天真的。

两人说着话往家的方向走，但苏一灿发现岑蔚腿太长，跟他走路着实有点累人，干脆对他说："你先走吧，我在后面慢慢晃。"

岑蔚以为她走不动了，停了下来回身看了她一眼，丢下两个字："上来。"

"上哪儿？"

苏一灿盯着岑蔚宽阔的背，难道他打算背她回家啊？然后就看见岑蔚把行李箱往前一伸："坐这上面。"

"……"

苏一灿无语地往他行李箱上一坐，没想到岑蔚当真就这样拖着她走了。舒服……倒还真是有点舒服，她终于体会到那些小孩为什么不愿走路，要坐手推车了。

好在到她家并没有多远的距离，她打趣道："重不重？"

岑蔚点了点头："重。"

"屁，姐这么苗条。"

说到苗条，岑蔚脑中又浮现出昨晚看见的画面，虽然看得并不真切，可就是那种旖旎朦胧的感觉最要命。

苏一灿似乎也想起了昨晚这茬，出声问了句："喀……那个，没看到吧？"

岑蔚还没回答，苏一灿接着说道："你妈和我爸妈关系这么好，我就把你当亲弟了，姐弟之间还是自然点。"

"……"你是挺自然的，还靠在拉杆上，就差躺下了。

所以当苏一灿家门口站着的一帮多年好友看见这幅画面的时候，差点没认出她来。

泼辣爽朗的少女苏一灿和之后的沉闷淡漠苏一灿他们都见过，但就是没人看过现在坐在行李箱上歪着头跟个男人说话的苏一灿，那小女生的模样让认识她这么多年的老友们也为之咋舌。

苏一灿也看见了盛米悦一行人，从行李箱上站了起来。电话里苏一灿已经知道盛米悦和大壮会过来找她，没想到二毛和莉莉也过来了，这场面着实就有点"隆重"了。

苏一灿跟朋友们介绍了岑蔚，然后把大家都请进家。

盛米悦自打看见岑蔚就感觉不对劲，奈何经过集训，岑蔚原本白嫩的脸蛋黑了两圈，直接从小鲜肉晒成了金刚狼，让盛米悦一下没认出来。直到她翻出手机找到那天和苏一灿的聊天记录，才跟发现新大陆一样大喊道："你把那天机场碰见的小鲜肉骗回家了？！"

　　由于她声音太大，已经提着两个行李箱进了家门的岑莳不禁回头瞧了她一眼。

第八章

我不允许别人

看我们笑话

▼

1

之所以这么多人急匆匆地来找苏一灿，的确是出了事——王家淼那边联系不上了。王家淼是他们认识多年的一个老友，专门做过桥垫资的，做了很多年，人很信得过，大家平时有闲钱都会放到他那里赚点利息。

苏一灿工作后存了些钱，大概也有二十万在王家淼那儿，一直挺稳的。可大概今年六月份的时候，利息到账就开始推迟了，大家也在小群里私下议论过王家淼那边会不会出事了。

但毕竟多年的交情，大家也不好直接去要钱，想着再观望两个月看看。谁知道这个月利息推迟了二十多天还没到账，他们再联系王家淼时，对方手机已变成空号，打听后说是上半年把房子都卖了，人现在不知所终。

他们今天到苏一灿家小聚，主要就是商量这事怎么处理。一番讨论过后，大家最后决定先通过认识的人找找王家淼的父母。

他们在商量的时候，岑蒔自然没有参与，他将行李安置好后就瘫在门廊的蜗牛椅上补觉了。

大壮他们商量完还要赶去单位上班便先走了，盛米悦留了下来，跟苏一灿说起了另一件事。小光头要结婚了，她问苏一灿有没有收到请柬，苏一灿点了点头。

盛米悦骂道："真是无事不登三宝殿！明知道你跟杜敬霆分了，还发请柬给你，怎么好意思的？"

小光头原是杜敬霆的高中同学，和苏一灿关系一般，工作以后更是没见过面……等等！

苏一灿突然抓到重点："你怎么知道我和杜敬霆分了？"

盛米悦脸上露出些许尴尬的神情。

苏一灿就势往沙发上一靠，扫一眼她："说吧。"

盛米悦回身将手机打开，翻出同学群递给苏一灿看。

原来那天苏一灿和"人鱼小姐"还有文身男见面的场景被熟人撞见了，还拍下了她泼那人水的视频发到了八中的同学群里。

再往下拉，聊天记录有大几百条，苏一灿粗略地扫了一眼。

"女追男一般很难有好结果，男人不懂珍惜啊，转眼就找个更年轻的了。"

"苏一灿这么多年还是没变，我记得她当年就是个小太妹吧？"

"楼上正解，高中那会儿经常看见她和一帮男的勾肩搭背。"

"所以杜帅毕业后和她在一起，我们都觉得太可惜了，校草被个女混子耽误了。"

"但是现在被甩了，为什么我有种想笑的感觉。"

"你不是一个人……"

"+1。"

"+2。"

……

直到盛米悦发了个"竖起中指"的表情包，群里才消停。

后来又因为小光头把结婚请柬发到群里，大家又纷纷打听他有没有请杜敬霆。他说请了，还请了苏一灿，来者是客。然后群里又炸开了锅，本来和小光头没什么联系、不太乐意吃这顿喜酒的，现在都有种花钱看戏的心态，于是底下又是一群内涵苏一灿的女人各种嗨聊。

盛米悦看了眼苏一灿，安慰道："不用理她们，都是高中暗恋过杜敬霆的人，吃不到葡萄说葡萄酸。"

下拉到底部，苏一灿发现大家的聊天戛然而止，原因是杜敬霆突然进了这个群，后面没有一个人再说话了。

苏一灿将手机还给盛米悦："杜敬霆也有笔钱在王家森那儿，当初是我建议他放的，现在出了这个事，我的二十万暂且不谈，他的钱我肯定要凑给他。"

盛米悦一听："凭什么啊？投资本来就是收益和风险并存，更何况你和他分手是他有错在先，他还好意思问你要钱？"

苏一灿摇了摇头。当初杜敬霆拿这钱出来是因为她，她不想再跟杜敬霆有任何纠葛，这事必须清算。

盛米悦又说："对了，小光头结婚反正要出份子钱，到时我把我弟带去，你也带个人。"

"我带哪个？"

盛米悦的眼神瞥向门外，一脸意味深长："你不也有个弟弟吗？"

"……"

聊了一会儿后，盛米悦要回市区了，走到门口还特地跟岑莳打招呼："小帅哥，拜拜哦。"

岑莳掀开眼皮："慢走。"

苏一灿将盛米悦送出院子，关上院门转过身的时候，发现岑莳的脸上已经毫无睡意，深瞳注视着她。

待苏一灿走到他身边，岑莳悠悠开了口："多少钱？"

苏一灿脚步微顿："什么多少钱？"

"他放了多少钱在你朋友那儿？"

苏一灿这才反应过来他在问杜敬霆的事："问那么多干吗？你帮我还啊？"说完便进屋了。

暑期还没结束，老师们先返校了。岑莳作为外聘教练，也要跟着熟悉学校的各项教学方针与事务，所以开大会那天他也去了，不过苏一灿为了避嫌，没跟他一道走。

她和江崇走进多功能厅的时候岑莳已经到了，就坐在前排靠窗的位置。光线很好，照在他脸上，茶色的眸子，侧面轮廓和下颌形成一道完美的弧线。后面的女老师好奇他长啥样，便拍了拍他的肩跟他说话。岑莳偏过头对上苏一灿的视线，扯起嘴角答话，女老师被岑莳这一笑晃了眼，拿起记录本挡住脸，对后面的老师们比了个大拇指。

苏一灿瞥了他一下，对江崇说："那个新来的叫岑莳，篮球队的教练。"

江崇转眸看了眼，跟着苏一灿到后排找位置坐下。

学校每年的例行大会内容都差不多，苏一灿拿着笔无聊地画小人，

旁边江崇侧眸看了她一眼，发现她神情专注地记着啥，凑近一看，发现她都

快画完一整幅小人版《清明上河图》了，不禁笑了起来。

很快，江崇感觉到前面投来的一道视线，抬起头。和岑葑对看了几秒后，江崇忽然对苏一灿说："我感觉这人有点眼熟。"

苏一灿状况外地问："谁？"

岑葑已经收回视线，江崇又瞥了他一眼说道："就那个新来的篮球教练，总觉得在什么地方见过。"

苏一灿有些心虚地想，不会吧，难不成这几天她和岑葑外出，让江崇碰见过？

大会结束后便是各教研组开小会，岑葑虽然并不代课，但也被体育教研组的丁组长喊上了。

体育教研组加上岑葑也就六个人，进办公室后各自找了椅子坐下。江崇和苏一灿是最后进来的，岑葑坐在里面垂着视线，江崇搬了两把椅子，将一把递给苏一灿。苏一灿坐下后，岑葑抬眸朝她望了过来，又移开了视线。

他们组开会向来简洁利落，丁组长也是个急性子，说话很快，苏一灿在一旁记录。说到让苏一灿负责一下暑期防溺水安全知识调查时，她手中的笔顿了下，低着头没有说话。

江崇瞥了她一眼，突然插话道："这事我来吧。"

丁组长也没有意见："那就小江负责一下。"

苏一灿没吱声，岑葑若有所思地看了他们一眼。

小会结束后，丁组长让几个年轻人下去看看器材室的卫生状况，苏一灿拿着她的小桶下了楼。

经过一个暑假，器材室落了一层灰，江崇把里面打扫了一下，苏一灿在外面擦玻璃，也懒得搬板凳，踮起脚尖费力地扫最上面的灰尘。

忽然一道影子笼罩在她身后，她的手被另一只大手覆住，从她手上顺势接过了抹布。苏一灿回过身，岑葑就站在她面前，他的身上透着好闻的气息，个高手长，她擦不到的地方，他却轻而易举。

苏一灿笑着说："人缘挺好的嘛，才来第一天和同事们都混熟了？"

岑葑垂眸掠了她一眼："没有苏老师人缘好，开个会都有人专门给你搬凳子。"

苏一灿侧头扫了眼器材室内："你说江崇啊？他和我初高中都在一个学校。"

岑葑淡淡地"哦"了一声。

苏一灿见这边忙得差不多便先上楼了。岑葑把玻璃擦干净后将报纸扔进垃圾袋，路过江崇的时候，他正坐在几个垒在一起的踏板上，看到岑葑，江崇掏出一根烟叼上，顺手发了一根给他。

岑葑侧眸看了眼，接过问道："学校能抽烟？"

江崇理所当然地回："不能。但现在能。"然后低头将烟点燃，把打火机扔给岑葑。

岑葑单手接过打火机，勾了下嘴角，垂眸点烟，然后又扔还给江崇。

烟雾从岑葑的指尖缓缓飘散，他忍不住问："防溺水安全知识调查是什么工作？"

江崇单手撑在身后的窗台上，眼神瞥着操场上陆续过来的田径队员，回道："发放、收集表格。"

岑葑追问："这个工作很难吗？"

"不难，交给班主任去发，然后准备一场防溺水安全知识讲座。"

岑葑也侧过头望向操场，随口说道："那的确不太适合苏老师，她自己都不太会游泳。"

江崇突然收回视线，转头盯着他："不会游泳？"

岑葑不置可否地撇了下嘴角。

江崇将烟蒂在一次性水杯里摁灭，站起身准备离开，路过岑葑身边时丢下句："苏老师当年是我们市唯一有希望进入花样游泳国家队的运动员。"

火云如烧，赤日笼罩，岑葑表情微怔，手上的烟慢慢燃尽。

2

岑葑站在器材室门口看了会儿田径队训练。苏一灿回办公室后没看见他上来，下了班便骑着"小红"去菜场附近帮岑葑配了把家门钥匙，然后在从菜场出来回家的路上，在小广场看见了岑葑。让她诧异的是，岑葑靠在凉亭边上正在和人说话，不是别人，正是前几天差点和赵琦打起来的殷佐。

苏一灿将"小红"停在路边，岑葑也看到她了，结束聊天后便朝她走来。

苏一灿问道："你不会打算拉他进校队吧？"

岑葑手一摊耸了下肩，苏一灿回头看了一眼殷佐，就见他又跟一帮非主流少年鬼混去了。她转眸看着岑葑："我猜他肯定想都没想就拒绝了。"

岑葑不置可否。

苏一灿语重心长地说："我劝你不要花力气在他身上，那小子可不是善茬。"说罢压低声音，身体前倾，双手搭在自行车把手上，"知道他的留校察看怎么来的吗？人家一开学就把教导处的顾主任打了。"

岑蒔拉过自行车把手往他的方向一转，嘴角忽然浮起一丝狡黠："不如这样，苏老师，我们打个赌。"

苏一灿被迫面向他："打什么赌？"

"我要有办法把他弄进队，你答应帮我个忙。"

苏一灿眼皮一挑，呵笑道："行啊。"

下午岑蒔打听到汽配城的位置，去了一趟，傍晚苏一灿就见他把车子捣鼓好了。岑蒔让她开一圈感受一下。

苏一灿感慨道："油门踩下去感觉都不一样了。还好你把车修好了，明天我还要去趟市里喝喜酒呢。"

似乎是想到明天小光头的婚礼，苏一灿的眉头都拧在了一起。其实她完全可以发个红包推说有事不去，但这只会让那些人更加认为她是个被抛弃后不敢见人的可怜虫。

苏一灿将车子停回院中往家里走，岑蒔靠在车门上对着她的背影喊了声："喂！"

苏一灿回过头望着他，夜里的老小区很安静，有虫鸣和夏风吹动树叶的沙沙声。

他的声音清透："要陪吗？"

岑蒔的自然卷在半暗的光线里微动，轻盈又散漫。

"反正我也没饭吃。"

苏一灿嘴角轻扯："好啊。"

小光头的婚礼选在半户外的场地，婚庆公司将外面的草坪布置得非常华丽，满是浪漫的鲜花和气球，内场有开放式可供宾客休息喝酒的地方，整体氛围轻松温馨。

小光头上学的时候是真没什么头发，未承想多年后的婚礼上，老同学们惊奇地发现他的头发居然长出来了，而且十分茂盛，于是大家的话题都是关于他头发的。

直到苏一灿带着岑蒔到场，热烈的讨论戛然而止。

杜敬霆比她大一届，当年她和八中的学姐学长们很熟，那会儿的杜敬霆连个正眼都不给她，她却已经和他的校友们打成一片了，所以这些人当中有很多和苏一灿熟悉的老朋友，例如盛米悦他们。

如今再相聚，很多人已经结婚生子，岁月在大家身上留下了各种痕迹，似乎只有苏一灿这么多年没怎么变过，依然不爱穿裙子，依然是当年那个没什么表情的样子，但仅仅就这样走来便很有范儿。

唯独不同的是，她今天穿了一双绑带尖头高跟鞋，这已经是她对这场婚礼最大的让步。

可很快大家的注意力便全都落在她后面的男人身上。颀长的身形，年轻时尚的打扮，一条简洁的工装裤让那双大长腿格外引人注目，当然最让人挪不开视线的还是颜值。

如果说杜敬霆是万千少女心中的白月光，那这小伙子仿若炙热的太阳，绚烂夺目，有种与生俱来的矜傲。

在看见他们一起走来时，所有人的视线又下意识移向坐在里面的杜敬霆。

杜敬霆刚到没多久，此时正和一帮老同学坐在沙发里推杯换盏，似乎是注意到外面的骚动，大家不约而同看了过去。苏一灿今天化了妆，她的五官本就立体出挑，不化妆的时候看着还算亲和，一旦稍微上个妆便浓烈美艳。

杜敬霆旁边的老博问了句："灿灿身边那男的是谁啊？"

大家都瞟向杜敬霆，他只是面无表情地说了句："不相干的人。"

此时苏一灿已经和许久不见的老朋友们寒暄起来，岑蒔站在离她几步远的地方，双手抄兜百无聊赖地四处瞧了瞧。大概感觉到有目光落在他身上，他下意识侧眸扫去，便对上了杜敬霆投来的视线。杜敬霆一身深色的衬衫西裤，手上是暗红的高脚杯，儒雅的面孔，眼里却透出一丝冷意。看到岑蒔望过来，他举起酒杯喝了一口。

恰巧这时，盛米悦带着她弟弟过来，笑着跟岑蒔打着招呼："帅哥，又见面了。"

岑蒔收回视线看向盛米悦："你是……谁？"

"……"

苏一灿连忙打圆场："盛姐啊，你忘了？前两天还去过我家的。"

盛米悦也不在意，拉着自己的弟弟对岑蒔说："这是我弟弟盛威烨。"

岑蒔看着盛米悦身边的小孩，胖胖的体形看上去应该不只是"微胖"？

然后盛米悦就把她这个叫"微胖"的弟弟扔给了岑蒔。女人在一起自然有很多话说，她们找了个地方便开始喝酒聊天，留下一米九三的大个子和一米五九的矮胖墩两人大眼瞪小眼，这弟弟还用一种十分可怜的眼神对岑蒔说："哥哥，我好饿。"

于是岑蒔准备带他去找吃的，刚转过身，就被一只肉嘟嘟的肥手牵住了。

岑蒔低头一看，这胖弟弟十分自觉地牵起了他的手。他赶忙别扭地甩开胖弟弟，结果这弟弟又小跑追上，再次牵住了他。岑莳不禁问道："你几岁？"

"八岁。"

谁能想到，一个将近一米六的小胖子，居然才八岁？

另一边盛米悦拉着苏一灿说话："杜敬霆在里面，钱的事你打算跟他说吗？"

苏一灿往里瞥了眼："等下找个机会吧。"

说到钱，苏一灿又想起一件事："你听过清润雍华府吗？"

盛米悦回道："知道啊，市区唯一一个每家每户都带私人泳池的楼盘，不对外出售的，就那么几十套，我堂哥那年找关系都没弄到。怎么了？"

苏一灿怔了怔，又摇了摇头没再追问。

外场主持人已经开始带着大家做游戏活跃气氛了，现场十分热闹，岑莳拿了吃的，带着胖弟弟回到她们那边的时候，她们已经聊嗨了。

岑莳找了个角落坐下，胖弟弟坐他旁边。要说胖弟弟这身肉真不是白长的，岑莳已经打了两局游戏了，他还在吃，并且一点停下来的意思都没有。

忽然几个身影出现在苏一灿的身后，是杜敬霆和几个男人过来了。本来聊得挺热闹的几人顿时安静下来，就连离得比较远的人都不禁直往这边瞄。

盛米悦一行人虽然和杜敬霆不是很熟，但都是老校友，为了缓和气氛，大家打了声招呼便往旁边挪了挪，空出位置。

几个男人在这里落座，杜敬霆倒是直接坐在了苏一灿的旁边。他一坐下，桌上的气氛明显变得紧绷了一些。

岑莳瞧了眼对面苏一灿不太自然的神情，低头退出了游戏开始刷视频，听见旁边的人一口一个"杜总"。

杜敬霆将苏一灿面前的香槟拿了起来递给她，然后在她杯子上轻轻一碰，用只有他们俩才能听见的声音说："我下午才回来。"

苏一灿"嗯"了一声便撇过头。

杜敬霆跷着腿，一只胳膊搭在苏一灿背靠着的沙发上，身子侧向她，说话都是用的低语，旁边人听不真切，单这样望过去，他俩不像闹翻的样子。

旁边的老博开始散烟，刚将烟递给岑莳，对面的苏一灿突然插了句："他不抽。"

岑莳扫了眼没说什么，视线依然落在手机上，没接那根烟。

老博收回手看了眼杜敬霆。杜敬霆坐在背光处，皮肤冷白，眉眼间散开丝丝轻慢。老博立马笑着将酒放在岑莳面前："既然烟不抽，酒总要喝吧，跟灿灿一起来的，还没认识下。"

岑蔚缓缓抬起头看了这人一眼，将手机收进口袋中，拿起面前几乎满上的红酒对他说："岑蔚。"

老博皮笑肉不笑地说："他们都喊我'老博'，一口闷啊？"说完端起红酒一饮而尽。

岑蔚掠了他一眼，仰头将红酒喝干。酒杯刚放下，旁边一个男人也举起酒杯笑着跟岑蔚招呼了一声，老博再次将岑蔚的酒杯满上。

岑蔚还是没说什么，一口干了。

苏一灿此时的表情已经有些严肃，压着火用半开玩笑的语气说："小光头的婚礼，你们这样过分了啊。"

老博笑着说："你看你带出来的朋友一个人在那儿玩手机多无聊，我们正好认识认识。"

说完老博左边的一个男人也满了杯酒说道："是啊，大男人喝两杯酒有什么关系，是吧小兄弟？我叫高云，走一个。"

苏一灿刚准备起身制止，手腕突然被身边的杜敬霆扣住。她侧过头去，杜敬霆面上依然是那副儒雅浅笑的模样，手上的力道却没半点松懈，而此时岑蔚已经是第三杯酒连着下肚。

苏一灿心头一急，抬起手腕就想挣脱，杜敬霆却侧身在她耳边说道："乖乖坐着，我可以让老博他们放过他。你现在过去，我保证让他横着回去。"

苏一灿咬着牙根侧眸瞪杜敬霆，她知道他能说出这话就一定能干出这事。

杜敬霆沉静的眸中是翻滚的情绪，一把将苏一灿奋力挣脱的手攥在掌心，声音低沉："我不允许别人看我们笑话。"

这句话像一盆冷水将苏一灿从头泼到脚，她想到了大群里的聊天，想必那些人现在都在关注他们。

岑蔚掀了下眼皮，眼神落在杜敬霆攥着苏一灿的手上，突然站起身拿着酒就朝对面走去。此时所有人的目光都聚焦在这边，就连苏一灿都有些惊诧地抬起头，而后极其轻微地对他摇了摇，让他不用管。

岑蔚看见了，嘴角蔓延开一丝轻笑，往茶几上一坐，就坐在杜敬霆和苏一灿的面前。他将酒递给杜敬霆，声音清淡地说："都喝了一圈了，我们俩还没喝过。见过几面了，不自我介绍下吗？"

苏一灿抬眼紧紧盯着岑蔚，这里全是老八中的人，即使她认识的人不少，但说到底还是杜敬霆的场子，真要闹事，他们不一定能占到什么便宜。

然而岑莳一眼也没有看向苏一灿，仿佛只是简单地和杜敬霆打着招呼。

杜敬霆眼神淡淡地扫了眼岑莳伸到他面前的酒，接过说道："我是灿灿的……"

"过去式。"岑莳慢悠悠地接了句。

周围的气氛瞬间跌入冰点，所有人都屏息以待。

岑莳将自己手中的酒一饮而尽，把酒杯重重地放在桌上，然后伸手一拽，将原本坐在杜敬霆身边的苏一灿拽了过来。

可未承想杜敬霆并没松手，这就导致已经从沙发上起身的苏一灿一只手还被杜敬霆牢牢攥着，另一只手却被岑莳扯着，场面一度十分尴尬。

一旁小光头的媳妇见状，赶紧过来将苏一灿拉走了。新娘子出面，杜敬霆这边的人自然还是要给面子的，刚刚聚拢到这边的人纷纷走开，没再找事。

如此暗潮汹涌了半晌，胖弟弟抬起头对岑莳说："哥哥，我想吃蛋糕。"

岑莳无奈地起身，带着这小子去拿吃的。

到了自助区，小胖子沉浸在美食世界中，岑莳无聊地靠在一边对他说："拿完就在这儿吃，别乱跑，我去下厕所。"

小胖子点点头。

岑莳走到楼后面，找了处音乐没那么吵的地方摸出烟。抽到一半的时候，他隐约听见有人在吵架，一开始他并没有多管闲事的心情，直到那头飘来一句"不要以为我不知道苏一灿那点破事"。

岑莳拿着烟的手顿了下，直起身子朝侧面走去，刚拐过去便看见有条大狗趴在地上，脖子上拴着链子，看到有人过来，猛地起身准备吠叫。岑莳过去将它后颈一抓，蹲下身拍了拍它的脑袋，另一手伸到它的前爪边上。大狗似乎是受过训练，很乖地将手递给岑莳，岑莳笑着又揉了揉它的脑袋，抬眸望去，后楼泳池边站着一男一女，那女的不是别人，正是胖弟弟他姐盛米悦，而跟她杠起来的则是刚才灌岑莳酒的老博。

岑莳隐在黑暗中，默默抽着手中的烟，大狗没再吠叫，安静地趴在岑莳脚边。他看见盛米悦又起了腰，借着酒劲凶道："她的事你知道个屁！"

老博冷声道："我怎么不知道了？当年事情闹得那么大，你问问他们学校的人哪个不知道？都说她为了进国家队害死了队友，这事杜敬霆还不高兴我们提。"

盛米悦气得大骂："少胡说八道！"

老博也来了火："我说难听点，她就是个杀人犯！"

盛米悦瞪着眼睛，气得不想再跟他说一句话，转身就走了。

此时司仪在前场带动气氛，宾客基本都在前面参与游戏环节，楼后相对冷清很多。

盛米悦离开后，老博满脸戾气地掏出一根烟，刚点燃便感觉身后有道阴影压了下来，他还没来得及回头看清来人，就突然被蹬了一脚，整个人朝泳池栽进去。

一声惊吼过后水花四溅，岑莳居高临下看着在水里扑腾的人，那因为痛苦和惊恐而扭曲的面孔苍白一片，被水呛了一口又一口，苦苦挣扎，一边的大狗拼命狂叫着，试图挣脱链子朝泳池奔去。

岑莳面上毫无波澜，就这样看了一会儿才回身将大狗的链子松了。

大狗刚挣脱狗链就猛地扑腾到水下，岑莳叼着烟转过身，二楼窗边立着道人影，不知道站了多久，目光深沉地注视着他。

岑莳将烟从嘴上拿了下来，抬起头朝着窗边的杜敬霆邪邪地吐出丝丝烟雾，那眼里的狼性像凶狠的野兽，嗜血冷漠。

第九章

那小子不简单

▼

1

苏一灿本来已经被小光头的新娘拉到一边寒暄去了，突然听见远处一阵骚动，几个人抬着一个湿漉漉的人从后面过来，许多人都围了过去，苏一灿忙向旁边人打听发生了什么事。

围观回来的人说老博不知道怎么掉进泳池里了，还好后楼的大狗挣脱了狗链，跳进水里咬着他的衣服将他拽了上来，要不然人就危险了，不过老博好像吓得不轻。

苏一灿的表情变了变，忽然一阵后怕，不禁问了句："怎么好好的，人掉泳池里了？"

"不知道啊。"

因为老博出的这个意外，大家全都挤到了里面。盛米悦很是诧异，刚才这人还和她叫嚣来着，怎么转眼就掉泳池里了？

岑苚在离她不远的地方坐下，看了她一眼，半晌，问了句："杀人犯是什么意思？"

盛米悦有些意外地盯着岑苚："你刚才在后面？"

岑苚目光毫无闪躲。

盛米悦已经喝得微醺，胆子也大了起来，便断断续续和岑苚提起了以前发生的事。

她认识苏一灿的时候，并不知道苏一灿已经是个身经百战的花泳运动员，只知道苏一灿经常会失踪十天半个月不见人，每次训练回来总喜欢到八中来找她，但大家都知道苏一灿其实是来看杜敬霆的。

苏一灿追杜敬霆的那两年十分高调，整个八中没人不知道隔壁学校无人敢惹的苏一灿喜欢他。

苏一灿的确是因为杜敬霆的颜值注意到他，后来是因为面子问题，觉得不拿下他脸上无光。

八中的人经常能看见杜敬霆他们班上体育课的时候，苏一灿神出鬼没地出现在操场，灵活地翻到单杠上倒挂在他面前笑着对他说："我是苏一灿，你可以叫我灿灿。"

在那两年里，她的笑容和她的名字一样，阳光灿烂。

杜敬霆没有理过她一次，无论是在校门口的站台，还是在大家会去的小吃店，抑或是在他回家必经的巷子，他一次又一次地将她的信扔掉，不留半点情面。

在苏一灿的眼里，他是特别的，和她身边的人都不一样。他总是穿着洗得泛白但是很干净的校服，不去游戏厅，不去网吧，不和女生闲聊，唯一的兴趣爱好是坐12路公交车去很远的图书馆待上几个小时。他沉浸在书本里的样子像画中走出的圣洁少年，安静、美好、不可亵渎。苏一灿向往他身上的那束光，那种对学习的热忱恰恰是她身上所没有的，她甚至不知道如果自己以后不游泳了还能干什么。

这个清冷的身影真正在苏一灿心里刻下痕迹是高一那年的寒假。

大年三十那天，苏一灿的妈妈吃完年夜饭接到电话要赶去医院值班，爸爸便亲自开车送她去市里，留苏一灿一个人在家。苏一灿看见窗外下了雪，兴奋地围着围巾跑出了家门。

家家户户都贴着春联灯火通明，街上却清清冷冷，偶尔能碰见几个小孩在玩仙女棒，可是很快也被大人喊回去了。

苏一灿沿着长长的街道一直走到小广场，很远就看见花坛边上坐着个人。她奇怪大过年的谁坐在雪地里，伸头一看是一个穿着单薄的少年，半张脸都埋在衣服拉链里，肩膀和头发上落了雪，眼神呆滞地盯着脚下，仿若被冻结般纹丝不动。

苏一灿盯着他看了一会儿，然后从他不远处走了过去。少年缓缓抬起头盯着她的背影。那天她穿着一件红色的新棉袄，短发塞在围巾里，很暖和的样子。少年收回视线不再看她，未承想几分钟后，她又走了回来，在他对面坐下。

那天晚上，杜敬霆就这样沉默地坐在雪地里，苏一灿离他几步之遥，默不作声地陪着他。

她托着腮想他为什么会一个人坐在雪地里，年三十团圆饭他一个人在外面家里人不找他吗？他穿这么少不会冷吗？

可这些问题苏一灿一个都没问出口。

她听盛米悦说过杜敬霆家里情况很复杂，他父母在他初中的时候出了意外，他的养父母是他爸生前的一个朋友，接他过去的时候，全家都反对，所以这些年他在养父母家的日子并不好过。

苏一灿不知道他是不是和养父母吵架了，她很想问问他。可想到杜敬霆平时清冷孤傲的样子，她又怕问出口会伤了他的自尊心，便一句话也没说，就这样在脚边搓雪球，冰天雪地的，陪着他坐了一个小时，直到杜敬霆抬头看了眼她冻得通红的手起身离开后，她才回家。

大年初一那天，她记挂着杜敬霆，于是吃完饭就和爸爸说去同学家玩，套上外套就匆匆出了门。

雪停了，地上结了一层冰霜。苏一灿本来只是抱着出来看看的心理，没想到很远就看见还是在昨天那个地方，一个人影蜷缩在花坛边。

她的心突然就热了起来，揣着怀里的小炮仗朝他跑去。

在离他几步远的地方，苏一灿脚下打滑，一下子摔倒在地。杜敬霆侧过头看着她狼狈地从地上爬起来，白色羽绒服脏了一大片，可她若无其事地掸了掸身上的雪，还是在他的对面坐了下来。

那一晚两人依然一句话都没说，苏一灿有一下没一下地搓着手上的小炮仗，不时"啪"的一声炸响。在那个寂静寒冷的夜里，空气中飘散着淡淡的鞭炮味，好似带来了微不足道的年味。

直到越来越冷，杜敬霆起身离开，苏一灿蹲在地上将小炮仗收拾起来回了家。

第三天又下起了雪。她比前两天更早出门，看见杜敬霆还是在那个地方，她赶到的时候他睫毛上都覆上了一层白白的雪，身边堆起了一个和他坐着差不多高的雪人。

那个看似孤傲清高的少年落魄的一面，仿若被整个世界抛弃。

她在他对面坐下，握了一个雪球在手上抛着玩，余光扫见那个孤寂的雪人，鼻尖酸酸的。那一晚，她打破了他们之间的沉寂，也许是想让他有些表情，不愿他一直沉着脸，所以她将手中的雪球朝他砸了过去。

雪球砸在杜敬霆低垂的脑袋上炸开了花，他抬起头沉默地注视着她，眼里没有反感和漠视，只余空洞，看得苏一灿的心揪了起来。她心疼地想，这么多年的春节他是怎么过来的？都是坐在这冰天雪地里吗？

正在她发呆的时候，杜敬霆捏了个雪球对着她砸了过来。苏一灿还在发呆，突然鼻子感觉一冰，吃了一嘴雪，傻傻地盯着他。那一瞬，苏一灿似乎在杜敬霆脸上看到了一丝笑意，可当她再认真看去时，他依然是沉着脸的模样。

她很快反击，杜敬霆对她也毫不客气。于是第三天的夜里两人依然没有任何交流，就这样面对面坐着砸，直到苏一灿突然打了个喷嚏。杜敬霆停住了手上的动作起身离开，仍然没有说过一句话。

第四天，苏一灿赶到小广场时没有看见杜敬霆的身影。她等了半个小时，以为他不会来了，却在准备离开时看见了他。那天他穿得挺多，戴了手套和暖和的毛线帽，依然在那个花坛边坐下。只是那一天他并没有坐很长时间，离开的时候，他将手套脱了下来扔给苏一灿。苏一灿拿着残留着他温度的手套喊他时，他还是和之前一样，没有回头。

那天以后，苏一灿感冒了，杜敬霆晚上也没再去过那里。

新的学期开始后，她依然会追在杜敬霆身后，也依然会制造各种偶遇，仿若他们之间什么都没有发生过，杜敬霆依然拿她当空气。

那个年纪的"喜欢"对所有人来说总是简单却也容易受伤的，唯独苏一灿，仿若身披铠甲，纵使被杜敬霆扎得一身伤，仍然愿意将最灿烂的笑容留给他。这在外人看来无法理解，可他们不知道，她见过杜敬霆的另一面，如果他注定生长在冰天雪地中，那她势要将冰雪融化。

苏一灿高二那年，八中有个喜欢了杜敬霆很久的女生带人将她堵在巷子里，她眼睁睁看着杜敬霆头都没回越骑越远。那群女生将她从自行车上拽了下来，她膝盖磕在地上出了血，忍着疼痛单枪匹马和那帮女生干了一架。

带着一身伤回去后，她被教练狠狠痛批了一顿，还通知了她爸将她彻底关了禁闭。

盛米悦听说这件事后气得跑去杜敬霆他们班大骂，说如果苏一灿的运动生涯就此断送，他杜敬霆就是罪人。

面对盛米悦的指责，杜敬霆只是一声不吭地听着，没有反驳一个字，也没人能看出他的情绪。

在那之后，苏一灿消失了好长一段时间，直到她托人将一张入场券带给杜敬霆。

一个多月后的省花样游泳锦标赛在市里举办。那天盛米悦去了，上台前苏一灿发信息问她杜敬霆有没有来，盛米悦很为难地告诉她没有看见他人。

看过那场比赛的人都无法忘却苏一灿在赛场上的风采，那是她最高光的时刻。

明明又酷又飒的女孩，一入水，潋潋的水波下是柔软翻飞的身姿，珠花四溅，袅袅婷婷间那轻盈的水上芭蕾让人过目不忘。

那天苏一灿发挥超常，和队里的小伙伴一举拿下金牌，她也成功被省里的教练注意到。当她站上领奖台的时候，越过观众席看见了那道熟悉的身影，杜敬霆来了，没有告诉她，也没有告诉任何人。她将奖牌高高举过肩对着他笑，灿烂的聚光灯下，那是盛米悦见过的她最闪耀的笑容。

那场比赛没过多久，队里通知，省队看中了苏一灿和尤靖，希望在这两人中选一个参加国家队选拔。

这对任何一个花泳运动员来说都是难得的机会，自此她和尤靖更加卖力地训练，直到一天傍晚，无数的警车将训练馆包围。然后一个担架被抬出去，上面盖着一块白布，苏一灿在旁边哭得撕心裂肺。

她被带去审问，不断有人让她重复当天发生的事。她反复告诉他们，自己去休息室换衣服，出来时尤靖便浮在水面上，她觉得不对劲，当她跳下去救的时候尤靖已经没了反应。

可一个花泳运动员淹死了？所有人都觉得这件事透着蹊跷。然而调遍所有监控也无法证明苏一灿和尤靖的死有关系，又恰巧那天训练馆她们俩是最后留下的人，没有第三个人可以证明。

从那以后，苏一灿身心俱疲，日日噩梦缠身。但是后面经过调查，她洗刷了嫌疑。

返校那天，尤靖的妈妈在校门口拉着横幅，当着全校人的面给了苏一灿一个巴掌。苏一灿满眼通红地看着横幅上血淋淋的"杀人犯"，听着尤靖的家人骂她为了那个名额杀了尤靖，诅咒她也被淹死。

她想为自己辩驳，她很想告诉所有人她什么都没有做，但也是从那时起她再也发不出一丁点声音，她的世界以极快的速度轰然坍塌。

后来，妈妈带她去找了老同学，查出来她因情绪起伏过大造成了神经损伤，患上了心因性失语症。她被迫退学。

起初的半年里，她像个没有情绪的木头人，经常一整天不愿吃饭，晚上也不睡觉，短短半年她就瘦成了人干。

教练一开始还隔三岔五到家中看她，给她做心理疏导，但在长期的药物治疗下，她身体的各项机能也在迅速倒退，直到有一天教练遗憾地对苏一灿父母说，她的情况不允许她重返泳池了。

苏一灿从七岁开始游泳，几乎所有的时间和精力都奉献给了那片水池，她的文化课落下太多，如果不当运动员，她的人生几乎没有出路，而更糟糕的是，她的身体也在以肉眼可见的速度迅速枯萎。

父母为了她跑遍各大医院，找了很多关系，起早贪黑陪着她治疗，所有能想到的办法都用过了。

在那段暗无天日的时光里，那个曾经在苏一灿眼中最遥不可及的人走进了她的生命中。

那是秋末的一天，他抱着一摞书敲响了苏一灿家的大门，告诉她的父母他叫"杜敬霆"，他想试着帮帮苏一灿。

苏一灿的父母起初对这个陌生的年轻人充满了防备，却在看见苏一灿望向他的眼神时，接受了他的提议。

后来杜敬霆只要放学或周末都会到苏一灿家陪着她，苏一灿说不出话，他就不厌其烦地对着她说："我叫杜敬霆，你试着叫叫我。"

也许是因果报应，苏一灿喊了他两年，他都视若无睹；在这半年里，无论他多么轻声细语地让她叫他，苏一灿始终睁着一双眼无神地盯着。

最大的改变是，杜敬霆有办法让她吃饭。有时候苏一灿的父母搞不定她，便打电话给杜敬霆，他会搬把椅子坐在她身边一勺一勺地喂她饭。那段时间苏一灿行为退化得像个小孩一样，杜敬霆就读书给她听，哄她睡觉，跟她讲他要读大学了，问她想不想去大学。大多时候，苏一灿都没有回应。

直到杜敬霆毕业去了市里上大学，很长时间没去看苏一灿。那夜他偷偷带去的手机振动了，他看见是苏一灿家的号码，以为是她父母打给他的，然而电话接通后，那头半天没有声音，他尝试着问："是灿灿吗？是的话就喊我一声，只要你喊我，我就回去见你。"

隔了好久，电话里断断续续传来微弱的声音："杜，杜……"

那夜杜敬霆违反了规定偷跑出去，走了好远才拦到车子。等他赶回苏一灿家时已经是下半夜，苏一灿父母也十分震惊，为他打开苏一灿的房门，发现她穿得严严实实，坐在写字台边安静地等他。

杜敬霆放下包，激动地攥着她的肩膀对她说："叫我，我是谁？"

苏一灿盯着他看，眼眶顿时就红了。

他蹲下身放缓声音对她说："我答应你回来了，你再叫声给我听听，今天我就不走了，听话，我是谁？"

苏一灿噙着泪，声音颤抖地唤着他："杜敬霆……"

在她出声的刹那，苏一灿的妈妈潸然泪下，她爸爸控制不住地捂住脸，杜敬霆一把将她拥入怀中。

在杜敬霆和家人的鼓励下，苏一灿决定复读一年。

那一年据盛米悦所知，杜敬霆频繁往返于大学城和苏一灿家之间，帮她一门门辅导功课。

盛米悦再次见到苏一灿时，就见她留起了长发，整个人的精神面貌发生了很大的变化。

第二年她考上了市里的一所二本大学，和杜敬霆的学校隔得不算远。他和苏一灿的家人一起将她送去学校，陪着她适应新的生活。

所有人都不理解为什么高中时一直反感苏一灿的杜敬霆，愿意花费这么大的精力将她一点点拽出深渊，可是他做到了。

大学毕业后苏一灿和杜敬霆走到了一起，一切都水到渠成。在苏一灿父母的心中，这个世上不会有第二个男人比杜敬霆更可靠。杜敬霆毕业后，他们二老也尽可能地在他的事业上给予他支持和帮助。

杜敬霆自己也十分争气，没两年就做出了成绩，后来的道路越走越顺。本以为他们俩的结合会是他们这帮人中最美的童话，可等盛米悦知道他们的感情出现问题时，苏一灿和杜敬霆的关系也已经走到了覆水难收的境地。

盛米悦在提起这段过去时说得并不连贯，东一榔头西一棒的，可岑莳从她时断时续的话语中猜出了大概。

他突然明白过来为什么即使杜敬霆做出这样出格的举动，苏一灿依然对杜敬霆没有半句责备，还想把东西还给杜敬霆。也许在苏一灿看来，她和杜敬霆之间除了感情，还有恩情，感情能断，恩情却是要还干净的。

岑莳端起面前的酒一饮而尽后站起了身，穿过乱糟糟的人群。他远远地瞧了苏一灿一眼，如果他没记错的话，那年他遇见她时，她还没出事，他看过她开朗肆意的一面，很难想象她后面遭遇了如此大的劫难。

他收回视线，突然感觉到一阵胸闷，拿起手机发了条信息给苏一灿后，便先离开了。

走出会场，他脑中闪过很多零碎的片段：车子抛锚在高速公路时，苏一灿眼里迷茫而崩溃的神色；她每天将脸埋进水里，逼着自己去承受那种煎熬；当得知杜敬霆还在调查她的病时，那种无法面对的苦楚，甚至掉进湖中也放弃挣扎的绝望。

他无法理解那个曾经把她一点点拉出深渊的男人，为什么要狠心地将她重新推下悬崖。

站在路边等车时，岑莳只感觉右脚踝一阵阵钻心的刺痛传来，但他知道他的身体并没有任何疼痛，痛的是那隐隐发作的心病。

苏一灿选择了逃避，她远离了曾经的战场，去另一片天地重新展开了生活，可他呢？他不怕死地回到了曾经的战场，试图在失去箭矛弩盾的情况下赤手寻找那千分之一的可能性，就是因为他不甘心，他不愿意有一天变成苏一灿这样，听见个"防溺水知识调查"都能愣半天。他要重新点燃自己，去赌那不可能的可能。

人头攒动间，苏一灿看见一脸蒙到处找人的胖弟弟，她拽着胖弟弟问了句："那个跟你一起的哥哥呢？"

胖弟弟揉了揉眼睛说："没看见。"

苏一灿拿出手机刚准备联系岑莳，却看见二十分钟前岑莳就给她发过一条信息：待着闷，先走了。

苏一灿担心岑莳喝多了，也怕他从市区回凤溪不认得路，于是赶紧将胖弟弟交给盛米悦，和小光头打了声招呼便走了。

她前脚刚离开没多久，杜敬霆便穿过人群找了过来，问盛米悦："灿灿呢？"

盛米悦见他眉头紧锁的样子说了句："回去了啊。"

杜敬霆二话没说也上了车朝着凤溪奔去。

2

代驾把车子停在苏一灿家门前，她刚打开院门，巷子那头的车灯便打在她的身上。

她侧过头去看见了杜敬霆的车子，司机将车停在不远处，杜敬霆下了车，迈着长腿朝她走来。

苏一灿将院门推开，家里黑灯瞎火的，岑莳好似并没有回来。

她回望着他："你跟来干吗？"

杜敬霆已经走到她面前："讲几句话。"

杜敬霆的司机还坐在驾驶座上。

苏一灿望了望对面，丢下句："进来说。"

杜敬霆走进院中，苏一灿并没有打算把他迎进家，而是将院门推了下半掩着，立在那棵桃树下望着他："你说。"

　　杜敬霆略显疲惫地松了松衬衫纽扣凑近了些，声音暗哑："别闹了。"

　　苏一灿垂着视线，反问他："你从哪点看出来我在闹？"

　　"婚礼我不会取消。"

　　苏一灿抬起视线，望着慢慢躲进云层里的月光，淡然地说："那是你的事，只不过新娘不会是我。"

　　杜敬霆额头浮上青筋，耐心已经耗到极致，压着嗓音紧盯着她："我对你已经够迁就了，你出去问问，有哪个女人几年不给碰，还有男人愿意耐下性子的？你觉得这是我一个人的问题吗？"

　　苏一灿脸色煞白。

　　杜敬霆朝她靠近了一步，大手放在她的脑后，将她带向自己，呼吸沉沉地说："把工作辞了到我身边来，外面那些女人我可以都断了。"

　　苏一灿垂着脑袋吸了吸鼻子，自嘲地笑了："清润雍华府有什么特殊的意义吗？"

　　杜敬霆的神情僵了一下。

　　苏一灿抬起眸，眼睛里闪着盈动的光，对着他笑得凄凉："你的小百合也是游泳的，这么多年了你的口味还真是专一。上次在派出所的时候，她好像就对这个楼盘有兴趣，你让你的助理把过户资料列个单子给我，听说这房子是市里唯一配有私人泳池的楼盘，对她训练应该挺有帮助的，拿去哄她开心吧。我这辈子不可能再下水了，别指望在我身上找什么影子。"说完，苏一灿甩开他的手。

　　就在她转身的时候，忽然听见杜敬霆在她身后低低地说："那是我们的婚房。"

　　苏一灿脚步微顿，回过身看他。

　　杜敬霆墨黑的瞳孔里沉着翻涌的波浪，再次重复了一遍："那是几年前我为你准备的婚房，我让你有空去看看，你一次也没去过。"

　　苏一灿感觉喉咙里有什么在灼烧，她睫毛颤了下别开眼："那你还真是够狠心的，准备这样的婚房是什么意思？让我天天对着做噩梦吗？"

　　"你该走出来了。"

　　苏一灿突然对他吼道："我为什么要走出来？谁规定我一定要走出来？我又没有失忆，你有本事就把记忆从我脑子里挖出来，否则就别假惺惺地逼我！"

　　静谧的夜里，两人怒目相对，积压在胸腔已久的情绪成了他们无法沟通的障碍，直到空气中响起"刺啦"一声。

　　苏一灿侧眸望去，不知道院子里怎么会突然出现一辆遥控赛车。

　　两人之间的对峙被打破，车轮一直滚到他们面前，然后原地打了几个转。苏一灿这才看清，这不是接岑蔚那天，她在机场买的大黄蜂吗？

　　她立马抬头寻去，果然看见走廊那头的蜗牛椅上躺着一个人。她不知道岑蔚是什么时候回来的，灯居然没开，但显然从刚才起他一直在那儿，此时手里拿着赛车遥控漫不经心地拨弄着，大黄蜂在院子里漫无目的地打转。

　　杜敬霆顺着苏一灿的眼神也看见了岑蔚，他身子侧了下，压低声音对苏一灿说："你眼睛擦亮点，那小子不简单，你最好想办法把他弄走。"

　　苏一灿蹙了下眉，抬头望向他："什么意思？"

　　杜敬霆声音颇冷地说："刚才老博是他蹬下去的。"

　　杜敬霆的话让苏一灿有些难以置信，岑蔚跟老博又不认识，就因为喝了几杯酒他就差点把人害死，怎么想都不太可能。

　　她回过头去。

　　岑蔚半隐在黑暗中，似乎是洗过澡了，头发湿漉漉地贴在额边，很安静的样子。在她投去视线时，他撩起眼皮对她温顺地笑了下，毫无攻击性。

　　苏一灿想到这么多天的相处，这个弟弟虽然是个有主意的，但人绝对算不上坏，尽管有时候会惹她生气，但认错态度十分积极，不可能做出这么阴暗的事。

　　于是她很快收回视线，对杜敬霆说："没证据的事情我劝你不要乱栽赃，他一个初出茅庐的弟弟，跟你那帮朋友无冤无仇的，至于吗？"

　　夜风吹在桃树的枝干上，几片残叶随风落了下来。杜敬霆眼眸沉寂地盯着苏一灿，嘴角轻抿，缓缓将视线移向她身后走廊的角落。

　　岑蔚抬起下巴似笑非笑地盯着他，手中的打火机在修长的指间无声地转了一圈，眼里的光透着无法阻挡的凶悍之气。

　　杜敬霆黑沉的眼眸里闪过一丝锋利，听见苏一灿对他说："王家淼跑路了，你那五十万我过段时间给你。"

　　杜敬霆收回目光，声音里透着难掩的愠怒："你非要这样？"

　　苏一灿抬起视线没有温度地盯着杜敬霆，杜敬霆拧眉转身拉开院门，身影消失在门外。

　　苏一灿将院门重新锁上。她转过身，大黄蜂就在她脚边，她走一步，大黄蜂跟一步，一直到她迈上台阶，大黄蜂才停在台阶下。她侧眸望着岑蔚："大晚上的，别小孩子气了。"

　　岑蔚也看向她："不是你买给我的吗？"

"……"竟无力反驳。

苏一灿洗完澡后从冰箱里拿了两瓶矿泉水出来，拖了一把椅子坐在岑蔚身边，递给他一瓶水问道："喝多了吗？"

岑蔚拧开水喝了一口，而后整个人又陷进椅子里没说话。

苏一灿说了他一句："不能喝还喝那么多？"

岑蔚侧眸盯着她，那双茶褐色的眼里好似投映着一汪池水，对她漾起个笑："都是你朋友。"

苏一灿听出来了，岑蔚在顾及她的面子。

苏一灿的声音到底还是轻了些："下次不想喝直接拒绝就行了，头还晕吗？"

岑蔚垂眸笑道："有点。"

"那还不去睡觉？"

"哦。"

然后他便伸直了大长腿，头一歪，靠在苏一灿的肩膀上闭了眼。

苏一灿愣了下，偏头看去，淡薄的月光洒在他浓密的睫毛上，天然微卷的睫毛漂亮得像假的。她忍不住伸出右手轻轻用手指扫了一下，岑蔚没有睁眼，嘴角却弯了起来："羡慕吗？"

苏一灿清了清嗓子："少臭屁，你是享了基因的福。"

岑蔚的嗓音懒懒的："嗯，我的小孩应该也会遗传这个福。"

苏一灿很无语，但脑海里居然也联想了一下他会生出什么样的小孩，等她反应过来的时候，才赶忙找补了一句："看在你不舒服的分上，我只给你靠一小会儿哈。"

"姐。"

"嗯？"

"你会一直当老师吗？"

"不知道，你呢？会一直当篮球教练吗？"

半晌，靠在肩膀上的弟弟都没有发出声音，只是呼吸越来越均匀。

刚开学，苏一灿的工作异常忙碌，不仅要负责即将到来的"三操"检查评比工作，还要配合政教处给新生搞体育建档，本来不怎么加班的人也忙得飞起。

而岑蔚一个不用代课的篮球教练居然比她还要忙。他和苏一灿一个办公室，办公桌就在她右边，但一个星期了，苏一灿就没见他正儿八经待在办公室过，天天晚饭都是在外面吃的，有时候她都准备睡觉了他才到家，问他干吗去了，他就说忙工作。篮球队就六个人，也不知道他忙个啥。

但让苏一灿万万没想到的是，开学第一个周末，岑莳也不知道通过什么办法，居然邀请到了北中的篮球队来本校打一场友谊赛。

凤北高级中学，简称北中，省重点高中，位于凤溪的北面，从教学质量到生源再到学生的综合素质，比他们凤南二中好了不是一星半点。

岑教练要么不请，一请就把凤溪实力最强的篮球队请来了。这个消息不仅让两所高中炸开了锅，就连旁边两所不相干的高中都蠢蠢欲动，通过各种途径要来二中强势围观。

有天苏一灿和江崇吃午饭还讨论过这事，他们一致觉得，请外校球队来打友谊赛，怎么也得请水平差不多的吧，请北中来自己主场，是想虐自己球队吗？

二中篮球队自从成立以来就没有这么受人关注过，当赵琦他们听说要跟北中来场战斗时，个个都跟打了鸡血一样激动兴奋。

但是冷静过后，大家都意识到，完了，就要成砧板上的鱼肉任人宰割了。和岑教练商量对策的时候，岑莳没有给他们任何意见，就叫他们正常发挥就行，不用心理压力太大。

正常发挥的意思在他们听来约等于脖子洗干净了双手送上人头。本来赵琦他们有点泄气，结果短短几天时间，这事在几所高中之间传疯了，不少妹子连补习班的课都逃了，就为了一睹篮球队的风采——其实主要是一睹北中篮球队的风采，听说就连北中校花都会来观战。如此一来，赵琦他们觉得自己又行了，幻想着无数美眉为自己欢呼、小百褶裙翻飞的场面，这几天训练都浑身是劲儿。

友谊赛是公开的，岑莳和校领导那边做了沟通，欢迎本校和北中的学生凭学生证前来观战。

因此大好的周末，苏一灿需要加班去比赛现场维持秩序。

让她万万没想到的是，这场友谊赛会来这么多学生围观，一大早学校门口就被围得水泄不通。

江崇原本今天还有田径队的训练任务，临时接到通知过来增援，他下面那帮小子也说想过去看，他索性一早便在门口拉上了安全通道指示横幅。

苏一灿不禁说了句："人挺多啊。"

江崇笑道："应该都是来看北中的。"

苏一灿立马领会。北中篮球队有个名号叫"铁血战甲"，据说他们学校的篮球队成员都是经过精挑细选的，无论身高、颜值还是体格，站出去都非常让人瞩目，上次集训听篮球队的人提过北中的校队，让她也有一丝好奇。

苏一灿安排好进场工作，跟江崇往体育馆走，一进内场，那热情的欢呼声立马炸到她的耳膜。

她朝看台望了眼，密密麻麻的少男少女跟开联欢会一样，特别是北中那边的学生，齐齐举着灯牌，电子屏上滚动着不同的人名，大约是他们学校的篮球队成员，着实给苏一灿一种追星看演唱会的错觉。

而他们这边就明显凄惨多了，不仅没人助威呐喊，还有人在看台朝赵琦他们扔纸团对骂，场面一度十分混乱。

苏一灿往下一看，两方人马都已经换上篮球服在做热身运动了。

北中那头果真训练有素，清一色的黑色篮球服，上面印着北中的正红色logo，个个人高马大浓眉大眼，整齐划一地做着热身运动，那气势果然配得上"铁血战甲"四个字。

反观他们二中，一个个穿着设计得奇丑无比的黄色篮球服，怎么看怎么透着点憨傻的气质。

关键是，苏一灿不知道岑蔚是不是脑壳坏掉了，居然还让人在场边挂上了横幅，北中是"凤南北中铁血篮球队"，而他们这边是"凤溪酷炫美男子天团"。

在看见队名的刹那，苏一灿突然有点不想承认自己是二中的老师，身旁的江崇同样脸色怪异，大约和她有同样的想法。

然后苏一灿便在人群中寻找岑蔚的身影，发现他一个人坐在不起眼的角落，垂着视线在写什么。相比对方教练来回叮嘱的模样，他完全就是一副放任自流的状态。

江崇皱起眉对苏一灿说："北中那边的 8 号是队长，叫宋翰，二级运动员，特长生。"

苏一灿看向北中 8 号，和看台底下那些闪着光的电子灯牌对上名字了。小伙子长得挺精神，应该是北中的风云人物。

不一会儿，裁判宣布比赛五分钟后开始，整个内馆发出震耳欲聋的欢呼声，苏一灿揉了揉耳朵，不由得感叹年轻人的活力。

直到这时岑蔚才放下手中的东西缓缓从椅子上站起身，一件宽松的半袖 T 恤随意卷了两圈，下身是一条黑色的牛仔裤，棕褐色的自然卷松软飘逸。当他抬起头的刹那，眉目间的精致用一种随性不羁的姿态释放出来，苏一灿只感觉整个体育馆似乎安静了一秒，紧接着看台上突然就骚动起来。

他一米九三的个头立马引起了球场所有人的注意，北中学生都在打听那个高个子是谁。

二中那片不知道谁喊了句："那是我们教练。"

人群立马就沸腾了。

苏一灿转过视线，发现喊这句话的是龅牙明。虽然他在集训时就被岑莳开了，但是今天和北中的比赛，被开掉的几人倒是都来围观了。

岑莳起身对着赵琦他们招了下手，几人小跑过去围着岑莳。岑莳很随意地在六个人中选了五个上场，留下一个苗英音跟他坐在场边。

也就是在这时，江崇说了句："我好像记起来在哪儿见过他了。"

苏一灿不解地侧过头："谁？岑教练？"

"嗯，好像在电视上。"

"……"你怕不是老花眼吧，当真以为他男团出道了？

比赛哨声一响，魏朱还没起跳，篮球直接被北中的 8 号拍给了自己的队友。苏一灿低头拿水的空当，内场突然一阵喧哗，等她再抬起头的时候，北中已经进球了，而赵琦他们还愣在原地，甚至一脸没反应过来发生了什么的样子。

对方 8 号对着魏朱浅笑了下，魏朱感觉杀伤力很大，侮辱性极强，浑身肌肉绷了起来。

魏朱回头和赵琦对视一眼，赵琦的神情也变得紧张起来。

比赛继续。北中那边节奏很好，连续进了四球，有一半都是 8 号进的。反观他们这边的队长赵琦，不仅连篮圈都没摸到，就连队友传球给他，他都接不住，同是队长，这实力差距悬殊。

毕竟是主场，苏一灿和江崇的面上都有点挂不住，然而岑莳却异常平静，从比赛开始到现在，双肘始终撑在膝盖上盯着场中。

比赛大约进行十分钟后，侧门突然晃进来十几个男的，个个走路流里流气，穿着也是花里胡哨的。

苏一灿和江崇很快注意到那群人，本以为是外面的小混混，正准备过去盘问，便看见为首的正是他们本校生殷佐，他后面跟着的也基本上是二中平时最浑的那拨人。

苏一灿停住脚步皱了下眉："那帮小子今天跑过来干吗？"

江崇淡淡地说："凑热闹吧。"

一进场，那群人中就有人朝看台吹了个口哨。二中那边原本坐在第一排的学生站起来一大半，忙不迭往后挤，这帮人便大摇大摆地坐在看台第一排正中的位置。

岑莳原本盯着场中的眼神终于偏了下，朝看台瞧了眼，眼里闪过不易捕捉的光。

接下来的比赛，除了魏朱进了两球，二中被北中强势压制。北中的人越打越轻松，对上赵琦他们跟遛狗一样，还抽空花式运球耍起了帅，看得底下的少女们尖叫不断，甚至北中那边一进球，连二中本校的女生都跟着欢呼，二中男生基本都是一脸便秘的样子骂骂咧咧，各种不爽。赵琦他们这下脸面算是丢到姑姥姥家去了，再配上他们身后那个大红色的"凤溪酷炫美男子天团"的横幅，简直是傻子天团2.0版。

他们怎么也不会想到集训时随便取着玩的队名，在不久后的今天让他们遭受了如此奇耻大辱，这帮平时耍横的男孩，第一次当着这么多人的面被按在地上摩擦。

本就羞愧难当，加上二中那边不断涌来的咒骂和嘘声，赵琦他们连球都放弃抢了，一副赌气的样子，晃着膀子放弃挣扎。

直到北中替补里有人喊了句："二中真垃圾。"

赵琦他们一愣，还没做出任何反应，坐在殷佐身边的一帮人突然站了起来，对着北中的队员就骂道："你再说一句。"

场馆内瞬时间安静下来，在场中小跑的宋翰也停下脚步朝场边望去，一眼便对上眯起眼睛的殷佐，两人的眼神无声地较量。

江崇已经做好准备过去协调，却看见殷佐突然起身，带头往场外走去。那些人指了指北中的小子们，大概觉得这比赛实在看不下去了，也跟着殷佐离场。

连苏一灿都感觉有点丢人，岑莳脸上却自始至终没有任何多余的情绪，盯着比赛场地不知道在想什么。

在殷佐他们起身后，岑莳侧身和苗英音交代了两句便也出去了。篮球比赛还没结束，教练却先行离场，苏一灿不知道岑莳搞什么鬼，于是让江崇盯着点，自己也追了出去。

她刚拐到体育馆侧面，就看见不远处的墙根下站着两个人。

殷佐靠在墙上背着光，岑莳立在他面前抱着胸，语气淡然地说："听说你和宋翰初中是一个学校的？"

苏一灿停住脚步站在金桂树后没有过去，看见殷佐吊儿郎当地抬起视线："岑教练知道得挺多嘛。"

岑蔚轻笑道："不仅知道这些，还知道你喜欢了三年的姑娘现在跟着宋翰跑前跑后，这是什么滋味？"

殷佐的表情渐渐冷了下来。岑蔚放下胳膊负手而立，眼神牢牢盯着殷佐，语气强硬："有些事情能退让，有些事情不能。"

殷佐紧紧咬着牙根，冷厉的轮廓绷了起来，垂着视线没说话。岑蔚嘲弄地说："秋季赛还得跟他们打一场，就这么想被人当垃圾？"

殷佐抬起视线，细长的眼睛寒光四射。岑蔚突然笑了，嘴角一斜："我再给你找两个能打的人过来，怎么样？玩不玩？"

远处殷佐的那帮哥们儿催他快点，他侧眸扫了眼，丢下句："你能找到再说。"

说完，殷佐便和那帮人晃出了校门。

头顶的大片乌云被风吹了过来，大地忽然陷入一片沉闷的阴暗中，苏一灿就这样望着岑蔚的背影，一个猜测毫无征兆地钻进她的脑中。

他是故意的。故意请区里最强的队伍过来，因为他知道北中和二中有过节。他故意将那些队员嬉闹选定的队名高高挂在篮球馆里，更是故意让这场友谊赛变成公开赛。

苏一灿原本以为岑蔚做这些的目的是让现任队员认清自己的实力和态度，给他们上一课，但现在她才渐渐回过味来，他真正的目的是殷佐。

所以即使收获了全场骂声，自己的队员脸面尽失，他也能够毫无波澜，因为他的目的达到了。他拿捏住这个年纪的少年心里那股张狂的叛逆，他可以为了得到一个队员，不惜一切代价。可这样的心机，这样的手段，怎么可能出现在一个年仅二十一岁的男人身上？

她忽然想到杜敬霆的那句"那小子不简单"，整个人都陷入迷惘之中。

直到岑蔚缓缓转过身，对着她的方向开了口："苏老师还打算偷窥我多久？在家还没看够吗？"

苏一灿微怔了下，从金桂树后面走了出来，很快神态又恢复如常，回了句："我最近在家能看见你吗？你都快把我家当旅馆了。"

岑蔚愣了下："我回来吵到你了？"

苏一灿走到他面前："倒不至于。你最近晚上都干吗去了？"

岑蔚嘴角挑起笑意："赚房租啊。"

"我问你要房租了吗？"

岑蔚只是笑，也不说话。浓密的睫毛使他看人的时候自带电流，眨眼之间是诉不尽的风采，那干净温和的眼眸实在很难把他想得多复杂，于是苏一灿便抛开了刚才的想法。

岑莳对她说："待会儿比赛结束，我想请几个帮忙的老师吃个饭，我和他们不熟，你能帮我约下吗？"

第十章

下条让你

一次性过

▼

1

友谊赛虽然结束了，但是二中和北中之间并没有建立起任何友谊，反而因为在主场输得太惨，最后送走北中人时，二中的人都骂骂咧咧的。

倒是对岑教练要请老师们吃饭这件事，大家都不好意思不去。只是没想到真到了吃饭的时候，盛米悦也卡着饭点来了，开了辆十分惹眼的红色卡宴停在二中门口，让他们坐她车去饭店。

苏一灿看了江崇一眼，对他说："你坐吧。"

江崇面无表情地说："我不去。"

盛米悦将墨镜取下对着江崇按了两下喇叭，江崇立马皱眉道："学校附近禁止鸣笛。"

盛大小姐嘴角轻勾，丝毫不在意地说："你再不上车我继续按。"

江崇沉着脸拉开副驾驶的门坐了上去，苏一灿和岑蔚上了小毛老师的车。

到了包间后，盛米悦一坐下就要开酒，江崇冷着脸说了句："你忘记自己开了车吗？"

盛米悦一脸笑意地回："你又不喝酒，送我回家呗。"

岑蔚的眼神在他们俩之间转了一圈。

苏一灿看不过眼，说了她一句："每次都这样，故意喝酒让江崇送你回家，他夜里再一个人从市区赶回来，你也不想想多远。"

盛米悦撑着脑袋，瞄着江崇笑："是啊，来回这么麻烦，把我娶回家我不就住在凤溪不走了吗？"

江崇依然冷着脸没有任何回应。

旁边的小毛老师似乎已经司空见惯，见岑莳不明所以的样子，跟他说了句："米悦经常来找我们。"

岑莳笑了笑让大家多点些菜，盛米悦今天也不知道抽什么风，拿了不少酒，一点都没有要为岑莳省钱的意思。苏一灿本就起得早，觉都没睡好，只能硬着头皮陪盛米悦喝，不过她让岑莳别喝——那天晚上拿她肩膀当枕头差点没把她枕出肩周炎来。

大家吃饭时，聊天的话题都自动略过了今天的比赛。吃得差不多的时候不知道怎么聊到了这两天霸占热搜的隐婚女星，盛米悦便插道："这在圈子里都不是秘密了，我早两年就看见她带个小孩进剧组。"

岑莳撩了下眼皮，盛米悦喝了酒后，说话时眼里都是轻佻，对着岑莳笑："我以前也是混娱乐圈的，小帅哥，你要是不想干篮球教练了，就你这颜值，我可以给你介绍几个活啊。"

岑莳闲散地靠在椅背上，随口应道："好啊。"

说着盛米悦就拿出手机对岑莳说："来，我们加个微信。"

一晚上都没怎么说话的江崇忽然不轻不重地说了句："你以后别来了。"

盛米悦的眼睫眨了下，将手机放了下来，拿起面前的酒，桌上的气氛突然就变得有些微妙，其余三人齐齐瞄了过去，盛米悦酒喝得急，江崇夺过她手中的酒，又重复了一遍："以后别来了。"

盛米悦借着酒劲朝他吼了句："凤溪是你家的？你叫我不来就不来？我去哪儿你管得着吗？"

江崇沉默地注视着她。

其他几人也都不再动筷子。

而后江崇站起身和对面几人说了句："你们慢吃，我先走了。"

他刚拉开椅子，盛米悦垂着头，脸埋在发丝间，声音很低地说了句："家里给我安排了一个男的。"

江崇的身形顿了下，但他的脚步依然没有停留，只丢下句："恭喜。"然后拉开包间的门便走了。

他走后，盛米悦拿起酒当水喝，苏一灿见状起身想去结账，却看见岑莳已经站在收银台把账结了。

她匆匆几步走过去，扯过岑莳对他说："这顿不少钱吧，不用你付，我来。"

岑莳却不以为意地转身往过道走去："我妈从小就告诉我，尊老爱幼是中华民族的传统美德。"说完还回过头对苏一灿笑了下。

那她是幼还是老？苏一灿顿时感觉自己被内涵了，抬起手就打他，道："你哪儿来的钱？你不是说你没钱了吗？"

迎面而来一个服务员端着一个砂锅，岑莳余光一瞥，回身攥住苏一灿打过来的手腕，将她抵在过道的墙上。

逼仄的过道间，头顶半暖的光线投在苏一灿微红的脸颊上，她喝酒不算太上脸，但每次喝完，看上去都很红润诱人，岑莳脑中闪过上次集训在洗澡间瞥见的画面，喉结滚动着。

苏一灿平时纵使不穿高跟鞋，站在一米八的大高个面前也并不显矮，偏偏岑莳的身高压在她面前时，她的目光只能到他的脖颈处，视线不禁落在他的喉结上，那缓缓滑动的弧度有种莫名的性感，他身上清冽的味道似雨后的春笋清爽甘甜，是一种让人难以招架的男性气息，那一瞬她甚至忘了面前的男人比她小了整整七岁，一丝微妙的气氛在他们之间蔓延开来。

岑莳声音低低地对她说："我晚上找了份工作，能赚些钱。"

苏一灿动了下手腕，岑莳随即松开她随口说了句："你朋友对江老师有意思？"

苏一灿不太自然地别过视线："有意思有什么用，要在一起早在一起了。"

盛米悦的父亲是科技公司老总，她从小生活条件优渥，大学期间见她向往娱乐圈，她爸眼皮子都不眨一下直接砸钱让她去玩，不想玩了就投资一些副业每年坐等分红，日子照样滋润。

而江崇父母是下岗职工，高中那年他妈患病，家里为了给他妈治病，抵押了唯一的房子去贷款。本来成绩还不错的江崇因为受到这件事的影响，高考发挥失利，只考了一所普通二本，最终回到凤溪当了体育老师。

盛米悦一个包就能抵上江崇一年的工资。

早几年苏一灿也问过江崇，他只是眼神缥缈地将烟送到唇边，轻描淡写地回了句："伺候不起。"

然而这么多年了，不少人给江崇介绍过对象，他也都没谈。盛米悦隔三岔五来找苏一灿，其实大家都知道她心里记挂着江崇，喝了酒就耍赖让江崇送她回家，已经很多次了。

前几个月苏一灿顺道回爸妈家时，撞见江崇半夜一个人坐在公交站台等四十分钟一班的夜间车。苏一灿知道他想省点钱买房，他说房都没有，还怎么给别人一个家。

可苏一灿恰恰觉得她和杜敬霆一无所有的那几年是他们感情最好的时候。

杜敬霆毕业时，她还在读大学。那会儿杜敬霆没钱，只能跟人合租在狭小的公寓里，公寓有三个房间，他和两个室友同住。

周末杜敬霆接苏一灿过去，两人就窝在单人床上，房间的玻璃还会透风，夜里特别冷，杜敬霆就将羽绒服盖在她身上。

玻璃被风一吹就呼呼响，苏一灿总会惊醒，杜敬霆为了哄她入睡就胡编乱造各种故事。苏一灿后来想，他在外面那么能说会道，肯定是那时候练出来的。

有次出租屋停电，房间里连电热毯都用不了，苏一灿的脚冻得像冰块，杜敬霆就将她双脚揣在怀里帮她焐着。

在那个连光都没有的夜里，杜敬霆对她说，他会让她住上他们自己的房子，不用担心声音太大影响室友，也不用和人共用卫浴，更不用忍受半夜被冻醒。她可以将房子装潢成自己喜欢的样子，铺上柔软的地毯，买张大的双人床，最好还有个衣帽间，不用将衣服堆在床尾睡觉都不敢伸腿。在那个他们俩浑身上下连两万块都拿不出来的夜晚，两人兴奋地畅想买房后的生活。

所有人都说杜敬霆是靠苏一灿家里的关系起来的，可苏一灿不那么认为。舅舅只是给了杜敬霆一个平台，他所有的成功都是靠自己拼来的。他为了准备项目资料，两天两夜没合过眼；他为了和客户打好关系，喝到胃出血被送进医院；他在夜里开车来回八百公里，就为了将手上的材料及时送到甲方手中，再赶回来陪她看一场一个星期前就答应她看的首映场。那场电影让全场观众都热血沸腾，只有他累得睡着了。

她从来不觉得杜敬霆的成功是因为她，可面对身边人的冷嘲热讽，杜敬霆从来没有为自己解释过一句，他只是不停向上，不停地拼。

可后来呢？他什么都有了，却把她丢了。

小毛老师开着车跑了一趟市里将盛米悦送了回去。车子停在小区门口，盛米悦早靠在苏一灿肩膀上睡着了。

苏一灿将盛米悦喊醒送她进去，岑莳看着盛米悦不太稳当的样子，怕苏一灿一个人搞不定，也跟了下去，落在她们身后两步。

盛米悦这会儿稍微清醒点了，还问苏一灿："我的车呢？"

苏一灿告诉她："你车停在凤溪,等你酒醒了去拿。"

盛米悦似还赌气地说了句："他不是叫我不要去了嘛。"

苏一灿看了她一眼,欲言又止了半天,还是劝道："算了吧。"

盛米悦抬起头,迎着月光脸色苍白："我就是不甘心,你好歹曾经拥有过,我呢?他从来没答应过。"

"没答应过也好,江崇这是对你负责。"

盛米悦挡开她扶着的手："对我负什么狗屁责?杜敬霆当初就不想对你负责了?你自己性冷淡。"

苏一灿脚步一顿,下意识侧眸去看岑莳,岑莳垂着视线看着脚边的影子,仿若没听见。她深吸一口气,将盛米悦推进电梯间。

本来苏一灿以为就盛米悦那性格,酒醒了肯定还会借机来凤溪拿车,顺便找江崇算算昨晚的账,出乎意料的是,她中午接到盛米悦的电话,盛米悦让她帮忙把车子开去市里,顺便把岑莳也带着,因为有个杂志社的朋友缺个男模,盛米悦问岑莳愿不愿意接,价格好谈。

苏一灿将这件事转告岑莳后,岑莳说无所谓,正好周日两人也没事,就跑了趟市区,接上盛米悦后三人来到杂志社,一进去就有个打扮入时的小姐姐接待他们。

岑莳今天不用去学校,所以又穿回他的街头风,半拉链式的潮服配上宽松的暗色迷彩休闲裤,帽子反卡盖住了他凌乱的自然卷,这在别人身上是灾难现场的穿搭,到了他身上偏偏毫无违和感。

小姐姐一见到他就两眼放光,给了他一张表格让他填写基本信息,然后问他喝咖啡还是饮料,十分殷勤。

岑莳在前台填表的时候,盛米悦在旁边对苏一灿说："他们主编说要看到人再定价,待会儿我先摸摸底再告诉你,你往高了谈,自己多扣点下来,你最近不是缺钱吗?"

苏一灿挠了挠头："你这么一说,我感觉我像人贩子。"

岑莳正好填完表,朝她们那儿看了眼,两人停止了交流。

然后人就被带进去。

主编一看到岑莳这模样和身高很是惊艳,本以为盛米悦在电话里夸大其词,没想到还真给她带来个极品。

这次主要是杂志社接下来的七夕活动需要一组宣传照,原先约的模特突然违约才导致他们需要重新选人,本来还约了几个人过来一起看看,但主编一看到岑蒔就直接拍板用他了。

岑蒔被送去化妆，盛米悦打了声招呼有事先走了，苏一灿便待在休息区等岑蒔。她一部电影都看了一半了，摄影棚那边终于有了动静，于是她也去围观，正好看见被造型师和化妆师围着的岑蒔。不知道是不是为了配合七夕主题，他竟然穿了一套粉色的西装。

苏一灿还是第一次看他穿成这样，她以为他只能驾驭那些稀奇古怪的潮服运动衣，现在才发现是她狭隘了，这人根本就是个行走的衣架子，那大长腿往背景板前一站，周围所有人都黯然失色。

跟她搭档的是个非常甜美的妹子，笑起来两个小梨窝透着春天的气息，一见到岑蒔就主动过去跟他打招呼。岑蒔对她点了下头，没有太多表情。

一开始拍的是几组甜美风格的，两人需要营造七夕恩爱情侣的氛围，女孩倒是笑得很自然，看着岑蒔时眼里都能冒泡泡，反观岑蒔，大概是没有干过这种工作，不太适应那么多灯对着自己照，怎么笑怎么不对劲，甚至还在摄影师让他深情点看着女模特的时候，直接皱起了眉，搞得苏一灿都为他着急。

工作人员只能暂停休整。苏一灿赶忙走了过去，压低声音对他说："你笑啊。"

岑蒔颇显无辜地说："我低头看不到她的脸，对着头发顶笑什么？"

你就没想过是因为你太高了吗？

女模特有一米六八，穿上高跟鞋其实也不算矮，如果配个一米八的男模特正好，奈何岑蒔这个头，的确稍稍高了些。

苏一灿苦口婆心地教育他："你就把她想象成你前女友，前女友你有吧？"

岑蒔静默地看了她两秒，回道："没有。"

"……"好纯的一朵小莲花。

苏一灿叉着腰"嘶"了一声："你们国外不是很开放吗？你都二十几了还没谈过对象？你都干吗去了？"

"忙。"他回得理直气壮，然后瞥了眼苏一灿，反问了她一句，"你觉得我该谈个吗？"

苏一灿很诚恳地建议道："我觉得你很有必要谈一个，你看女人的眼神跟看大葱没两样。"

拍摄继续，岑蒔依然很难进入状态，特别是在那么多人围观的情况下。苏一灿只能站起身，走到离他不远处指着自己的嘴角对他比画。

岑蒔掀起眼帘看见她张牙舞爪的样子，忽然嘴角漾开丝丝笑意，快门恰在此时捕捉到完美的画面，苏一灿松了口气。

然后摄影师让女模特抱着岑莳的腰。

女模特很配合，还往岑莳怀中凑了凑。岑莳双手一让，抬眸看向苏一灿。苏一灿的脑中忽然浮现昨天晚上在饭店过道的一幕，滚动的喉结，结实的臂弯，那应该是让任何女人都无法抗拒的诱惑吧。

她忽然觉得眼前的一幕有些别扭，干脆低头拿出手机，不再望过去。

摄影师提醒道："帅哥，你手搭在女模特腰上，要不背上也行，显得亲昵一点。"

女模特也笑道："没事的，你搭上来吧。"

然而这组照片拍出来一点 CP 感都没有，说不上来哪里不对，就是氛围感不强烈。

主编一开始想让岑莳和女模特拍一组唯美浪漫、看上去都是粉红泡泡的照片，但在看见岑莳的轮廓时，她又滋生了一个大胆的想法，她打算邀请岑莳拍一组很欲的照片。

主编让工作人员上前沟通，岑莳只是问了句："加钱吗？"

工作人员告诉他"加"以后，他便同意了。然而当造型师拿了一件布料极少、设计剪裁十分狼性的衣服给他时，岑莳愣住了，这是衣服吗？这明明是被野兽撕过的烂布条。

然而这件衣服上了岑莳的身后，那若隐若现的紧窄腰身和恰到好处的肌肉线条让一整个摄影棚的人都怔住了，和刚才那身粉红色西装的视觉反差太大，这野性十足的样子散发着强烈的男性气息，再配上他深邃的混血五官，就连旁边的主编都站了起来。

可难办的是他们请的那位女模特是甜美系的，纵使尽量改变了妆容和造型，站在岑莳面前依然违和，甚至比刚才那组造型还别扭，两人的气场完全不吻合。

主编亲自上前和岑莳沟通，岑莳只是委婉地说了句："她太小了。"

主编沉思了一瞬，发现问题的确出在这儿。刚才那组浪漫主题的还能勉强用，但这种张力感强的画面，那个小女生的确驾驭不了。

她对岑莳说："如果你不赶时间的话，稍微等一会儿，我们联系其他模特。"

然而这时岑莳却略抬了下眼皮扫向苏一灿站着的角落，对主编说："她怎么样？"

主编顺着他的话回过视线，看见是刚才跟盛米悦一起来的女性朋友。此时苏一灿正靠在一边低头刷着手机，身材高挑，短裤下的双腿又直又长，大约察觉到有人在看她，当她抬起头的刹那，眼神里透着锐利的光。

岑葑此时悄声在主编身旁说了句："让她来，我一定好好配合。"

主编回身看了岑葑一眼，他嘴角泛起迷死人不偿命的笑容。主编当即答应，让人过去和苏一灿谈。

苏一灿一脸蒙地望着不远处的岑葑，岑葑悄无声息地对她摆了个数钞票的手势，苏一灿瞬间了然。

2

苏一灿虽然也没做过这种工作，但看在钱的分上，她觉得可以试试。

然而当服装造型到位后，连旁边帮忙的助理都惊住了。苏一灿高挑的身形和完美的比例丝毫不逊于专业模特，连造型师都不禁夸赞道："美女的身体条件很不错。"

苏一灿淡淡地看着镜子中的自己。

曾几何时也有很多人对她说过类似的话，那时她的身体条件给她的运动员生涯带来了很大的优势，十一岁就被挑去了市里的青训队，这曾经是她引以为傲的资本，可现在听来只觉得心里有股挥散不去的沉闷，似乎除了拍照好看，再也找不到更大的价值。

造型师将她的长发放了下来，卷成张扬奔放的大波浪，身上是和岑葑同款的烂布条，只不过紧紧裹在身上，线条感十足。那完美的身材从胸型沿着腰身到臀线展现得淋漓尽致，加深的眼线勾勒着她微微上挑的凤眼，神秘中透着狂野，像原始部落里至高无上的女王，冷艳却也惹火。

主编对跟出来的工作人员竖了个大拇指。

岑葑有些怔愣地看着摇身一变的苏一灿，眼里勾起一丝暗隐的火光。

布景准备完毕，岑葑朝着苏一灿走去。她局促地拽了下身上的布料，小声抱怨了句："我警告你不要拖我后腿，早早拍完收工，这什么破衣服。"

岑葑眼里透着笑意，低眸弯起嘴角："好。"

因为这组照片需要拍出熟男熟女的挑逗和欲望，所以肢体和眼神接触会比较多，摄影师一上来就让女模特勾着男模特的脖子，两人对望。

苏一灿穿上高跟鞋后，感觉和岑葑站在一起顺眼多了，她稍微扬了下头便勾住了他的脖子。摄影师又出声让男模特搂着女模特，岑葑这次很配合地将手臂环过苏一灿的腰间，那盈盈一握的触感清晰地落在他的大手之间。

只不过苏一灿始终觉得挺别扭的，跟个比自己小这么多的弟弟做亲密动作多少让她感到有些羞耻，因此她并没有将身体靠向岑蔚，两人中间差不多隔了半人的距离。

旁边的摄影助理提醒道："两位稍微离近点。"

话音刚落，落在苏一灿腰间的大手突然收紧，直接将她的身体压向了他。苏一灿的手还勾在岑蔚的脖子上，猝不及防撞在他胸前，身体挨着身体，那种危险的距离让她大惊失色。

岑蔚嘴角轻勾，俯下身在她颊边落了句："早早拍完收工，姐，你配合点。"

摄影师按下快门将这一幕捕捉了下来，大喊了一声："好，暧昧感十足！来，眼神对视。"

岑蔚直起身子低下头，也许是为了上镜的缘故，他化了不太明显的内眼线，让他看上去狼性十足，胸前的布料透出他带着文身的债张线条，如此近的距离，苏一灿才发现他的唇长得很性感，润泽饱满，泛着水色。

如此情况下，她根本无法忽视她腰上横着的手臂和握在她腰间滚烫的掌心。

也不知道是不是太久没有接触男人了，当她抬眸对上岑蔚的眼神时，竟然被烫得目光闪躲。他那茶褐色的眸子仿若自带美瞳，又或许是周围的灯光太强烈起到了一定的迷幻效果，他的瞳孔像深潭一样引人深陷，让她根本没法跟他对视超过五秒。

苏一灿脸上的局促被岑蔚一览无余，他打趣了一句："姐倒是谈过对象，就是也不比我强多少。"

苏一灿心里那股胜负欲被激起来，嘴角一斜笑得张扬："哟，挑衅我？"当即目光一压，视线微抬，脸上绽放出令人窒息的妖冶。

那画面远远看去，就像两股无比强大的气场融合在一起，却又有种微妙的对抗感，竟然十分和谐契合。

这次岑蔚进入状态很快，从镜头中看去，眼里的那股欲望演绎得非常到位，所以这组照片拍起来异常顺利。

最后工作组希望两位模特能再多拍一段五秒的动态广告，岑蔚和苏一灿连静态广告都没拍过，更不知道这个动态怎么拍。

经过专业人士的沟通，主要是展现两人的互动。策划直接上场设计了一个动作，让男模特跟女模特说一句话，然后女模特需要表现出一丝羞涩的神情，男模特就势俯身亲女模特，当然不是真亲，岑蔚的脸落下时，这个长镜头就会结束。

明白意思后，开始正式拍摄。

原本苏一灿真不觉得一个五秒钟的镜头有什么难的，不就一个眼神一个动作嘛，但正式开始后，她却始终无法进入状态。因为不需要收录声音，所以岑蔚只需要随便跟她说一句话就行，但这人前后说的几句分别是"晚上吃什么""我们待会儿怎么回家"，苏一灿本来就不是个会羞涩的人，偏偏还要面对这种莫名其妙的问题，于是五秒的广告拍了好几遍，苏一灿有些着急了，小声嘀咕了一句："热死了，我不想拍了。"

岑蔚垂着眸，停顿了一下，回道："哦，知道了。"

"什么知道了？"

"下条让你一次过。"

苏一灿刚想问你哪儿来的自信，摄影那边喊开始了。

岑蔚收敛了表情，忽然低下头用只有他们才能听见的声音对苏一灿说："真性冷淡吗？"

那酥麻的嗓音透着温柔的磁性，像有魔力一般化为无法阻挡的水滴落在苏一灿的心脏上，让那早已枯竭的地方忽然颤动了一下。

霎时间，苏一灿眼神闪烁，脸颊毫无征兆地浮上一片嫣红。摄影那边终于没有喊"停"，于是岑蔚便按照事先设定的动作俯下身。苏一灿就这样睁着眼望着他的眸，她必须收回刚才说他看女人像看大葱的话，因为此时的岑蔚眼里透着一种欲望十足的冲击力，让她无法喘息。

岑蔚迎上她的目光，她身上收紧的布料勾勒出强烈的视觉冲击，使她有种说不出的魅惑揉在骨子里，特别是那双眼睛，眼尾轻扬，可以淡漠如风，也可以冷若冰霜，抑或是像现在这样透着水，演绎着让人欲罢不能的妩媚。

苏一灿只感觉面前罩下一片阴影，他的呼吸靠近她，越来越近，她手指微微紧缩，睫毛颤了下，心里升起久违的紧张感。

不过眨眼之间，他的轮廓近在咫尺，呼吸交织间远处有人大喊："很好，过了！"

几乎同时，岑蔚松开了握着她腰的手。

苏一灿呼吸一松，人晃了下，岑蔚的唇擦着她的嘴角而过。

这一刻转瞬即逝，没有人注意到，然而苏一灿却感受到嘴角的温热那么清晰，她身体僵了一下，再去看岑蔚时，他已经扯下脖子上的装饰物朝远处的工作人员问道："能走了吗？"

在工作人员告知可以收工后，他神情自若地对苏一灿说："那我去换衣服了，换好外面等你。"

苏一灿机械地点了下头。

她进了更衣间后，一个人坐在里面缓了一会儿，手还捂在心脏处。心脏跳动的感觉让她整个人都陷入一种复杂的情绪中。

这个早已伤痕累累的地方，她以为不会再有生机了，却还是因为那句话乱了心神。

那时的杜敬霆早已赚到了人生中的第一桶金，也兑现了对她的承诺，在市中心买了他们的第一套小房子。虽然并不大，可苏一灿将全部的心思都倾注在他们的小家里。

杜敬霆从舅舅公司出来单干后，自己承包业务，除了跟舅舅合作，也和外面的企业往来，路子越来越活，人也越来越忙。他不再有那么多时间陪她，也无法随时随地接她的电话，他有开不完的会，应酬不完的商务局，见不完的人，房子也越买越多。

他们从小房子又搬去了大房子，杜敬霆没有时间忙装修，苏一灿便大热天的自己跑建材市场选材料。她问他什么时候娶她，他总说再拼几年。

房子装修好后，他们选了一个好日子搬家，可是那天杜敬霆临时要去外地出差，苏一灿不愿再改日子，于是一个人跟着搬家公司将大包小包弄进家，自己坐在乱糟糟的东西堆里从上午收拾到晚上。

尽管如此，她也从来没有抱怨过一句。她时常想，自己何其有幸，原来的杜敬霆连正眼都不愿意瞧她，甚至是讨厌她的，可她在最低谷的时候收获了他的爱，一切都很不可思议，不可思议到都不合乎逻辑。

然而这一切在他们搬进新房时有了答案。她在杜敬霆的旧物里看见了那张照片，他搂着尤靖，照片里尤靖侧头望着他，那样的眼神，苏一灿找不到第二种解读。

可是跟杜敬霆在一起整整五年，他只字未提他认识尤靖的事。她想不明白杜敬霆为什么会认识尤靖，为什么杜敬霆年少时的旧物里会有和尤靖的照片。

原本不合逻辑的感情全部找到了落脚点。

高中时她曾那么卖力地追杜敬霆，他都无动于衷，却在尤靖死后，他突然主动找到了她。

别人都说尤靖是她害死的。当年调查结果判定尤靖的死因是双硫仑样反应导致的猝死。那天尤靖感冒，鼻子不通，知道苏一灿的妈妈常年会在她的运动包里备有感冒药，便拿了吃。没人能预料到一颗小小的感冒药会成为尤靖丧命的诱因。因为在这之前，她还吃了半盒酒心巧克力。酒精和头孢类抗生素致双硫仑样反应密切度可达 99%。当双硫仑反应发生的时候，她正在水下，急性心衰和头颈血管剧烈搏动导致她失去求生的本能，溺死在了那片她为之奋斗的天堂。

苏一灿刚进队时没有朋友，年纪最小个子却最高，大家说她爸爸是搞体育的，她是关系户，队友都排挤她。因为不服气，苏一灿还和比自己大好几岁的队友打过架。她比所有人训练都卖力，她从不掉泪，也不示弱。

只有尤靖。她留下来训练，尤靖就陪着她；她硬扛的时候，尤靖会告诉她女孩子哭不丢人；她躲在更衣间掉眼泪，尤靖会抱着她对她说"我们一定会挨过冬训，让所有人看到我们"。后来她们真的被人注意到了。

原本她们可以走向更大的舞台，甚至代表国家参加奥运会，那是她们做梦也想抵达的地方。

就在那天下午，尤靖对她说："我们两个无论谁去都一样，个人技术你比我扎实，去了以后能更快融入集体，选你胜算更大，还是你去吧。"

那是尤靖出事前最后对苏一灿说的话。她的死对苏一灿来说是骨断筋折的疼痛，仿佛随着她的离开，她们的梦想也被一并带走。

苏一灿用了好几年才说服自己那是一场意外，杜敬霆仅仅用了一晚上就揭开了这层残忍的伤疤。

她终于明白最痛快的复仇不是直接杀了一个人，而是等她的伤痛一点点愈合，再用刀子一点点割开，让她痛不欲生。

她等他回家，质问他们是什么关系，曾经是不是在一起过，他是不是因为尤靖才接近她。

所有的逼问，杜敬霆都沉默以对，似乎用这种方式默认了一切。

在搬进新房子的第二天，苏一灿亲手砸了这个她奔波了几个月才完工的家，不顾家里人的反对，毅然决然回到了凤溪。

自那以后，她和杜敬霆之间便有了一道无法修复的裂痕。她不再让他碰自己，也不再去市区找他，彻底将自己封闭在那个她曾经成长的地方，阻隔和外界的联系。

他们没有分开，可似乎也只是没有分开。

她的生活再次陷入一场死循环，找不到出路。而杜敬霆成立了自己的公司，生意越来越大，他们之间的距离也越来越远。他不可能再像年少时为了她不顾违反校规奔赴而来，也不可能丢下手上的生意陪着她慢慢走出那片沼泽地。

　　一年后，她看见一个女人上了杜敬霆的车，而后他们去了酒店。那天夜里风沙很大，车窗外灰蒙蒙一片，她在车里坐了两个小时。在那两个小时里，她曾无数次想冲上去，可然后呢？质问他们？吵一架？最终她想得到什么结果？她还能改变什么？

　　让尤靖复活，这样她和杜敬霆的关系就能纯粹了。可尤靖真的复活了，杜敬霆还会走到她身边吗？不会，她会和他毫无交集，这辈子都没有任何牵连。

　　他不会在她身上寻找尤靖的影子，也不会因为尤靖的死折磨她这么多年。

　　那时苏一灿才意识到自己所得到的一切，好的，坏的，都是随着尤靖的离开她所应该承受的。

　　那个女人最终没有待在杜敬霆身边很长时间，他的生活圈越来越大，后来他到底有过多少女人，苏一灿并不清楚，纵使杜敬霆没有刻意掩饰，可她依然没有问过一句。

　　在很长的一段时间里，苏一灿痛苦地承受着这一切，听着自己心脏滴血的声音，她把自己关进了一个封闭的绞刑场，甚至一度觉得这一切都是自己应该承受的，因为她间接夺走了杜敬霆的挚爱，如果他要用这种方式折磨她，她便受着，还清这场债。

　　直到最后一滴血干涸，麻木到不会再痛。

　　苏一灿换回自己的衣服出来时拿到一个信封，大概是为了走账方便，杂志社直接给的现金，她捏了捏，钱还不少，没枉费她折腾了一整天。

　　岑蔚已经在外面等了有一会儿了。他脸上的妆卸掉了，没了刚才强烈的野性，鸭舌帽卡在头顶，有种大男孩的清爽感，仿佛刚才拍摄的画面是一场不太真实的错觉。

　　进了电梯后，苏一灿将信封递给了他："工资。"

　　岑蔚接过信封，从里面象征性地抽了两张出来，又把信封递还了苏一灿。她有些诧异地问："干吗？"

　　岑蔚将信封塞进她手里："不多扣点下来吗？"

　　"……你这是哪里进口的顺风耳？"

　　电梯停了，进了几个人，岑蔚侧了下身子，面向苏一灿垂着眸问她："那五十万你打算怎么还？"

　　苏一灿有点跟不上他的脑回路，抬起视线"啊"了一声。

岑莳重复道：“他放你朋友那儿的五十万，你打算怎么还？”

苏一灿这才意识到岑莳说的是杜敬霆。

也许是电梯里太闷的缘故，苏一灿感觉有些热，躲开视线说：“可能会先找朋友凑点。”

电梯门开了，岑莳丢下句：“我暂时还不需要用钱，你先留着。”然后便出去了。

苏一灿看着手中的信封，又看了眼他的背影，跟了上去。

回去的路上，苏一灿没怎么跟他说话，两人站在地铁上本来面对着面，每当苏一灿的目光不经意对上他，就有些别扭，最后干脆面朝着门站。

她相信刚才拍摄快结束时，岑莳是不小心碰到她的，但这个意外他没提，她当然也不能提，毕竟他连对象都没有处过，鬼知道这是不是他的初吻，万一她要是提了，是不是还得对他负责？

第十一章

我本来就不是什么好人

▼

1

周一早晨，苏一灿刚到就看见岑莳坐在他自己的办公桌旁，穿着一身黑白灰三色的休闲装，精神头十足。

他桌上没有电脑，但堆了一些资料，看得聚精会神，专注得就连苏一灿在他旁边落座他都没有抬一下眼皮，但苏一灿深刻地怀疑，他能看明白汉字。

江老师和小毛老师去准备晨会了，办公室里寂静无声，就丁组长坐在前面。初秋的晨光缓缓从窗外倾洒进来，这种微妙的沉静让苏一灿觉得有必要打破一下。

于是她主动问："你那天说要找人进篮球队的事，有合适人选了吗？"

岑莳一边记录着什么，一边用左手拿起一沓分类好的资料递给苏一灿，对她说："这几个还行，可以先试试看。"

苏一灿粗略翻了下。岑莳手中的这些材料是复印件，这些建档的东西，她光高一年级的材料到现在都还没有整理完毕，然而岑莳居然只花了一周的时间就把整个学校的学生档案过了一遍，选出这几个，这工作效率。苏一灿突然有点佩服他的敬业精神。

九月初的凤溪还是挺热的，苏一灿让几个学生去器材室拿了几副羽毛球拍，快走到操场的时候，看见岑莳正在操场边和她班上的何礼沐说话，陆续抵达操场的女同学个个两眼放光地瞧过去。

上课铃响了，岑莳拍了何礼沐一下，然后对上苏一灿的视线，朝她弯了下嘴角，转身离开了。

何礼沐几步小跑过来，苏一灿随口问道："岑教练找你什么事？"

何礼沐照实回道："上个星期找我说希望我加入篮球队，我今天给他答复。"

"你怎么答复的？"

何礼沐说："家里人希望我以学业为重。"

何礼沐这个男生在新生军训期间就出尽了风头，唱军歌、会操表演、喊口号，还被选为学生代表，由于形象不错，站军姿和走正步的照片还被拍成特写挂在校网展示，后来被转到社交平台点赞量过万，算是新生中的红人了。而且他不仅气质形象好，还是以全年级第三的成绩考进实验班的。

后来苏一灿在与何礼沐班主任的聊天中得知，何礼沐初中三年都是篮球校队的，可能就是因为训练耽误了学习才考来二中，家长希望他高中时能拼一把，考上一所985大学。

后来苏一灿上课时有特别留意这个男孩子。一米八几的大个子，长相干干净净的，每次自由跑圈几乎都是领头，身体素质也不错，只不过再好的学生精力都有限，家长的选择也无可厚非。

中午，苏一灿接到妈妈的越洋电话，说他们已经抵达迈阿密了，约了岑蔚的爸爸，明天会去一趟他们家，不出意外的话，下周应该就能回国了，他们之前从伊斯坦布尔寄回去的东西上周到了，已经堆在代收点一个礼拜了，让苏一灿如果有空的话最好帮他们收一下。

于是下午上完第二节课，苏一灿提早下班，开着车去了趟市里的爸妈家。跑了好几趟把他们的东西全部搬回家，人已经累瘫在沙发上。外面的天气暗沉沉的，有种要下雨的架势。

她觉得最好还是在雨落下来之前赶回凤溪，然而人刚从沙发上站起身，忽然手机响了起来，她拿出来一看，是杜敬霆的电话。她愣了好几秒没有接，一直到手机安静下来，然后杜敬霆给她发了条信息：有事。

等他再打来时，苏一灿犹豫了一瞬还是接通了，问道："什么事？"

半晌，杜敬霆开了口："见一面吧，有点东西给你看看，关于你身边那个小子的。"

苏一灿皱起眉："岑蔚？"

"没别的意思，就是觉得有些事情你该了解一下。需要我去学校接你吗？"

"不用，我在我妈家。"

电话里沉默了一瞬，杜敬霆告诉她："那就在对面的咖啡店见。"

挂断电话后，苏一灿拧起眉看着窗外压抑的天空。二十分钟后，她在咖啡店等来了杜敬霆。不知道从什么时候开始，他出行已经很少会自己开车了，走哪儿都有司机接送，苏一灿坐在咖啡店里看着他的助理为他拉开车门，将手中的东西递给他。

杜敬霆接过东西拉开咖啡店的门走了进来。他依然是那副一丝不苟的样子，身上衬衫的面料挺阔高档。似乎他一直以来都是个注重细节的人，从前他们还住在小房子的时候，每次他上班前苏一灿都会将他的衬衫仔细熨烫好。那时他们没有钱买多名贵的衣服，但他依然会穿得齐齐整整，一如上学时校服洗得都泛白了，却还是干净整洁，这么多年过来了，这一点他始终如一。

苏一灿没有喊他，就这样坐在角落静静地注视着他。她的座位前面有一株绿植，杜敬霆环视了一圈，没有看到她，刚准备朝二楼走去，却忽然像有感应一样回过头朝她的方向看来。苏一灿没什么表情地望着他，端起咖啡喝了一口。

杜敬霆转过身朝她走来，他有轻度近视，但大多时候不需要佩戴眼镜，今天倒是戴了副细框眼镜，整个人看上去温文尔雅。在苏一灿对面落座后，他看了眼苏一灿面前的咖啡，将东西放下，问了句："现在睡眠还好吗？"

苏一灿淡淡地回："不错。"

杜敬霆缓缓靠在沙发上，隐在眼镜后的双眼深不可测："还是少喝点。"

苏一灿却无所谓地回："有些东西习惯就好了。"

杜敬霆静默地望着她，两人之间的气氛再次陷入沉闷。苏一灿看着他手边的东西挑了挑下巴："不是说要给我看东西吗？"

杜敬霆没有急着把东西从文件袋里抽出来，而是点了杯跟她一样的咖啡，不疾不徐地说道："你身边那小子以前在中国有过案底，曾经将一个人的手指弄断过，回美国后也并不消停，连亲生父亲都不待见他，将他丢去姑姑家。据说他十四岁就将自己的美国姑父送进了监狱，不久他表哥也患上了抑郁症，你说这和他有没有关系？"

苏一灿眉峰渐渐拧在了一起。咖啡上了，杜敬霆拿起咖啡杯抿了一口继而道："忘了说了，他断人手指那年才九岁，案子虽然解除了，但记录是抹不掉的。再后来他被送去了寄宿学校，整天和那些街头混混在一起，大学都没上。这样的城府，这样的经历，你还觉得他单纯吗？"说完杜敬霆拿起手边的材料递给苏一灿。

苏一灿不知道自己是怎么看完的，她觉得这些调查材料中的岑蔚，跟她所认识的岑蔚根本就不是一个人。

她愣愣地盯着那张他九岁时的照片，明明还是稚嫩的年纪，他看着镜头时的目光却冷到没有一丝温度，甚至让苏一灿觉得似曾相识。

她语气冰冷地问："为什么要找人调查他？"

杜敬霆目光里充满了审视："我警告过你那小子不简单，你不是说没证据不要栽赃人吗？这些就是证据。"

苏一灿突然感觉一阵胃绞痛，她沉着脸起身去了洗手间。杜敬霆不疾不徐地喝着咖啡。原本苏一灿放在桌上的手机振动起来，杜敬霆瞥了眼，当看见来电显示时，他伸手拿了过来直接接通。

电话那头的岑莳开口问道："我听丁老师说你下午请假了，带伞了吗？好像要下雨了。"

杜敬霆嘴角划过一道冷弧，没有出声，岑莳又"喂"了声问道："你在哪儿？"

而后一道声音沉沉地传了过去："她和我在一起。"

2

苏一灿从洗手间回来后，两人没有久留，准备离开。杜敬霆问她："需要我送你回去吗？"

苏一灿冷淡地回："不用。"

"有事联系我。"然后他便先走出咖啡店。

苏一灿对着手边的资料发了一会儿呆，一直到盛米悦打电话给她，问她哪天有时间，云妞说大家好久没聚聚了，想找个时间约一下。

苏一灿随口应了句过几天吧。临挂电话前她突然问道："老博后来怎么样了？"

盛米悦告诉她："群里人说没事。他也是活该，谁叫他莫名其妙跟我吵架，我前脚刚走，他后脚就掉进去了，你说是不是报应？"

"你跟他有什么好吵的？也不怕别人以为是你把他推下去的。"

盛米悦接道："那不能，岑莳当时也听见他骂完后我没理他就走了，后来还问我了呢。"

苏一灿猛然一怔："你是说……岑莳当时也在？"

盛米悦不在意地说："应该刚好路过吧。"

挂了电话，苏一灿拿着那沓资料出了咖啡店。四周越来越沉闷，她心绪愈加凌乱。

回去的路上，沉闷了一下午的天终于落下了雨点，下班高峰又在堵车，苏一灿烦躁地拐进另一条道，准备从她熟悉的小路绕回去，不知不觉竟然开到了八中门口。她放慢车速，看见教学楼里亮起了灯，外墙早已重新翻修过，不再是她熟悉的样子。

车轮缓缓滚过八中门口，经过她曾经走了无数次、闭着眼都认得的巷口。

苏一灿没有停留，直接将车子开了过去。到了路口，路灯读秒器似乎出了故障，突然变成了红灯，苏一灿紧急刹车，放在副驾驶座的资料因为惯性散落开来。

那张印有岑蔚九岁照片的纸张掉了出来。窗外的雨滴落在前挡玻璃上，雨刮器规律地左右摇晃，时间仿佛在那一秒静止了。她拿起那张纸凑到面前仔细盯着那双眼看了又看，身后的车子不停按着喇叭催促她，她抬头看了眼，绿灯了，她直接掉头，又把车子开回八中旁边的那个巷口，停了下来。

她拿着那张纸拉开车门，踩着地上的积水走入巷内。雨水让巷子里的光显得更加隐约，水滴落在她的发丝上，她的眼神却牢牢盯着某处，眼前的画面变得模糊摇晃，好像和十几年的场景慢慢重叠。也是在这条巷子里，她不止一次看见那个小孩被一群人围住，问他要钱。她只记得那个小男孩长得很漂亮，每次都老老实实将钱拿出来给那群人，而且都是百元大钞。

直到那天傍晚，杜敬霆第一次当着她的面把她的情书扔进垃圾桶，她憋着泪跑出八中，丢脸、憋屈、难堪，各种情绪交织在一起。月亮升了起来，路灯亮了，她穿过这条巷子的时候，再次遇见了那个漂亮的小男孩，他的校服被人烧了一个洞，书包带子也断了一条，身上还有血渍。

她原本沉浸在自己的情绪里，看见他这样吓了一跳，拽住他就问道："你被人打了？"

小男孩像没有灵魂的木偶，甩开她木讷地朝巷子外面走。她再次堵在他面前问他："你家在哪儿？你为什么不跟你爸妈说？"

小男孩身高才到她胸口，眼神暗淡无光。她觉得他可怜，蹲下身扶着他的肩膀对他说："你不要怕，告诉姐那些人经常在哪里蹲你，我明天带人去会会他们。"

小男孩再次转身走开。她叉着腰对着他咆哮道："小孩，你不要不知好歹，那帮人不会放过你的！明天姐还在这个地方等你……"

小男孩突然停下脚步弯了腰。她不知道他要干吗，却在他转过身的刹那看到一枚石子朝她砸了过来，如果不是她及时捂住脸，石头砸到的就是她的右眼珠子。

她当即就气得朝他狂奔过去。小男孩看她那架势，惊慌失措地往旁边的大铁桶上爬，她眼睁睁看着铁桶上成堆的铁片被他扒拉得摇摇欲坠。就在坍塌的瞬间，她本能地扯住小男孩的书包将他一把护在怀中，却感觉脑门一阵钻心的刺痛，被无数的铁片砸得直不起来。小男孩顺势挣脱，将她一把推开，她被推得跌倒在废墟中，捂着头而后看见手上鲜血一片。

发现自己头顶流血她也吓了一跳，对小男孩喊道："快帮我叫个人！"

昏暗的巷子里，小男孩阴冷地看着她，那眼神仿若来自南极洲最严寒的雪山，冰冷到没有丝毫温度，然后转身越跑越远。被丢下的她对着他的背影大喊："别让我再看见你！"

后来，她真的没有再见过那个小孩。

那天，她一个人挣扎了好久才扶着墙走回家。这件事并没有在她的记忆中停留太久，甚至她早已忘了那个小男孩的长相，只知道他漂亮的脸蛋下是一颗黑暗的心脏。

那一年她十六岁，他正好九岁。

多年后她见到岑蔚，根本没有把高大英俊的他和那个阴暗的小男孩联系在一起，然而此时苏一灿拿着那张他九岁时的照片看了很久。照片的背景正是这条长长的巷子，男孩的眼神忽然就和她记忆中的模样对上了。直到这一刻，她才终于知道那屡次在岑蔚身上捕捉到的熟悉感到底从何而来了。

雨水打湿了她手中的纸，水滴顺着纸张滴落在照片中男孩的脸上，仿若挂上了泪痕，苏一灿紧了紧牙根，转身回到车上。

一路开回凤溪，没想到湖边道发生了三车追尾的事故，交警已经到达现场，周围车子全挤在一条道上缓缓通行。

快排到事故发生地的时候，苏一灿看见一个男人打着伞在向过往的车辆招手，她定睛一看落下车窗，马彬也看见了坐在车中的人，叫了她一声："苏一灿？"

她侧了下头问道："你怎么回事？"

马彬像看到救命稻草似的，说出去和朋友喝完酒打车回来，哪知道突然出了车祸，滴滴司机马上要去交警大队处理，他这会儿打车也打不到，幸好碰见了她。

这马彬便是上次在孙老四酒吧和姜少那群人一起的微胖男。虽然那次闹得并不愉快，但到底认识一场，苏一灿将副驾驶座上的东西扔到后座，顺道带了他一程。

路上马彬还特地问了句："上回跟你在一起的帅小伙呢？我后来还想找你认识下他的。"

苏一灿莫名其妙地问："认识他干吗？"

马彬说："挺好奇他那一手骰子是怎么摇出来的，你这朋友可以啊，深藏不露。"

也许是喝了酒的缘故，马彬话有点多，絮絮叨叨说着那晚的事，直到下车。

苏一灿看着马彬的背影，又望了望左边。这条路是回家的，而右边的岔路口是去二中的。她的手指缓缓滑过方向盘，一个转弯，直奔学校而去。

学校里还有不少学生在上晚自习，好些教室过道都亮着灯，但教学楼外却笼罩在一片阴雨之中。雨似乎比刚才更大了些，苏一灿将车子停在车位上，透过雨帘看见体育馆似乎还有人，她打开车门顶着雨，大步朝体育馆走去。

刚踏上二楼的楼梯，苏一灿便听见篮球密集地拍打在地板和篮板上的声音，她加快脚步走进场馆内，看见一群小伙子在场中进行全场快速运球跑训练。短短一个多星期，她发现队里竟然多了好几个生面孔。

岑莳穿着一身简练的黑色训练服站在场中，身形颀长，没有表情的时候眉骨投下一片阴影，眼窝深邃冷淡。苏一灿目光一转，看见只有赵琦一个人被罚，在另一边的篮圈下练习投篮，他身上的篮球服早已湿透，大片汗水从额头滴落。

苏一灿一直挺奇怪的，赵琦平时油嘴滑舌，也是个不太服管的学生，为什么他总是对岑莳言听计从，似乎还有些害怕，他怕岑莳什么呢？

她不禁想起了什么，朝赵琦那边走去。

赵琦发现了苏一灿的身影，动作顿了下，投来视线，苏一灿对他招了下手。赵琦早已累成狗了，可还有六十几个球没投完，此时看见苏一灿就跟看见观世音菩萨一样，立马丢了球朝她奔去，哪怕休息个两分钟也是好的。

岑莳听见背后的投篮声消失，转过身便看见苏一灿不知道什么时候过来了，此时正在跟赵琦说话。她的发丝垂在颊边，湿漉漉的，身上的 T 恤也带着水渍，显然刚淋过雨。

他微微蹙了下眉，转头对魏朱说了句："带着他们再练十五分钟结束。"

魏朱点点头，岑莳便从另一边出了篮球馆。

苏一灿和赵琦说了几句话后，赵琦眼尖地瞥见岑莳朝着他们这里走来，忙拿起篮球对苏一灿说："那苏老师我先去训练了。"

苏一灿依然站在原地，细长的凤眼沉着一抹复杂的光盯着岑莳。他走到她近前，不似平常挂着笑，看着她说："跟我来。"说完他便转身往篮球馆外的楼梯间走去。苏一灿跟在他后面。

学校为了省电，体育馆楼梯间的灯一般都是关着的，此时这里很安静，篮球馆那头发出的微弱光线照在苏一灿的脸上，平添一种朦胧感。

岑蔚立在她身前，抬手将刚才去储物柜里拿出的新毛巾递到她面前："擦一下水。"

苏一灿没动，依然借着微弱的光线注视着他，那眼神太有穿透力，仿佛要透过他的瞳孔钻进他的心脏。

岑蔚见她没动，干脆拿起毛巾一角将她脸上半干的水渍轻轻拭了下，这时才发现她的头发居然湿透了。

他干脆朝她走近一步替她擦头发。

苏一灿的视线半垂在他的胸口，压抑在喉咙里的声音在两人之间响了起来："骰子掷得挺好的嘛，都有做老千的潜质了。"

岑蔚的手停顿了一瞬，没有出声，继续替她擦拭着鬓角的水渍。

苏一灿的目光依然低垂，嘲弄地说："还会来回卸人胳膊，如果你没有从医经历，我都没法想象得打多少场架才能学会这项技能。"

岑蔚依然一声不吭，只是隐在黑暗中的轮廓紧绷着，手上的力道温柔仔细，不疾不徐。

却在这时，苏一灿突然抬起视线，死死盯着他："老博是不是你推下去的？"

岑蔚手上的动作终于停了。他居高临下地望着她，眼里的澄澈渐渐退去，取而代之的是让苏一灿感到陌生的冷漠。忽然一种说不出来的感觉笼罩在苏一灿的心头，她对着他低吼出声："你有没有想过会把人淹死？他跟你有什么大仇大怨，下手要这么狠？还是你根本从来不会管别人死活？"

岑蔚的瞳孔在黑暗中颜色更深了些，淡淡道："我看不得别人在你背后说三道四。"

苏一灿的情绪突然激动起来："那你有没有想过，我天天跟个危险分子待在一起的感受？"

岑蔚低垂下了眼，缓缓咀嚼着这四个字："危险分子。"而后嘴角挑起一丝轻蔑，这是苏一灿在他脸上从未看过的神情，透着痞坏，只见他嘴唇微启，"苏老师特地请假去见你的过去式，就是为了给我打上个危险分子的标签？"

苏一灿眼里的光逐渐暗了下去，退后一步。篮球馆的训练结束了，有人从里面把门带上，楼梯间顿时陷入一片黑暗，只有稀疏的月光透过雨帘，隐隐地落在两人之间。

她拿掉毛巾，迎着朦胧的光线一下子掀起额边的发丝，那道疤痕在隐约的光线里显得格外刺眼。

"你早已经将标签印在我身上了！当初丢下我的时候记得我说过什么吗？别再让我看见你。你那时就能不顾我死活，现在和你待在一起，万一哪天惹得你不痛快了，你会不会像对待你姑父一样对我？"

岑莳的瞳孔震了下，眼里瞬间布满荆棘。

苏一灿的脸上满是怒气，或许是感觉自己被耍了，或许是觉得这么多天收留了一个当初差点害死自己的小孩，或许是后怕他的这些行为像随时会爆的炸弹，她甚至对岑莳这个人也产生了一定程度的畏惧。

他可以用纯良的假象迷惑所有人，让人卸下防备后才突然给人致命一击，这种人才是最可怕的。

岑莳什么话也没说，直到篮球馆的门再次被打开，一束光射在他身上照亮了他苍白的脸，他才捡起被苏一灿扔在地上的毛巾，淡淡地对她说："我会向学校申请宿舍。"

说完，他便转身大步离开。

3

那天苏一灿着实被岑莳气得不轻。她说了半天，他一句话也没有解释就这么走了，然后那晚他当真没有回来，第二天苏一灿在学校也没看见他人，回家的时候就发现岑莳的三个大行李箱已经搬走了两个。

傍晚苏一灿去超市买完东西回家的路上，在小广场看见了岑莳，他竟然和殷佐他们那帮小混混坐在篮球场边。夜晚的街道，篮球场巨大的射灯照在一群少年身上，有人掀了上衣，有人撸着臂膀，嬉笑怒骂间透着年轻人的张狂。

而岑莳就坐在他们中间。有人给他递烟，他随手接过叼在嘴上，似乎是注意到场边的目光，眼神微斜正好对上苏一灿的视线。就那么两秒的对视间，他嘴角划过一抹讽刺的弧度，看着她然后将烟点燃。苏一灿从来没想过同一个人身上，能把矜冷和痞坏演绎到如此极致。

她气得当即收回视线大步往家走，就听见那边有人喊了句："苏老师买东西啊？要不要我们帮你拎？"

身后传来一片哄笑声，苏一灿冷冷地回过头瞪去，看见岑莳的嘴角也挂着笑意，对着她的方向吐出丝丝烟雾，那邪帅的模样透着张扬的坏，是彻底连装都懒得装一下了。

苏一灿带过这么多学生，好的坏的惹事的都有，但从没想过有一天会被个臭弟弟气到浑身发抖。

　　她回家把院门锁上，东西扔在院子里，然后将那把蜗牛椅气愤地拖到后院，顺便还踹了一脚。

　　第二天是周五，下午苏一灿的课快结束时，手机振动了一下，她拿出手机看了眼短信，看是工资到账信息便也没管。结果快走回办公室的时候手机再次振动了一下，她拿出来一看，居然是岑莳的转账记录，备注只有两个字：工资。

　　苏一灿整个人都怔在办公室门口，突然想起暑假时他说要把工资上交给她的事。她随即伸头往办公室里看了眼，岑莳不在。她放下东西又跑了趟体育馆，赵琦他们倒是训练得异常刻苦，但是他们教练不在。

　　据赵琦说，岑莳刚把今天的训练任务安排下来，就说自己有事先走了。

　　于是，出了体育馆，苏一灿直接发信息问他：你什么意思？

　　然而那头并没有回复。

　　她匆匆走回办公室，看见江崇在，便问他："岑教练申请宿舍了？"

　　江崇随口答道："好像昨天听老丁提了下，不清楚。"

　　快下班的时候，苏一灿接到了盛米悦的电话，对她说："晚上出来吧，和云妞那边约好了，顺便给你们见见我家里人介绍的那男的。"

　　下午的办公室很安静，其他老师都去忙了，只有苏一灿和江崇两人，盛米悦的声音从手机里传出来，苏一灿掀了下眼皮，看见原本低头写东西的江崇手下停顿了片刻。

　　苏一灿拿起东西，临走时又回过头对江崇说了句："听米悦说，她家人的意思是，如果这个差不多的话，年后就把婚事定下来。"

　　江崇抬头，眼里沉着阴暗的光，最终什么话也没说。

　　苏一灿回了趟家，将运动装换下，穿了件纯黑色的吊带裙，顺手套了件浅米色的休闲西装出了门。

　　晚上云妞订了包间，在市中心一家最火的酒吧小聚。苏一灿从凤溪赶去本就比较远，加上市中心堵车，她到包间的时候，盛米悦、云妞一行人已经喝了一轮了。酒吧里音乐震耳，灯光闪烁，苏一灿刚到就被一群女人拖坐下来喝了一杯。

　　此时苏一灿才看见盛米悦身旁坐着的男人。怎么说呢，乍一看跟盛米悦完全就是两个世界的人，个子不算高，戴着厚底眼镜，一脸老实巴交，大概不太习惯酒吧的氛围，坐在角落没什么存在感。

　　经由盛米悦的介绍，苏一灿和那人打了声招呼，凑过去问了句："干什么的？"

盛米悦回头对那男人说："我朋友问你做什么工作的。"

男人倾身回道："我是研究分子束外延和金属氧化物化学气相淀积相关领域的。"

"……"确定过眼神，是聊不来的人。

喝了几杯酒后，苏一灿将外套脱了放在一边。云妞对大家说道："最近这里新来了个调酒师，长得像温特沃斯·米勒。"

另一个姐们问道："演《越狱》的那个？"

"对，就是那帅哥，要不要去看看？"

几个女人一拍即合。

苏一灿本来没去围观帅哥的欲望，结果被盛米悦推了下，眼睁睁看着她对云妞说道："把这女人带着，她失恋了，需要新鲜血液。"

于是苏一灿便不情不愿地被几个女人从沙发上扯了起来。

这时酒吧里的人渐渐多了，舞台中央DJ打着碟在喊麦，大屏也在放着劲歌热舞，舞池中间的潮男潮女们群魔乱舞，这种激发荷尔蒙的混乱场面对现在的苏一灿来说只有一个字——吵。

她跟着云妞几人好不容易挤到吧台外围，发现那里已经围了一大群年轻美眉。

苏一灿余光瞥见一道蓝色火焰一闪而过，吧台周围的美眉们立即发出一阵震耳欲聋的叫声，然后周围的女人便跟饿狼扑食一样开始叫价。

"两百！"

"五百！"

"……"

苏一灿还没明白过来这是几个意思，就感觉云妞一把扯住她的手臂将她死命往里拉。好在苏一灿的个子比较高，一般女人挤不过她，刚挤到吧台边，就听见云妞一声吼："一千！"

苏一灿还没站稳，猛地抬头望去，正好瞧见吧台后面这位传说中的调酒师：穿着一件白色工装印花夹克，微鬈的棕发在脑后绑了个小辫子，忽闪的灯光下那巧夺天工的轮廓透着致命的野性，一颦一笑都散发着诱惑，若不是一个吧台阻隔着外面这群痴女，怕不是她们都要直接上手了。

准确来说，这人虽然从某个角度来看的确有温特沃斯·米勒眼神里的狼性，但他的五官更具东方人的韵味。

而这人不是别人，正是这几天气得她恨不得烧了他头发的臭弟弟，岑莳是也。

怪不得今天一下班就不见人影，原来是来市中心的酒吧了。苏一灿忽然想到前阵子问他晚上都在忙什么，他说找了份工作，能赚些钱。这何止是能赚些钱，几分钟的工夫，一杯两百不到的鸡尾酒给他花里胡哨一顿操作卖出了一千的高价，怎么不去抢钱？

苏一灿拉开身旁一个小妹妹往吧台边一靠，岑蔚微抬了下眼皮，看到她也愣了一瞬，但手下也没停，单瓶刚抛出去便稳稳接住，在掌心转了圈，倒出液体。

旁边还有不少女人在喊价，岑蔚半垂着眸将鸡尾酒往前推去，稍稍偏向了苏一灿她们那边。云姐一把接过，推开旁边的姑娘，直接在吧台前坐了下来。

由于最近吧台酒卖得太好，老板见有商机，便规定叫价抢位，既然酒被云姐她们抢到了，自然也就可以坐在吧台前近距离地看帅弟弟花式调酒。

苏一灿本来还站在旁边冷冷地盯着岑蔚，此时被云姐一把拉坐在吧台前的高脚椅上，听她对着岑蔚喊了句："给我两个姐妹也来一杯。"

岑蔚没有再去看苏一灿，垂着视线开始调另一杯酒。他漫不经心地拿出几个颜色各异的酒瓶，单手往空中一抛，酒瓶直接朝着她们几人的头上飞来。云姐吓了一跳，身子连忙往后让，岑蔚嘴角一斜，将酒瓶又勾了回来，一系列动作游刃有余，看得周围的姑娘尖叫不已，就连云姐她们都笑得花枝乱颤。

苏一灿心想，自己还真是小瞧他了。上次听马彬说他骰子玩得出神入化她还持怀疑态度，现在亲眼看见他将这项起源于美国的花式调酒玩得炉火纯青，还真是再次刷新了她对岑蔚的认知。

苏一灿原先非常不喜欢看调酒，总觉得看着心惊胆战的，每次调酒师扔瓶子她都要跟着大喘气，生怕人家失手。

然而岑蔚却轻轻松松做着抛三瓶的高难度动作，表情没有丝毫紧张，反而有些酷酷的松散感。

岑蔚缓缓低下头，喝了口朗姆酒，当他再次抬起头时，一串熊熊的火焰就这么朝着苏一灿袭来。旁边的女人再次兴奋大叫，到处避让，反观苏一灿，冷静地坐在高脚椅上，垂眸看着离自己仅仅一拳的火焰。

火光转瞬即逝，云姐吓得扯住苏一灿对她说："你胆子太大了，也不躲一下？万一烧到你怎么办？"

苏一灿的眼神牢牢落在岑蔚的脸上，单手撑着吧台落下句："他敢？"

岑蔚将柠檬片放在酒杯边缘，垂着视线，嘴角勾起无声的笑，把这杯酒推到云姐左边的女人面前。

云妞指着苏一灿对岑莳说："帅哥，我们还有一个人。"

苏一灿冷冷地打断道："我不要。一千块一杯，我回家喝白开水不香吗？"说完就准备走人。

云妞一把拉住她，在她耳边说："来都来了，给个面子。"

岑莳始终没有抬头，只是手下快速翻弄着。这一次他没有做那么多让人眼花缭乱的动作，倒像个具有绅士风度的英式调酒师，很快就将一杯樱粉色的液体推到了苏一灿面前，眼里透着似笑非笑的光："买二送一。"

云妞她们一听，连声说道："谢了啊，帅哥。"

苏一灿看着面前的酒若有所思。云妞她们喝着酒，低着头说了句："这酒挺浓的。"发现苏一灿的酒跟她们不一样，便问了她一句，"你的怎么样？"

苏一灿拿起面前樱粉色的高脚杯抿了口，淡淡的果香味。她又细细品了一遍，确定除了带有香气的果香味和不太腻的甜味，没有任何酒精的味道。

她莫名其妙地瞥了眼岑莳，这是几个意思？不花钱连酒都不给喝了，调了杯果汁？

苏一灿端起高脚杯一口干掉，将杯子推回吧台对云妞她们说道："辣嘴。"

岑莳还在另一边忙，头也没回地伸手拿回酒杯，没一会儿，又一杯橙黄色渐变的液体被推到了苏一灿面前，上面还装点了一朵夏威夷风情的小花。

云妞她们都用异样的眼神看着苏一灿，苏一灿倒是毫不客气，来者不拒，刚准备尝尝，云妞赶紧喊了声："先别喝，这个好看，我拍张照。"

于是她拍完照后苏一灿拿起来品了一口，好家伙，还是果汁。

苏一灿再次一口干掉。

云妞她们见势不对，赶紧劝道："你不能这么喝啊，待会儿出去准上头。"

苏一灿对着岑莳的背影说："没事，我海量。"

这时岑莳终于从另一边转了过来回到她们面前，收回苏一灿的酒杯。

云妞见状打趣了一句："帅哥几点下班啊？待会儿到我们那边坐坐？"

岑莳调了第三杯星空蓝的液体，推到苏一灿面前回道："家里母老虎看得紧，见谅。"

苏一灿猛然抬起头，岑莳缓缓撩起眼皮，目光透着肆意。直到这一刻，苏一灿突然回过神来，那天拍照时岑莳的状态为什么能调整得那么快。

根本就是本色出演啊！

4

岑蔚还有另一边的客人要顾，说了两句话就走了。苏一灿本以为这第三杯还是果汁，喝了一口发现终于有了酒精的味道，但是度数并不高，很好下口。

她喝了几口，半倚在吧台边和云妞她们闲聊。此时的她，长发难得放下来落在左肩，一件纯色的黑色吊带裙露出完美的锁骨和天鹅颈，气质清淡，五官冷艳，浑身透着股慵懒的妩媚感，即使眉眼淡淡的，也足以吸引周围异性的目光。

不一会儿，一个年轻男人凑到苏一灿面前，假装看酒单，眼神却一直瞄着苏一灿。远处的岑蔚朝那边瞥了眼，手上的动作并没有停。

苏一灿的右手臂感觉被旁边人的衣服布料蹭着，她回过视线，就看见一个年轻男人站在她旁边，细皮嫩肉，见苏一灿看向他，颇为主动地说："我叫马克，加个微信认识下啊？"说着将早已打开二维码的手机递给苏一灿。

苏一灿垂眸看了眼，淡淡地说："你多大？"

男人殷勤地告诉她："二十二。"

苏一灿略微抬起视线对这个叫马克的小伙子回了句："姐早恋的时候你还在搭积木呢，我对弟弟不感兴趣。"

岑蔚抬起眼目光沉静地扫视过来，就在那个叫马克的人抬起手准备搭在苏一灿肩上时，漫不经心地从旁边拿起一小块冰对着马克前面大叔的后脑门弹去，大叔立马回头对马克吼道："你干吗？"

马克被这一嗓门吼得吓了一跳，赶忙回道："我什么也没干。"

那大叔左右看了看，身后除了马克一个男人是站着的，苏一灿那些女的都坐在高脚椅上根本碰不到他，立马火冒三丈，跟马克吵了起来。

然而眼神一直落在岑蔚身上的云妞却将刚才的一幕看得真真切切，岑蔚甚至都没有靠近她们这边，只是夹了块冰在食指和中指之间对着苏一灿身后轻轻一弹，便若无其事地继续忙了。

苏一灿嫌旁边太吵，干脆拉着她们回包间去，只有云妞一直用一种不可置信的眼神盯着岑蔚，要说这距离，这精准度，也是没谁了。

她回身挽着苏一灿说："刚才那个调酒师帅哥是不是看上你了？你知道他用一招声东击西帮你把那小子支走了吗？而且他为什么给你调了三杯酒都不收你的钱？"

"可能因为三杯里面都没什么酒精吧。"

"？？？"

她们回到包间又聊了一会儿，苏一灿起身去洗手间。震耳的音乐让她脑袋有些发昏，拐到过道那边才感觉好了些。刚准备往女洗手间走，瞥见过道外面站着几个男人在那儿吞云吐雾，或许是因为岑莳个子太高，苏一灿一眼就注意到了他。

岑莳靠在一侧的栏杆上，单手提着瓶科罗娜和几个老外聊着天，他身旁一个金发碧眼的男人对上苏一灿渐渐放慢脚步的身影，过道昏暗的光让她身上那件纯黑色的吊带看上去禁忌又性感，老外朝她抬起手中的啤酒，露出八颗牙齿。

岑莳顺着身旁人的目光侧过头去，看见苏一灿冷冷地朝他瞥来，随即又收回目光径直去了洗手间。

几分钟后，当她再次从洗手间出来时，那群老外已经不见了，只余岑莳一个人靠在栏杆上。身后是宁市喧嚣的夜景，科罗娜早已空了，放在他的脚边，酒瓶投射出一圈光晕落在岑莳身旁，他双手搭在栏杆上，头发半扎在脑后，额前几缕发丝松散地卷曲着，和白天的他判若两人，整个人都添上几丝邪气。

当苏一灿的视线投向他时，他嘴角缓缓勾起一丝嘲弄。

苏一灿干脆大步朝他走去，立在他面前双手抱胸盯着他："工资是什么意思？"

岑莳慵懒地撑了下臂膀，扫了眼她额边的疤痕，懒懒地说："过去小不懂事，就当赔你的医药费。"

一提起这事，苏一灿气就不打一处来："怎么，你赔了医药费，疤就能从我头上消失了？"

岑莳缓缓倾身，半低下头，嘴角勾勒出一抹玩味："那你要我怎么样？对你负责？"

他的气息突然凑近，带着淡淡的酒气，那双眼睛太勾人，灼灼地盯着她，苏一灿的表情立马绷紧了。

岑莳看着她防备的表情，忽然笑了，笑得肆意，轻声嘲笑道："可惜苏老师对弟弟不感兴趣，不然我倒可以陪你玩玩。"

苏一灿瞳孔里满是震惊，她从未想过岑莳会以这种口吻跟自己说话，语气里满是轻佻和毫不掩饰的痞坏。她忽然想到这阵子和他相处的点滴，不管她说什么，他总是顺从地说"好"，每次她生气了，他总是低眉顺眼地叫一声"姐"，然后主动承认错误，何时用这么轻率的语气对她说过话？

苏一灿眼里浮上一层愠怒，抬起视线逼近他："能耐了？不装了？不是在我面前表现得挺乖的吗？亏我还以为你纯得跟纯牛奶似的，把你当温室里的花朵。"

岑莳像是听到什么好笑的话一样，嘴角斜起一抹笑："温室里的花朵？我可没有这样评价过自己。本来和平相处挺好的，是苏老师非要逼我揭开面具，既然你这么想看看我的真面貌，那就给你看个够，我本来就不是什么好人。"

苏一灿被他气得呼吸急促，指着酒吧里："所以呢？晚上就在这里鬼混？"

岑莳的眸子在夜晚的霓虹下泛着琥珀色的光，微闪了下，讽刺地说："如果苏老师非要认为我在鬼混，那你又为什么出现在这里？"

他的神情懒散，语气却半点没有退让。苏一灿朝他低吼了一句："我是和朋友来小聚。"

"那我是来赚钱，如你所见，还挺好赚的。"

苏一灿忽然感觉血气上涌，加上喝了酒的缘故，整张脸都憋得有些红晕，胸口微微起伏，预示着她现在很不爽。

岑莳低睥睨着她，她抱着胸又比他矮一截，他一眼掠见她脖颈下诱人的风景，不太自然地转过视线靠在栏杆上，从身上摸出一根烟，可还没点燃，烟就直接被苏一灿夺了过去扔在地上，拿鞋底碾碎，盯着他一字一句道："再给我看见你扎这个小辫，我拿打火机给你一把点了。"说完她便直接转身往过道走去。

这时，岑莳的声音懒散地在她身后响起："少发点火，容易长皱纹。"

苏一灿拳头紧握，消失在过道。

刚出了几天的太阳，到了周一又下起了雨。上午第四节课，苏一灿只有让六班的人去体育馆集合。到了那里才发现篮球队也有人在进行半场不运球进攻训练，于是六班的人自觉站到了另外半场。苏一灿朝那头瞧了眼，岑莳并不在。

上课铃响了，苏一灿带着学生整队，然后拉伸。就在这时，她余光看见岑莳双手抄兜从场馆大门晃了进来，一顶黑色鸭舌帽遮住了眉眼，白色衬衫袖口卷了几道到手肘，一条水洗蓝的牛仔裤配上白色运动鞋清爽干练，那双大长腿格外引人注目，不少学生回头去看他。

他本来低垂着视线，帽檐遮挡住了脸，在苏一灿一声"都看哪边"过后，那些回头的同学都收回视线，岑莳也抬起头，帽檐下的嘴角划过一丝若隐若现的弧度，他大步走到另外一边拍了两下手，篮球队的几个队员朝他围了过去，不知道在讨论什么。

苏一灿带着这群高一生练习广播体操，准备两周后的会操比赛。这群学生大多懒懒散散地伸着手，跟老胳膊老腿一样抬不起来，大概看是个女老师，新生们都没拿她当一回事。

结果做到一个抬腿动作的时候，苏一灿口中的节拍戛然而止。所有人一脸雾水地盯着她，她直接脱口而出："腿抬起来的到场边休息，没抬起来的继续抬。"

六班顿时喧哗一片，大多数女生都笑着跑开了，一大半男生留在场中，当然还有浑水摸鱼准备走到场边的，被苏一灿一个哨声拎了回来。然后滑稽的一幕出现了，一群男生抬着一条腿维持着半蹲的姿势，好多人坚持不了几秒，直接东倒西歪一屁股坐在地板上。

那边篮球队的人笑着看过去，苏一灿的脸上没什么表情地说："做个操跟要你们命一样，就你们这个身体素质，以后怎么拼高考？"

有男生说了句："苏老师，我们只是不喜欢做操，你要让岑蔚教练来带我们打篮球我们还是愿意的。"

岑蔚本来垂着视线，听见有人叫他，便抬起目光瞧了过去。

一个男生发了话，其他男生相继附和道："是啊，苏老师，我们什么时候也能上堂篮球课啊？"

苏一灿冷笑道："就你们这身体素质，问问岑教练愿不愿意带你们？"

旁边的女生们一副看热闹不嫌事大地齐齐喊着："岑教练，岑教练……"

体育馆内一时间乱成一锅粥，原本在训练的赵琦他们也停了下来望向岑蔚。岑蔚缓缓从垫子上站起身，朝对面不紧不慢地说了句："既然大家这么热爱篮球，苏老师要是不介意的话，我可以让我这边的队员和你班上的学生来一场。"

魏朱将手中的篮球一下又一下地拍在地板上，面无表情地盯着对面，篮球队的人都陆续转过了身。六班男生一见那架势，有些心虚地望向苏一灿。

苏一灿对着自己班上的学生说："刚才不是都挺积极的吗？岑教练既然发话了，你们自己选几个人出来吧。"

秉承着二十个臭皮匠怎么也得顶过五个诸葛亮的信念，六班男生空前地团结，全部拥在一起，商量派哪几个人上场。一群不知道天高地厚的高一生刚入学就有机会和校队的人过招，这种千载难逢的机会对他们来说还是很让人激动的，就连场边的女生都高呼起来。

这时，又有一道穿着校服的身影从篮球馆门口进来。苏一灿定睛一看，居然是上个星期刚拒绝入校队的何礼沐，此时他径直朝篮球队那头小跑过去，停在岑蔚面前叫了声："岑教练。"

岑蔚朝他点了下头说道："热身，准备上场，拿对面的练练手。"

何礼沐转过身去，一边压腿一边打量着对面的人。

原本还在观望的六班男生彻底炸了。这位何礼沐同学在新生军训的时候可谓出尽了风头，开学后又代表高一新生在开学典礼上脱稿致辞，没有人知道他为什么会突然跑去篮球队那边，而且看那架势还是要上场的意思，就连苏一灿都诧异地挑起了眉梢，几步走到六班中间问道："人选得怎么样了？"

六班男生面面相觑，刚才口号喊得挺响，真到上场，好多人都尿了，不过也有三个自信的男生站了出来，苏一灿又挑了两个身体素质还不错的，带着他们拉了拉筋。

岑蔚缓缓走到中场边线的位置，看着苏一灿摆了个请的姿势，算是邀请她和她的学生们进场。苏一灿和几个小伙子交代了几句，然后朝岑蔚走去。

场边的六班女生早就兴奋不已，已经不知道是为自己班上的男生加油，还是为何礼沐呐喊了。

苏一灿走到岑蔚身边停下脚步，岑蔚侧眸对她说了句："苏老师吹哨就开始。"

苏一灿拿起哨子放在唇边，抬头看了他一眼，他眼里扬起不惧的挑衅，苏一灿直接吹哨，场内球鞋摩擦地板的声音瞬间响起，两人同时将视线移到场中。

苏一灿看见魏朱直接将球拍给何礼沐，何礼沐稳稳接住，回过身就开始进攻，那攻势上来就很猛烈，连过两人把球传给赵琦，赵琦的定点投篮训练起了效果，还在三分线外就直接起跳，手感极好，直接进筐。六班男生简直蒙了，场边一片激动的欢呼声，女生们都在大喊："校队，帅！"

赵琦非常骄傲地一甩他并没有刘海的脑门，朝场边的学妹们抛了个媚眼。

苏一灿盯着何礼沐的身影，出声道："怎么给你搞来的？"

岑蔚云淡风轻地说："情结这东西，苏老师应该深有体会，不然为什么每次洗脸都在找寻当年的感觉？"

苏一灿猛地转头看向岑蔚，岑蔚也慢悠悠地转过视线，用唇语对她说了四个字：缩头乌龟。

苏一灿的脸色"唰"地变了，拳头立马硬了起来，却看见岑蔚已经重新将视线投向场中，轻勾起眼尾慢条斯理地提醒道："在学生面前打人可不是良好示范啊苏老师。"

苏一灿把目光投回场内，松开了拳头。

这么多年她放下了吗？她觉得自己放下了，早已从事和当年志向不同的工作，也渐渐远离了那个圈子，甚至在听到有关游泳的话题、接触到有关的事务都是能避则避。她以为这样就能风平浪静，可是十年了，她依然不敢触碰那片水池，无法坦然面对自己的过去。

她也曾扪心自问，甘心吗？那曾是她毕生的目标和抱负啊！她为此经历了多少伤痛和苦难，无数个梦里她都以为自己重新回到了当年那意气风发、斗志昂扬的岁月，然而此时此刻，岑蔚一语道破了她的状态，缩头乌龟，是啊，她当了十年的缩头乌龟，她可以继续生活，却没有办法再面对自己的人生，所以她无时无刻不被一把枷锁困住，这就是现状。

忽然一声"暂停"，六班那边犯规。岑蔚几步走到场中跟他们耐心解说了一番，六班几个男生似懂非懂地点了点头，岑蔚才重新走回来。看见苏一灿依然沉着脸，他停在她身边说了句："当乌龟也没什么，就看你想不想提早结束比赛了。"

苏一灿侧头望着岑蔚，总感觉他这句话中似乎饱含着不一样的意思，然而他只是不动声色专注着场中的比赛，没再看她。

苏一灿这才发现，不过很短的时间内，魏朱、赵琦这些人打球的气场似乎发生了微妙的变化，加上一个打了三年校队的大前锋何礼沐，校队的状态跟以前完全不一样了。虽说短时间内整体水平并没有得到很大的提升，但所有人眼中不再懒懒散散，都透着种说不出的干劲儿，相比而言，六班男生还真是给校队练手的。

就打了半场，胜负毫无悬念。快结束的时候，苏一灿抬手，岑蔚侧头问道："几点了？"

场边女生突然尖叫起来，苏一灿刚抬起头，一道身影已经飞快地掠到她面前。"砰"的一声，篮球狠狠撞在岑蔚的腹部，他像一堵结实的墙挡在她面前。

苏一灿惊得让开步子，看见岑蔚将面前的篮球捡了起来，眼眸透着寒意，朝着魏朱就砸了过去。篮球在空中旋转的速度极快，带着势不可挡的攻击力，魏朱吃力地接住球，不禁往后退了一步。

赵琦讪讪地拍了下魏朱的肩，低声在他旁边落了句："你完了。"

魏朱感受着刚刚篮球的力道，也顺着赵琦的话嘀咕了一句："我是完了，我把教练砸了。"

"……"无知的凡人，你是差点把教练的"小心肝"砸了，蠢货。

5

岑蔚将球扔给魏朱后瞪了他一眼，魏朱虎躯一震，立马把球扔了，双手合十朝岑教练嬉皮笑脸。

上午最后一节课的下课铃响了，苏一灿让六班的同学散了，篮球队这边也解散回班吃饭。苏一灿都已经出了体育馆，发现点名簿没拿又折返回去，正好碰见才从里面走出来的岑莳。两人差点撞上，苏一灿急忙停住脚步，抬头望去，岑莳帽檐下那双深邃的棕褐色眼眸含着几分散漫，抬手将她的点名簿递给她。

苏一灿眼皮微垂，看见他刚才用身体挡球的地方多了一团碍眼的印渍，说了句："衣服脏了。"

岑莳没有管衣服，眼神依然落在她的脸上"哦"了一声。

苏一灿听见他这个回答，说了他一句："哦什么？谁训练还穿白衬衫？"

哪料岑莳忽然扯起自己腰间的布料，直接将白色衬衫拽出裤腰，过道风很大，吹起了他的衬衫下摆，扣缝间紧窄的腰身若隐若现。他凑近一步，压低身姿将帽檐一抬，嘴角微斜："不穿这件穿什么？脏了苏老师帮我洗吗？"

苏一灿忽然想起之前帮他洗衣服的事，一脸憋屈，转身就走。她还是头一次有种在比自己小这么多的弟弟面前吃瘪的感觉，或者准确来说她早就吃过他的瘪了，在她十六岁那年。

她匆匆回到办公室放下东西，江崇喊了她一声："吃饭去吗？"

她点点头，便和江崇一人拿了一把伞往食堂走去。

学校教职工食堂不算大，江崇刚走进去就碰见了德育处的方主任，被叫去说组织会操比赛的事。

苏一灿先去拿了餐盘，排队的时候接到了父母的电话。电话里她爸告诉她，明天下午差不多能到宁市，有人会去机场接他们，让苏一灿不用特地跑一趟，不过如果下午课少的话，让她还是尽量回趟市里。说到这里，她爸还顺带问了苏一灿一句："岑莳过去以后怎么样？还适应吗？"

苏一灿刚准备出声，余光瞥见一道很高的影子从窗外晃过，她回过头去，岑莳正好拐过弯走了进来。

她冷冷"呵"了一声："他啊，挺好的，比小强适应能力都强。"

老爸没听出来她话里的讽刺，继续说道："我们和岑莳的爸爸见过面了，有些事情要和你聊聊，明天到家再说。"

苏一灿挂了电话还莫名其妙地回头瞧了眼岑莳，俨然老爸要找她聊的事和岑莳有关，她都不知道这家伙能有什么事让爸妈如此严肃。

岑莳似乎也注意到苏一灿的目光，顺手拿了个餐盘往苏一灿身后一站。苏一灿收回视线没再看他，他也没有跟她说话。

快排到苏一灿的时候，她又回了下头，岑蔚正在低头看手机，抬起视线与她撞个正着，忽然弯起嘴角悠然地冒了句："这么巧啊苏老师，吃饭？"

废话。

苏一灿打了两荤一素，刚找了个位置坐下，就看见岑蔚也端着盘子正左右寻找空位。这个食堂不大，他来得迟，基本已经没有单独的空位了。岑蔚看了一圈，刚把视线落在苏一灿面前，就有人对他招了下手："岑教练，坐我们这儿。"

岑蔚转过头，看见是几个女老师，又看了眼苏一灿，苏一灿毫不客气地将伞往对面的座位上一放，俨然一副有了人的模样，岑蔚只能端着盘子坐到女老师那桌。

不一会儿江崇走了过来，苏一灿才把对面的伞拿开。

岑蔚坐的那桌比较大，三个都是结了婚有小孩的女老师，只有教音乐的小庄老师参加工作时间不长，还单着。

几个女老师找岑蔚闲聊："听说岑教练带着学生平时训练量挺大的吧？"

岑蔚笑笑："还行。"

小庄老师见他吃得挺急，说了句："我这菜还没动，今天不太饿，岑教练要是不嫌弃，这个鸡腿给你啊？"

小庄老师说着将鸡腿往岑蔚面前推，岑蔚抬了下眸回道："谢了。"

苏一灿拿起汤碗，边喝汤边往那边瞧。岑蔚穿着白衬衫坐在一群女老师中间，还真是长得好看到哪儿都占便宜，吃个饭都能比别人多加个鸡腿，就这样看过去，眉清目秀的，谁能想到那晚在酒吧能用那么肆意张扬的态度对她说话，她越想越气。

其中一个女老师看了眼小庄老师，故意打趣了一句："岑教练处对象了没啊？"

岑蔚回道："还没。"

"介意比自己大的吗？"

岑蔚抬起头微愣了下，倒是没注意到那个老师的眼神，只是转眸对上苏一灿的视线。外人看来那双茶褐色的眸子干净澄澈，可苏一灿分明看见了他眼里那丝漫不经心的嘲弄，而后他对着几位女老师回了句："我挺喜欢姐姐型的，最好是会洗衣服的。"

一句话说得一桌子女老师哄笑不已。

苏一灿收回视线大口吃饭，江崇却摇了摇头，淡淡地说了句："那场和北中的友谊赛，队员没火，火了教练，最近不少人在打听他。"

苏一灿就搞不懂了，那天岑蔚什么也没干，就在场边晃了一下，居然能引起这么大的轰动。

吃完饭，苏一灿和江崇走进教学楼后，她回身收伞，老远看见岑蔚手上一下又一下地转着一个金属扣。这会儿雨大了点，他似乎没有带伞，就一个人孤零零地站在食堂门口，目光望向她的方向。

苏一灿拿着伞的手紧了下，恰在这时庄老师从食堂走了出来，笑着不知道跟岑蔚说了句什么，撑起伞踮着脚罩在他的头顶，岑蔚从她手中接过伞，两人走入大雨中。

江崇问她："看什么？"

苏一灿收回视线转身离开，冷冷地回："没什么。"

第二天雨停了，天气有些阴，苏一灿下午上完课接到父母的电话后，便提早下班，赶往市里。

车子开到父母家楼下的时候，她突然接到了江崇的电话，问她去哪儿了。

"我回趟家，我爸妈回来了，什么事？"

江崇顿了下，说道："没什么，我以为你在学校，打算喊你来体育馆。殷佐带了不少人去体育馆，听说闹起来了，主任和我过来处理。"

苏一灿一听，停下脚步："怎么样了？"

"还好，岑教练正好在，我们赶到前场面已经控制住了。殷佐让岑教练跟他比一场，输了他把人带走，以后不踏入体育馆半步，赢了让篮球队的人把赵琦交出来。"

苏一灿提高了嗓门："这不是闹事嘛！"

"主任去训斥被岑教练拦了，他多加了条，要是他赢，让殷佐明天开始来篮球队报到。现在正好学生都放学了，听说殷佐来学校闹事，都围在体育馆外面，岑教练让主任别插手篮球队的事，主任现在气得跑去找校长了。"

苏一灿立马拿着车钥匙问道："那我现在回去？"

江崇却说道："你回来也起不到什么作用，我看他们这样，势必是要打一场了。我在这里看着，只是打篮球还好说。对了，我终于想起来在哪儿见过岑教练了，我待会儿发个东西给你。"

挂了电话，苏一灿忧心忡忡地上了楼，心里还记挂着学校那边。殷佐那人，虽然平时很少在班上见到他，但苏一灿对他还是有所了解的。

这个学生听说初中就是刺头，连高几届的人都敢惹，没有丝毫顾忌，刚开学那会儿就烧了同班同学的书，顶撞教导主任，在学校大会上公然带着人离场，影响极坏，说是校霸都不为过，他们班主任基本放弃对他管教，这种青春期的叛逆少年和退学也就一线之隔。苏一灿就搞不明白了，全校师生看着他都绕道走，为什么岑蔚偏偏要招惹这种天不怕地不怕的人。

在进家门前，苏一灿突然想明白了，因为岑蔚骨子里就是这种人，不过表现得要比殷佐高明很多。

到了家，妈妈在收拾行李，爸爸一壶茶已经泡上了，正舒服地坐在躺椅上。

父母年轻时都忙于工作，别说出国，能把时间碰在一起出去旅游的时间都少，难得出去这么长时间，自然有不少话要与苏一灿说。

苏一灿帮妈妈收拾行李时听闻了一些他们在土耳其的事，后来又说到去迈阿密见岑蔚爸爸的事。

苏一灿感到有些奇怪，不禁问了句："你们见了他爸，那他妈呢？"

苏妈妈看了眼苏一灿的爸爸，叹了声："他妈没了。"

苏一灿微蹙起眉："没了……是什么意思？不在了？"

苏一灿的爸爸倒了一杯茶给她，说："本来我们回国应该把岑蔚叫来家里吃个饭，见见他，但是因为我们得知这件事太突然，你电话里又说岑蔚跑到你们学校在教篮球，所以我和你妈商量过后，觉得有必要让你先知情。"

苏一灿感觉父母的神情有些凝重，不禁放下手中的东西，走到爸爸对面坐了下来："到底什么事？"

第十一章

他的过去 ▲▼

1

这件事要从岑莳的妈妈岑佩英说起。

岑佩英和苏一灿的妈妈是高中同学，大学又和苏一灿的爸爸是校友。在苏一灿父母读大学时，她为两人牵线搭桥，是他们的挚友，也是媒人，在那个纯真的年代，苏一灿的父母一直很看重这位友人。

但岑佩英出身于一个重男轻女的家庭，上面有个大姐，下面有三个弟弟，她在家里几乎是个透明人，永远是弟弟们优先，甚至为了把钱省给弟弟们上学，她从来没有参加过学校的集体活动。

家里人希望她和大姐一样，读完初中就进厂赚钱，可是岑佩英不甘心。也许是造化弄人，岑家五个孩子，只有岑佩英学习最好，可是在她刚上高中时，父母就告诉她，大学费用很贵，他们没有钱供她，让她读完高中就去厂办公室做秘书。

但是岑佩英立志一定要考上大学，一定要脱离父母，脱离这个家，脱离成为弟弟们赚钱工具的命运。

后来她以优异的成绩拿到了大学奖学金，可以免除一部分学费，可父母眼看弟弟们都大了，不愿她再去大学耽误四年，要断掉她的生活费。那年她和家里吵得不可开交，一气之下，离开了那个她生活了十八年的家。

整个暑假，她是在苏一灿的妈妈郭春华家度过的。那时岑佩英才知道，不是所有父母对待女儿都是如此偏心。

看着郭春华父母每日精心准备的晚餐，他们会将鱼子和鸡胗都留给女儿，为她精心挑选大学宿舍里需要用到的生活用品，甚至会冒着大雨去书店接她们回家。

这一幕幕都深深刺痛了岑佩英。那个暑假，郭春华陪着岑佩英难过，陪着她愤愤不平，再到最后，她告诉郭春华，自己一定会出人头地，去很远的地方，再也不回来。

岑佩英毕业那年认识了一些外国人，而后没多久就和他们说要去美国发展。

临走时，苏一灿的父母去机场送别她。告别的时候，岑佩英拥抱了郭春华，在她耳边说："我爸妈知道我要出国了，让我回去一趟，我回去了，我以为他们是要送送我。"她哽咽了一下说，"结果他们让我出国后赚了钱记得寄回去，如果我不寄，以后就别回去了。春华，我没有家了，不走也不行了，出去以后我一定会出人头地。"

转身前她眼里噙着泪，却始终没有让眼泪掉出眼眶，带着傲骨和倔强离开了。

第二年，苏一灿妈妈收到了岑佩英的信。信中岑佩英告诉她，她结婚了，丈夫是个美国律师，工作稳定，他们的婚礼是在教堂举行的，她搬进了丈夫的大房子，房子前有很宽的草坪，他们还养了一条大狗。

后来岑佩英在美国完成了硕士学业，考取了执照，成了一名牙医，收入还不错，不久也取得了绿卡。如她走时所说，她在异国他乡终于出人头地，有了立足之本。

后来有一天，他们意外接到了岑佩英从大洋彼岸打来的电话，她激动地说她怀孕了，是个男孩，小家伙身体里有中国人的血统，如果以后有机会，希望带他回国看看。

再后来的十几年里，他们和岑佩英渐渐断了联系。纵使这样，他们始终相信岑佩英在国外一定有美满的生活，她的人生会以另一种灿烂的模式开启。

直到这次去迈阿密先后拜访了岑莳的父亲和岑佩英在那边的华裔朋友后，他们才了解了那段不为人知的过往。

岑佩英刚到美国就被中介骗光了钱，穷困潦倒的时候睡过大街，吃过剩饭，但她头脑聪明，知道要往华裔扎堆的地方钻，没多久，有家餐饮店的老板见她可怜，答应让她打工赚取报酬。

店里经常会来一些精英人士，岑佩英留心观察这些客人的喜好和职业，她总能投其所好将客人照顾好，因此赢得了不少客人的好感。

在调去新餐厅的第三个月，她结识了岑莳的父亲，那个年轻有为、家庭背景较好的律师先生。

这位律师先生起初对这个中国姑娘并不在意，他习惯每天下午三点来店里喝杯咖啡，岑佩英就日复一日地在他来之前为他准备好赠送的小点心，并保证他一到店里就能喝上温度适宜的咖啡。

直到有一天，律师先生发现他的点心总是和别人不一样，在其他地方从没吃过。他叫来岑佩英问她是什么，岑佩英耐心地告诉他，这叫桂花酥，这是月饼，这是绿豆糕……她告诉他每道点心的故事，律师先生第一次细细端详这位中国姑娘，问她："想家吗？"

岑佩英低着头，眼里的水汽让她看上去楚楚可怜。那天，律师先生记住了这个中国姑娘，并且每天下午过来后都会和她聊上两句。

一段时间后，律师先生结束了出差工作，临走前他特地去了这家餐厅找到岑佩英，告诉她他要回迈阿密了，问她哪里可以买到那些小点心。

岑佩英怔愣过后，对着他摇摇头。他没明白她是什么意思，而后便听见她声音很小地告诉他："那是我自己做的。"

律师先生点点头与她告别，却在离开十几分钟后突然折返回来，立在餐厅门前，看着岑佩英忙碌的身影，笑着问她："你愿意和我一起走吗？"

岑佩英和律师奥森回到迈阿密结了婚，她住上了大房子，过上了不用风餐露宿的日子，可是邻居们不太喜欢这个中国太太，经常会因为鸡毛蒜皮的事情对她恶言相向。奥森的父母都是白人精英阶层，也无法摆脱那骨子里根深蒂固的歧视。

头几年，面对奥森的抱怨，面对邻居的辱骂，面对丈夫家里人的冷落，岑佩英忍气吞声。

她利用奥森给她提供的生活条件读了硕士，又考取了牙医执照，也有了一份收入颇丰的工作。奥森看不惯她出去忙碌的样子，要求她生下岑莳后留在家里照顾孩子，岑佩英头一次为了争取自己的权益和奥森大吵。

在从事牙医工作的那几年她结识了很多有钱人，她开始对生意感兴趣。她让奥森开一家事务所，他在岑佩英的建议下拉了一些老同事单干，而岑佩英在他起步之初为了全力帮助他，也辞去了牙医的工作，并为他拉来了一些资源。

奥森的事务所开始赚钱，慢慢上了轨道。后来因为股权分配问题，岑佩英再次和奥森起了很大的冲突，夫妻感情越来越淡漠，争吵不断。

这些一大部分是从岑莳父亲口中得知的，他对岑佩英的评价是，这个女人从未爱过他，处心积虑接近他都带着目的性，她对成功、对钱十分偏执。

离婚后，岑佩英分去了他的一部分财产，带着儿子去中国生活了两年。他的这个儿子十分像母亲，对人冷漠，难以接近。他希望岑莳留在美国继承他的事业，岑莳却执意要去中国。奥森希望苏一灿的父母能够劝岑莳提早回美国，如果岑莳肯回家，那么他依然会像父亲对待儿子那样毫无保留地对待岑莳。

苏一灿的父母却对奥森单方面的说辞持保留的态度。在他们看来，奥森现在的公司能做到这么大的规模，离不开岑佩英当年果敢的决定和支持，可奥森不但对岑佩英没有丝毫感激之情，提起她时言语间还透着傲慢和轻视，即使她已经离开人世。

苏一灿的父母并没有完全相信奥森的说法，他们多了个心眼，决定再留一天，见到了岑佩英生前在美国的华裔朋友。

然而让他们大吃一惊的，是从岑佩英生前的挚友口中意外得知的岑莳的遭遇。

2

奥森夫妻俩在岑莳小的时候都很忙碌，他被送去了幼儿园。那个幼儿园里都是精英家庭出身的孩子，他们会骂他，把他推倒，一群小孩故意压在他身上，还会趁着老师不注意偷偷抢走他的食物，而老师就算看到也并不上心。

那时的岑莳并不知道为什么，他只知道他和他们所有人都不一样，因为这份不一样，所以他自卑，被欺负也不敢还手。

岑莳放假的时候就被丢去奥森的姐姐家。奥森的姐姐有两个儿子，他们的父亲是个狂妄自大的酒鬼，岑莳去的第一天就听见姑父在房间里大骂他这个不速之客。

他不愿接近这家人，也不愿意说话。两个哥哥都觉得他是个怪物，几乎每次岑莳被送过去，都会沦为他们整蛊的对象，看着这个弟弟眼里含泪求饶的样子，他们会有种成就感。

姑父偶尔喝醉了看到他也会对他破口大骂。姑姑的腿有轻微残疾，需要依靠姑父生活，拿他姑父一点办法都没有。

隔了一个学期，岑莳七岁再被送去时，整个人长高了许多，他棕色的漂亮自然卷配上讨喜好看的脸蛋，引起了周围很多邻居的注意。在万圣节那天，他拿到的糖果比两个哥哥加起来都多，甚至大表哥很喜欢的女生还捏着他的脸蛋亲了他。

十几岁的大表哥心里很不爽，第二天就请了一帮同学来家里玩。大家看见岑莳都上去逗弄，岑莳厌烦地躲开他们，最后还是被二表哥拖出了储物间。

那天姑姑不在家，姑父坐在沙发上看电视，一群男孩脱光了岑莳的衣服逼着他站在院子里，大表哥还特地请来了自己喜欢的女生围观，那女生气愤地和他们吵了起来，姑父就坐在客厅，不闻不问。

小小的岑莳抱着身体，瑟瑟发抖地赤着脚踩在雪地里。天空灰蒙蒙的，凛冽的空气像刀子割破他的骨肉。羞愤、耻辱、难堪像怪兽吞噬着他，眼泪滴在雪地里结成冰，他不知道自己做错了什么，也听不见他们在吵什么，只是他的世界彻底变成了黑白色。

直到岑佩英冲进院子里，呆愣地看着这一幕。她冲上前给了两个哥哥一人一个耳光，用大衣裹住岑莳，将他抱离了那个噩梦一样的地方。

坐在车上，始终沉默的岑莳终于问出了那句："他们为什么要这样对我？"

岑佩英的眼泪夺眶而出，她仿佛看到了自己不幸的童年。她以为来了发达国家，以为只要自己不懈努力，就能给儿子带来全然不同的生活，可强烈的文化差异、傲慢与偏见，最终将岑莳推向了更难的境地。

她将车子停在路边，迎着漫天的雪色含着泪告诉他："妈妈带你回中国，你的背后有很强大的国家，那里是妈妈出生的地方。"

那一年是岑佩英出国的第十五年，她向奥森提出了离婚。和当初告别祖国一样，这一次，她毅然决然带着岑莳回了国。

再次踏上这片土地，高楼耸起，街上车辆川流不息，立交桥、地铁纵横交错，国内的发展让岑佩英心绪翻滚。她拉着岑莳告诉他："你看，这里就是中国，China，十年前这片土地上一马平川，十年后成了你现在看到的样子。妈妈教你一句话，三十年河东，三十年河西。再过十年，那些指着你鼻子骂的人就不再敢欺负你了，知道为什么吗？"

岑莳似懂非懂地说："因为我是 Chinese ？"

"因为你终将会成长，就像这里一样。"

在那之后，岑佩英带着岑莳在国内生活了两年，只是那两年里她始终没有联系原来的朋友和家人。在岑佩英心中，她当初带着一腔傲气离开这片大地，所有人都觉得她出去以后混得很好，她不愿将自己的落魄和失败的婚姻告诉任何一个故人。

可回国之后的生活也并非一帆风顺。岑佩英的身体每况愈下，身边没有亲人，也失去了刚回国时的热情，难以结交新的朋友，始终感觉和这里格格不入。

因为漂亮的长相，同学都觉得岑莳家非常有钱，他很快被一群初中生盯上，他们经常等在他放学的路上问他要钱。

他没有告诉岑佩英。

年幼的他总是看见妈妈满面愁容，有时候也会问他想不想回美国。他认为告诉妈妈后，也许妈妈会带着他继续转学，他不想离开那时的学校，虽然他很少和同学们说话，但是他们对他很友好，在他有限的认知里慢慢认识了"Chinese"这个词真正的含义，他把它理解为包容和接纳。

可那群初中生却变本加厉，在他实在拿不出钱后将他锁进了一个破院子里。院子里有条被绳子拴着的土狗不停对他吠叫。那年岑莳九岁。

为了逃出那个院子，岑莳第一次和人打架。一个哥哥拉住院门不让他走，他看见那人卡在门缝里的手，狠下心用劲一推，随着那人的一声惨叫，他疯狂地跑了出去，害怕像漫天火海吞噬着他的心脏，亦如七岁那年他一丝不挂地站在冰天雪地里。

第二天警察就找到学校，说他弄断了别人的手指，学校里的同学和老师都知道了这件事。大家用异样的眼光看他，仿佛一夜之间他成了一个可怕的小孩，所有人对他避之不及。

他在派出所见到了绝望的岑佩英，她将他又带离了这片大地。

仿佛他们母子成了这尘世间漂泊无依的存在，无法真正被接纳，却也似乎回不去那片故土。

他们母子再次回到美国。那几年岑佩英身体一直不太好，无法出去工作，更多的时候是陪在岑莳身边。

在岑莳十四岁那年，他生命里唯一的光消失了。岑佩英查出身患重病，岑莳希望父亲能陪伴岑佩英最后一段时间，却被奥森拒绝了，还在岑佩英重病时娶了第二任妻子。这件事直接导致父子关系无法挽回。

岑佩英走前，将郭春华的联系方式给了岑莳，不放心地说，如果有一天他走投无路了，联系苏叔叔和郭阿姨，那是她在中国仅有的亲人，他们一定会善待他。

高昂的医药费和那几年他们生活所需的开销几乎耗光了岑佩英的存款，在她走后岑莳被迫回到奥森身边，然而奥森新婚没多久，他的妻子不愿带着前任的儿子生活，他们将他再次扔去了姑姑家，那个噩梦开始的地方。

在那段最灰暗的日子里，岑莳整天混迹街头和一帮街球手玩在一起，抽烟、喝酒、打架。

奥森每次见到他似乎都要大发雷霆。奥森希望岑莳精进学业，考上名牌大学，偏偏岑莳越来越不像话，在岑佩英走后，除了篮球，岑莳对什么事都满不在乎。

后来岑莳凭借自己闪电般的过人速度和恐怖的急停旋转技术打出了名气，甚至在那一片街区没有人能拦得住岑莳的球。他没日没夜地研究技术，简直到了痴狂的地步，他把所有的热情和能量全奉献给了街头篮球，在青春燃烧的岁月里，篮球成了他全部的精神寄托，十七岁的他宛如烈焰里的熊熊火光，意气风发，桀骜不驯，成了名副其实的野球王。

十八岁的时候，岑莳被球探挖掘，希望他以参加联盟选秀为目标，先打一年职业赛，熟悉职业赛的打法和规则，条件是放弃大学。

对于街球手来说，能够打正规赛成为职业球手是很多人的梦想，他几乎没有考虑就走上了这条路，也正是因为这件事，他和奥森彻底决裂。奥森告诉岑莳，如果放弃学业选择篮球，以后无论发生什么事，他都不会向岑莳伸出援手。

和岑佩英当年一样的年纪，十八岁，他同样选择了离开家，奔赴自己的梦想。

起初他很难适应体系篮球，他习惯单打独斗，可街球的那套搬到职业场上根本打不通，犯规的次数比他投篮的机会还多，最崩溃的时候，他一个人对着篮球场彻夜未眠。

他是街球场上力挽狂澜的球手，却成了体系里人人嫌弃的存在，但他异于常人的篮球智商让他很快克服了这个困难，半年后，他已经可以在职业场上和队友完美配合。

他签给了海外职业队一年的时间，打了大大小小的比赛，赚的钱足以养活自己。再次回来的时候，是他十九岁那年，彼时他已获得了NBA（美国职业篮球联赛）选秀资格，以第一轮第三顺位签给了LW，正式进入联盟大舞台。

然而职业生涯的第二年，他的篮球梦按下了暂停键。在快要打进季后赛时，他的半月板三级损伤，整个赛季报废后进行了一场手术，由于必须切除一部分半月板，无法再打职业赛，他的职业生涯止步于二十一岁这年。

苏一灿在听到这里的时候，捧着茶杯的手微微颤抖着，仿佛心脏也在跟着震颤。

苏爸对她说："我和你妈这几天一直彻夜难眠，我们始终在想当初佩英回国的时候，我们要是知道该多好，把她和那孩子留下来，或许岑莳后来就不会吃那么多苦，佩英走的时候也不至于孤零零的。那个孩子还这么年轻，职业生涯刚开始……我和你妈在刚得知这个消息的时候，简直无法想象那孩子一个人遭遇这么大的挫折是怎么站起来的。医生说他最起码要休养一年不能运动，他那次联系我们说要来中国的时候才半年的时间，没有人知道他为什么突然执意要来中国，他的父亲奥森也不知道原因。所以当我们听说他去了你们学校教篮球后感到非常不可思议，把你喊过来就是想问问你，你知道那孩子后面有什么打算吗？"

苏一灿只感觉指尖微凉，手里的茶也凉了。她喝了一大口冰凉的茶水，还是未能缓过劲来。

她不知道岑蔚为什么来中国，但她终于理解了余校长的那句"蓬荜生辉"。一个能进入 NBA 的球员，如今来带他们这个破校队，还真不是一句"蓬荜生辉"可以形容的，她此时此刻的感受也和父母一样，非常不可思议。

苏一灿突然想起岑蔚的确没有亲自打过球。集训的时候，面对那么多队员的质疑，他从没解释过一句，甚至在许多人怀疑他的水平让他打一场时，他也从未上场。

唯一的一次出手是为了压下那些队员的焦躁，但他也只是站在场中让那些队员持球过他，没什么大动作。那次中场投篮，龅牙明那群人说他只不过是走了狗屎运，他也没有为自己辩解一句。她问他是不是学过篮球，他说没有，只是打过几年野球，她问他到底会不会打篮球，他说会一点。

直到这时苏一灿才突然反应过来，这不是狗屎运，这是他毕生的理想和梦啊！

然而很快她就意识到一个严重的问题，既然一年内不能运动，为什么他会突然答应和殷佐来一场？

苏一灿猛地扔下茶杯，起身抓着车钥匙，脸色惨白地说道："糟了，我得回趟学校。"

苏父莫名其妙地跟着站起身，问她："你饭不吃了？"

苏一灿已经走到门口，匆匆回道："不吃了。"

苏一灿的妈妈赶紧追出来对她说："岑蔚那边你侧面打听一下他的打算，如果他有留在中国的意愿，我和你爸会尽力帮他适应这里的生活，具体的到时候见面我们也会和他聊聊，周末休息你把他喊来家里吃饭。"

"知道了。"苏一灿应了声就冲了出去。

她拿出手机刚准备打给江崇，却看见十几分钟前江崇发来的一条视频。

3

江崇给苏一灿发的是一个名为"篮球人物"的账号以纪录片形式剪辑的短视频。

苏一灿一边往停车场走去，一边点开了那条视频。

那是她第一次看见岑蔚在比赛场上的身姿。屏幕上的他正在欧洲打职业赛，那时的他看上去要更年轻些，在场中肆意驰骋，像一枚不停旋转的陀螺完美过人，没有人能拦得住他，眼花缭乱的切入运球更是让人震惊，那仿佛已经成为他街球出身的符号，那时的他已经足够有能力将这种符号融入职业赛场，转变为他独一无二的特色。

苏一灿的视线跟着他满场移动。镜头拉近时，他眼里神采飞扬，整个人都如此鲜活，那是苏一灿在岑蔚眼中从未见过的色彩，朝气蓬勃，光芒万丈。

视频上的字幕评价他是一个可以把急停旋转技术发挥到极致的男人，那是他最巅峰的一场，拿下"29"的高分，10个篮板，顺利被LW盯上。

而后的一年，通过选秀他顺利加入NBA为LW效力，那是LW急需新鲜血液的一年。

第一年常规赛，他并不在首发阵容里，作为新秀也不怎么被关注，一直到赛事过半，主力后卫四次犯规，战术调整后他替补上场。那场比赛他拿了16分，3个篮板，4次助攻，2次抢断。

他用数据刷新了所有人的认知，只可惜那届LW无缘季后赛。

第二年重新再战，他有机会进入首发阵容，第一场就贡献了18分，7次助攻。那时的岑蔚顶着一头干练的棕金色短发，眉眼炯炯有神，像赛场上所向披靡的狼，微笑时清澈干净，大笑时偶傲不羁。

赛事过半，他被调整到主力阵容中，巅峰的一场拿下29的高分。

那一场的逆天绝杀成为永恒的经典，技惊全场，甚至超越了他在欧洲职业赛的成绩，迎来了他职业生涯最高光的时刻。

外界评价他为天才篮球手，多少人看好他打进全明星赛，由于他出众的外貌条件和亚裔血统，球队和经纪人对他的定位是球星方向，只要进入全明星赛，以他的条件，势必会收割一大批球迷的喜爱。

在所有人眼里，这个年轻人接下来的职业生涯势必熠熠生辉，他是那届LW乃至整个联盟冉冉上升的新秀，耀眼璀璨。

然而在他还没有名声大噪前，他却因为伤痛止步于季后赛的大门前。LW连续四年无缘季后赛，因为他的加入，四年后闯进了季后赛，也因为他的退出，在进入季后赛之后未能走得更远。

视频中镜头一转，最后一场LW比赛，Felix全程坐在场边，右腿戴着护具，面无表情。

比赛结束，LW败给了MS。镜头中的Felix穿着他的13号球衣缓缓从椅子上起身，拖着那条绑着护具的腿一步步挪到了场中，困难地弯下身子亲吻着地板，彻底告别了他的篮球生涯。在他抬起头的瞬间，眼睫湿润。

苏一灿握着车门的指节突然收紧，画面定格的那一瞬，她感觉自己仿佛跨越地域、跨越时空、跨越这四四方方的屏幕与这个男人的心脏紧紧相连，那种放不下、忘不掉的感觉，没有人比她更清楚。

她眼里氤氲着水汽，手撑在车顶，将头埋在双臂之间，呼吸变得越来越急促，然后猛地大喘了一口气，关上车门一路往凤溪狂飙。

这短短的八分钟解说视频让苏一灿了解了岑莳整个职业生涯的起始到陨落，震撼到让她大脑一片空白，仿佛去机场接他还是昨天的事，他穿得花里胡哨一副懒懒散散的样子出现在她面前，那时的她无论如何也无法把这个年轻男人和一个NBA球员联系到一起。

在开回凤溪的路上，苏一灿只感觉胸口堵着一块大石，脚下的油门被她踩到了底，她已经很久没有这么急切地向一个人奔赴而去。

一路开回学校，天已经快要黑了。体育馆亮着灯，她三步并两步跑了进去，人散得差不多了，想来比赛已经结束，赵琦他们并不在，也并未见到岑莳的身影。

靠近门边坐着几个高二的学生围着手机在看，不时发出几声惊呼。

苏一灿几步走了过去，在他们身后定住，目光停留在手机上。刚才殷佐和岑莳1V1的对决不知道被谁拍了下来，此时这帮错过比赛的学生正在围观。

屏幕上，殷佐势头很猛，攻击力和体力都很惊人，然而岑莳无论步伐还是动作都如丝绸一般，丝滑到让殷佐根本连碰都碰不到他的球。几个急停远射和花式过人后，岑莳回身，居高临下看着殷佐，手机里全是学生的叫喊声，屏幕晃动不停，岑莳用殷佐擅长的远射让他输得心服口服。

打到后面，苏一灿发现岑莳的表情发生了细微的变化。他双手撑膝弯下腰，掩隐在鬓发下的目光似有丝挣扎。

看到这里，苏一灿的余光瞥见一道黑色身影坐在篮球架底下，她缓缓直起身子，大步朝那人走去。

殷佐坐在地板上，双手搭着膝盖，低垂着目光，头顶的汗大颗大颗地滴落在面前，整个人如浸泡在水里。

苏一灿毫不客气地上去就给了他一脚，瞬间，整个体育馆鸦雀无声，原本稀稀拉拉的学生都猛地抬起头。

坐在地上的殷佐整个人好似笼罩在一片阴影之中，身体纹丝不动，慢慢扬起视线。

苏一灿单膝一蹲，攥住他的衣领将他提到自己面前，狠声问道："有意思吗？你不是很自信吗？找岑教练打1V1，你是嫌自己活得太久了是吗？你知道他在美国是打街球出来的吗？"

殷佐的瞳孔颤了一下，怪不得他的所有招数都无法逃过岑教练的眼睛，直到现在他才明白，岑蔚是打街球出来的，深谙街球的套路。

殷佐有些意外地盯着苏一灿。

她一把松开他，咬紧牙根对他说："岑教练要不是带着伤，你这辈子可能连见到他本人的机会都没有，把他打残了对你有什么好处？"

殷佐的身体几不可见地晃了下。

江崇此时正走进场馆，准备把学生喊走锁门，看见这一幕，大步走了过来，将苏一灿拉开对她说："我刚才已经说过他了，行了。"

苏一灿甩开江崇，指着殷佐对他说："但凡你肯好好上一节语文课，都会知道山外有山的道理。"

说完，苏一灿便转身大步往外走。

江崇对那剩下的几个学生挥了下手说道："五分钟后锁门。"然后便跟了出去。

苏一灿听见江崇跟来的脚步，停了下来回身望着他。

江崇开口道："发给你的视频……"

"看了。"

江崇点点头："要不是今天看他上场和殷佐对峙，我差点没想起来我看过他比赛。"

苏一灿低着头看着脚边的影子"嗯"了一声，又抬起头问他："对了，校长后来怎么说？"

江崇告诉她："余校长亲自来了，连政教处那边的人都来了。过来的时候他们已经打了起来，主任想制止，被校长喊住了，然后还让政教处那边安排高一的学生过来观摩。"

苏一灿有些讶异地问："结束后校长也没说什么吗？"

"说了，让篮球队的人好好跟在岑教练后面学，不要给他丢脸。"

苏一灿又匆忙问道："岑教练人呢？"

"那就不太清楚了，今天篮球队训练提早结束，他打完就走了。"

"知道了。"

苏一灿从体育馆出来，迎着夕阳的最后一抹余晖直奔宿舍楼，走过长长的林荫小道，直到她鼻尖冒出细微的汗珠才终于走到教职工宿舍前。

找到门卫询问岑蔚教练的房间后，她一口气爬上三楼敲响了门，里面亮着光，但是半晌才有动静。

苏一灿安静地在门口等了一会儿。

门从里面被打开，岑蔚穿着宽大的 T 恤和运动裤，头发湿漉漉的，似乎才洗过澡，看见苏一灿时微愣了下，随即挑起眉梢神情松散地问了句："你来干吗？"

"找你。"

苏一灿直接擦着他的臂膀走进房间，顺便回头对他说了句："关门。"

岑蔚莫名其妙看了看门外，又回头看了眼苏一灿，有些意外地扯着嘴角将门带上，靠在门上斜睨着她。

苏一灿环视了一圈宿舍。

虽然学校宿舍她不是第一次来，但还真没见过谁的宿舍像岑蔚这么简陋的，那两个从她家搬出来的行李箱堆在墙角，床上铺着一床简单的席子，桌子上堆着凌乱的泡面盒，一盒泡面的盖子还在用手机压着，整个房间都飘散着一股老坛酸菜的味道。

苏一灿指了指那盒泡面："好吃啊？"

岑蔚面无表情地说："苏老师来检查员工伙食的？"

苏一灿指着他的床铺对他说："你坐。"

岑蔚没动，目光沉静地注视着她，不明所以。

苏一灿又重复了一遍："坐着说，你太高了，碍眼。"

岑蔚慢悠悠地往床边走，而苏一灿的目光始终落在他的右腿上。他似乎是刻意做出慵懒的模样，步伐很轻很慢，然后缓缓在床沿边落座。

苏一灿见他坐下了，几步走到他面前，蹲下身就去撩他的裤脚。岑蔚当即弯腰，一把攥住她的手腕，呼吸灼热："你干吗？"

苏一灿没有动，就蹲在他的身前，望进他的瞳孔里，似乎看见了那片深藏在他异色瞳仁里的世界，承载着他所有的隐忍和悲恸。

她对他说："你为什么从来不穿短裤？哪怕天气再热，在家也从不穿，我就是好奇你腿长啥样。"说着就要挣脱他的手。

岑蔚的大掌将她的手腕攥得更紧，莫名其妙地说了句："你中邪了？"

苏一灿垂着眸，很轻地问了声："疼吗？"

岑蔚的身体明显僵了下，缓缓松开她的手腕，牢牢盯住她，声音疏离而冷淡：

"原来苏老师是代表体育组来慰问我的啊？不好意思让你失望了，我好得很。"

他的语气让苏一灿莫名窝火，冲他吼了一句："不会好好说吗？"

"不会。"岑蔚扭过头去不再看她，又接道，"既然慰问过了，那就慢走不送了，我还要吃面。"

苏一灿气得站起身，对他低吼道："殷佐年少轻狂不懂事，你也跟着他不懂事吗？"

"说够了没？"岑蔚的语气越来越冷，冷厉的轮廓仿若镀上一层冰霜。

苏一灿朝他吼了句："没有！"

岑蔚干脆不理她，半躺在床上戏谑地瞅着她："那苏老师慢慢说，声音再大点，最好让整个宿舍楼都听见你在我房间大喊大叫。"

苏一灿的声音戛然而止。

看着他这副完全没法沟通的模样，她忽然气血上涌，双腿一跨跪在床上，探身扯住他的T恤凶道："你给我起来。"

岑蔚不仅丝毫不动弹，反而双手枕在脑后像看小丑一样睨着她："我就不起来，你能拿我怎么样？"

昏暗的光线下，他的眼里透着野性十足的坏。

苏一灿听到这句话彻底炸了，手上一用劲，只听见"刺啦"一声，岑蔚的T恤被她撕破了。

两人都愣了下，T恤从领口一直撕到胸口，性感的锁骨下是债张的肌肉线条，隐隐透着爆发的力量感，半湿的自然卷勾勒出无可挑剔的五官，桃色的嘴唇泛着潋滟，他整个人半躺着，目光深若幽潭，妖冶中带着几丝邪气，散发出令人疯狂的诱惑。

室内安静了两秒，苏一灿的心跳似乎在她毫无察觉的情况下漏了半拍。她张了张嘴，还没说话，岑蔚的火气也蹿了上来，起身一把扯住她的肩膀，将她狠狠扔在了床上。

4

苏一灿还没反应过来发生了什么，人已经被岑蔚摔在床上，他随即欺身压了过来，悬在她上方，语气不善："你特地过来就是撕我衣服的？我就这一件衣服。"

苏一灿躺在这张陌生的床上，年轻男人的气息从四面八方包裹而来，带着巨大的冲击力，她浑身的细胞都蜷缩起来，撇过头说了句："你的衣服呢？"

"脏了，没人洗。"他说得理直气壮、气势汹汹，末了，还补了一句，"唯一的一件衣服给你撕了，你要我怎么出门？"

苏一灿侧着脸无法与他对视，纵使他们俩处在对峙状态，纵使面前的是个比她小七岁的弟弟，可她无法忽视他身上清冽的味道、温热的呼吸和这危险的距离，她的睫毛微微颤抖着。

岑莳望着她眼里闪烁不定的光，心中的不爽渐渐消散，喉结微微滚动，站起身若无其事地拿起矿泉水，一边仰着头喝水一边用余光瞥她。

苏一灿有些狼狈地站了起来，垂着头低喃道："干吗要硬撑？一个破校队而已，有什么意义？"

岑莳将矿泉水瓶抛向房间另一端的垃圾桶里，瓶子准确无误地命中。他的声音清晰有力地落进她耳中："那你觉得什么事有意义？"

苏一灿回答不出来。

事实上，在她的生活中，似乎没有一件事是有意义的，她很久以前就停止思考这件事了。

岑莳见她不说话了，再次坐回床边，拿出手机无意识地刷着。

苏一灿回身瞧了他半天，他都拿她当空气。

她试探地对他说："你要不要去医院检查一下？

"现在还疼吗？

"下次能不能别任性了？万一……"

岑莳突然抬眼向苏一灿扫过去，苏一灿握拳："好，我就是多管闲事，热脸贴你冷屁股，我走行了吧？"

她说完就转过身去，可刚迈开一步，手腕突然被岑莳攥住。她回头去看他，他只是低着头，头发遮住了他的脸，手上的力道却越来越紧。

岑莳低哑的声音里含着沙沙的磁性，喊了声："姐，抱抱我……"

那一瞬，苏一灿只感觉心中堆积起的怒气轰然倒塌，明明是个这么大只的男人，却好似在那声"姐"后变成易碎的玻璃，让她心疼。

她没有再往前走，缓缓回过身再次走回他身前。

岑莳忽然伸出双臂牢牢圈住她。

他坐在床边将脸埋在苏一灿的小腹间，苏一灿低头望着他，脑中忽然浮现他九岁那年的模样，瘦小、害怕、无助，用沉默抗拒着整个世界。

她望着他一动不动的样子，一点点地抬起手，将掌心搭在他的脑袋上，轻柔地抚顺他的头发，好像有什么地方被触动了，跟着柔软起来，此时此刻她想为他做些什么，为这个好似和自己同病相怜的弟弟做些什么。

半晌，她突然想起来了，低下头轻声问他："你想吃饺子吗？"

岑蔚抬起头，眼睛微红，问了她一句："你不是不会吗？"

他的手还圈着她的腰，姿势太亲昵，苏一灿有些不自然，讪讪地干笑了一声："不会可以学啊，要不要吃？"

"吃。"

"那去我那儿吧，这里怎么包？"

岑蔚终于松开了她，只是有些好笑的是，他身上的衣服还是破的，一路上都得用手搂着领口，每次她回过头想笑他时，他还用一种幽怨的眼神盯着她。

不似平时长腿阔步的样子，他今天走得很慢，好几次苏一灿都要停下来等他。最后她忍不住问道："我给你叫辆车？"

岑蔚瞥了她一眼，不满道："就几步路还要叫车？我又不是残了。"

苏一灿很想说，你这伤也算是半残了吧，但她没说出口，怕伤他自尊，只是若无其事地开着玩笑："那要不我背你？"

"好啊。"

岑蔚当真走到她身后将双臂搭在她肩上。

苏一灿只感觉肩膀一沉，他宽阔的身体从后面笼罩而来，毫不客气地将重量全部压在她的身上，她只有搂着他两只胳膊试图将他背起来，但低下头却看见他的脚依然站在地上，岑蔚的腿太长了，她根本不可能背起来。于是她往前走一步，他也跟着她走一步，两人的影子重叠在一起，那画面，仿佛是她拖着他走。

她忽然就笑了起来，问他："你真疼还是假疼啊？"

岑蔚双臂圈住她的脖颈，一步一步跟着她往前走，想了想说道："你有没有过那种感觉，曾经某个地方受过伤，即使伤口愈合了，但在某个特定的时刻还是会感觉那个地方刺骨地疼？"

苏一灿听过这种说法，回道："记忆性疼痛吧？"

可通常这种情况一定是当初的伤痛给人体留下几乎毁灭性的烙印，才会在后来的岁月里反反复复折磨人。

纵使她知道这不是真的肉体疼痛，但她仍然默许他将重量交付在自己的肩膀上，她明白作为运动员，有时候这种记忆疼痛比肉体疼痛更加难以忍受，无时无刻不在提醒着自己最痛苦的时光和生命中无法阻挡的浩劫。

两人都没有再说话。

通往苏一灿家的巷子曲长幽暗，路灯已经老旧，发出朦胧的光线，空气里是初秋的味道，几片法国梧桐叶像空中游荡的船儿，摇摇晃晃落在他们四周，被风一吹，仿若无数的小舟翩翩起舞。

岑蔚的呼吸就在苏一灿的耳边，她承受着他的重量，很快走得气喘吁吁，呼吸起伏间，耳郭几度和岑蔚的下颌轻轻摩擦而过，一种难以言说的氛围萦绕在他们之间。

苏一灿让岑蔚先回家，她则拐去菜场买了食材回来，去得太晚了饺皮都卖光了，只拎回来一袋面粉。

可惜生在南方城市的她对于和面这种技术活陌生得很，只能打开手机教程，歪着脑袋调比例，岑蔚就穿着他那件乞丐版 T 恤，伸着头站在她身后瞧。

她放了水后，回头问了句："你觉得这样差不多吗？"

岑蔚一言难尽地回望着她。

苏一灿收回视线："当我没问。"

然后一会儿面软了，一会儿水又不够，就这样，原本的一小团面被她越揉越大，揉到最后，她两个袖子都撸了起来，面目狰狞。

岑蔚靠在桌子边看着她笑。

苏一灿白了他一眼："你手臂比我粗，你来揉。"

岑蔚乖乖接受她的指派，于是岑蔚又看了遍教程，开始像模像样地揉起面来，她则在一边调肉馅。

她不禁问了他一句："为什么喜欢吃饺子？"

岑蔚垂着眼说："以前我妈会包饺子。"

他只说了这么一句，苏一灿的心却跟着拎了下。

岑蔚从没在她面前提过他妈已经不在的事，可想而知这件事在他心中有多么敏感，大概他妈走后，他就再没吃过一顿饺子。所以在他刚回国的时候，才会追着她问她会不会包饺子。

他会来中国，是因为他已故的母亲吗？在他最低谷的时候回到母亲的故土，寻求能支撑他的唯一的力量吗？

苏一灿看了他一眼，问道："你为什么来中国？"

岑蔚的目光凝滞了一瞬，而后轻笑了一下，回答她："不甘心。"

苏一灿有些意外："不甘心？"

他拿起那团面，岔开话题："这样是不是差不多了？"

苏一灿拎起来看了看，不太确定地回："应该吧。搓成长条切。"

保险起见，苏一灿还是亲自动手把面团切成小小的一坨，然后压扁，让岑莳用擀面杖擀面皮。结果岑莳直接擀出了鸡蛋灌饼即视感。

苏一灿无语地拿过擀面杖，探过身对他说："这样来回，你不要一直朝着一个方向擀。"

"我试试。"

岑莳突然凑近，拿起面粉点在苏一灿的鼻尖上。

苏一灿猛然一愣，却看见他一脸无辜地说："包饺子不都是要涂点沾沾喜气的吗？我妈说的。"

苏一灿拿起一把面粉就朝他脸上盖去："你妈应该还跟你说过，要沾就要沾得均匀一点。"

岑莳还真没躲，给她扑得满脸。

苏一灿看着岑莳"白面大侠"的模样大笑起来，岑莳默默抓起一把面粉，阴恻恻地看着她。

苏一灿赶忙后退，朝着岑莳就甩去一把面粉，岑莳也毫不客气地朝她扔去。

两人围着桌子扭打到了一起，苏一灿大喊道："你最起码得让我两只手。"

岑莳当真把双手背在身后，语气带着轻狂："我让你双手你也打不过我。"

苏一灿不信邪，跳起来准备拽他头发，身体刚悬空，岑莳抬起左膝轻轻一顶，苏一灿的身体立马朝侧面栽去，在快要磕到桌子上时，岑莳长臂一捞将她扶正，目光灼热地盯着她，问道："为什么今天对我这么好？"

苏一灿推了他一下："我哪天不好了？"

岑莳没有让她动，她也真的就不动了。

今天的苏一灿顺从得让岑莳感到意外。

岑莳另一只手臂撑在桌子边笑得肆意："不怪我了？"

苏一灿冷呵了一声："我还能总跟个九岁心智不健全的小孩过不去？"说罢眼神一转，"你还会做那么欠揍的事吗？"

岑莳垂着眸笑："我会乖乖在巷子里等你接我放学。"

苏一灿也侧过头笑了起来。

她突然想起那次集训时在洗澡间的时候，那堆杂物掉下来的瞬间，岑莳将她护在了身前，这样说来，他们的账也算是一笔勾销了。

两人身上、头发上全是面粉，饺子的形状也都一言难尽，可大概因为忙活了半天，他们俩围着小桌吃得很香，一大锅饺子都被干光了。

苏一灿吃饱后看着岑蔚满头面粉的样子，调侃道："你又要洗澡了。"

岑蔚这时才想起来什么，拽了拽沾着面粉的"乞丐装"问她："那我洗完澡换什么？"

"……"这的确是个问题。

5

杜敬霆刚和开发区的领导吃完饭，照例喝了不少酒，不出意外，新区落成后，他明年的项目估值将会非常可观。

回去的路上，助理小陈兴致高昂地说："杜总，这次的事情敲定后，亚邦那边恐怕就得按照我们的规则来了，要不要卡他们一道？"

杜敬霆扯开领带扔到一边，眼里沉着深不见底的光，缓声说道："亚邦这次项目总负责人是灿灿的舅舅，你觉得呢？"

小陈试探地说："杜总您不是已经……"和苏小姐分手了吗？可看着后视镜里杜总阴沉的表情，小陈终究没敢将后半句话接下去。

这个项目几大开发商都在争抢，亚邦那边为了争夺资源，近来没少给几方使绊子，他跟在杜总身边这么多年，知道杜总不是心慈手软的人，他们这次拿到了主动权，按照杜总的行事风格，一定会将对自己有威胁的势力趁早铲除。

可此时，小陈竟然有些摸不透杜总的想法。车内安静到令人窒息，连司机都不敢出声。

杜敬霆靠在椅背上，目光沉寂地落向车窗外。

这条路是通往苏一灿父母家的路。他们的第一套房子离这里不算远，就在光华路上。那套房子是他给苏一灿的第一个小家，为了让她能离父母家近些，他刚大学毕业没几年就背负了一百多万的贷款。他没有将这件事告诉她，他不愿意她为了钱烦恼。

那时他还在亚邦工作，工资并不高，经常还完贷款连饭都吃不上，在面对苏一灿的舅舅郭总时，始终低人一等，甚至在提成分配的时候郭总还故意克扣了他的那一部分，对他说只要好好干，提成会跟年终奖一起发放给他，就是怕他拿了钱忘了本。

他无法拿这件事到苏一灿面前埋怨。苏一灿是可以为了他找她舅舅理论，可这样一来他成了什么？一个靠女人才能要到钱的废物？

为了解决贷款压力，他开始背着公司接私活。那是他最忙碌的几年，忙到每天回家只能看见熟睡中的她。

她总是和他抱怨他太忙了，没有时间陪她；他总是想着他们有一辈子的时间，等他赚到钱后可以每天都陪着她。

街上起了风，风吹起了梧桐落叶，杜敬霆将车窗落下，空气里是初秋的味道，他还记得苏一灿喜欢秋天，他曾经问过她为什么，她好像从来没有给过他确切的答案。

他忽然看见了两个熟悉的身影，他喊了声："停车。"

司机赶忙打着方向灯将车子在路边停了下来，杜敬霆拉开车门，朝苏一灿的父母走去。二老才从超市买了一大堆东西回来，看见杜敬霆也很欣喜，问他怎么会在这儿。

杜敬霆指着对面的车告诉他们："工作才结束。"说完从苏爸苏妈手上接过两大包东西，"我送你们上去吧。"

苏爸笑道："走，去坐坐，有阵子没见你了。"

到了家中，杜敬霆将东西放下。苏爸泡茶的时候，他打开苏一灿房间的门，自从她回到凤溪后，每次来父母家基本不会过夜，她的房间如今清冷很多，一些杂物都是原来上高中时留下的，收拾得整整齐齐。

杜敬霆走到写字台前，拧开桌上的台灯，看见写字台下还压着"高考必胜"的空心字。这是她参加高考那年非要他写给她的，后来她就一直压在写字台下，这么多年过去了，这张字条仍像当初那样安静地躺在这里。

杜敬霆沉默地站在写字台边，他将透明桌台轻轻抬了起来，原本想抽出那张纸看一看，没想到手刚碰到那张纸，便发现纸的下面还压着一张照片。

照片中，他穿着八中校服站在操场的侧边。那年他还少年，意气风发，锦瑟年华，一切都刚刚好。

他翻过照片，看见背面用黑色签字笔落了几个字：人间理想——杜敬霆。

他怔怔地看着这几个字，在苏爸喊他出去喝茶时，将这张照片放入了口袋。

苏爸和他闲聊道："我们家灿灿啊，看着脾气挺大的，其实和她妈一样，心肠子软。你们年轻人的事我们也不清楚，你也说说灿灿，她老是待在凤溪也不是办法，你们聚少离多的。"

杜敬霆垂着眸，声音温和："嗯，我会劝劝她。"

苏妈盛了一碗银耳汤递给杜敬霆："趁热喝。"

苏爸自顾自地絮叨着："我们的话她也不听，从小就听你的，你说一句顶上我们唠叨十句。就拿这银耳汤来说，以前她哪会做这种东西，在家醋瓶子倒了都不知道扶一下，后来说要做给你吃，特地找她妈学的。"

杜敬霆低着头握着手中的碗。

他想起从前身兼多个项目的时候，每天只能睡四五个小时，可无论他多晚回家，苏一灿永远会给他留盏灯。他喝多了，她就给他做银耳汤，她说这个能醒酒，还能补补身子。

已经多久了？他每天回到家中都是一片漆黑，甚至不愿再回家。

他没有告诉苏一灿上半年他花了当初卖房两倍的价格又把他们从前的小房子买了回来，他偶尔会一个人回去住，每次午夜梦回的时候，他总能感觉苏一灿就躺在他身边，他对她说想喝水，可是没有人会再从床上爬起来给他倒水。

杜敬霆捧着小小的碗，一勺一勺将银耳汤送入口中，那微甜的味道却被他吃出了苦涩感。

放下碗，他起身道别了苏一灿的父母。

上了车，他对司机说："去凤溪。"

好在家门口的大超市还未关门，苏一灿在款式比较年轻的 T 恤中没有找到岑莳穿的码，只能在老年衫中勉强给他淘了一件，然后快速结账走人。

在快要到家时，看见站在她家门前的杜敬霆，她有些讶异他在这个时间点出现，过去问他："这么晚了，你过来干吗？"

杜敬霆转身看向她，眼里透着细碎的光，声音低沉道："我刚才去了趟你爸妈家。"

苏一灿突然紧张起来："你去我爸妈家了？那你……"

"什么都没说。"

苏一灿长长舒出一口气，又皱起眉来："这事我周末回去会说，我家亲戚那边也会通知他们婚礼取消，不用你操心了。"

杜敬霆英挺的轮廓酝着一种没来由的压迫感，抵住院门对她说："有件事得麻烦你转达一下。"

他的声音不似平常冷静，反而有种急切感。苏一灿微微蹙了下眉，心不在焉地打开院门问了他一句："你喝酒了？"

杜敬霆没有否认。

苏一灿想到还在洗澡的岑蔚，脚步突然停住，心想就这么让杜敬霆进去，场面会有些尴尬。

她转身问他："几句话能说完吗？"

杜敬霆看了眼她，又瞧了眼里面："恐怕不能。不方便进去？"

苏一灿丢下句："随你便。"然后便大步走进门直奔浴室，敲了几下。

岑蔚刚从里面把门打开，苏一灿直接冲了进去关上门，将手上的袋子塞进岑蔚怀里对他说："回来的时候碰见杜敬霆了，我在外面和他说几句话，你自己把衣服穿上，要不……你坐里面玩儿手机，我尽量快点结束。"

浴室里充斥着朦胧的水汽，岑蔚下身穿着运动裤，头发是湿的，上半身水珠顺着皮肤滴落下来，清晰的肌肉线条在隐约的光线里泛着淡淡的光。苏一灿不自然地别开目光。

岑蔚却将衣服扔在一边，有些不悦地问："他又来找你干吗？"

"我怎么知道？我先出去看看。"

她刚转身，岑蔚忽然扯住她的手臂。

逼仄的空间里，他身体微弯，遮挡住了她头顶的光线，苏一灿只感觉自己的下巴被一只温热的大手攥住抬了起来，她唇瓣微启，刚准备说话，他没有给她机会，直接夺走了她的气息顺势探入，狂热而浓烈，将一把大火烧进了她的心脏。

苏一灿的双眼突然睁大，全身神经都紧绷起来，对上岑蔚烫人的眸子，他手臂发力将她揉进怀中。苏一灿本能地双手抵在他胸前，结实光滑的触感像一道惊雷在她脑中炸开。

昏暗的浴室，朦胧的镜子，腾升的水汽，面前是透着危险和侵略信号的弟弟，一门之隔的外面是已经分手的前男友，苏一灿的血液都沸腾起来，这紧张而刺激的场面让她大脑一阵眩晕。

岑蔚却不肯松开她，厮磨着她的唇瓣轻轻咬着她，半哄半诱地哑声说："别见他。"

门外响起了脚步声，那折磨人的动静让苏一灿快疯了，她心跳疯狂加速却挣脱不开他，几乎用祈求的语气喊他的名字："岑蔚……"

他紧了紧牙根，重重咬了下她的唇，带着隐藏不住的情绪对她说："无论他说什么，不要答应他。"

他松开了她，退后一步，半垂着眼，睨着她烧到耳根的脸颊。

苏一灿几乎在岑蔚放开她的同时身形晃了一下，扶住墙不可置信地望着他微微喘息。她张了下嘴，最终什么也没说，拉开浴室的门走了出去。

再次面对杜敬霆时，苏一灿大脑一片空白，杜敬霆跟她说的话她一句都没听进去，一度走神。杜敬霆原本坐在对面的沙发上，他缓缓起身绕到了饭桌边，看着桌上包剩的饺子皮，忽然回过神用审视的目光看着她："你不是不喜欢吃面食吗？"

苏一灿低垂着头，心不在焉地说："有吗？还好吧。"

杜敬霆眸色渐渐冷了下去，问了句："我刚才跟你说的事，你听明白了吗？"

苏一灿愣了下，抬起头望向他："什么事？"

杜敬霆的皮鞋在地上发出森冷的声音，一步步靠近她，到最后完全立在她面前，垂着视线提醒道："嘴唇出血了。"

苏一灿心头一惊，赶忙捂住唇走到一边抽出纸巾，却听见杜敬霆说道："我不想直接和你舅舅打交道，他老人家始终对我有成见，这件事你帮我转告他，就算是我还他当年带我入行的人情。我会等你的消息，但是尽快，我时间不多。"

苏一灿用纸巾捂着嘴"哦"了一声，听见杜敬霆在她身后接着说道："我搬回去了。"

苏一灿神情微愣，转过身隔着沙发看他。

杜敬霆只离她几步之遥，可不知道为什么，此时此刻，她感觉和他隔着千山万水，她的心是乱的，但并不是因为眼前人。

空气忽然沉默下来，两人就这样无声地对视着。

半晌，杜敬霆突然叹了声，缓缓开口："回来吧，我都依你。"

苏一灿的余光下意识往浴室的方向看去，那一瞬间，她感觉自己被钉在地砖上动弹不得，岑蔚的体温仿佛还残留在她的指尖，那么滚烫、那么炙热，她脑中不自觉地回想起那句"无论他说什么，不要答应他"。

苏一灿垂下眸，有些颤抖地说："你酒喝多了吧，早点回去休息，那什么，我明天还要上班。"

杜敬霆将她的表情看进了眼底，他声音颇沉地说："我们的事你缓一缓再告诉家里人，现在外面不少人针对你舅舅，没了这层关系，我也很难说服我的团队不去动他。"说完他掠了眼浴室的方向，"另外，有些事玩玩就行了，玩够了就回来。"

他转身大步走出院门，步履匆匆，没有多停留一秒。

苏一灿看着他的背影，脑袋嗡嗡作响。她就这样站在客厅里怔愣了半晌。

杜敬霆走了，可是她突然有点不知道怎么面对一门之隔的岑蔚，于是她在外面徘徊了好一会儿才下定决心走回浴室门前，深吸一口气，打开浴室的门。

第十二章

秋季赛开始

▲

▼

1

岑莳已经套上了那件土黄色的老年衫，坐在浴室的小板凳上，没有看手机，光线打在他的脸上，漂亮的眼瞳没有一丝杂质，在苏一灿推开门的时候，岑莳抬起头，眼里噙着灼灼的光，烫得她浑身不自在。

她移开视线清了清嗓子，故作轻松地说："刚才的事，我当没发生过，我不知道你出于什么原因要这样，但我们之间是不可能的。"说完她局促地看了岑莳一眼，"和杜敬霆没有关系，是我自己的原因，我还没有准备好重新开始一段恋情……我们也不太合适……"

岑莳缓缓站起身，高大的身影立马让浴室的空间显得局促。

苏一灿不自觉缩紧了身体，看见他淡淡地掠着她。他说："苏老师既然对我不感兴趣，又是把我带回家，又是嘘寒问暖、包饺子买衣服的，你对每个男人都这样？"

苏一灿立马转过头回道："什么叫我对每个男人都这样，我要不是看你……"

"看我怎么了？"岑莳的身影忽然压了过来，目光带着侵略性。

苏一灿的心跳又开始不受控制地紊乱，她别过头对他说："总之你误会了，我没有那个意思。"

空气忽然静止了，岑莳眼睛一眨不眨地望着她。

苏一灿低着头，没敢给他任何回应，甚至害怕自己的直白伤害了面前的男孩，但她认为这种事还是趁早说开为好，不然后面会更尴尬。

良久，岑莳什么话也没说，只是侧过身子从浴室走了出去。

苏一灿抬头看着他的背影，忽然想起什么，向他说道："对了，我爸妈喊你周末到家里吃饭，他们想见见你。"

岑莳僵了下，停住脚步站在过道上。他个子太高了，过道的灯几乎就悬在他的头顶。他没有转身，只是低下头，声音仿若埋在泥土里般沉闷："原来是你爸妈回来了啊，所以他们告诉了你我的事？我妈的事？还是我家的事？今天你所做的这一切也都是……可怜我？"

他缓缓转过身，脸在过道灯的光亮下惨白一片，居高临下地睨着她，声音冷到极致，嘲讽地"呵"了一声。

苏一灿见不得他又穿起他满身是刺的盔甲、与世界为敌的模样，她看到他这样就难受。她想朝他伸出手，却被他一把打开："我还不需要别人可怜，你先可怜可怜你自己吧。"说完他大步往外走，离开了这里。

那一晚，岑莳没再回来过。

苏一灿一个人收拾着满是面粉的桌子、椅子、地砖，像是有强迫症一样，一遍又一遍地打扫，直到整个人累瘫在沙发上。

她的脑海里是岑莳临走时冰冷的眸子，她分明感受到那双眸子后那颗受伤的心。她不想伤他的，实际上，无论是父母这层关系，还是这么多天的相处，抑或是单纯知道这个人的遭遇后，她都希望他以后的路走得顺些，可她自己已经是个遍体鳞伤的人了，又哪儿来的能力去愈合另一个人的伤口？

于是这一晚，苏一灿失眠了，一直到天亮才强撑着疲惫不堪的身体去了学校。

本想着不一定能碰到岑莳，然而情况并不在她的假设范围内。她上体育课的时候，还是碰上了岑莳，他带着篮球队的人在跑圈。阳光明媚的天气，因为秋老虎来袭，空气中有种闷热的感觉。

苏一灿实在是很难忽视他，因为他身上还穿着她昨晚跑去超市给他买的老年衫，明明是乡土气息浓厚的T恤，偏偏让他穿出了一种复古运动感，还挺时尚。

苏一灿看了他几眼，他倒是很专注地盯着自己的队员，半个眼神都没给她。

体育课刚上没多久，向来缺课的殷佐今天居然破天荒地来到了操场。苏一灿诧异地回头看了他一眼，调侃道："太阳从西边出来了？"

殷佐指了指岑莳："我来找岑教练。"

"……"体育课还在进行时呢，假都不请，跑去找别的老师？

殷佐可不管她怎么想，大摇大摆就朝岑莳走去。两人说了一会儿话后，他又大摇大摆地走了，完全没有要上体育课的意思。

自由活动的时候，苏一灿拿出自己的小本本，刚准备记殷佐一笔，本子突然就被抽走了。

她抬起头，正对上岑莳茶褐色的眸子，迎着阳光像猫一样慵懒，颀长的身形靠在她身旁的双杠上，拿着苏一灿的本子扇着风。

她突然发现这小子的复原能力太强了，明明昨晚还一副受了伤、满身是刺的模样，今天居然又跟没事人一样了。

岑莳的眼神依然盯着篮球队那边对她说道："我代殷佐跟你请个假，以后他的体育课可能都要被占用了。"

苏一灿伸手就要夺回自己的本子，回道："他自己没有嘴吗？"

岑莳慢悠悠地换了个手扇风，本子顺利转到另一只手上。他嘴角噙着一道冷弧，既不看苏一灿也不给她本子。

旁边有不少学生望过来，苏一灿只能收敛自己的动作，听见岑莳继续说道："从今天开始，殷佐正式加入篮球队，我们之前的赌约也该生效了吧？"

"什么赌约？"

苏一灿刚问完，就想起岑莳的确对她说过"我要有办法把他弄进队，你答应帮我个忙"。

她不禁皱了下眉："你要我帮你什么忙？"

"我要田径队的万向阳。"

"你疯了？"苏一灿几乎脱口而出。

岑莳直视着远方，语气很平静地说："他的百米爆发力在12秒以内，我需要这样的队员。"

"是，你需要这样的队员，但是谁都想要这样的队员！他是江崇的得意门生，小学、初中都是田径队的。先不说田径队那边会不会放人，他自己愿意离开吗？"

岑莳嘴角扬起笃定而从容的弧度："如果我有办法让他自愿放弃田径项目加入篮球队，那苏老师能不能做做江老师的工作？"

秋老虎来袭，正午的阳光有些辣，苏一灿额前的碎发却被丝丝凉风吹拂着，岑莳一直没停下手上的扇风动作，给苏一灿送去了些许凉意。

她斜睨着岑莳，从他回国到现在，所有场景在苏一灿脑中快速飞掠。她曾经好奇这个年轻男人为什么来中国，不出去旅游，不走亲访友，似乎每天都窝在她身边，漫无目的。

可直到这一刻苏一灿才意识到，他并不是漫无目的，相反，他一直带着无比明确的目的性。

从一开始就潜伏在她身边观察篮球队的情况，然后通过一场集训筛掉了绝大多数队员，又仅仅用了两周时间在全校几百人里挑选出他要的人，似乎笃定他能驯服殷佐那头野马，所以很早就跟她下了赌注。

苏一灿甚至都不知道岑葶是什么时候盯上田径队的，居然连队员的训练情况都了如指掌。如此想来，当初和她打赌时，岑葶已经看中了万向阳，因为他清楚她和江崇多年的好友关系，才会和她打这个赌，好像所有的事都在他的掌控之中。

如果不知道他的经历，实在很难想象一个二十出头的小伙子为了重整篮球队，每走一步都用尽心机。

正午的太阳升当当空，像细碎的鎏金洒在他的轮廓上，岑葶舔了下唇。苏一灿的目光也不自觉落在他的唇上，便是那么一瞬间，她忽然想起了昨晚在浴室发生的一幕，他的唇很柔软，有淡淡的薄荷味，温柔却也霸道，可是为什么她脑中会突然冒出这个画面？

反观岑葶神情自若的模样，仿佛昨晚两人之间的尴尬丝毫不存在般。

岑葶见她半晌没有说话，终于收回视线侧了下头，眼里噙着幽淡的光，声音缥缈地落下："苏老师在想什么？"

苏一灿立马撇过头去："没什么。"

岑葶的身子却朝她微倾。苏一灿感觉左边的阴影笼罩在她脚边，岑葶用只有他们才能听见的气音问她："不会还在想昨晚的事吧？既然你都说了当什么都没发生过，那又何必介意？不过我还是第一次和人接吻呢。"

苏一灿猛地回头去看岑葶。

岑葶的唇线清晰好看，扬起似笑非笑的弧度，将手中的本子还给苏一灿，双臂举过头顶伸了个懒腰，慢悠悠地丢下句："可惜有人不打算对我负责，果真姐姐不坏，弟弟不爱。"

那个"爱"字他说得很轻很"苏"，让苏一灿的心头有种痒痒的感觉。

说完，他就若无其事地走了，留苏一灿一个人站在沙地里被太阳烤得浑身发烫。

负责是不可能负责的，但是赌约的事情苏一灿并不打算抵赖。

午休的时候，她把江崇喊了出去，和江崇说了这件事。

江崇似乎并不意外，睨着苏一灿一声不吭。

苏一灿无奈地说："我也知道这件事让你有些为难，篮球队想要好的阵容，你这边也需要出成绩，不过万向阳要是真的打算放弃田径，怎么办？"

没想到江崇只是抬头看着她笑了下："他是你什么人？"

一句话把苏一灿问愣了。她有些语无伦次地转开头："什么什么人？"

"岑蔚教练啊，我就好奇他有多大的本事，能让你出面为他说话？"

苏一灿低头踢着脚下的石子："就……同事啊，能是什么人？"

"我不是你同事？我还是你同窗呢，共事这么多年，你可从来不会为了这种事出头，不像你的作风啊。"

江崇太了解苏一灿了，看见她浑身不自在的模样，他眼里含着意味不明的笑意。

苏一灿双手一举，干脆向他摊牌："好吧，他是我爸妈朋友的小孩。说实话，开学之前我就认识他了，人情债，懂吧？"

江崇眉梢微挑，站起身点点头："懂了。"说完就往办公室走去。

苏一灿在他身后问道："你懂什么了？"

"认识这么多年你也没托过我什么事，我能拒绝吗？不过前提是小万自己同意。"

江崇说完便转身离开，苏一灿弯起眉眼跟了上去。

体育馆二楼窗边立着个人，穿着土黄色的 T 恤，手上拿着瓶矿泉水。在苏一灿看过去的时候，岑蔚举起手中的矿泉水瓶，对她扬唇一笑。

2

让他们都没想到的是，下午第二节课下课的时候，万向阳就跑来了办公室找江崇，将近一米九的大个子，长得阳光讨喜，教体育的老师都挺喜欢他的。

万向阳大概觉得不太好意思，站了半天才挤出一句："江教练，我想去打篮球。"

江崇靠在椅背上，双手撑在脑后斜睨了一眼苏一灿，苏一灿也抬起头，关注着万向阳和江崇的对话。

万向阳说出这句话后，跟犯了错一样，低着头不敢看江崇的反应。

半晌，江崇对他说了句："你们秋季赛我会去看，你要是给我丢脸，下学期继续回来训练。"

万向阳猛然抬起头，激动地笑起来，此刻就像阳光洒进了他的眼中，所有人都能感觉出来这个男孩的喜悦。

苏一灿好奇，开口问了句："小万，怎么好好的想去打篮球？"

万向阳腼腆地笑了下，挠了挠头："KD 在视频里说我可以打打看，我激动得一晚上没睡着。"

苏一灿一头雾水地盯着江崇，KD 是谁？

江崇善解人意地提醒她："Kevin（凯文·杜兰特）！"

苏一灿立马反应过来是那位赫赫有名的全明星 MVP（最有价值球员），哪个青春期的男孩能抵抗得了偶像的鼓励呢？

下午，丁组长找到苏一灿，交代她体育课结束后去体育馆做一次检查，把需要修缮的地方拍照整理出来，到时候让总务处的人去报个价，利用十一黄金周将体育馆年久失修的地方维护一下。

于是放学后苏一灿便跑去了体育馆，正好碰见篮球队重整后的第一次训练。

赵琦看见苏一灿走了进来，十分激动地对她喊道："苏老师，你也来看我们训练啊？"

苏一灿朝他们那边看过去，魏朱、苗英音都在热情地朝她挥手。

岑葑原本低着头看手上的东西，闻言抬起头。苏一灿的眼神从他脸上掠过，回了句："我有事，你们训练你们的。"说完她便拿出手机，开始逐一检查，拍下几处起皮裂开的地板。

学生陆续放学了，何礼沐背着书包匆匆进来。没多久，万向阳也到位了。大家做着热身运动。

今天体育馆多了不少人。自从昨天岑葑和殷佐比赛后，今天学校里热议不断，很多小伙子自发报名篮球队，从早到晚来找岑葑的人络绎不绝，就连今天篮球队训练，旁边都多了好些围观的学生。

不一会儿，殷佐慢悠悠地走了进来。他一进场，明显能感觉到整个场馆内的气氛不一样了，场边围观的同学瞬时压低声音，只敢小声议论，而场中篮球队的人则个个冷眼盯着他，特别是赵琦、魏朱那些老队员，眼里都流露出不屑的神色。

殷佐走到场边，兀自坐下开始换鞋。

赵琦阴阳怪气地说了句："教练，我上次迟到，你可是罚我跑了十圈，这个规矩应该一视同仁吧？"

殷佐弯起膝盖，抬头冷冷地瞥了眼赵琦。岑葑面无表情地回头对他说："先去热身，跑完十圈找我报到。"

殷佐没吱声，将篮球鞋换好。

苏一灿还在场边统计破损地板，殷佐已经围着场地跑了起来。此时场边围观的同学看见殷佐阴冷的表情，已经没人敢说话了，偏偏赵琦一边压腿一边还在用讥笑的语气跟魏朱一起幸灾乐祸。

岑莳用眼神警告，他们才稍微收敛了一些。苏一灿也没再注意篮球队那边，转而去统计更衣间坏掉的衣柜锁。

就在殷佐快跑完第十圈的时候，赵琦趁着岑教练不注意，对他轻蔑地比了个中指。

殷佐径直朝着赵琦跑去，在所有人都来不及反应的情况下，上去就给了赵琦一拳。

瞬间，场边围观的同学发出一阵惊呼。

苏一灿在后场听见动静跑回去的时候，岑莳已经将体育馆内不相干的同学全部清场，亲手将大门一锁，对着篮球队的人说道："喜欢打架是吧？现在外人都给你们清走了，来，打个够。"

魏朱他们已经朝殷佐围了过去。

万向阳人高马大的，站在中间两头劝架，既要挡着魏朱他们，还要防着殷佐冲上去；何礼沐嫌吵，走到场边拿出试卷开始刷题；尴尬的是，苏一灿也被锁在了里头。

就在她犹豫要不要上去吼一嗓子时，正在写题的何礼沐突然将卷子一扔，上去就打了殷佐一拳，给了赵琦一脚，直截了当把人打蒙了，也把苏一灿看蒙了。

要说篮球队里任何一个人打架她都见怪不怪，但出手的人是何礼沐，实在让人大跌眼镜，毕竟这个学生在所有老师眼中都是无可挑剔的好学生，礼貌懂事。

全场寂静无声，所有人都用不可置信的目光盯着这个平时彬彬有礼的好学生。

何礼沐淡定地转身将试卷重新拾了起来，折一折放进书包里，面上毫无波澜地看向他们："我的时间很宝贵，不想浪费在这种无聊的事情上。"说完转头看向岑莳，"教练，我回去上晚自习了。"

大家眼睁睁地看着何礼沐拎着书包，打开门锁走了出去，还非常周到地将体育馆的大门替他们重新关上。

何礼沐离开后，岑莳才不紧不慢地走到这些队员中间，沉着脸说："何礼沐的家人并不赞成他加入篮球队，所以他需要在完成训练任务的同时保证自己的学习成绩不下滑，他比你们任何一个人都要付出更多的时间和努力。以他的成绩，如果将时间全部用在学习上，三年后他会考取非常出色的大学。你们觉得他为什么要把自己的未来赌在你们这群人身上？"说完走到魏朱身后，拍了拍他，"因为你们块头大？”接着走到苗英音身边拽了下他才烫的头，“因为你们头发长？”然后走到赵琦旁边，伸出手拍了拍他的脸，“因为你们够幼稚？”最后转过身立在殷佐面前，眼神冰冷地注视着他，“还是因为你们脾气暴？”

篮球队的人都垂头看着地板，就连殷佐都躲开视线，绷紧了唇。

万向阳跳了出来，打着圆场：“是啊，大家和气点，以后都是一个队的，比赛一场没打，自己内部先打了起来，说不过去啊。别说何礼沐了，连我都是放弃田径比赛过来的，本来还准备今年到市里拿名次的，我可不想让我原来的队友笑话我。”

篮球队全员集合的第一次训练，就闹成这样，岑蔚把赵琦单独叫了出去，让他先学学怎么当队长，而后安排殷佐去另一边训练。

苏一灿默默走出去，买了一大袋矿泉水折返回来放在体育馆门口。岑蔚抬头看了她一眼。

苏一灿什么也没说，替他们带上了门。

周五晚上苏一灿给岑蔚发了一条信息，让他第二天上午十点在学校门口等她。岑蔚没回她，不知道他晚上是不是又去酒吧打工了。

周六上午，她将车开到学校附近的时候，看见岑蔚坐在不远处的石墩子上漫不经心地在抽烟。

苏一灿将车子滑到他对面的街道旁停下，落下车窗，剥开手边的棒棒糖默默地盯着他。

今早突然降温，岑蔚穿了件军绿色的夹克，跷着腿的样子有些痞帅的味道。

苏一灿没喊他，他也没朝街对面望过来，就这样不急不慢地抽完整根烟才起身径直朝车子走来，拉开副驾驶的车门坐了进来。

苏一灿含着棒棒糖斜睨着他：“多大会抽烟的？”

他将副驾驶的座位往后一调，回道：“十几岁。”

苏一灿将车子重新发动，说了句：“之前在我面前真是憋坏你了。”说着她一打方向，重新开上路。

岑蔚淡淡地说：“是有点。”

苏一灿狠狠瞪了他一眼，他低头浅笑，提醒道：“看路。”

苏一灿踩下油门对他说：“待会儿在我家人面前别抽烟。”

岑蔚“哦”了一声，直接从苏一灿嘴里抢过棒棒糖，歪歪斜斜地叼在唇边，苏一灿吃惊地侧头去看他，嚷道："喂！你吃我的糖干吗？"

岑莳懒洋洋地放下椅背瘫在副驾驶上，优哉游哉地叼着棒棒糖，眯起眼睛说道："你妈不是闻不得烟味吗，还能干吗？都让你看路了苏老师，我长得就这么好看吗？"

"……"

一路开到市中心苏一灿都没搭理岑莳，车内的气氛有些微妙。岑莳也很安静，自顾自地闭目养神。

快到苏一灿父母家时，她将车子拐进加油站，排队加了个油，岑莳也打开副驾驶的车门下了车。

苏一灿好一会儿都没看到他人，结果加好油才看见他从马路对面长腿阔步地走回来，两只手拎了一堆乱七八糟的东西。

苏一灿莫名其妙地问他："你买这么多东西干吗？"

岑莳将东西放在后座，瞥了她一眼回道："不是去见你爸妈吗？"

虽然……但是，总觉得哪里怪怪的。

车子很快拐进苏一灿爸妈住的小区。

当二老见到岑莳的那一刻，脸上的激动早已掩饰不住。曾经的挚友已经不在了，如今岑莳是岑佩英留在这个世上唯一的血脉，纵使从未见过这个孩子，可第一眼看见他，他们就已经将他当成亲人般对待。

岑莳没有和长辈相处的经验，在他有限的生命里，那几个和他有着血缘关系的人待他并不亲厚，他妈妈走后的岁月里，他早已习惯一个人。突然远在他国有两个长辈对他如此热情，他一时间都不知道要如何反应，所以苏妈拉着他问长问短的时候，他只是有些尴尬地看向苏一灿。

苏一灿出声："妈，饭好了吗？"

苏妈这才松开岑莳，招呼他上桌吃饭。

苏一灿父母准备了丰盛的午餐，鸡鸭鱼虾还有螃蟹。

当苏爸精挑细选了一只最大的母螃蟹放入岑莳碗中时，他完全不知道从何下手，有些手足无措地抬头看向苏一灿。

苏妈见状，拿过他的螃蟹，三两下帮他把绳子解了。

苏爸笑呵呵地说："小莳啊，你们那儿不吃这个吧？"

岑莳回道："会吃 Snow Crab，爪子很长，做沙拉。"

他再次望向苏一灿，不知道该怎么形容，苏一灿仍然不理他。

苏妈对苏爸说："就是雪花蟹。"

苏爸笑着说："要说吃啊，还是我们中国人讲究。就拿这羊肉来说，焖、煮、卤、烤，每种烹饪方式的味道都不一样，以后可以让灿灿带你到处尝一尝。"

苏一灿本在低头吃饭，突然被点名，抬起头淡淡地丢了句："没时间。"

苏爸的表情变了下，岑蔚立马挂上善解人意的微笑："姐最近学校事情多。"

苏爸的表情这才缓和一些，转而对岑蔚说："对了，既然我们回来了，你要是在灿灿那儿住不惯，我们这里也宽敞，你郭阿姨为你腾了一间房出来，你看呢？"

苏一灿解螃蟹的手顿了下，她都能想到爸妈要是知道岑蔚跑去住宿舍，一定会将她劈头盖脸说一通。

她当即抬头望向岑蔚。

岑蔚也慢悠悠地转回视线，眼里噙着一抹意味深长的光对苏爸说："还是先住在凤溪吧，上班方便。"

苏一灿松了口气，收回视线低下头。

苏妈接着道："那以后周末就跟着灿灿回来。"

苏一灿抬起头回了句："我周末很忙的。"

苏妈不悦地盯着她看了眼："你忙什么？"

苏一灿还准备说话，岑蔚漫不经心地插道："没事，姐忙的话我认得路，下次我自己来看你们。"

苏一灿再次朝岑蔚瞪去，后者脸上挂着亲和力十足的笑意，足以迷惑任何长辈。

苏一灿突然感觉一阵憋屈，想当初她就是这样被岑蔚迷惑的，还什么事都挡在他前面，自以为他是个涉世未深的弟弟，殊不知他的獠牙比任何人都锋利。

一顿饭吃得差不多时，苏爸绕了几个话题才委婉地问岑蔚："听说这次你能顺利来中国是罗祥彬安排的，市体局的罗祥彬？"

见岑蔚点点头，苏爸又问道："他怎么认识你的？"

岑蔚回："他曾经是我的老师，我在西班牙打职业赛的时候他联系过我，问我对CBA有没有兴趣？"

苏爸和苏妈对视了一眼，缓缓抛出他们心中的疑问："那你后面打不打算留在中国发展？"

饭桌上安静了几秒，似乎都在等待岑蔚的回答，苏一灿沉默地搅着碗里的汤。

半晌，岑蔚开了口："罗老师帮我安排的工作签只有一年的时间。"

苏一灿垂着眼，手上搅动的动作变轻了。

这是她第一次听见岑荨正儿八经回答这个问题，他的声音隔着餐桌从对面传到了她面前，认真而严谨："来中国前我已经收到了佛罗里达大学的录取信，一年后如果我能确定未来的职业方向，我会回到盖恩斯维尔完成学业。"

刹那间，有什么东西在苏一灿的血液里流动。她是震惊的，震惊于这个比她小了整整七岁的弟弟在遭遇如此重创后，依然对自己的前路清晰明了，没有一蹶不振，甚至没有停歇半步，就像他在面对七零八落的篮球队时，处之泰然，运筹帷幄。

有的人在见过万丈深渊后便不再惧怕任何黑暗，而有的人却彻底被黑暗吞噬。

如果岑荨是前者，那么苏一灿清楚，自己是后者。

他在伤痛并没有完全恢复的情况下毅然只身来到中国，他对脚下的路了然于胸，他没有因为撞上南墙从此筑上钢筋铁骨就此放弃，而是立马调整方向掉转脚步，没有丝毫松懈，这样的触动像刺一样狠狠扎进苏一灿心底最深处。

她猛地抬起头，岑荨也撩起眼皮看向她，细微的电流在两人之间一闪而过。

他或许没有说错，他不需要人可怜，真正该可怜的，是她这个失去方向的迷途者。

3

苏一灿爸妈本来还挺担心岑荨，可一番话谈下来，岑荨的状态比他们想象中要积极，他们不禁放下心来，也对这个大男孩留下了很好的印象。

而苏一灿只是冷眼看着岑荨在父母面前温顺懂事的模样，嘴角挂着嘲弄，坐在另一边的沙发上，连打了好几个哈欠。

下午，苏爸要稍微休息会儿，叫苏一灿陪着岑荨在家里四处看看，让他当自己家不要拘谨。

苏一灿父母的房子比较宽敞，有两个很大的阳台，其中一个是半阳光房的设计，苏妈摆满了各种绿植，苏一灿便将岑荨带去了阳光房。岑荨伸手逗弄着含羞草，他似乎对那一开一合的叶子十分感兴趣。

苏一灿抱着胸靠在阳台边就这样望着他。他半弯着腰的时候，阳光从他头顶倾泻而下，照得他微卷的头发蓬松柔软，整个人散发着阳光的味道。他的手指干净匀称，轻轻触碰含羞草的动作带着小心翼翼的温柔，美好得一尘不染，如果不是见过他的另一面，就这样望过去，实在是个惹人怜爱的乖弟弟。

苏一灿发现岑莳有很多面具，他可以看上去懂事有教养，也可以沉稳内敛，或是冷酷锋利，甚至满身是刺具有攻击性，他能在多个角色中随意切换。苏一灿从没遇见一个人是这样的，如此耐人寻味。

她忽然勾起嘴角落下句："装得不累吗？"

岑莳触碰含羞草的手停顿了一下，浓密的睫毛微眨，洒下一片金辉。他收回了手放入口袋中，垂着眼声音里听不出丝毫情绪："只有这样才能被接纳。"

苏一灿的表情微变。

岑莳忽然昂起下巴迎着初秋的日光，声音虚无："装成别人喜欢的样子并不难，不是吗？"

苏一灿眼眸震了下，看着那微微张开的含羞草，声音凝重："所以你姑父？"

"他是个恶魔，我只是用了点小手段让他犯的错更容易被人关注，这样我姑姑才能顺利摆脱他，并且争取到高额补偿金和应得的房产。"

他收回视线侧过头，嘴角微斜看向苏一灿。

那一刻，岑莳的模样在苏一灿面前渐渐模糊起来。

她想起他小时候的遭遇，被送去姑姑家，沉默寡言、性格倔强不懂讨好，所以不受两个表哥待见，称他为怪物，被嘲笑、排挤甚至虐待，纵使被他妈妈带回到中国，他仍然无法摆脱命运的不公。或许离开中国后，他对善和恶就有了自己的界定，人们并不会管你想的是什么，为什么会是这样的性格，说这样的话，大多数人只愿意看到自己想看到的表象，所以他学会收起自己的倒刺，变成大人眼中乖巧纯良的男孩。正如他所说，只有这样才能被接纳。

无论他的父亲后来将他扔去多少个亲戚家，多少个陌生的地方，他需要不断在各种环境中生存下去，只有不停地伪装才能适应颠沛流离的生活。

而这种伪装早已刻进他的骨髓里，成了一种条件反射，装成别人喜欢的样子对他来说并不难，因为这是他赖以生存的技能，就如他刚来到凤溪，苏一灿所看见的样子。

岑莳看向旁边一扇门问道："这个房间是干吗的？"

苏一灿回："我的卧室。"

"不带我看看吗？"

苏一灿打开门，岑莳的神情也恢复如常。

苏一灿的卧室是冷色调的，除了一些她原来的书籍和杂物，基本没什么多余的东西。

岑葶对她的书挺感兴趣的。他在苏一灿的大学专业书里抽了一本《体育市场营销》，翻看着说道："这本能借我吗？"

苏一灿靠在写字台边捧着水杯问："你能看懂吗？"

岑葶回得随意："比较吃力。"

他侧了下眸，正好看见她身后写字台下压着的那张"高考必胜"的空心字条。

苏一灿的视线也顺着他低下头去，落在那四个字上凝神看了会儿，突然想起什么，放下水杯，抬起透明桌台抽出那张纸，而后她整个人怔了下。原本放在纸条下的照片不见了。

就在她出神的时候，岑葶将书反卡在桌台上，从她手中接过那张纸看了看。她抬眸的时候，他的脸就在眼前，紧闭的唇泛着诱人的血色。

苏一灿忽然歪头问了句："三个行李箱，为什么只搬走两个？"

岑葶拿着那张纸，也抬眸注视着她，并没说话，浓密的睫毛眨了下，而后垂眸轻笑。

一门之隔是父母的房间，所以她的声音压得很轻，对他说："想回来就回来吧。"

岑葶唇边的笑意慢慢扩散开，苏一灿赶忙补充道："不是你想的那个意思啊，就是怕哪天我妈过来看见你没在我那儿，还以为我欺负你呢。"

岑葶边笑边抬眸睨着她："我想的哪个意思？"

他的眼睛好似天生带着电流，专注看着一个人的时候目光灼烫。从前苏一灿觉得他眼睛长得漂亮，干净澄澈，现在才知道，如果他想，这双眼随时能散发蛊惑人心的热量。

岑葶见她不说话了，干脆单手撑在写字台边，俯身压在她耳边问道："你对我没感觉吗？"

那晚浴室里的紧张感再次袭来，苏一灿只感觉大脑混沌。她推了岑葶一下，岑葶不仅没有让开，反而另一手也圈了过来，将她彻底围住，垂下眸弯着腰，带着诱惑的口吻轻声道："告诉我。"

苏一灿觉得他疯了，她爸妈就在外面，苏妈并没有休息，还在忙着切水果，随时可能敲门进来，禁忌的紧张感让她身体紧绷。

偏偏面前的男孩浑身都透着危险的信号，好像根本没什么是他害怕的。

她抬头瞪着他："没有感觉。"

岑葶脸上的笑从瞳孔弥漫到唇边，带着阳光的温热气息落在她的鼻尖："你现在这个样子像极了缩头乌龟，问你个问题，你退役后有游过泳吗？"

苏一灿忽然蹙眉望向他："问那么多干吗？"

岑蔚的目光盯着摆放在她身后大大小小的奖牌，还有一个空掉的相框。不知道这个相框里原本放的是什么照片……他的心紧了下，低眸对她说："我们再打个赌好不好？"

"不要。"

苏一灿甩开手就要走，岑蔚一步挡在她面前，嘴角挂着坏坏的笑意："你要不答应，我就去跟你妈说你偷亲我。"

"你……"

苏一灿捏着拳头准备揍他，他一把握住她的拳："赌我们秋季赛能不能完成校长的任务，如果能，你带我去周边玩两天，我来中国哪里都没去过。"

苏一灿瞥了他一眼，笑了下："那你要加油了，岑教练。"说完她便准备拉开门出去。

岑蔚举了举手中的字条："这个给你。"

苏一灿回头，最后看了眼"高考必胜"四个大字，淡淡地说："扔了吧，我已经不需要高考了。"

自从岑蔚把新队员名单报给学校，学校就希望篮球队能以全新的面貌在周一的晨会上集体亮相，以此鼓励队员们在两周后的秋季赛取得理想的成绩。

可谁也没想到校篮球队重组后的第一次亮相，两员大将赵琦和殷佐，均是鼻青脸肿地上了台，并且一个站在最左，一个站在最右，中间像隔着一条河。

本来篮球队以赵琦为首的那帮学生平时懒懒散散，无组织无纪律，在众师生眼里就是差生的存在，现在又多了位公认的疯子，如此阵容已经够让人大跌眼镜了，可随着何礼沐和万向阳上台，全校学生一片哗然。

如果说赵琦和殷佐是学生中反面教材的典型人物，那何礼沐和万向阳绝对是深受老师和学生喜爱的正面人物。

但无一例外的是，重组后的篮球队，随便拎一个队员出来都是学校的话题性人物。

如此奇怪的组合让全校师生咋舌，就连小毛老师都不禁捏把冷汗对苏一灿说："这阵容搞得定啊？"

苏一灿很想告诉他，搞得定就怪了，没看个个鼻青脸肿的？

当然不只是小毛老师一个人这么想，底下学生也都在讨论，疯传上周篮球队打架的事。站在台上的几人都感觉有些羞耻，只有岑莳对于那些流言蜚语充耳不闻。

结束亮相下台，几人朝着岑莳围去，岑莳似笑非笑地看着他们："长脸吧？刚组队就让自己学校的人先看了笑话。"

几个小伙子一脸不爽的表情。

岑莳看向殷佐和赵琦，对他们说："出列。"

赵琦朝他迈了一步，殷佐也双手背在身后，一脸冷厉地朝前挪了一步。

岑莳立在他们俩中间，声音不大但充满压迫感："还闹不闹了？"

赵琦朝殷佐那边看了眼，别过头赌气地说："那得他先不闹。"

岑莳又看向殷佐。

殷佐冷冷地丢下句："想我不闹也行，只有一个要求。"

所有队员都看向殷佐，就见殷佐语气嫌弃地说："把队名改了。"

"……"

关于这个"凤溪酷炫美男子天团"的队名，在上一次和北中的比赛中已经让二中丢尽脸面，此时提到改队名无人反驳。

再次提选队名时，大家都很谨慎，大概有学霸在，取名就是不一样，最终确定为"钛金队"，原因是钛金是比钢铁更坚硬的金属，大概就是和北中的铁血杠上了。

这段时间岑莳很忙，临近秋季赛，他连周末都待在队里训练，虽然苏一灿让他回去住，但他有时候忙到太晚，就干脆在宿舍将就了。

这天苏一灿在食堂吃饭的时候，无意中看见小庄老师吃完出去时，手上拿着那本她借给岑莳的《体育市场营销》，她觉得眼熟，喊了声："庄老师。"

小庄老师客气地转回身也喊了她一声："苏老师，吃饭啊？"

苏一灿瞥着她手上的书，笑着问她："庄老师对体育也感兴趣？"

小庄老师将碎发拨到耳边，回道："这是岑教练的书。他不是外国回来的嘛，有些字不大认得，我见他这段时间挺忙的，就帮他拿回去标上拼音。"

苏一灿眉梢一挑："庄老师挺热心嘛。"

小庄老师有些不好意思，说了句："那你慢慢吃。"然后便走了。

她离开没多久，苏一灿面前便落下一道黑影。

苏一灿抬头，岑莳端着餐盘很自然地在她对面坐下，见她看过来，还朝她撩起个笑："最近忙，想我没？"

"呵，呵。"苏一灿干笑了两声，看着窗外，不知不觉秋意更加浓了些，树上枯黄的叶子纷纷飘落下来。

岑莳也没打扰她发呆，将盘子里的花甲肉一个个挑了出来盖在她的饭上。她回过神低头看了眼，忽然问道："你还会汉语拼音啊？"

岑莳低头吃着饭，回了句："小时候学过，但不太熟练，怎么？"

"没什么。"苏一灿三两口吃完饭把盘子放了回去，转身走了。

还没走出食堂，就看见小庄老师又折返了。苏一灿脚步顿了下，小庄老师对她笑了笑："忘了把饭卡给宋老师了。"

苏一灿点点头，让开身子给她进去，目光却似有若无地落在她手中的书上，又漫不经心地回过头，对上岑莳探究的目光。下一秒，他唇边忽然划过一抹笑意。

4

几天后，市篮球秋季赛开始了。

前一天梁主任亲自陪同岑莳去市里参加抽签，先是 AB 分组进行小组赛争夺前八名，然后十六支队伍进入第二轮淘汰赛。

当天下午，岑莳拿着对战名单回到体育馆，原本还在训练的队员全部停下手上的动作看着他。

赵琦早已等不及，火急火燎地跑来问道："教练，我们跟哪些学校打？"

岑莳将名单递给他。

他们抽到了 B 组，赵琦一目十行地往下找，一眼看见了北中的名字，绝望地将名单扔给魏朱。所有人都凑上前，队伍里的气压突然空前的低。一个月前，北中的人"完虐"他们的场景还历历在目，那不仅仅是耻辱，更是一种面对强劲对手的无力感。

只有殷佐一个人还在场中拍着手上的篮球，声音不咸不淡地说了一句："怕什么。"

大家陆续回头看向他，他站在三分线外轻松起跳，篮球稳稳落入篮圈，转过身迎向众人的视线，依然是那副眼睛都睁不开的模样："干就完了。"

奇怪的是，在殷佐说完这句话后，刚才笼罩着队伍的阴霾渐渐消散了。虽然他是整个队伍里最不合群的存在，可不得不承认，在这种时候，他这种对谁都不屑一顾的疯子做派给了大家不小的心理支撑。

第一场对战的是本区的一所学校，听说对方的阵容今年也发生了很大的变动，具体实力怎么样，大家都不清楚。

本来赵琦还挺紧张的，毕竟上次和北中的比赛给他留下了不小的心理阴影，他下定决心这次一定要好好打，结果岑蔚直接没让他上场。堂堂篮球队队长整整坐了四十分钟冷板凳，个中滋味不言而喻，整场比赛他都苦着个脸，一副受尽委屈的小媳妇模样。

而魏朱他们也不敢轻敌，对方队伍里有三个人在小广场被殷佐揍过，所以一到赛场上看见殷佐就腿软，加上殷佐当天戴了个黑色头带，让他那双本就不大的细长单眼皮充满煞气，对方根本就不敢拦他的球。何礼沐很快看出猫腻，朝万向阳比了个手势，两人很有默契地将球全传给殷佐。

最后比分 48:15。

直到比赛结束，赵琦都有些不敢相信，跑到岑蔚面前一脸激动地问："教练啊，到底是我们太强，还是对方太菜啊？"

何礼沐和万向阳对视一眼笑了下，岑蔚盯着殷佐淡淡地说："等你们打出凤溪后自己找答案。"

当天下午，篮球队一回校，横幅从五楼一直落到一楼，学校大门的 LED 显示屏上也不停滚动播放着恭贺篮球队的标语，更是有不少学生站在走廊上对他们欢呼。赵琦将校服甩到肩上帅气地扬了下头接受全校美眉的膜拜，虽然他并没有上场。苗英音搔首弄姿，殷佐双手抄兜面无表情，魏朱抬起手和大家打着招呼，一副拿了全国总冠军的架势，何礼沐和万向阳低头说着话。

岑蔚和梁主任走在最后，梁主任满脸笑容地说："我要去校长办公室汇报比赛结果，你跟我一起去啊？"

岑蔚看着梁主任急于邀功的模样，婉拒道："我还要带队员开会，那个……"

见梁主任要向他，他委婉地提醒了句："这次运气好，后面比赛还多。"

他的意思是让梁主任汇报的时候悠着点，别吹过头，到时候脸打得太快。结果梁主任跟他完全不在一个频道，非常开怀地说："我知道，我们不光有运气，还有实力。"

"……"你哪儿来的自信？

接下来的两场比赛他们运气也很好，虽然有一场险胜，但好歹赢了，打出了凤南高中参加市篮球赛三连胜的历史最佳战绩。

不要说二中本部的人难以置信，就连外校人对于这支新队伍都有些讶异，关键连着三场比赛二中的队长都坐板凳，这着实引起了很多人的注意，纷纷猜测这个队长到底有什么隐藏技能，被教练这么藏着掖着。

殊不知赵琦很委屈，委屈得跑到苏一灿办公室诉苦，就差抹眼泪了，声情并茂地说自己才是全队之光。

苏一灿虽然没有时间去看他们比赛，但在整个学校都如此关注篮球赛的环境下，她也听说了这次的参赛阵容，岑莳启用了一位平时在队里不太起眼的队员庄泽凯顶替了赵琦的位置。

虽然她不太好干涉岑莳的决定，但放学后她还是抽空去了一趟体育馆。没想到短短半个月，篮球队的人气高涨，她还没走到场馆就看见一群小女生围在门口，不少女学生看见苏一灿后兴奋地喊着："苏老师好。"

由于篮球队是封闭训练，她们没法进入内场，便纷纷拜托苏一灿将手中的吃的还有水带进去。

苏一灿拎着一大包东西进去的时候，岑莳正被包围着，篮球场旁边摆放了一大块移动式白板，上面密密麻麻记录着上一场比赛的篮板、助攻、失误、投篮命中率和三分命中率。

苏一灿默默坐在一边等了一会儿岑莳才注意到她，和大家说道："休息十分钟。"然后朝她走来，看见她身边放着的东西，笑了下，"家属慰问啊？"

"你们啦啦队送来的。"

"什么啦啦队？"

苏一灿瞧了眼大门外，岑莳也顺着她的视线朝外看，果然有不少女生扒着门缝往里瞧。

岑莳无奈地说："都叫他们少招蜂引蝶了。"

苏一灿却淡淡地飘了句："不能怪队员，都是教练教得好。"

岑莳莫名其妙地侧过头盯着她看，忽然就笑了起来，探过身子问了句："苏老师好像话里有话啊，我怎么了？"

苏一灿转回视线："我怎么知道你。"

岑莳低着头，唇边的笑意逐渐放大，点点头回道："我知道了。"

"你知道什么了？"

"汉语拼音还是要从头学起。"

这回换苏一灿莫名其妙了。

她余光扫见赵琦站在岑莳身后对着她双手合十，话题一转："为什么不让赵琦上场？"

岑莳侧头瞧了眼赵琦，赵琦立马装作若无其事练习投篮。

岑莳斜了下唇角，转过头压低声音："苏老师现在的行为有点像护崽的妈妈帮小孩找爸爸讨要说法。"

苏一灿一下不知道怎么反驳，怎么就她是妈，他是爸了？关键是，他们为什么要有赵琦这个明显智商不是很高的儿子？

然而她还没有开口，岑莳已经侧过头去喊了声："赵琦，过来。"

赵琦吓了一跳，扔了篮球就小跑过来，其他人也不明所以地投来视线。

赵琦刚跑到岑莳身边，他抬起手就拍拍赵琦的后脑壳，一脸似笑非笑的表情对赵琦说："现在的阵容，你觉得你能换下谁？"

赵琦一脸为难，感觉换下谁都没问题。

岑莳手肘搭在他肩上，和颜悦色地引导他："没事，说给我听听，我觉得可行的话，下次就这么安排了。"

赵琦一看教练像是认真的，也正儿八经说道："我觉得，魏朱跟我差不多，是吧教练？"

岑莳点头："饭量是差不多，但是大前锋这个位置你块头到底还是差他点，昨天那场比赛，魏朱的篮板得分你是看到了的，你觉得你能顶替他？"

赵琦呼吸沉了下，不服气地说："万向阳呢？他才入队多长时间，都能上场打比赛了。"

"虽然他的投篮命中率有待提升，但是机动灵活性强，他的速度可以提升整个队伍的节奏，你见他一整场比赛下来喊过累吗？多少次打到后场，都是他在带节奏。"

赵琦的面皮紧绷："殷佐除了投篮准，我不觉得他其他地方比我强。"

岑莳嘴角挑起一丝笑意："小前锋这个位置最重要的责任就是得分，特别是远距离得分。"

赵琦彻底沉默了。

岑莳继而对他道："还有何礼沐，一个合格的控球后卫，先别说那些全球视野、串联球队、组织进攻，就一点，运球不掉球，中途不被断，你能做到吗？"岑莳拍了拍他，"等你能熟练运用一项技能后，再来跟我谈。"

赵琦垂头丧气地归位，别人问他怎么了他也不说话，只是拿起篮球开始兀自练习上篮，谁也不理。

苏一灿在旁听完岑莳和赵琦的整番对话，看见赵琦失落的样子，问了句："孩子都要被你说自闭了。"

没想到岑莳的神情却严肃起来，告诉她："相反，现在的队员，性格、优势都差距太大，整个球队急需一个中心人物在场中起到中轴的作用，这个人必须进可攻、退可守，技巧上更是要均衡。殷佐太特立独行，魏朱和何礼沐的位置不能动，万向阳篮球基础相对薄弱。"

苏一灿有些讶异："所以你想让赵琦打中锋？你刚才为什么不直接告诉他？"

岑莳看了下时间，匆匆对她说了句："不，他现在还不适合打中锋，真到比赛场上，冷静的大脑比火热的激情有用。"说完他就重新归队，带着队员复盘。

这几天训练强度不大，很多时候岑莳会教他们如何通过数据分析对手，也会带着他们复盘其他学校的比赛过程。

因为还在参赛中，加上之前连赢了三场，大家热情都很高涨，听得都很入神，全部席地而坐。

苏一灿将吃的拎过去，弯腰放在他们不远处。天气稍微冷了些，她在运动短裤里面加了一条黑色紧身裤，弯腰的时候，笔直的大长腿和细窄的腰让一群男生根本管不住自己的眼睛，不知道谁说了句："苏老师这腿真是绝了。"

原本还在白板前写字的岑莳突然停下，转过身，缓缓合上笔盖。

一群男生笑着将那人推倒，作势揍他。

苏一灿听见哄闹声，莫名其妙地回过头去，发现所有人都盯着她笑，她皱了下眉问道："笑什么？"

篮球队齐声吼道："苏老师好。"

苏一灿瞪了岑莳一眼，丢下句："毛病。"然后便大步离开了。

岑莳指了指这群小子，嘴角也露出几许笑意："行了，苏老师脸皮薄。"

苏一灿听见了，回过头，看见岑莳用口型对她说"缩头乌龟"。

5

虽然知道小组赛肯定会碰上北中，大家也都做好了心理准备，但真到对战那天，所有人还是神情紧绷，没有一丝笑意。

由于上次那场友谊赛打得太惨烈，校方听说小组赛再次碰上北中，都挺关注的，丁组长和梁主任亲自前往赛场，江崇也调了一节课。苏一灿正好那天下午没课，所以干脆和江崇一起打车前往市场馆。

他们到场的时候，离比赛开始只有三分钟了。江崇和苏一灿找了处边角的地方坐下，看见梁主任和颜悦色地站在场边为篮球队的人打气。

苏一灿这才发现二中的校队服居然改版了，不再是小黄人版的队服，而是深蓝色的篮球服白色的边，队徽队名都重新设计过。

新版篮球服穿在小伙子们身上，气势丝毫不逊色于对面，殷佐透着冷酷，万向阳讨喜可爱，何礼沐清风朗月……成为二中的赛场边一道养眼的风景线。

这场小组赛来围观的人明显比往常多上许多，一是因为北中历年都是八强热门争夺队伍，很多其他学校的人会特地过来考察他们今年的阵容和状态，再就是听说凤溪今年突然杀出了一支新的球队连胜三场，很多人慕名而来，因此看台上坐得满满的。

赵琦扒在魏朱的耳边，眼睛紧盯着对面，不知道在低语什么。对面北中的队员依然是一副训练有素的样子，就连场边的替补队员坐姿都十分端正。

岑蒔穿着一身灰色运动装，站在一群人高马大的队员中间依然鹤立鸡群，此时正在跟何礼沐和魏朱交代着什么，说完，他拍了下手，所有上场的队员依次排好队，眼神冷厉地盯着对面，蓄势待发。

双方队员走入场中，互相鞠了个躬。抬起头的时候，殷佐看向对面的 8 号宋翰，宋翰也迎上他的目光，食指和中指微弯，往眼睛上比画了一下，然后对向殷佐，唇边露出耐人寻味的笑意。殷佐不屑地冷哼一声。

比赛刚开始，二中的队员带着一肚子怒气，魏朱率先拿下篮板，气势汹汹，赵琦和苗英音在旁边狂吼，看台上一阵骚动。

岑蒔却微微皱起眉，抬起手掌从胸前往下压了一下，摆了一个"稳"的手势。

奈何魏朱、庄泽凯和殷佐根本控制不住，一旦得了分便像凶猛的野兽，三个人打得十分激进。反观万向阳和何礼沐，大概是想保存体力，整个队伍的进攻节奏明显出现断层，连连失误，让北中进了好几个球。

比赛过去七分钟，北中已经迅速扳回比分。赵琦有些着急了，站起身吼了句："何礼沐，你跑起来啊！"

何礼沐直接给了他一记白眼。

赵琦气得恨不得自己冲进赛场。岑蒔此时侧了下身，问了他一句："你觉得问题出在何礼沐身上？"

赵琦"啊"了一声："一直待在外线不知道在晃什么，看着都着急。"

岑蒔悠悠地说了句："那你看看殷佐。"

于是赵琦的目光落在殷佐身上，慢慢发觉不对劲儿。宋翰不停找机会用手臂触碰殷佐的腹部，好几次殷佐都无法自由行动拿到球，脸上早已现出不耐烦的神色。

赵琦骂骂咧咧道："他们堵死了我们的得分手。"

岑蔚声音低缓地说："如果不是何礼沐一直在外线给对方施加压力，殷佐被对面盯得死死的，连球都摸不到。"

赵琦忽然怔了下，瞳孔骤然放大。岑蔚丢下这句话就往技术台走去，刚走到技术台边，场中殷佐又犯规一次，时间卡得刚刚好，他直接将殷佐换下了场，把徐清换了上去。

赵琦错愕地盯着走回来的岑蔚，惊道："教练，你这是提前预判了殷佐会犯规？"

殷佐坐在板凳上听见这句话也抬起视线看向岑蔚，岑蔚面无表情地转过头瞅着殷佐，对赵琦说："都写在眼睛里了。"

而后岑蔚转过身再次将目光投回场中，轻飘飘地落了句："想要突破面对面盯人，要学会用刁钻的角度接住球，光能投篮拿不到球，轻易就被对手扼住命脉了。"

殷佐的目光紧紧盯着黑色8号，手中的毛巾被他拧成一股绳。

徐清换上场没多久，北中迅速改变战术，将火力对准万向阳。万向阳打篮球时间不长，在对手的技术扰乱下，短短两分钟内三次犯规，赵琦的拳头都被捏得咯吱作响。

纵使有何礼沐提醒，万向阳的状态还是肉眼可见地慌乱起来，没了刚上场时的积极性，在第四次犯规后，赵琦已经开始热身了，对岑蔚说："教练，换我，我去虐爆他们。"

岑蔚看了他一眼，转头对苗英音说："准备上场。"

苗英音激动地起身，笑得像朵花儿。

随着两个主力队员被换下场，对面无缝衔接的配合和完美的默契，明显压得二中有些力不从心。

上半场结束，比分拉开了18分。

中场休息时，宋翰特地回头对殷佐轻蔑地笑了下。殷佐一个人坐在边上，手指的骨节被他捏得噼啪响。

宋翰的表情被赵琦看在眼里，他一屁股坐在殷佐身边，扒拉着殷佐的肩说："这8号跟狗皮膏药一样，没事，下半场我要是有机会上去，肯定弄死他。"

殷佐甩开赵琦的手，表情冰冷。

苏一灿和江崇看见岑蔚对着万向阳说了好一会儿话，两人神情都很严肃的样子。下半场一开始，万向阳就被再次换上了场。

苏一灿看了眼江崇："小万是不是再来一次犯规就要被罚下场了？"

江崇耸了耸肩，也在关注万向阳的表现。

北中一看万向阳又上场了，几人相视一笑，但奇怪的是，下半场一开始，好几次万向阳都游走在犯规的边缘，对方进攻，他只防守不断球，即使拿到球也会马上传出去，引得对面几人有些心急，把焦点对准了他。

何礼沐和魏朱对了个眼神，开始突破禁区，组织进攻，一连拿下两个篮板、一个三分，比分差距缩小到13分。

北中人反应过来，开始打防守反击，便是在这时，哨声响起——北中22号主力中锋犯规。

万向阳侧头看了眼岑蔚，岑蔚唇角轻抿，依然没什么表情。

但让人没想到的是，仅仅两分钟后，北中22号再次犯规，同样还是撞上万向阳，而这次万向阳直接被他撞坐在地上。

苏一灿有些诧异地问江崇："这个22号怎么回事？"

江崇一开始紧皱着眉，在看见万向阳拍拍屁股轻松地走开后，突然舒展开眉眼："到底搞了这么多年田径，脚下功夫还是有些的。"随即他侧过身子压低声音说，"只要提前0.2秒预判对方走位，再迅速移动到相应路径，别人一撞一个准。"

苏一灿恍然大悟，第一反应就是去看岑蔚。她万万没想到，中场休息不过短短几分钟时间，他便能将万向阳的优势发挥到极致，以其人之道还治其人之身。

由于北中22号中锋连续两次犯规，加上上半场两次犯规，也是四犯了，现在对方看见万向阳心里就发怵，状态下滑，连带着场上的比分也有逆转的趋势。

所有人都朝场边穿着灰色运动装的岑蔚看去，包括北中的王教练。虽然上次和岑蔚打过照面，但接触并不多，看对方年轻他也没怎么放在眼里，然而明眼人都能看出来，万向阳能这么快调整过来，背后的推手正是这个站在场边抱着胸的年轻男人。

而此时，对面看台上的几个中年人也在盯着岑蔚窃窃私语。

"就是他吧？费利克斯？"

"错不了。有意思啊，跑去凤溪那个小地方教篮球。"

"结束了要不要找他聊聊？"

"不用了，他职业生涯都完了，找他来也干不成什么事。"

坐在他们后面一个戴着黑色帽子的男人突然凑上前问了句："你们说的那个

人是凤南二中的教练吧？他中文名字是不是叫岑莳？"

几个中年男人回头看了他一眼，见他有些面熟，问道："你是……"

戴着黑色帽子的男人笑着喊了声："领导们好，我是八中篮球队主教练秦刚。"

随着一声哨响，万向阳五犯被罚下了场，二中这边所有人都激动得站起身大骂，情绪一度高涨。

岑莳叫了暂停，万向阳满头大汗地朝他跑来。

岑莳对万向阳点了下头，只落下两个字："不错。"而后转身看向还在飘脏话的众人，所有人的声音戛然而止。

岑莳嘴角一勾，瞥了眼计时器："保持好这股拼劲，赵琦、殷佐，上场。"

赵琦在听见自己名字的时候激动得不可置信，伸手就要扒拉殷佐，殷佐非常嫌弃地打开他的手。于是一个满脸笑容，一个阴冷戾气，两人以截然不同的表情同时被换上了场。

魏朱见赵琦上场，立马又亢奋起来。

比赛一开始，赵琦和殷佐便像两头无法阻挡的雄狮，压抑的不甘、怒气全都爆发了出来，整个队士气大振。

只可惜狮群里从不允许两头雄狮同时称霸。虽然比分追到只差11分，但几人之间毫无配合可言，何礼沐在后面朝殷佐吼传球，他充耳不闻一个劲地带球进攻，仿佛就是为了发泄上半场的不痛快。

宋翰朝几个队友打了个手势，他们很快调整战术，缩小了赵琦和殷佐的进攻范围。

北中22号没了前半场无所畏惧的冲劲，导致北中内线防守薄弱，何礼沐直接从外线进攻，一个三分命中，比分差距追到8分。

万向阳在场边激动地吼了声"Yes"，耳边回荡起上场前岑莳对他说的话，"只要能拖垮22号，这场比赛你的任务就完成了"。

看着北中明显气势减弱，万向阳无比兴奋。以往他参加田径赛单打独斗惯了，纵使有同校的队友，但荣誉从来不会共享，这是他第一次感觉自己的血液和场上五个兄弟的连通着，燃烧着，沸腾着。

尽管北中的气势被削弱了，但配合依然很到位，基本防死了赵琦和殷佐。赵琦等了三场比赛才等到自己上场，却被面前的16号看得死死的，难免恼火，忍不住飘了句脏话。对方一愣，都是半大的小伙，自然忍不了这口怒气，回了赵琦一句，

208

赵琦当即站在场中跟人吵了起来。

宋翰见状，对 16 号摇了摇头，做了个交换的手势，下一秒，宋翰已经掠到赵琦面前。赵琦一看是这小子，骂得更凶。

宋翰并没有搭理赵琦，只是在差距缩到 6 分的时候，他的脸色也变得不太好看起来。紧接着，不知道宋翰说了句什么，所有人只看见原本几步开外的殷佐突然将手中的篮球朝着宋翰的脑袋狠狠砸了过去，赵琦紧接着给了宋翰一脚，16 号立马跑过来，手还没伸到赵琦面前，魏朱直接从后面架住他的脖子将他摔在地上，一脚就踩了上去。

这一切都发生在眨眼间，看台边的苏一灿只感觉脑袋"嗡"的一声，两队人已经扭打在一起。整个赛场都炸了，教练、老师、工作人员、裁判、替补队员全部围了过去。

等苏一灿和江崇站起身时，坐在前面的丁组长和梁主任早冲过去了。

岑莳一手拽着赵琦的头发，一手掐着殷佐的脖子，直接将人往后场拖。

苏一灿看见江崇向下面跑去，赶忙越过乱糟糟的人群，朝后场狂奔。

第十四章
我不会让
任何一个人掉队
▼

1

市综合体育馆苏一灿很熟悉，轻车熟路找到二中的休息室，还没进去，就听见"砰"的一声，是拳头砸在柜子上的声音，紧接着传来岑莳的低吼声："去给我把门关起来！"

何礼沐绕过柜子走到门口，刚准备关门便看见了苏一灿。苏一灿对他摆摆手，回身将门轻轻带上。

何礼沐沉默地走回原位，靠在柜子边。

此时休息室里弥漫着前所未有的低气压，赵琦的篮球服直接被撕了，殷佐双肘撑在膝盖上低着头，指关节泛着血，红肿一片，魏朱脖子上也留下一道深深的血痕。十一个队员或坐或站，全都狼狈不堪。

岑莳拽起赵琦破烂不堪的篮球服，将他硬生生从木凳上提了起来，几乎让他双脚离地，语气狠戾："现在知道自己为什么一直坐板凳了吗？打球不用脑子用嘴巴？垃圾话是像你这样喷的？没把对手摧毁，先把自己点了，拉着全队跟你同归于尽？是吧队长！"

"队长"两个字像一记耳光狠狠扇在赵琦脸上，让他感觉浑身火辣辣地疼。

岑莳将赵琦往旁边一掷，转身薅起殷佐："你凭什么认为整个队要为你一个人服务？你去突破，去得分，所有人为你抢篮板？万向阳可以为其他队友去牵制对手，而你呢？我是不是早跟你说过，篮球可以用来打比赛，但不能用来打人，你是不是听不懂人话？需不需要我找个翻译过来用八国语言说给你听？"

他狠狠松开殷佐，望向所有人："你们能做到用垃圾话引诱对手犯规，用垃圾话攻克对手心理防线，还是用垃圾话套出对方战术？不能！你们飙垃圾话的目的是什么？图嘴巴快活？你们以为打篮球光有运动细胞就行了？没有心理防线，没有篮球智商，没有全局观，想走得长远，你们以为用拳头和嘴巴就能做到？"

这是苏一灿认识岑蔚以来第一次见他发这么大的火，休息室里除了岑蔚的声音，所有人连呼吸声都变轻了，整个空间里弥漫着男孩子们汗液的味道，没有人出声，空气仿佛都停止了流动。

苏一灿只是靠在门上，抬起头看着灯管发出的白光，好像岁月一下子回到了从前。也是在这个地方，差不多的休息室，那次比赛前她偷跑出去半个小时被教练发现，教练让她干脆回家去，她难过地对教练说："我想游泳。"

眼睫颤动间，面前落下一道阴影。

岑蔚刚准备走出休息室，撞上靠在门上的苏一灿，不禁怔了下，垂下眸看着她："你……一直都在？"

苏一灿点了下头让开身，岑蔚的脸色依然不太好的样子，对她说："我回去看看处理结果。"

他拉开门大步走上过道，苏一灿也默默出去，跟在他的身后往场内走。

走到过道尽头，岑蔚缓缓停下脚步。苏一灿抬起头，他们前方，一个戴着黑色帽子的男人堵住了去路。

那人脸形较方，眉骨处有道淡淡的疤痕，穿着黑色夹克和牛仔裤，站在他们面前，朝岑蔚露出一丝难以捉摸的深意："好久不见啊。"

苏一灿侧过头问了句："你认识？"

岑蔚面无表情地摇了摇头。

那人勾了下嘴角，轻笑一声："不用回去看了，你们队被禁赛了。本来还想着在后面的比赛里会会你，可惜了，你打过 NBA 有什么用？手底下都是一群不中用的家伙。"

岑蔚似乎已经预料到这个结果。

就在他准备转身之际，男人缓缓将右手举到胸前，这时苏一灿才注意到他的右手戴着个黑色皮手套。

只见他一边缓缓取下手套一边说："看来你是忘了我，我可是一辈子都忘不了你。"

就在他取下手套的那一刻，苏一灿看见这人的右手只有四根手指，少了一根小拇指。瞬间，她似乎想起什么，只感觉血液倒流，猛地去看岑莳，岑莳却已经转过身朝另一个方向走去。

而男人只是再次缓缓将手套戴上，对着他的背影说道："我能逼你离开中国一次，就能逼走你第二次，这里不欢迎外国狗。"

岑莳的脚步顿了下，但仅仅只是顿了一下，便再次抬脚大步离开。

苏一灿心底的怒火突然就烧了起来，她几步逼近男人，一眼看见他脖子上的蓝色挂绳，顺着挂绳看见了他胸牌上那枚熟悉的校徽。

她嘴角划过一道冷弧，语气讽刺："原来是八中的教练啊。下次你们黄校长来我家拜访的时候，我一定好好问问他招教练的标准是什么，是不是以幸灾乐祸、落井下石、种族歧视为标准？CBA也有很多外援，你刚才那番话真应该发到网上让大家评判。"

说完，苏一灿轻蔑地扫了眼他的手套，转身欲走。

秦刚莫名其妙地盯着她问了句："你谁啊？"

苏一灿轻笑道："你爸爸都不认识了？"

秦刚正准备开骂："你……"

忽然，休息室的过道里冲出一群大男孩站在苏一灿面前，满脸煞气地盯着秦刚。

苏一灿看着面前的赵琦几人愣了下，而后缓缓转过身面向秦刚，漫不经心地开了口："你想说啥？"

她双手抱胸，身形修长，五官冷艳，而她的身后是一群人高马大的热血少年。

秦刚看了他们一眼，啐了一声，转身离开了。

直到他的身影消失在过道上，苏一灿才转过身看着少年们，低声说了句："刚才八中教练的话都听见了？"

事实情况是，岑莳刚离开，他们就跟了出来，自然也都听见了禁赛的事，此时纷纷低下头一言不发。

苏一灿叹了声："行了，换好衣服都回去休息吧。"

一群小子再次回到更衣间，不知谁突然冒了句："我找到岑教练原来的比赛视频了。"

一群人赤着上身顿时全围了过去，休息室里再次空前的安静，只有手机里发出的声音。

岑莳没有夸张的肌肉，没有宽大的身躯，一米九三的个头在职业赛选手里身高也并不突出，但只要他动起来，他的打法、身段、技巧、配合像水一样流畅，无论是中场附近的急停跳投，还是花式过人后的三分远射，甚至那自信的回眸一笑，无一例外演绎着一个强者对于赛事的把控能力。

于是那句"你打过 NBA 有什么用？手底下都是一群不中用的家伙"，像重锤一样砸在每个人的心脏上，久久挥之不去。

苏一灿回到场内，梁主任和丁组长还在和主办方交涉，但听江崇的意思，基本上处理结果已经确定。由于是二中这边先动的手，并且这是宁市举办高中篮球联赛以来第一次出现如此恶劣的事件，所以二中在这次秋季赛中被勒令退赛，取消前面几场比赛的成绩。北中那边参与打架的队员也取消了接下来的参赛资格。

苏一灿在场中找了一圈都没有看到岑蒔的身影，打电话给他也不接，于是她顺着体育馆一路往外找，踏上回廊时突然有人喊了她一声："苏一灿。"

她闻声回过头，随即愣了下："潘、潘教练？"

一头短发的潘教练笑着朝她大步走来："真是你啊？刚才看了你一路都没敢认你。"

苏一灿有些动容地回望着潘教练。

潘蓉是当初苏一灿在省队的主教练，那时潘教练三十几岁，以严厉凶狠著称，对她们这些小丫头丝毫不松懈，可到底岁月变迁，再次见到潘教练，她头上也有了白丝。

潘教练似乎有些激动的样子："你今天来这里是……"

纵使苏一灿现在已经是很多学生的老师了，可面对当年的主教练，依然有些拘谨，双手放在身前回道："学校篮球队打比赛，我过来看的。"

潘教练点点头："嗯，我听说了，你回去教体育了。"

"您呢？今天也有比赛？"

"我受邀过来当裁判，顺便看看有没有好苗子。现在的小丫头没你们那时候能吃苦了……对了，你爸爸身体怎么样？"

"挺好的。"苏一灿笑了笑。

一个是曾经最看好的运动员，一个是曾经最敬重的主教练，多年后两人再次在市体馆巧遇，内心百感交集却又一时相对无言。

直到有人在远处喊了声："潘老师，差不多了。"

潘教练朝那人点点头，然后拉着苏一灿的手，拍了拍她的手背对她说："找个时间回去看看吧，我有些事想找你谈谈。"

苏一灿的手被潘教练握在掌心，这个她曾经听见名字就害怕的存在，如今却像久违的亲人，蔼然可亲地对她笑道："回你的老家来看看，看看现在的孩子们。这次不许放我鸽子。"

苏一灿垂着头，当听到"老家"两个字时，鼻尖酸涩，一种无法言喻的情感涌入心中，她轻轻点了点头。

潘教练走后，苏一灿站在原地出神地望着她的背影。她没有原来挺拔了。

她的出现让苏一灿意识到，这么多年，自己一直没有回去过。

突然，一声极轻的"啪嗒"打断了她的思绪。她回过头去，看见台阶下的石凳子上坐着个人，嘴里叼着烟，单手摆弄着一个金属扣环，而那金属撞击的声音正是出自他的手中。

苏一灿找了岑蔚一圈，没想到他跑来这里抽烟了，并且不知道在那儿坐了多久，修剪圆润的海桐树挡住了她的视线，她差点没看见他。

苏一灿绕过海桐树，几步下了台阶走到他面前。

岑蔚慢悠悠地抬起头看她。太阳正缓缓下落，红色的光晕镀在岑蔚的脸上，让他看上去有些孤寂。

苏一灿对他说道："烟灭了。"

岑蔚没有动，也没有说话，一只手撑在身后的石桌上，另一只手把玩着那个金属扣环。

她见岑蔚没反应，干脆直接上手夺过他叼在嘴上的烟，几步走到旁边垃圾桶灭了，然后折回来对他说："大家都散了，跟我回家。"

岑蔚垂着眼睫，仍然没动。苏一灿弯下腰，声音轻了些："他们都走了，跟我回家好吗？"

岑蔚浓密的睫毛缓缓抬起时，漂亮的茶色瞳仁仿若散着一圈易碎的光，难以拼凑。苏一灿微微蹙了下眉，伸出手将他从石凳上拽了起来，他没有抗拒，高大的身影遮住了斜阳的光辉。

苏一灿拉着他往体育馆外走，他也没有挣脱，就这样一路被她拉上了出租车。

路上岑蔚还是沉默不语，手上来回摆弄着那个金属扣环，苏一灿几次想和他说话，却不知道说什么。当年那根断掉的手指将他彻底推入深渊，也将他推离了这片大地，多年后在这样的情况下再次遇见当年那人，她料想岑蔚应该很不好受。

一句"外国狗"和当年的辱骂一样，这从来不是他的原罪，却让他颠沛流离，心无所归。

苏一灿的睫毛轻颤，拍了拍他的膝盖，声音放柔了些，歪着头问他："回去想吃什么？"

岑莳缓缓转头看着她，眼里没什么神采，然后突然将脑袋枕在她的肩膀上闭了眼。

苏一灿僵了下，有些不自然地动了动肩膀，刚准备推开他的头，想想比赛这么多天他带着一帮问题少年肯定没睡好，估计是累了，便又随他去了。

一直到出租车停在家门口，她才叫醒他。

岑莳睁眼后整个人都有种迷茫感，下了出租车就站在路边上，也不知道进屋。

苏一灿见他这样觉得好笑，干脆拽着他的手腕将他往院子里拉："你是不是一觉睡傻了？"

岑莳钩住她的小拇指，跟着她一路回了家。

2

到家后，岑莳无精打采地坐在餐桌前。苏一灿进了厨房，煮了两碗面端了出来，但是岑莳吃了几口就放下了筷子。

她有些疑惑地问："不好吃吗？"

岑莳摇了摇头，双手撑住额垂下视线，说了句："不饿。"

"把鸡蛋和火腿吃了。"

岑莳听话地把鸡蛋和火腿吃掉，然后躺在沙发上又开始摆弄那个金属扣环。

苏一灿已经不是第一次看见他拿着这个东西了，准确来说，这是一种智力解环扣，苏一灿在很小的时候玩过，不过益智类的玩意儿她向来不擅长，就记得这东西特别难解开。

但看着岑莳单手解开，又单手装上，如此来回，苏一灿又感觉应该挺简单的。于是她走了过去，蹲在沙发前从岑莳手上接过那个东西也开始解了起来。

十分钟过去了，她来来回回解了个寂寞，腿都蹲麻了。

岑莳垂着眼看着她几次从解开边缘错过，满脸懊恼的模样，嘴角终于泛起一丝很淡的弧度。

苏一灿终于失去耐心，将东西扔回给他："不玩了，你这玩具认人。"

岑莳将金属扣从身上拿起来再次塞给苏一灿，苏一灿推了下："都说不玩了，我不适合这个。"

"再试试，不试怎么知道不合适？"

苏一灿眼里的光动了一下，抬起头对上岑莳有些慑人的目光。

可能是半天没说话的缘故，他的嗓音沙哑性感。

他又一次把金属扣放进苏一灿手里，然后握住她的手指带着她绕啊绕的，苏一灿根本没看明白他是怎么绕的，只能感觉到他的手心很烫，他的声音很哑。

"这个是我妈在我很小的时候买给我的，来中国时没有其他认识的人，所以她去哪儿办事都得带上我，有时候我要等她好几个小时，她就给了我这个，让我边玩边等，等解开了，她就回来了。"

随着他话音落下，金属扣也解开了，他松开了她，可她的手背仿佛还残留着他滚烫的热度。

他解开了，单手解、盲解都可以，但是他的妈妈再也不会回来。

这一次，苏一灿将金属扣小心翼翼地递还给他，问道："刚才为什么不接我电话？"

岑莳又陷入了沉默。

她试探地问："因为那个人吗？他是八中的篮球队教练，故意来说风凉话的，哪里都有这种人，谁也没权利决定你的去留，再说了……"她的声音轻柔了一些，"我爸妈不是说了吗，这里是你家，你又不是没有家人。"

虽然这话苏一灿自己听上去都有些像在哄小孩，不过看岑莳现在的状态，她的确担心他把刚才那人的话放心上了。

她有些不忍心看他在这种时候，在全队被禁赛后，还要承受那个人的羞辱。

她故作轻松地对他说："不是说想去周边玩吗？这个周末陪你去就是了，你想去哪儿？"

没想到她说完后，岑莳缓缓转过头看着她，忽然笑了，微弯的唇漾出好看的弧度，眼里的光也温柔清浅。

苏一灿腿蹲麻了，刚准备起身，岑莳却拽了她一下，对她说："有点冷。"

"冷？"

苏一灿感觉他的手明明很烫啊，她又俯下身摸了摸岑莳的头，问："你是发烧了吗？什么时候开始不舒服的？"

"昨天吧……"岑莳淡淡地回。

"服了你了，怎么不早说！"

苏一灿忙前忙后，替他量体温、找药，没一会儿岑莳就沉沉睡去。苏一灿给他盖上毯子，然后收拾桌子，等她从厨房出来的时候，就看见岑莳放在桌上的手机一直在响。

她怕吵醒他，干脆帮他接了。

电话那头传来一个男人的声音，问他今天能不能赶过去。苏一灿看了眼来电备注，是之前那家酒吧的名字，于是说道："他今天不舒服，不去了。"

酒吧经理刚准备挂电话，苏一灿又问了句，才知道岑莳前几天都是训练到九点再赶去市中心的。

挂了电话，苏一灿将手机放在桌子上，看着岑莳双眼紧闭的样子，忽然气不打一处来。身体素质再好的人也经不起这么折腾啊，明明不舒服还跑去酒吧上班，每次问他是不是缺钱都说不缺，不缺还那么拼干吗？要不是他现在生着病，苏一灿真恨不得把他拖起来好好质问。

晚上，苏一灿见岑莳似乎睡得不太舒服，身上的衣服也汗湿了，便将他喊醒，让他洗个澡上床睡。

岑莳迷迷糊糊地爬了起来，晃进了浴室。

洗完澡出来，他上半身没穿衣服，水滴顺着湿发流到他结实的胸前再滑落到紧致的腰线上。休养的半年无法运动，他的肌肉不似从前打职业赛时期那么夸张，却有种恰到好处的野性。苏一灿拿着吸尘器的手顿了下，手上的动作虽然停了，吸尘器依然发出扰人的声音。

她问了句："你怎么没穿衣服？"

岑莳听不见她说话，朝她走去。他身上才从浴室里带出来的热量向着苏一灿笼罩而来，她握着吸尘器的指节渐渐收紧。

岑莳关掉了吸尘器，问道："你说什么？"

"我说你怎么不穿衣服？"

"湿了，裹在身上难受。"

苏一灿将毛毯递给他："你披在身上，别再冻着了。我们这里入秋就是这样，天气反反复复的。"

岑莳将毛毯裹在身上后，苏一灿看了眼他湿漉漉的头发对他说："你之前睡的床上铺的还是凉席，今晚去我床上睡吧。"

岑莳用毛毯擦了擦头："那你睡哪儿？"

"你别管我，我在哪儿都能睡。被子给你铺好了，先去床上坐着，我去拿吹风机，你睡觉前再吃一次药。"

等苏一灿拿着水、药和吹风机进房间的时候，看见的就是他将自己裹得严严实实的，乖乖地坐在床边等着她。

她把药放下后，岑蔚自觉背过身去，她帮他吹头发时，他耷拉着脑袋直打哈欠。

等帮他把头发吹干，将药拿给他时，他还是将被子毛毯全裹在身上不肯把手拿出来。

苏一灿瞪了他一眼："药也要我喂吗？别以为生病了就可以为所欲为。"

岑蔚只是斜眸盯着她笑，声音哑哑的："我之前也喂过你药，你喂我一次怎么了？中国人不是讲究礼尚往来吗？"

"呵，呵，张嘴。"

他张开嘴，苏一灿把药扔了进去，又给他喂了一口水。大概喂得太急了，水直接从他下唇滴落到喉结上，喉结微微滚动，水珠滑进了被子里，胸前的野性文身若隐若现。苏一灿快速收回了视线。

她替他关了灯后就回到客厅，帮他把汗湿的衣服洗了，然后上了会儿网。

苏一灿关了电脑，刚在沙发上躺下，忽然听见一声"姐"。

苏一灿猛地坐起来，以为岑蔚做梦了，没一会儿又听到他喊"姐"。

苏一灿赶紧又倒了杯热水进去，打开房间的灯问道："怎么了？"

岑蔚躺在床上，用被子捂住脸对她说："刺眼。"

苏一灿赶忙将灯关了，拿着水摸索到床边："是不是口干了？要喝水吗？"

岑蔚在被子里只露出一双眼睛对她说："冷。"

这两天气温降下来了，有种初冬的感觉，苏一灿没来得及换厚被子，岑蔚生着病，可能是有些冷的。

她干脆把自己的长款羽绒服拿了出来盖在岑蔚身上，问他："好点了吗？"

岑蔚的手从被子里探了出来，紧紧攥住她对她说："别走。"

不知道是药物的作用还是他烧得有些迷糊了，平时表现得桀骜不羁，此时在黑暗里却像个脆弱的大男孩，寻求着苏一灿的陪伴。

她没忍心离开，只是低声哄着他："我不走，我不就在这儿吗？"

岑蔚拉着她的手说："你坐上来，冷。"

岑蔚将被子拉开，盖在她的腿上。

被窝里浓烈的暖意立马朝着苏一灿包裹而来，她僵直着身子坐在床边打算陪他一会儿，等他睡着。

没想到下一秒，岑蔚忽然侧过身子将脑袋枕在了她的腿上对她说："头疼。"

苏一灿见他如此自然的模样，竟然一时间不知道他是糊涂的还是清醒的，只是顺着他的话问了句："然后呢？"

"按按。"

苏一灿无语地弹了下他的脑壳，发现他毫无反应，只是安静地躺在她的腿上。她抬手碰了下他的额，又碰了碰他的脸颊，发现还是很烫，低下头对他轻声说："如果明早起来还在发烧，就要去医院了哦。"

岑荨含糊地"嗯"了一声。

苏一灿无奈地抬起手帮他揉了揉脑袋，她也有些困了，打了个哈欠。房间太安静，月光渐渐攀了上来，苏一灿的眼皮也有些打架了。

她低下头，岑荨的脸在黑暗中若隐若现，他比绝大多数同龄人城府都要深，她不知道他这样活着累不累。

他还年轻，也很聪明，如果肯换条路走，不见得会比打职业赛差，毕竟运动员这条路是很辛苦的，谁不是带着一身伤病离开？

也许向他爸爸低头，他接下来的路会走得轻松一些，这不是什么可耻的事情，毕竟在任何一个地方，父母的资源都是一种先天优势。

她搞不懂为什么他非要回来带这个队，在他刚在赛场上受挫以后，她无法想象岑荨每天待在篮球场，看着那些比他小不了几岁的小子玩着篮球，他心里是什么感觉。不折磨人吗？这些他本可以不用承受的。

想到这儿，苏一灿的心像被人拧着，与其说心疼他，更多的是一种感同身受的无奈。

她抚着他的发际线，轻叹了声："你出去教人英语可能都比带队赚钱省心。"

没想到在她说完后，岑荨轻轻地动了下，而后翻了个身，声音很低地说："不甘心……"

苏一灿愣了下。

温暖的被子里，岑荨的双手环住她的腰，嗓音埋在她的小腹间："不甘心以后的生活和篮球再也无关，我什么都没有，如果再失去篮球，不知道还有什么事情能让我有动力每天睁开眼，我需要这段执教经历。"

他缓缓用手撑住身体坐了起来，满室的黑暗里，他离她很近，被子从他肩头滑落，他的脸就在眼前。他问她："你甘心吗？"

空气静谧，月影流动，他身上的热量传递给了她。这个问题忽然让多年积压的挣扎瞬间爆发，苏一灿声音哽咽，反问他："不甘心……又能怎样？"

岑荨的大手穿过她的脑后握住她，将她带到自己面前抵着她的额头，声音像月光一样朦胧："总有办法的。"

他的身子压了过来，像一座踏实巍峨的山，不知不觉将苏一灿压在臂弯间，他的唇似有若无地划过她小巧的耳垂，带着气音对她说："不要躲。"

细微的电流从苏一灿的脑中流过，他的声音像是魔音一般蛊惑着她，让她的身体也渐渐热了起来，血液从心脏流过，好似灌溉着一片荒芜之地，慢慢滋生出新的嫩芽。

岑莳滚烫的手掌握住她的腰，手指来回摩挲间将脸埋进了她的脖颈处，温热的呼吸像细小的虫子落进她每一个毛孔里。她僵直地躺在床上，岑莳流畅紧实的线条就在眼前，还有他身上干净的味道，在寂静的夜里像无孔不入的蛊毒，每一寸都在诱惑着她。

她的身体控制不住地微颤，蜷起了双腿，一种早已陌生的感觉在她身体里流动，她无法抑制这种感觉，甚至觉得羞耻。

岑莳感觉到她的反应，嘴边的笑意在夜里绽放。

他攀在她鼻尖若有若无地研磨着她的神经，语气里带着挑逗："你不是性冷淡，起码你对我有感觉，不是吗？"

她在听见这句话后脑袋仿佛炸裂，她不想承认，也不愿意承认自己对一个小七岁的弟弟有感觉，这让她的内心极度排斥。她抬起手想推开他，岑莳的身体却彻底压向她，他的手沿着她的腰线缓缓上移，声音沙哑中透着滚烫的气息："姐，跟我试试看，我会对你好。"

苏一灿的耳膜是朦胧的，心跳声一下又一下打在上面，身体在他的笼罩下难以动弹。有那么一瞬，她望着他的眼眸差点陷了进去，可当感觉到他的手在慢慢向上靠近禁区时，她还是清醒过来扼住他的大掌，眼里恢复清明。

岑莳停止了动作，只是这样看着她，眼里渐渐浮上一层探究，好似在仔细研究难以读懂的中文书。

良久，他释然地笑了，一头倒下闭上了眼。

苏一灿微微张开嘴大口喘息着，好似呼吸终于顺畅。

她挪了下身子刚准备下床，手在被窝里却被岑莳紧紧攥住，她努力想挣开："松开我，我去外面睡。"

岑莳不动，也没睁眼，就这样紧紧攥着。她的力量不是岑莳的对手，即使已经坐起，但因为被岑莳攥着手，根本下不了床。

她用了狠劲甩了几下，然而某人生病时的力气都大得吓人，她有些着急了，对他凶道："你再这样，我咬你了。"

岑蔚依然不肯松手，苏一灿也毫不客气，直接抬起他的手就狠狠咬了下去，直到她感觉到有血腥味在唇齿间弥漫才猛然松开，侧过头去看他。

他不知道什么时候睁开了眼，没有表情，似乎感觉不到疼痛，只是用那双幽深的眸，在黑夜里安静地注视着她。

苏一灿再低头时，看见他的手背上有道很深的牙印，都出血了。他一声不吭，纵使被咬也始终没有放开她。

窗外的柔风溜进缝隙吹进苏一灿的心脏，那个常年被巨石包裹的地方变得柔软了一些。

她沿着床边躺了下去，不再理他，也不看他。岑蔚向她那边挪了挪，把被子盖在她身上，她别过头，面向另一边闭上了眼。

夜已深，她也累了，没一会儿便呼吸均匀。岑蔚见她半天没有动静，悠悠睁开双眼，看着她美好安静的睡颜，忍不住慢慢靠近，将脑袋靠在她旁边，闭上眼嗅着她身上温软的味道，将她柔软的手放在身前，两只手攥着，进入了梦乡。

3

闹钟响的时候，苏一灿缓缓睁开眼，躺在自己熟悉的大床上，一切都和从前一样。她机械地掀开被子，下床，准备走出房间，然而就在这时，她瞥见了床头放着的药盒。

她忽然清醒过来，昨晚的事情瞬间涌入大脑，她好像……和岑蔚……在一张床上睡了一晚，可是他人呢？

苏一灿冲出房间，在客厅和院子里都没有看见他，也不知道他一大早跑去哪儿了，可她突然觉得看不见似乎也好，看见了可能会有那么一丝尴尬。

怀着这样的心情她去了学校。

今天办公室的气氛空前地压抑，丁组长一早上都不在，就连江崇都没见到人，好不容易中午在食堂碰见小毛老师，他一开口就说昨天那场比赛，这些小子闯大祸了。

一大早，几个校领导和岑教练一起去了市里做检讨，中午又听说北中上午的比赛由于几个主力队员被禁赛缺席，导致输掉了小组赛，这就意味着凤溪今年一个学校都进不了二轮赛。

出了这种事，相当于自相残杀给外面人看笑话，区里领导气得不轻，要求学校对二中几个带头打架的同学予以严重的校纪处分。

但问题就出在殷佐本身已经是留校察看状态，这样一来，几乎面临退学的境地。现在还不知道后续如何处理，校领导和岑教练他们下午从市里赶回来，还得去区里接受批评。

苏一灿听说后，中饭都没什么胃口吃，想到所有罪责肯定会被推到岑莳身上。他说不定还发着烧，又遇到这种事，现在校领导带着他去，肯定是让他去市里做完出气筒后再到区里挨批。

她忍不住发了条信息问他：怎么样了？什么时候能回来？

直到大半个小时后，岑莳才回复她：开会。

下午，苏一灿才上完课回办公室，就看见办公室门口的走廊上站着四五个人，赵琦、魏朱他们立在那儿，不知道站了多久。

苏一灿问了句："你们干吗？"

魏朱语气闷闷地回："等岑教练。"

"你们教练还在区里开会，不知道什么时候回来。"

赵琦回道："没事，苏老师你忙你的，我们就在这儿等。"

苏一灿点点头，刚准备拐进办公室，就看见柱子后面还有个人。

她歪了下脑袋，瞧见殷佐一个人站在另一边，没穿校服，一身黑色卫衣搭紧身牛仔裤，卫衣帽子戴在头上，双手插在卫衣前的口袋里。见苏一灿朝他望来，他慢悠悠地抬起视线看了她一眼，又垂下头去。

一群小伙子人高马大地往办公室门口一站，感觉办公室的光线都被遮挡得暗了几度。苏一灿不时朝他们看去，这些队员不似平时在一起嬉笑哄闹，今天都挺安静，甚至有些死气沉沉。

一直到最后一节课下课，万向阳、何礼沐还有其他几个队员也过来了，办公室门口站的人越来越多，其他老师回办公室时都被这阵仗吓了一跳。

没一会儿，办公室里只剩下苏一灿一个人。她看着外面渐渐暗下来的天色，从抽屉里拿出两盒饼干走到外面递给他们："要不你们先回去吧，岑教练忙完会召集大家的。"

苗英音接过饼干说了声："谢谢苏老师，我们还是再等一会儿吧，你要锁门的话我们下去等。"

苏一灿无奈地叹了声："我不急，陪你们等一会儿吧。"

几个小伙子把饼干分了分，赵琦往嘴里塞了几块，然后又拿了一包，头也没回地往柱子后面一递，殷佐漫不经心地接过扔进嘴里。

　　大约又等了半个小时，楼下才开进来一辆车。车上下来几个校领导，岑蔚也从副驾驶走了下来。

　　徐清激动地大喊了一声："教练！"

　　赵琦忙拽了他一下，这时候被校领导逮个正着准没好事。

　　果不其然，几个校领导都往上看过来，篮球队的人齐齐后退咋舌。

　　不一会儿，楼梯上传来脚步声，这群小子全朝楼梯口围去。自从昨天在休息间完整观看了岑蔚从前的比赛视频后，这个年轻教练的形象在所有队员心中被刷新了，此刻再次见到他，每个人脸上都有抑制不住的激动，或许还有遥不可及的仰望。

　　岑蔚抬头看向他们。走廊亮起了灯，打在岑蔚冷峻的脸上，他们从他脸上判断不出什么情绪，心都悬着，叫了声："岑教练。"

　　岑蔚语气平静："都站在这儿干吗？"

　　魏朱试探地问了句："教练，听说学校打算处分我们啊？"

　　岑蔚没说话，踏上最后一级台阶往里走，人群退到两边给他让出道，他见办公室还亮着灯，侧头往里看。

　　在见到苏一灿还在时，岑蔚唇角微不可见地扬了一下。柱子后面的殷佐走出来，冷着脸问道："我是不是被开除了？"

　　岑蔚没说话，转头看了眼围在身边的队员们，个个脸上都是焦急的神色。岑蔚调侃了一句："你们也有担惊受怕的时候啊？"

　　一群人出奇地沉默。

　　岑蔚语气平静："学校有自己的考量。这两天你们不用训练了，下周再说。"

　　赵琦的表情忽然就绷不住了，往前走了一步，急切地说道："教练，要不把殷佐的处分给我，就说我带头打架，只要不退学，哪怕给我个留校察看都行，他要是走了，我们远投这块就没人能顶上了！"

　　殷佐朝他骂了声："傻狗。"

　　赵琦一脸憋屈地回怼了他一句："傻就傻吧，谁叫我是队长，这个责任我扛就行了。"

　　走廊的灯闪了下，所有人都安静下来，过道的风无声地吹着，殷佐紧着拳头盯着赵琦，苏一灿也有些讶异。

　　篮球队的殷佐和赵琦不和的事几乎全校皆知，却在这种时候，赵琦突然站了出来要替殷佐挨处分，真是稀奇。

岑芇忽然就笑了，睨着赵琦道："你是以为赛场的监控是摆设，还是以为在场的人都是瞎子？这个时候知道'舍生取义'了？早前在场上你要有这个觉悟，我们可能还在应对下一场比赛。"

赵琦的指甲陷进肉里，他昨天一晚没睡，翻来覆去恨不得爬起来扇自己几个耳光，特别是在休息室门口听见别人那样说自己的教练，他懊悔得寝食难安。

他也不知道那时候自己脑中的弦为什么断了，看见那个叫宋翰的就想将其撂倒。可事后冷静下来他才意识到，他们和北中的比分只差6分，仅仅6分，如果不是当时冲动动手，他们有机会赢得那场比赛，堂堂正正、光明磊落地将他们踩在脚下，而不是像现在这样，球队面临分崩离析。

赵琦低着头，倔强地抹了下眼里的水汽。魏朱一把搂住他，苗英音也红了眼眶。在一起朝夕相处的兄弟们见赵琦这样，不禁都鼻尖泛酸。夕阳落下，大地归于一片黑暗，篮球队的前路一片渺茫。

何礼沐在后面没说话，万向阳挤了过来对岑芇说："教练，你给个痛快话吧，我们这球还能不能继续打了？"

岑芇只是很平静地望着大家，问了一句："你们还想不想继续打了？"

所有人面面相觑，却在这时，一直站在另一边的殷佐声音很低地冒出一个字："打。"

像一剂强心针注入所有人体内，队员们陆续抬起头看向岑芇，齐吼一声："打！"

门外的声音极具穿透力地传进了办公室，打在苏一灿的耳膜上，让她汗毛竖起，她远远地望着他们，无声地笑了。

岑芇双手背在身后："怎么打？"

赵琦这时终于将头抬了起来，他的脸上似乎头一次现出如此郑重的表情，望向岑芇目光坚定："拼尽全力地打，用脑子打，好好跟着教练学，踏踏实实练好基本功，不吹牛，不打架，不内讧，不给教练丢脸。"

说到最后一句，他自己也红了眼眶。

所有人都围了过来，将手搭在赵琦的肩上，似乎在用这种无声的方式表达着自己的决心。

赵琦侧头对上殷佐细长的眼睛，半暗的过道里，两个曾经那么想把对方弄死的人就这么无声地对视着，直到赵琦收回目光，他的肩膀上突然再次沉了一下，他侧过头，殷佐的手搭在他肩上留给他一个侧面，动了动嘴唇，声音极低地对他说道："傻狗。"

然后所有人满含斗志地盯着岑蔚。

岑蔚眼里的光被搅动着，良久，他一字一句道："我在这里一天，就不会让我队里的任何一个人掉队。"

他的回答仿若在所有队员头顶撑起了一把大伞，魏朱率先冲了上去，停在岑蔚面前，想伸手又有点不敢伸的样子。

岑蔚莫名其妙："干吗？"

魏朱憨憨地说："教练，我能抱抱你吗？"

"抱我干吗？"

"我从小的梦想就是能亲眼见到 NBA 的战神们，教练，以后我就是你的人了，你收我为徒吧。"

"滚滚滚……"

岑蔚的声音淹没在一群热血少年中。

苏一灿将东西收了收，笑着准备下班。

岑蔚拉开几个黏着他的小伙子，转身走进办公室，径直走到苏一灿面前接过她的小挎包。

她伸手拽了下包带问他："拿我包干吗？"

岑蔚背对着队员盯着苏一灿无声地笑，昨晚混乱的画面非常不合时宜地跑了出来，苏一灿被他看得浑身不自在，偏偏还要装出一副淡定的模样，问了他一句："还发烧吗？"

岑蔚弯下腰将脸凑到她面前："你摸摸。"

苏一灿瞪了他一眼，他提起她的手放在额上，眼里流动着细碎的光，低声问她："还烧吗？"

苏一灿赶紧缩回手，转过头："我看你好得很。"

赵琦在外面喊道："教练，我们想请你去吃饭。"

岑蔚回身说了句："下次吧，今天和校领导一起吃饭，要不你们也跟我去？"

这群人一听，立马都说有事，一下子全溜了，走廊瞬间安静下来。

岑蔚转回头对苏一灿说："跟我一起去吃饭。"

"不去，你们吃饭我去干吗？"

岑蔚抓着她的小包不放手："干吗不去？你又不是不认识，丁老师喊你去的。"

"丁老师怎么知道我没下班？"

一句话堵得岑莳笑了起来，推着她往外走："有好吃的才想拖你去的，不然你一个人回家吃什么？"

4

赵琦一行人刚走出学校，正好碰见丁组长。他将汽车滑过一群队员旁边，缓缓落下车窗，对着他们说了句："小伙子们啊，你们教练上上下下周旋了一整天才保下你们，下午余校长亲自去替你们担保，你们不能再不懂事了啊。"

魏朱他们低着头，想到岑教练平时那么冷傲，一句废话都懒得说，今天却要对着一群领导为他们说情……几个年轻人心里感到难受羞愧，殷佐看着体育馆的方向紧了紧牙根。

他们走后没多久，苏一灿和岑莳也从楼上下来了，饭店就在学校后面，他们走过去并不算远。

岑莳将苏一灿的包挂在脖子上，平时长腿阔步从不等人，今天特地放慢了脚步和她保持同一节奏，虽然街上不时有车辆掠过，下班放学的人也不少，可两人就这样并排走，感官和听觉都变得异常敏感，就连手臂的布料不经意间擦碰到，都让苏一灿觉得和触了电一样躲开几步。岑莳只是将双手放在胸前拽着她的包带，垂着眸笑。

苏一灿余光瞥见岑莳挂着她的包有些滑稽的样子，终于忍不住对他说："包给我。"

岑莳侧过视线望向她："我帮你背，重。"

岑莳个子高，今天又正儿八经套了件休闲西装，苏一灿的小包包挂在他胸前着实有些反差萌。

她看了他一眼："重什么？手机钥匙餐巾纸还能把我背垮了？"

岑莳勾了下唇角，注视着她："那又怎么样？我想帮你背。"

他的嗓子还有些哑，感冒没完全好，苏一灿望着他眼里炽热浓烈的光，似曾相识。在她像岑莳这个年纪的时候，眼里也全是这样的光彩。那时的她认为爱可以战胜一切世俗的困难，可后来才知道这个世界上再弥足珍贵的感情都敌不过时间的蹉跎，所以她不再去看他的双眼，匆匆别开视线。

到了饭店，岑莳才将包还给她。

他们到包间的时候，苏一灿发现不少人都在，除了几个今天一起和岑莳去区里的校领导，还有丁组长和江崇他们，甚至还有几个副科的女老师。

菜还没上，丁组长一过来就召集大家先打一局掼蛋，见苏一灿也来了，笑着招呼道："快点苏老师，正好差一个，岑教练会不会掼蛋啊？"

岑蒔摆摆手："没听过。"

"没听过坐过来学一学，往年校工会还组织过掼蛋比赛。"

于是苏一灿坐下来和丁组长他们打牌时，岑蒔就拖了一个板凳坐在她旁边。梁主任递给岑蒔一个橘子，他抬手接过剥了起来，这时丁组长才注意到岑蒔的手背，问了句："岑教练，你这手上的牙印是怎么搞的？"

苏一灿默默攥紧手中的牌，余光瞥了眼岑蒔的手背，昨晚不觉得，今天一看，牙印还真挺明显的，然而岑蒔却没太正经地笑着回："小情趣。"

此话一出，旁边一群老师都哄笑起来："原来岑教练交女朋友了啊！"

岑蒔低着头，嘴角牵起一丝弧度，也不正面回应，只是将剥好的橘子放在苏一灿面前。

苏一灿垂眸看着面前的橘子就跟烫手山芋一样，还真是不敢接、不敢拿、不敢动，仿佛一碰就坐实了什么一样。

她抬起头，正好对上小庄老师探究的视线，忽然感觉一阵心虚。

吃饭的时候，余校长提出，篮球队从教练到队员都是男生，难免会有摩擦，学校准备安排一位女老师协助篮球队处理日常事务，类似于篮球队校园经理人，还需要重新拟订篮球队管理规定，俗话说没有规矩就不成方圆，这件事需要尽快落实。

所有人面面相觑，特别是在场的女老师们，大家都尽量降低存在感，毕竟这种额外工作不一定有补助呢。

苏一灿也同样垂着头，不停搅动着碗里快喝完的汤，还要假装一副汤依然很烫的样子。

等余校长说了一大堆后，大家才发现，今天来吃饭的好几个都是副科女老师，属于平时工作量不算太大的那种，果真没有一顿饭是可以白吃的，所以当余副校长重点落在"谁有兴趣"时，没一个女老师眼神跟他对视。

苏一灿发现自己袖子被人扯了下，她垂下视线看见桌子下面岑蒔的手拉着她的袖口，她侧眸朝他看去，虽然他面上没有任何表情，但意思已经很明显了。

苏一灿正在纠结之际，忽然对面传来一道声音："我没问题。"

苏一灿循声望去，说话的是小庄老师。见所有人都看向她，她有些腼腆："我课时不多，如果有需要的话，我可以给篮球队做些辅助工作。"

余校长转头问岑莳："岑教练你看呢？"

岑莳不动声色，转头对小庄老师客气地笑了下："谢谢庄老师愿意带那帮臭小子，不过他们浑得很，有时候连我都敢顶撞，庄老师这么好说话，恐怕会被欺负的。"

他说这话的时候面上带着笑，温和得仿佛在为庄老师着想一样，让庄老师还有些感激地瞧着他。

随后岑莳话锋一转，看向余校长："最好还是懂体育的吧，这样以后无论在学校训练还是出去参赛，带队都方便些。"

整个饭桌上，只有苏一灿一个女体育老师。当大家把视线默默转向她的时候，岑莳放在桌子下面的手缓缓移到她的膝盖上点了两下，像是撒娇似的。

他动作很轻，苏一灿只觉得膝盖痒痒的，她缩回腿，面上虽然挺冷，却还是妥协道："我随便。"

岑莳唇角的笑弥漫开来。小庄老师看着他的表情微愣了一下，她似乎从没见过岑教练笑得如此清浅柔和。

散场后，岑莳特地落后一步让苏一灿等他一下。于是苏一灿和江崇他们告别后，便一个人走到马路对面买了一些梨子，回头的时候看见岑莳和小庄老师站在路边不知道在说什么，小庄老师把一个袋子递给岑莳后，岑莳转过头找了一圈，当视线对上苏一灿时对她招了下手，苏一灿才朝他们走过来。

小庄老师看了看苏一灿，又看了看岑莳。

岑莳倒是坦然地对她说："那我们先走了。"说完他便从苏一灿手中接过水果，一切都那么自然。

小庄老师有些尴尬地盯着苏一灿说："我也走了，明天见。"

苏一灿对她笑了下："路上慢点。"

他们往回走的时候，苏一灿睨了他一眼问道："她给了你什么？"

岑莳将东西递给苏一灿，苏一灿看到袋子里面是那本《体育市场营销》。她错愕地抬起头，听见岑莳对她说："要回来了，觉得麻烦别人不太合适，还是麻烦自己人合适点。"

苏一灿直接将书扔回给他："谁跟你是自己人？"

两人还没走两步就碰见了刚买完烟的化学章老师。章老师三十不到的年纪，人挺开朗，也住在教职工宿舍，看见岑莳很是热情："巧了，一起回呗，苏老师你回去慢点。"然后就拉着岑莳,非常热络地跟他聊天。

岑莳回过头去看苏一灿,一脸不情愿的样子。

苏一灿对他挥了挥手,刚转过身,手机就收到一条信息,岑莳发给她的:记得后天出去玩。

第二天是周五,尽管岑莳已经告诉过大家这周训练暂停,但是一大早,篮球队的人还是自发在操场集合。这是昨天临分别时赵琦提出的,没事的人继续参加训练,不要松懈。

只是没想到等他们到操场的时候,已经有个身影迎着朝阳在跑步了,那人便是平时自由散漫的殷佐。此时他一身黑色运动服,汗流浃背,不知道已经跑了多久。

赵琦一声不吭地给自己绑上沙袋,其他人在做完热身运动后,陆续跑了起来。

初升的太阳从大地边缘一点点探出头来,赤红色的光辉将塑胶跑道照得通红一片。

当岑莳闻讯赶去操场的时候,所有队员迎着日头干劲十足。他看着这群臭小子不禁笑了,拍了两下手,所有人都朝他跑来,喊声瞬间将他淹没。他举起右手摆了个"收"的手势,让大家跟着他走。

苏一灿刚踏进校门便看见岑莳后面跟着一群朝气蓬勃的小子进了体育馆,那画面倒是极其养眼,她本来已经往办公室走的步伐忽然停住,掉头朝着体育馆走去。

岑莳将大家召集起来,告诉他们学校这几天会出台新的篮球队管理办法,也会针对上次的事件有一些象征性的处罚,在此之前先不恢复训练。

赵琦问了句:"教练,那我们今天干吗?"

"上你的课,什么干吗?"

赵琦又问道:"那你干吗?"

岑莳其实被他无语到了,视线扫向他:"你管我干吗!"

苏一灿在这时走了进来,岑莳听见脚步声转头看了她一眼,面向大家说道:"正好,给大家正式介绍下,苏老师从今天起会成为我们篮球队的一员,担任篮球队校园经理人一职,如果你们以后有什么不方便跟我聊的,也可以找苏老师,但是没事别去烦她,听到没有?"

苏一灿在几步开外的地方停下,篮球队的人齐齐看向她,发出欢呼声。

苏一灿清了清嗓子,轻飘飘地落了句:"别高兴得太早,有的人在我这儿,体育成绩还能挂科,以后但凡队里体育成绩不过关的,训练时我会多加关照。"

大家一片哄笑看向殷佐，队里只有殷佐常年缺课，体育课也飘红。

他双手撑在地板上，一副无所谓的样子。

苏一灿没有久留，将手中的保温杯递给岑莳，里面是她昨晚熬的冰糖雪梨，对他交代了一句："喝光。"然后便走了。

岑莳接过保温杯还有些不明所以，拧开杯盖喝了一口，润甜的味道立马流进了胃里，暖暖的，他不禁弯起嘴角。

抬起头的时候却看见一群男孩仰着脖子张着嘴，一脸痴呆相地盯着他。

他皱起眉说了句："回去上课，都杵在这儿干吗？"

大家陆续离开。

岑莳刚走出体育馆便看见龅牙明杵在门口张望，见岑莳走出来，整个人都愣了下。

岑莳对他还有印象，暑假集训时这小子几次带头闹事，最后因为训练数据不行被岑莳筛掉时，还一脸不服气的样子。

他随意扫了眼问了句："找赵琦啊？"

龅牙明有些紧张地搓了搓手，垂着视线对岑莳说："教练，我来找你。"

岑莳原本准备离开的脚步顿了下，再次看向他："什么事？"

龅牙明踌躇了半晌，似是下了很大决心，突然抬起头，目光炯亮地望着岑莳："我想回篮球队。"

赵琦他们刚走出来，听见这句话全部停在场馆门口。空气一时间安静下来，所有人都望向岑莳。

岑莳盯着他看了两秒，突然问道："上次集训的测评单还在吗？"

龅牙明点点头。

岑莳丢下句："所有项在达标的基础上考核成绩能上 80%，我会考虑。"说完他便转身走了。

魏朱他们陆续跟了上去，赵琦还拍了拍龅牙明的肩，对他说了声："加油。"

接下来一整天，除了上课，几乎岑莳到哪儿，这几个人就跟到哪儿，就连课间十分钟都要跑到岑莳办公室绕一圈，生怕他丢下他们不管似的。

中午他们非要喊岑莳去学校附近的小炒店吃饭，岑莳被他们缠得没有办法，带着几个小孩出去吃了一顿。魏朱他们很是兴奋，好奇岑莳在国外的打球经历，各种问题不断，饭都吃完了还没聊够，缠着岑莳问他明天休息干吗。

岑莳单手提着保温杯，迎着正午的阳光，忽然心情不错地笑了下："到周边玩玩。"

赵琦一听，立马激动起来："教练你去哪儿玩啊？我们跟你一起去！"

岑莳敛起表情，意味深长地掠了他一眼："不方便。"

魏朱插道："没事教练，他们补课的不方便，我们几个都有时间。"

"……"滚，是我不方便。

第十五章
我会在你身后

1

岑蔚本来是不准备带这几个小子去的，但是等他走进校门后，突然改变了主意，转头对他们说："明早九点来这儿集合。"

所以第二天，当苏一灿背着轻便的小包，穿着白色的运动开衫和黑色阔腿裤帅气地朝校门口走来时，看见的就是几个小子兴高采烈跟春游一样的阵容。赵琦、魏朱还有万向阳，何礼沐周末忙学习抽不出时间。本来大家以为殷佐对这种集体活动不会感兴趣，谁知道他也背着个双肩包来了。

一路坐高铁，几十分钟后就到达隔壁盐市。一群小子兴致高昂，下了高铁拦了两辆车，直奔目的地。

苏一灿问岑蔚去哪儿玩，岑蔚只是告诉她："赵琦他们都订好了。"

结果等苏一灿下了车看见巨大的"水世界"三个字时，脸立马就黑了。她停下脚步不肯再往前，只是转过头盯着岑蔚。岑蔚几步走到她面前，弯下腰看着她的双眼，忽然挑起个笑："玩而已，不要怕。"

水世界的门头装饰了很多浪花形状的波纹，还有贝壳和鱼类，很多大人带着小孩在排队进场，所有人脸上都是兴奋的神色，唯独苏一灿板着脸："你故意的？"

岑蔚一脸无辜地指着那群小子："我也不知道啊，他们非要来的。"

赵琦几步小跑过来问道："进去吗？"

苏一灿对他们说："你们进去玩，我在附近转转，我没带泳衣。"

万向阳一听，直接指着旁边的店说："那里有卖泳衣的，苏老师，我们陪你去买吧。"

赵琦附和道："是啊，来都来了，怎么能不玩呢？而且我们订的是门票加住宿，晚上还要住在里面的。"

苏一灿目露凶光地盯着岑蔚，岑蔚只是一脸无奈的样子对她说："走吧，别让小子们等急了。"

于是在一群半大小伙的推搡下，硬是把她拖进了泳衣店。

挑选泳衣的时候，旁边几个小伙子比她还激动，一个劲地往比基尼的区域指，苏一灿没理他们，选了一件黑色连体款的。

岑蔚把钱付了，他们在男女更衣室门口分开，苏一灿一个人在女更衣室，愣是坐了好半晌才走出去。

这个水世界是室内恒温的，地方很大，有成人区和儿童区，所以即使快入冬的季节依然有很多人来玩。等苏一灿磨蹭着出去的时候，就见岑蔚一个人坐在池边，完美的阔背肌像一双结实的翅膀一直延伸到紧窄的腰线，宽肩腿长，性感到他只是安静地坐在那儿也根本无法让人忽视，所以他的周围站了几个穿着泳衣的美眉在跟他说话。

苏一灿朝那边走近几步，发现几个小姑娘居然在非常吃力地说英文。岑蔚露出尴尬的笑容耸耸肩，表示他听不大懂，他只是在这儿等女朋友。

"女朋友"这个单词小姑娘们听懂了，只能失望地离开。

她们刚走，苏一灿便在他身后冷不丁地丢下句："你还有女朋友了？"

岑蔚回过身抬起头，忽然笑了起来，从池边站起身，高大的身躯仅穿着条泳裤实在太引人注目。

他看着她，目光幽深地说："你不是建议我处个女朋友吗？"

苏一灿的眼神从他无法让人忽视的胸肌上飘开："我让你处女朋友，又没让你盯上我。"

岑蔚嘴角泛着笑意反问她："那我跟谁处？"

苏一灿没什么表情地看了他一眼，转身就走。

岑蔚嘴角的笑意慢慢扩散开，反手拉住她："去哪儿？"

苏一灿甩了甩手腕："我去旁边歇着。"

岑蔚眼角下撇，莫名有种无辜感，声音低低地说："我坐在这里等了你好久，你都不知道有多少人来烦我，我还要假装不会中文才能赶走她们，你这就不管我了？"

苏一灿望了眼周围："赵琦他们呢？"

话音刚落，就看见万向阳他们从老远对他们招手喊道："教练，苏老师，去玩'激流勇进'。"说着他们指了指后面。

苏一灿顺着他们指的方向一抬头，就看见很高的地方一个几近垂直的坡道，皮划艇往下冲溅起的水花有几米高，她站这么远都能听见皮划艇上的尖叫声。

她脸色苍白地对他们摆了摆手，然后对岑莳说："你去玩吧。"

岑莳无奈地说："我们去那边总行吧。"

然后他们俩来到了儿童嬉水区，水连小腿都没过，旁边还有水滴拱门和小孩滑滑梯，过来的基本是孩子。

他们两个大人坐在一群小孩中间，不时还有皮孩子往他们身上爬，苏一灿几度盯着岑莳的膝盖看——他右腿膝盖上戴了一个黑色的运动防水护膝。

她终于还是忍不住出声问道："你的腿能下水吗？"

岑莳低头看了眼："没事。"

苏一灿伸出手："我看看。"

然而她的手还没碰到护膝便被岑莳握住了，他垂着眼睫对她说："我不疼，就是样子丑，你别看。"

苏一灿见他难得这么难为情，没有再坚持。

不一会儿，有调皮的小女孩盯着岑莳喊："叔叔，叔叔，把我举到小熊身上去。"

岑莳从水中站起身，将她放在小熊肩膀上面，在她身后护着她，旁边的家长跟着笑，帮小女孩拍照。

苏一灿看着孩子们闹腾欢笑的场面，原本紧绷的心情也渐渐放松下来。

岑莳不知道在小女孩耳边说了什么，小女孩刚被放入水中就冲苏一灿泼了一脸水。

苏一灿一愣，小女孩怯怯地指着岑莳："是叔叔说你怕水的。"

这句奶声奶气的话刚说完，周围很多家长都盯着苏一灿笑。

苏一灿黑着脸从身边舀起水就朝岑莳泼去，岑莳也不躲，给她泼得一脸，用手一抹，露出洁白的牙齿。

旁边一群孩子看见他们在打水仗，全部围了过来，顿时，儿童区这一角开始了混战。苏一灿浑身都湿了，不得不说孩子们的战斗力太强，最后岑莳和苏一灿被迫快速逃离战场。

岑莳跳进了成人区，水瞬间漫过腰。他让苏一灿下来，她对他摇头，坐在岸边将双脚没入水中，盯着水里不停晃动脚背。

岑蔚兀自游了两个来回，从水里探出来问她："我游得怎么样？"

水珠顺着他的额边落下，她看着他像被水淋湿的大狗狗，忽然有种想揉他的冲动。苏一灿面上无波地问道："学过吗？"

"自学。"

"不错了。"

"就是蝶泳游不好，苏老师教教我怎么样？"

苏一灿只是盯着他笑，不说话。

没一会儿，岑蔚又游走了。

苏一灿抬头望着远处那几排最大的滑梯，将近二十米高自由下落的滑道，还有三百六十度旋转全封闭式的。她记得在她很小的时候，学校组织去室外水上乐园，全班只有她一个人敢在最高的滑梯上往下冲。那时的她在水中就像是一条无所畏惧的鱼，畅快淋漓，而现在，却被一群幼儿园的小朋友嘲笑怕水。她的嘴角泛起一丝苦涩。

而水下，岑蔚已经悄无声息地游到了她身边。

水面毫无波澜，水下苏一灿的脚踝忽然一紧，等她回过神来时，整个人都被拽入水中。身体下落的瞬间，那种熟悉的紧张感再次从四面八方包裹住她，有那么一瞬她只感觉眼前一黑，身体条件反射开始僵硬，可下一秒，岑蔚露出水面拽住了她的手，她的身体停止下落，熟悉的声音在她面前响起："怎么样？"

苏一灿只感觉水流像汹涌的利器朝着自己的皮肤侵袭而来，有种刺骨的疼痛，明明平静的水面，却好似不停起伏，要把她吞噬一般，将她瞬间拉回那一天，眼前浮现漂浮的尸体，刺眼的白布，无力的哭喊和挣扎。

她不是没有尝试过克服这种心理障碍，但这么多年了，她走不出这一步。

岑蔚感觉到她的身体在发抖，拉着她将她慢慢扶到岸边，把她的双手搭在岸上。他手臂很长，站在她身后撑住岸边便能给她圈出一片天地，他的呼吸离她很近，像诱导孩子似的对她说："你的脚是能碰到地的，这里水不深，别怕，我在你后面，你转过身来看我。"

苏一灿的呼吸是乱的，双手死死扣住池边，身体僵硬到失去行动能力，然而岑蔚的声音像有温度般，让周围的水流也热了起来。

他不停对她说："上次徐清在湖里差点溺水是你救了他，你明明可以的，是你把自己给困住了。不要放弃自己，慢慢来，你回过头来看看我，我就在你身后。"

苏一灿的手指微微动了一下，睫毛剧烈抖动着。岑蔚没有催她，只是耐心地等着她自己转过身来。

时间一点一滴地流逝着，他不知道苏一灿在想什么，也不知道她能不能朝自己迈出这一步，可他想带着她试试，当他得知那次在湖底她会下沉不是因为她不会游泳，而是因为她差点放弃自己的生命后，这便已经不是她一个人的心结了。

一个对"生"毫无留恋的人，一个随时可以终结自己生命的人，一个看似鲜活却早已枯萎的人，她还愿意用自己微薄的能量照顾他，他不忍心看她继续下沉，即使他自己也是一身伤病，却仍然想帮她。

也许是岑蔚的手臂横在她的两侧，无形中给了她一些安全感，半晌过后，苏一灿好似终于调整好了状态，一点点转过身。

回过身的刹那，她看见远处滑道上兴奋的身影，不远处年轻男女的嬉笑打闹，五彩缤纷的顶棚闪着各种不同形状的卡通图案，远处大屏幕上放着热闹的冲浪画面，配上激情高昂的音乐，还有眼前男人摄人心魄的眼神。

这一切猛然冲进她的视野中，她感觉到水流顺着她的腰无声地波动，心中那股恐怖的浪潮慢慢退却，刺骨的疼痛在一点点减少，脑中白色的布渐渐模糊了，僵硬的肌肉也逐渐放松下来。

她在水下的手慢慢回暖，顺着水流划动了一下。

抬起头看着岑蔚，苏一灿忽然笑了，唇角勾起好看的弧度。岑蔚就这样望进她的眼底，他看见她漆黑的眼珠像被水流冲刷过，闪着他从未见过的光亮，仿若就是这么一瞬间，她整个人都被照亮了。

岑蔚对她说："你浮起来看看，我不松手，你感觉不舒服了就告诉我。"

苏一灿的嘴角划过一抹嘲弄："你在教我游泳？"

岑蔚无所谓地说："那我松手了。"

他假装要松手，苏一灿反手抓住他。她太久没下水了，这个曾经对她来说最熟悉的环境，如今却透着股陌生感，岑蔚成了她唯一的浮木，她下意识去依赖他。

岑蔚再次收紧力道抓住她的手。

也许是周围人很多，也许是这种以游乐为主的水上世界氛围比较轻松，苏一灿跟着岑蔚慢慢放松下来，他只要不松手，她也能跟着他游一会儿。

岑蔚几次回头去看，发现她每次只是用身体和腿波浪形打水，便能朝前游出好一段距离，轻柔得一点水花和动静都没有。

岑蔚停住脚步，将她拽到边上认真起来："你再游一遍我看看。"

他松开了她的手。

苏一灿有些拘谨，左右看了看说："人太多了。"然后又往岑莳面前凑。

岑莳垂眸看着她觉得好笑，平时挺高贵冷艳的，一下了水却像小女孩一样手足无措。

他见她一双眼睛到处看，不禁问道："多久没游了？"

苏一灿浮到他的边上，双手搭在岸边回道："如果那次跳湖救人不算的话，有十年了。"

岑莳歪着头看向她："感觉怎么样？"

苏一灿将脸贴在手臂上，露出满足的神情。

岑莳双臂搭在岸边，无声地笑了。

苏一灿歪着头盯着他看，突然问了句："你打职业赛没赚到钱吗？"

对于她这个突如其来的问题，岑莳有些愕然，迎上她的目光微挑了下眉："怎么了？"

"签约 NBA 不是应该还挺有钱的吗？你为什么还要去酒吧打工？"

岑莳若有所思地说："也赚了些钱，赚到就花了，反正钱赚来也是花的。"

似乎也没毛病。苏一灿想到他那些大牌服装和限量运动鞋，还真是花得毫不手软。

她不禁嘀咕了句："赚钱容易的时候不知道省，现在又这么拼命，身体都不顾了……"

岑莳垂着眸笑，笑完后突然看着她："从前一个人。"他眸光映着粼粼的池水投在她的眼里，对她说，"往后不止我一个人，得多赚点。"

他的手在水下攥住了她的手指，轻轻揉捏着，水流从他们指尖溜走，酥酥麻麻的，纵使他们周围这么多人，可两人之间依然有些说不清道不明的暧昧。

苏一灿的呼吸加快了一些，心口有些柔软湿润。

赵琦他们已经玩过一轮回来了，地方太大，还和魏朱、万向阳走散了，好不容易找到岑莳他们，刚准备过去，脖子被殷佐一掐。

赵琦莫名其妙回过头问他："你又发什么神经？"

殷佐淡淡地扫着那边对他说："到旁边歇会儿。"

于是赵琦和殷佐走到旁边的大蘑菇伞下坐着，周围一圈还在不停落雨帘，浪漫是挺浪漫的，但是赵琦就搞不懂了，他为什么要和殷佐在这里浪漫？

再看向岑教练和苏老师，来了一个小时了，两人什么项目都没玩，还徘徊在泳池边上，不知道在聊什么。

2

没一会儿，造浪开始了，人流全都往冲浪池涌去，舞台上是 DJ 的狂欢和动感的节目。

岑蓹拉着苏一灿过去，但苏一灿有些抗拒，岑蓹半哄半诱地说："就当陪我，我不松手，你跟着我游，我们游慢点。"

一开始他们站在外围，浪打到他们这里的时候不太大，苏一灿的身体跟着水波起伏。岑蓹一直注意着她的表情，见她轻轻拧着眉，始终没法真正放松下来，岑蓹干脆走到她面前对她说："上来。"

她莫名其妙地问："上哪儿去？"

"你来我背上，浪过来的时候你就把脸埋下去，我保证你掉不下去。"

苏一灿正犹豫间，一个浪直接打了过来，从她头上掀了过去，将她压在水底。她猛地呛了一口水，被岑蓹拉了上来，他绕到她前面，将她的双臂绕过自己的脖子，一个挺身，直接将她背在了身上。

又一个浪过来，苏一灿紧闭着眼将脸埋在岑蓹的后颈窝。这次她及时憋住了气，和岑蓹同时被浪打到水下，岑蓹很快调整好身形，用后腿的力量背着她不停往前游。

很快他们就来到了人群中间，彼时的浪已经将近两米了，周围乌泱泱的全是人。随着一浪高过一浪的刺激感，所有人都把双手举了起来跟着 DJ 狂嗨。

苏一灿不知道他们被浪扑倒了多少次，只知道岑蓹带着她一次又一次地重新探出水面，顽强又执着。她只是紧紧抱着他的脖子，被水下的狂欢包围。

很多年前，她的心理医生尝试过各种疗法都无法帮助她完全摆脱 PTSD（创伤应激障碍），最终建议她的家人带她重新回到水下的环境，用新的记忆取代那段定向认知。可这样做存在巨大的风险，因为很有可能让她遭受二次创伤，从而转为急性 PTSD，好坏的概率各占一半。一旦治疗失败，有可能会直接导致患者激惹性增高，没有人敢拿她的生命去冒这个险。所以十年了，她始终不敢下水。

她从未想过，在她的认知里早已经烙上危险印记的环境，有一天会是这样灯影摇晃，无数的光束照亮了整片浪池，绚丽多彩的场景，沸腾炫动的气氛，有那么一瞬，她仿若置身在一个虚幻的世界里，上千人齐齐高呼，她的身体随着浪头起起伏伏，一次又一次，好像渐渐适应了这种被打倒狼狈不堪再不断重新站起来的过程。

　　不知不觉岑蔚带着她闯到了最前面，巨浪最高掀到了将近三米，抬眼望去给人很大的心理压迫感。当浪冲来的那一刻，纵使苏一灿紧紧搂着岑蔚，两人还是被一个浪掀翻。岑蔚赶忙去抓苏一灿，光影流动之间，苏一灿好似听见他说："知道我为什么还在这条路上寻找可能吗？对我们这种人来说，放弃比坚持更难。"

　　她眼里渐渐浮上了一层雾气，是温热的。好像就是在那 0.1 秒之间，她沉睡的意识突然觉醒了，她以为自己放弃了就安全了，可早在她放弃的那一刻已经将自己推向万劫不复的境地，而现在，她找到了那扇大门，门外透着光亮，推开，出去，前方是自由。

　　在又一个浪打来时，她松开了岑蔚的手，迎着浪头突然跃起。

　　岑蔚的手蓦地空了，他的心也跟着一沉。巨浪将他掀翻，他急忙挣扎出水面去找苏一灿，忽然看见几米外的她划动双臂跃出水面，像展翅的蝴蝶挣脱了枷锁，身形摆出波浪式快速朝他游来。他从没看过一个女孩将蝶泳游得如此优美，她探出身子来时，岑蔚紧紧抓住她，在她耳边说："我心疼你……"

　　万向阳和魏朱为什么消失了那么久？因为他们自打滑过一次最高的滑道后就直呼好玩，于是两个憨憨跑去排队玩了五次，临走的时候还非要拖着所有人再玩一次。

　　岑蔚一直待在苏一灿身边，什么也没玩，苏一灿有些过意不去，让他跟着他们玩一遍再走，偏偏他非要拖着苏一灿，说她不去，那他也不玩了。

　　众人一听，又对着苏老师起哄。于是苏一灿是怎么被他们推到楼梯上的，连她自己都不知道，只知道自己再想下去时，后面全是排队的人，她颇有一种骑虎难下的感觉。

　　岑蔚见她一脸不安的样子，弯下腰悄声对她说："待会儿我先下去，你闭着眼就是，我在下面接你。"

　　苏一灿盯着他，突然喊了他一声："岑教练。"

　　岑蔚不明所以："嗯？"

　　"以往要是有人敢硬拖我来游泳，早就被我往死里揍了。"

　　岑蔚双手背在身后对着她笑："那先给你揍一顿。"

　　苏一灿头一撇，对他说道："等下去再找你算账。"

　　岑蔚感觉苏一灿还能开玩笑，应该没多大问题。他排在她前面，下去前还有些不放心地叮嘱她："你放轻松，我们都在下面，别怕，眼睛一闭就下去了。"

苏一灿安静地看着他，抬起手和他挥了挥，然后他就下去了。

岑蔚胆子向来很大，刚落入水中没几秒他就浮了起来，眼睁睁看着苏一灿从那条紫色的滑道冲了下来。他赶忙往那处游去，然而等他游过去后，却根本没有看见人浮起来。

他立刻往水下潜去。

四周不断有人冲入水中带起一串气泡，水下时而混浊时而清晰，然而并没有看见苏一灿的身影。他再次浮出水面，不停朝四周扫视，又一次急促地往水下潜，沿着滑道口游出好远都没有找到人。他猛地探出水面，脸上布满焦急的神色吼了一声："苏一灿！"

赵琦他们听见声音纷纷游了过来，都在问苏老师人呢。

岑蔚面色发紧，又一次潜入水中。大家见岑教练这个表情也立马紧张起来，在四周寻找苏一灿。

水冲进岑蔚的眼睛中让他难受至极，他拼命睁着双眼，内心的焦急和恐惧不停交织着，大脑发蒙，像有东西一下又一下不停砸着他。

当他第三次探出水面时，双眼猩红，脸色阴沉得可怕，转头就对赵琦吼道："找工作人员！"

手臂却被殷佐碰了一下。他转过头，看见七八米外的水亭下，他红了眼要找的女人正坐在那儿优哉游哉地朝他扬着下巴，嘴角轻勾，以旁观者的姿态看着他快发疯的样子。

岑蔚眼里的火苗瞬间就蹿了上来，一头扎入水中凶猛地朝她游去。

苏一灿见势不妙，也果断跳入水中。

等岑蔚游到凉亭时，苏一灿早不见了。他探出水面四处寻找，却惊讶地发现不知道什么时候，她已经游到了漂流区边上。

魏朱他们一群人已经看呆了，赵琦还扒拉着殷佐自言自语道："苏老师不是不会游泳吗？我们刚才还看见岑教练在教她游泳吧？怎么突然这么厉害了？我是不是瞎了啊？"

殷佐弹开他的手："你没瞎，要瞎也是我们一起瞎了。"

岑蔚在水里追了她半天，突然领悟过来一旦她克服心理恐惧，他是不可能追上她的，水里，是她的主场。

他干脆也不追了，就靠在一处无人注意的角落，等着猎物自己上钩。

果不其然，没一会儿苏一灿没看见他，自己又探了出来朝岸边走。岑蔚悄无声息地潜入水中向她靠近，在快要触碰到她的时候，她忽然转头，紧接着身体往另一边倒去。岑蔚眼看就要抓住她的脚踝，本以为她这次逃不掉了，然而下一秒，苏一灿的身体在水下突然弓了起来，一个标准的体前屈，双手抱住膝盖，身体变成了球形，猛然发力挣脱了岑蔚，柔韧度极高地在水中倒立向前，直接游出好几米远。

岑蔚怔怔地看着她流畅的身形，仿若根本捉不住的鱼儿，灵活得让人难以置信。

她从水下探出身的刹那，大片水流顺着她的头顶落下，像熠熠生辉的光束，黑色的泳衣除了几道白边没有多余的图案，却紧紧贴合着她曼妙的曲线，一种说不出的魅力从她瞳孔中迸发出来，美得让岑蔚瞬间敛住呼吸。

赵琦他们也从远处走了过来，苏一灿先上去进了更衣间，等她再次出来时，岑蔚带着四个大男孩已经等在外面了。

赵琦排了半天的队，见苏一灿终于出来了，把手上最大的棉花糖递给她，她摆了下手说："不要。"

赵琦硬塞给她："拿着吧，教练说我们都有，你也得有，给你买了个最大的。"

苏一灿无语地看着另外几个人拿着的棉花糖，就她的是个娃娃头造型的，顿时满头黑线地望向岑蔚。他坐在人群外面的石凳子上，似笑非笑地看着她。

岑蔚慢悠悠地站起身，走到苏一灿面前接过她的包甩在肩头。苏一灿咬了一嘴棉花糖，有些恼火地说："我又不是小女孩，给我这个干吗？"

岑蔚垂眸盯着她，背着光的时候他的瞳孔颜色深了些，更显深邃。

苏一灿见他盯着自己看，不禁问了句："你看什么？"

他的目光停在她的脸上。

她是洗完澡出来的，皮肤泛红，长发落在肩上，轮廓温柔了许多，离了水的她就像鱼儿上了岸，跑不了了，乖乖站在他面前，嘴上挂着糖丝，看着挺甜的。他没吃过这玩意儿，好奇地俯下身，舌尖扫过她的唇瓣轻轻吮了下，又软又甜，随后满足地转身走开，丢下句："吃到嘴上了，小女孩。"

苏一灿不知所措地站在原地，头皮酥酥麻麻的，拿着棉花糖的指尖微微颤抖了一下，鼻间还是他的味道，干净的，清晰的，混合着淡淡的尼古丁气息，她从没觉得这个味道如此致命。

过去很多年里她一直在努力做个成熟懂事的女人，因为她身边站着的男人位高权重，她无法停留在小女孩的状态任性耍赖，纵使一个人夜里对着清冷的宁市夜景，她也会懂事地不打电话问他什么时候能回家。

可在岑蔚面前，她好像真的变回了一个小女孩。他想尽办法带她来游泳，她不见了他会发了疯地找她，她耍他玩，他纵使生气也不忍心责备她，还给她买了棉花糖。

她怔怔地望着岑蔚的背影，心里一点点变得滚烫。

晚上他们找了家火锅店吃饭。

这群小伙子自从和北中一战后，犹如醍醐灌顶般对于篮球这项竞技运动有了新的认知，这几天篮球队的人就跟走火入魔一样，开始研究各种比赛。吃饭的时候话题自然也都围绕着篮球赛展开，问题不断。

岑蔚坐在苏一灿对面，他喝了点啤酒，靠在沙发里，迷离的眼眸里挂着笑，偶尔她抬起头夹菜时视线会和他碰上，便像烫了眼一样赶紧移开目光。

虽然一整晚她都没怎么说话，可她的心里是畅快的。没人知道今天对她来说意味着什么，就好像那沉睡已久的四肢百骸都被舒展开来，畅快淋漓，就连喝酒都变得爽快了许多，嘴角始终含笑听着他们说话。

吃完饭后各自回酒店休息。

苏一灿洗完澡出来的时候，放在床上的手机有条未读信息，打开一看，是岑蔚发给她的：借下数据线，在走廊等你。

信息是十几分钟前发来的。她擦了擦头发，扯过酒店的睡袍往身上一套，拿着数据线打开门，看见岑蔚靠在走廊的尽头，垂着眸解着手中的金属扣，修长的影子落在脚边。

她穿着拖鞋朝他小跑了几步，一次性拖鞋摩擦在地毯上并不便于行动，快跑到岑蔚面前的时候她差点绊一跤，岑蔚赶紧直起身子扶了下她的手臂："慢点。"

"等多久了？怎么不打电话给我或者敲门？"

岑蔚的眼神落在她湿漉漉的发丝上，嘴角牵起一抹温柔："猜到你在洗澡，不急。"

她将手中的数据线递给他："给你，早点回去吧。"

她收回手的时候，岑蔚抓住了数据线，也抓住了她的手指，缓缓向上握住了她的掌心，指腹轻轻摩挲着，舍不得放开她。苏一灿垂着视线，胸口的心跳打着耳膜，他们谁都没再说话，只是这样站着。

他朝她迈进了一步，将她整个人半圈在角落。她呼吸不禁加快，往后退了一步，可是她已经退到墙角，没法再退了。

她的内心有两股矛盾的力量在不停拉扯，理智告诉她不能再和这个男人更进一步，太危险了，一切都太危险了，她无法面对这件事带来的后果，可呼吸却跟着他的气息紊乱，竟然有种想放纵的冲动。

岑蔚垂下视线侧过头，温热的唇落在她通红的鼻尖，再慢慢向下轻点她的唇，很轻很慢。

苏一灿的脑袋是蒙的，身体虚浮，所有力气都似被抽走了般。她别开头闪躲着，岑蔚的吻细密缠绵，声音放到最低对她说："别躲……我没有这样对过其他人，别躲我……"

苏一灿想抬手推开他，双手却被他牢牢攥住。她没有办法，又害怕弄出太大的动静，只能将脸低埋在他的锁骨处对他说："你在美国的时候不是有很多人追你吗？"

他的声音在她头顶响起："是有不少投怀送抱的。"

她抬头瞪着岑蔚，岑蔚手臂穿过她的腰将她环住："凌晨四点我还在篮球馆，哪个女孩能受得了我这种男朋友？他们只是贪图我的肉体，不是真心想跟我好，我又不傻，怎么能让她们玩弄？"

苏一灿笑了起来："那你就不怕我玩弄你了？"

岑蔚的眉眼瞬间弯了起来，低下头，将脑袋伸到她面前："只给你玩。"

苏一灿抬手将他一头鬈发揉得乱糟糟的，他抬起眸的时候，眼里是微醺的迷醉，再次俯身吻着她的唇，声音暗哑性感："以前心思都在篮球上，眼里看不见女人。"

苏一灿的心跳不断加重，两人的酒气融合在一起，似乎都有些醉了。她问他："现在呢？"

岑蔚嘴角牵起迷人的弧度："现在看见了。"

3

苏一灿觉得岑蔚的眼睛是她看过的所有人中最漂亮的，仿佛可以随着环境变换不同的色泽，就例如现在。他的眼眸是很浅的琥珀色，嘴唇却是诱人的血色，吻着她的力道很轻，似乎怕她随时拒绝他，所以小心翼翼地试探，舌尖微微滑过她的唇瓣，低垂的长睫痒痒地扫在她的脸颊上。她闭上了眼，他顺势打开她的唇，他的舌尖有淡淡的柠檬香气夹杂着浅浅的酒香直冲苏一灿的大脑，让她心口也跟着发软。

岑蔚的呼吸烫得不行，勾住她的舌，贪恋地缠绕着，人像吃了糖，情绪是亢奋的，身体发出警告，想要更多。

苏一灿被他吻得意乱情迷，阵阵酥麻感袭遍全身。

岑莳感觉到怀中的女人渐渐柔软起来，他收紧手臂的力道，声音沙哑地对她说："去我那儿？"

"咔嗒"一声，离他们几步之遥的房门被打开，殷佐穿着黑色卫衣从里面走了出来。苏一灿条件反射地推开岑莳。

殷佐听见动静转过身往后一看，三个人都愣在过道上。

他面无表情地看了看岑莳，又看了看苏一灿，对他们说："睡不着，我去网吧坐会儿。"

苏一灿丢下句："别玩太晚。"然后拉着睡袍跟逃命似的快步走回房间，"砰"地把门关上了。

她靠在房门上大口喘着气，缓了好半天才走进去。

路过全身镜的时候，她侧头看了眼自己，绯红的脸颊，迷乱的眼眸，连她自己都没眼看了。

她钻进被子里久久无法入眠，一直到夜深人静大脑才逐渐冷静下来，心跳却始终无法平复。

如果刚才不是撞上殷佐突然出门，她可能就鬼使神差地跟岑莳回房了，那么接下来会发生什么自然不言而喻。

想到这儿，苏一灿只感觉一阵后怕，要是她真跟岑莳发生了什么，回去怎么跟爸妈交代？

自己跟杜敬霆分手的事情还没摊牌，就把远道而来的弟弟睡了？苏一灿感觉自己要疯了，想想就后怕。

这直接导致第二天早晨她严重睡眠不足，起来去餐厅的时候，就赵琦和岑莳在。他们都吃得差不多了，赵琦还问她："苏老师你没睡好啊？"

她瞥了眼岑莳，他原本低着头看手机，似乎是察觉到她的目光，抬头对她笑了下，她已经无法直视他的目光了。

一直到她吃完站起身后，岑莳才收了手机慢悠悠地起来。

两人差不多一前一后出了餐厅。其他人都站在电梯口等他们退房，看见苏一灿纷纷喊道："苏老师，早啊。"

唯独殷佐，嘴巴跟上了拉链一样不知道叫人，苏一灿盯着他看了眼，也没在意。

倒是岑莳走到他旁边，拍了下他的后脑勺："嘴巴被门夹了？"

殷佐缓缓抬起视线看向苏一灿，苏一灿已经站在电梯口，闻言也转过头看向他，就听见他慢悠悠地叫了声："师娘早。"

"……"

电梯门打开，苏一灿直接收回视线大步走了进去，只有万向阳状况外地问了句："你喊苏老师师娘干吗，你师父是谁啊？"

赵琦上去就给他一记栗暴："早上吃那么多都堵不住你的嘴。"

回去的路上，苏一灿接到了爸妈的电话，说杜敬霆去家里了，问她怎么没一起回来，她说学校组织活动，在回宁的路上。

爸妈让她下了高铁直接来家里吃饭，还问岑莳有没有跟她在一起，一起带来吃饭。

挂了电话，苏一灿便感觉头有些疼。

她不知道杜敬霆去她家干吗，更头疼的是，爸妈还要她带岑莳回去，她觉得这种场面无异于自杀。

于是她拍了拍赵琦，跟他换了个位置，在岑莳身边坐了下来。

一早上她看见岑莳都跟做贼一样，这会儿突然主动靠近，倒让岑莳意外。他侧眸掠了苏一灿一眼，苏一灿压低声音对他说："我爸妈让我把你带回去吃饭，我到时候就说你要带队训练，没空。"

岑莳双手搭在小桌板上，淡淡地回了句："我有空。"

"我知道你有空，我的意思是……"

岑莳见她欲言又止的样子，侧头瞧着她："就是什么？不方便带我回去？"

苏一灿没说话，垂着头。岑莳的目光从她脸上划过，继而问道："有我不能见的人？"

苏一灿抬起头回望着他，四目相对了几秒，对他说："有些事情我还没处理好。"

岑莳的嘴角勾起一丝轻慢："怕我过去拆你台啊？"

苏一灿收回视线，低下头沉默不语。

她和杜敬霆的事反正迟早得说，就是觉得现在这种情况，把岑莳带回去，几个人在一个屋檐下待着有点尴尬。

半晌，岑莳忽然开了口："我不会让你为难。"

苏一灿抿着唇抬眸看他，他转过视线看向火车外："起码不在你爸妈面前让你为难。"

说完这话，后半程他整个人闷闷地靠在座椅上一声不吭。

他话都说到这份上了，苏一灿没好再让他一个人回去，所以下了高铁和几个队员告别后，还是带着岑莳回家了。

只是没想到两人进门后，家里除了杜敬霆，舅舅和舅妈也来了，他们似乎已经从苏一灿父母处得知了岑莳的事，所以一见到他并不意外，简单问候了一下。

杜敬霆没有看岑莳，径直走到苏一灿面前接过她的包问了句："最近这么忙，周末还要加班？"

苏一灿含糊地"嗯"了一声。他顺势牵起她的手对她说："给你带了点东西，来看看。"

苏一灿像触电一样下意识把手缩了回来，转而去看岑莳，岑莳立在旁边和苏一灿的舅妈寒暄，眼神似有若无地落向他们。

苏一灿躲开岑莳的视线，垂着头对杜敬霆说："什么东西？"

杜敬霆微微扬起头，目光幽深地掠着她："放你房间了。"

苏一灿怕他又做出什么过于亲密的举动，自己先大步进了房，杜敬霆随后也跟了进去。

舅舅坐在一边调侃道："这么多年了，两人感情还是这么好，才进门就避着我们。"

舅妈笑道："你管年轻人那么多。"

舅舅回了句："我哪能管得了。岑莳是吧？过来坐，别客气。"

岑莳垂着眼睑，掩着逐渐变冷的眸光。

房间里，杜敬霆刚进去就顺手带上了门，转身对苏一灿说："临时接到你爸的电话，推了个活动过来的，才知道你舅舅也在。"

杜敬霆站在离房门不远处，穿着一件黑色大衣，身形挺拔，气质中有种天然的森冷感，明明在一个房间里，苏一灿却退到了房间角落，离他好几步远。

杜敬霆注视着她，缓缓开口说道："东西在那儿，早想给你了。"

苏一灿瞥见写字台上放着一个小盒子，看都没看便对他说："拿走吧，我不需要什么东西。"

外面苏妈喊吃饭了，杜敬霆下颌微勾，转而对她说："本来就是你的东西，物归原主罢了，你有空再看吧。"

说完他便拉开门走了出去，苏一灿也跟了出来。

坐在客厅里的岑莳抬起眸，漫不经心地扫了一眼，她的目光在空中和他短暂地碰了下，有些局促地进厨房帮妈妈端菜。

舅妈让她先去坐，对她说道："我来帮你妈就行了，你才从外地回来，歇着去。"

苏一灿走出厨房。岑莳在水池边洗手，她路过他身边的时候，他回身钩住了她的手指，湿润的水珠缠绕着她的指节，他重重捏了下，将她压在洗手台边，眼里氤氲着薄雾，气息很低。

隔着一堵墙，苏妈和舅妈就站在厨房里忙碌，随时会端菜出来，苏一灿的心跳声如打鼓，拉了他一下："别闹。"

岑莳低垂着眸，眼里有火光。她没办法在这个时候跟他解释什么，只能放软了声音对他说："先去吃饭，好不好？"

他手上的力道松了些许。

两人走向饭厅的时候，舅舅、苏爸和杜敬霆已经落座了。杜敬霆坐在苏一灿旁边的位置，她自然而然往那个空出的位置走去，却感觉衣角被人拽了下，她回过头，岑莳就立在她后面，问了句："姐，我坐哪儿？"

虽然只是很平常的一句话，可他眼里却涌动着不明的情绪，仿佛在说"你跟他坐，那我坐哪儿"？

苏爸赶忙招呼道："岑莳啊，来坐这里，随便坐。"

他没有动，转而看向苏一灿，仿佛在征询她的意见。

苏爸便对着苏一灿说："你带岑莳坐啊，站在那儿干吗？"

苏一灿绕到桌子对面，抬起头对岑莳说："你坐这儿。"

岑莳几步走了过来，在坐下时，顺手拽着苏一灿在他身边坐下来。苏爸和舅舅在说话，没注意他们，杜敬霆缓缓抬起眸盯着他们，又将视线落在面前的酒杯上，无声地转动着杯底。

不一会儿菜都上了，苏妈和舅妈也都落座。

一杯酒下肚后，舅舅说道："小杜啊，我们很快就要成一家人了，婚礼的事还有什么没弄好的，你知会一声。"

杜敬霆笑了笑，抬起头看向苏一灿。苏一灿微蹙了下眉，听见岑莳问她："那个怎么吃？"

苏一灿侧头看去，对他说："烤鸭蘸上酱汁裹着皮吃的。"

岑莳转眸对她说："帮我弄一个。"

苏一灿抬手帮他裹了一个烤鸭卷递给他。

舅舅和杜敬霆开始喝起了酒，难免聊到最近开发区项目的事，言语中几次试探，杜敬霆都不急不慢地跟他打着太极。

岑莳咬了一口烤鸭卷，低声对苏一灿说：“这个是什么？”

苏一灿告诉他：“是葱，你不吃吗？”

岑莳转头看向她手里的，问道：“你为什么没放这个？”

“因为我不吃啊。”

岑莳突然对她笑道：“那我吃你的。”

苏一灿摇了摇头：“我咬过了。”

岑莳直接从苏一灿手上抢了过来放进嘴里，苏一灿愕然地看着他，还好长辈们的注意力都在说话的舅舅那边，苏一灿暗自庆幸，转过头的时候却对上杜敬霆冰冷的目光，他皮笑肉不笑地应付着舅舅，一口干掉了杯中酒，落了句：“这件事不是我一个人拍板，要不还是正常走流程吧，条件到位，我这边自然也好操作，要不然……”

“咚”的一声，舅舅将酒杯放在餐桌上，声音有些不悦：“还要我求着你办事了？”

杜敬霆垂眸笑了起来，笑意极浅未达眼底：“不敢。”

舅妈及时出来缓和气氛，说道：“行了，吃饭别说工作上的事，听着就心烦。要我说啊，你们这婚事还得加紧办，别总想着工作，灿灿今年也不小了，抓紧要个小孩安定下来。”

苏一灿放下了筷子，面色发沉地抬起头说：“我吃好了，你们慢吃。”说完她便丢下筷子走去阳台透气，也没开灯，就拿着浇水壶漫无目的地喷着那些盆栽。

窗外是宁市灯火通明的夜色，远处高楼林立，这里的夜晚比凤溪喧闹很多，可是她还是想赶紧回去，一秒都不想多待。

没一会儿，身后响起一声很轻的“吧嗒”声。她侧过头，看见岑莳靠在阳台边上，有一下没一下地抛着手中的打火机，垂着视线看不清神情。

苏一灿回过身问他：“吃好了？”

他手中的火星子一闪，想点烟，似乎想起这里不能抽烟，又将打火机收进裤兜中，抬眸看向苏一灿，冷不丁冒了句：“好奇你生的孩子长什么样？”

苏一灿气不打一处来，抱着胸瞪着他：“什么鬼？”

岑莳表情认真地看着她：“个子不会矮，棕色的眼睛，可能会是自然卷，要是女孩，身材应该不错，男孩肯定也很帅气，基因这么好，可以考虑多生几个。”

“什么棕眼睛自然卷？我生的孩子为什么会像你？”

她的声音戛然而止，隔着过道，两人的目光在月影下无声地交会。

苏一灿忽然嗤笑一声，别过头骂了句："臭小子。"

身后响起脚步声，两人不约而同停止了交谈。

杜敬霆的身影出现在岑蔚的身后，岑蔚没有动，也没有回头，只是原本脸上的笑意渐渐散了。

苏一灿将浇水壶从左手换到了右手，岑蔚朝她伸出手，她自然地将浇水壶递给他，他帮她放好。

杜敬霆默不作声地看着这一切，目光停留在苏一灿身上，流畅刚毅的线条给人一种无声的压迫感，低眉寡淡地说："你还真是越发胡来了，想过你爸妈知道你跟他搞到一起的感受吗？"

苏一灿眼神微抬看向岑蔚，微微蹙起眉，又看了眼客厅，转而对杜敬霆说："别误会。"

"没误会。"立在另一边的岑蔚突然出声，缓缓直起身子抬手将苏一灿拽到身前。他握着她的手很用力，生怕她临阵逃脱，但这一次她没有挣脱，只是垂着视线任由他牵着。

杜敬霆紧了紧牙根，眼里突然现出一抹罕见的狠戾。

就在这时，苏妈在外面喊了声："你们进来吃点水果啊，都站在阳台也不开个灯。"说着就走了过来。

苏一灿将手从岑蔚掌心挣脱，杜敬霆转过身，脸上不带任何情绪地对苏妈说："我还有点事，先走了。"

苏妈有些诧异："不多待会儿？"

苏妈转身送杜敬霆出门，他们的身影刚拐过客厅，岑蔚便转身单手穿过苏一灿的腰，闷闷不乐地将脑袋埋在她的颈窝，温热的唇似有若无地摩挲着她细滑的肌肤。

苏一灿被他弄得很痒，又不敢出声，只能声音很小地对他说："岑蔚，你别这样……"

他的嗓音里带着难以压抑的情绪对她说："和他断了。"

苏一灿抬起头，越过他的肩膀看向远处的电视塔，在夜的笼罩下闪烁着一圈圈霓虹。她曾去过那儿一次，在很多年前，杜敬霆拿到第一个月实习工资时。门票单人一百二十块钱，对于当时都是穷学生的他们来说并不便宜。那时，他们站在最高处俯瞰整个城市，她问他："如果以后我们之间出现了不可调和的矛盾怎么办？"

高处的风很大，他把她搂得很紧，对她说："没人能保证不被环境影响，如果你迷路了，我会在原地等你，如果我迷路了，我自己会找回来。"

她反问他："但你回来了，我已经离开了怎么办？"

他只是对着她笑："离开去哪儿？那你不如把我的命也一起带走。"

电视塔的灯光闪了一下，变换成另一种颜色，苏一灿眼里的光也跟着闪烁，一丝温热攀上眼眶。有人说人死之前，生时的回忆会在脑中掠过，那么一段感情被埋葬前，是不是也会这样？

岑蔚抬起头，遮挡住窗外的电视塔，苏一灿的眼里便只剩下他。

她躲开视线，揉了揉眼睛对他说："你先回凤溪吧，我还有事要和家里说清楚。"

4

舅舅和舅妈走后，岑蔚便也离开了。苏一灿回到自己的房间，打开了杜敬霆留下的那个小盒子。里面是一个海豚钥匙扣，上面挂着一把铜钥匙，只是个旧物件，对她来说却如此熟悉。

从前他们刚搬进小房子的时候，她总是找不到钥匙，后来有一次杜敬霆去外地出差，回来给她买了个海豚钥匙扣，是一只身形弯起来跳跃的海豚。有很长一段时间，这个钥匙扣陪她走过漫长的冬季和炎热的酷暑。

再次搬家的时候，旧的钥匙丢了，这个钥匙扣也找不到了。

她不知道为什么兜兜转转这个东西会在杜敬霆那里，只是此时钥匙扣上拴着一把铜钥匙，和当初被她丢掉的那把好像一模一样。握着这个钥匙扣，记忆不禁和过去联通了。

那一年，他将钥匙交到她手中的时候对她说："你把钥匙拴在包里，别再弄丢了回不来……"

她抓着这把钥匙，视线慢慢模糊。

良久，她转身打开门走了出去。

一开始家里很安静，后来是东西被砸碎的声音，苏爸的吼声和苏妈的哭声交杂在一起。

在父母眼里，她和杜敬霆的感情一直很稳定，都到了谈婚论嫁的地步。这么多年过来，他们早已将杜敬霆当成自家人，突然得知他们已经分开的事实，老两口一时无法接受。

苏一灿本来准备再缓一缓的，可今晚这顿饭让她知道不能再继续拖下去了，一旦她和杜敬霆的关系跟利益扯在一起，后面想说清楚就更难了。

苏爸气得手抖，指着她说道："让你回来宁市工作你不肯，非要一个人跑去凤溪，能不出问题吗？感情再好也经不起你这么折腾！你什么时候才能懂事，不让我们跟着操心？"

苏妈一边抹着眼泪一边说道："小杜知道换季你爸腰会不舒服，在外地还让人送按摩仪过来，他对我们都能这么上心，我就不明白了，你怎么就能对他这么铁石心肠？你不要以为我不知道，你去了凤溪以后，小杜三番五次去找你，你都对他不冷不热的。他是在外面做大事的人，你还要他怎么低声下气去求你？有什么事非要闹成这个样子？你倒是说说看啊。"

苏一灿把所有情绪咽进肚子里，一声不吭，任凭父母怎么说她，逼问她分开的原因，她只是安静地承受，没有指责杜敬霆一句，也没有将两人之间的不堪摊开在二老面前。

岑莳的确和舅舅他们下了楼，只不过在他们上车后他又折返上来，靠在大门外默默地解着手中的金属锁扣，一遍又一遍，无声地听着里面的动静。从安静到大吵，再到低低的哭叹，他不知道苏一灿是怎么面对崩溃的父母，最后，门内再度恢复安静。

一直到夜很深，苏一灿才穿好鞋子套上外套，拿起包打开大门。当她踏出家门的那一刻，昏暗的门廊前，岑莳修长的身影安静地等在那里。

她轻轻带上了门，细微的声音让廊前的声控灯亮了起来，她的轮廓也更加清晰。

隔着两步的距离，岑莳看见了她脸上的憔悴，好似刚经历了一场浩劫，灯光映照下，脆弱得仿佛随时要倒下，就连那双平时艳冷的凤眼，此时的光都是涣散的。

岑莳什么也没说，只是朝她走去，牵起她的手，带她走进电梯，再走出小区，拦了车。

出租车上，苏一灿始终目光空洞地望着窗外，很安静。他拉过她的手，轻轻捏着她的手指。

她的手生得好看，修长匀称，骨节柔软。他的指腹温柔地摩挲着她的手背，动作很慢，但是舍不得放开，眷恋又有些心疼，声音很低："为什么不跟你爸妈说，要自己扛？"

红灯，车子停下。

夜里的市区车辆依然川流不息，苏一灿的目光停留在北街的路口，穿过那里就是她和杜敬霆的第一个小家。那个只有五十多平方米的小房子，承载着她对这段感情所有的记忆。

随着绿灯放行，车子开过那个路口，她的目光掠过曾经熟悉的街道，也好似彻底和过去告别。

她对岑葑说："你知道有种病能让人不语、不动、不食吗？"街口被甩在了身后，她收回目光，"我得过这种病，没有社交，疏远亲友，不停吃药，头发大把地掉，人瘦得很恐怖，被人当怪物……"

岑葑垂下视线，将她的手指收紧握在掌心，听见她继续说："后来我得了肠胃病，有时候在外面会控制不住地呕吐，被人指着议论，我觉得丢脸，甚至想死，但是他会扔掉手上的东西，用衣服裹着我，带我回家处理这些……难堪。除了父母，很难想象有谁会有耐心面对这种日复一日、没有尽头的磨难。"

她垂下视线，气息很弱地说："这个世界上，不是光有爱情这一种东西。"

她侧过头望着岑葑，岑葑也慢慢转过视线。他的眉拧了起来，这是她第一次亲口告诉他她不堪的过去，也是第一次将她的脆弱完完全全展示在他面前，让他看见了他从未触及的情感，陌生却又复杂。

她对他说："岑葑，我累了。"

他的眼眶有些热，好像突然明白了她不争不吵的原因。

这是一场漫长的磨砺，外人或许很难给那段经历定性，善与恶，对与错，对她来说都不重要了，可是他突然明白过来，没有那段经历，她或许不见得能像现在这样完好地坐在他身边。

岑葑将肩膀伸到她面前对她说："累了就靠上来。"

苏一灿望着他没动，不知道是不是昨晚没睡好，今天又折腾了一整天的缘故，她的眼睛已经涣散无神了，岑葑便将她的脑袋拨到了肩上，她好像终于找到了支点，很快就睡着了。

凤溪老家门前的巷子很窄，很多出租车司机怕掉头麻烦不愿往里开，岑葑只有拖着困顿的苏一灿下车，干脆把她背到肩头上，还没走两步，她又闭上了眼，和父母谈判的这两个多小时似乎已经耗光了她所有的精力。

进了家后，岑葑帮她打水，将她拉进怀里替她洗脸。苏一灿终于睁开眼，迷蒙地对岑葑说："这样不好……我们这样不好……"

岑葑绷着脸不说话，她挡开他的手，他干脆低下头咬着她小巧的耳垂："怎么样好？我就想对你这样。"

苏一灿笑着摇了摇头，站起身走进浴室。从浴室出来时她已经换上了睡衣，走回房刚准备关门，岑莳抵住了房门，眼神灼灼地看着她。

苏一灿倚在门边，长发落在肩上时，她明艳的五官总会给人一种风情万种的感觉，嘴角挂着似有若无的笑意，对他说："我今天累了，你让我好好想想。"

他的眼神有些幽暗，伸手勾住她的睡衣腰带，垂着眼睫问："不能进去吗？什么都不做。"

她对着他笑："不能。"

岑莳嘴角的笑也蔓延开来，抬起眸望着她，有细微的电流在两人之间流动，但最终他收回了手，转身去了另一间房。

岑莳在床上躺下来后，翻出了珀西的电话。现在美国时间是早上七点多，珀西睡意蒙眬地接通。

他对珀西说："这几天有空把我那辆兰博基尼处理掉。"

珀西瞬间清醒过来，在电话里不可置信地叫道："你疯了吗？你打了那么久的球才狠心买下的，才开过几次啊，说卖就卖了？不是说再穷都不会动这辆车吗？"

岑莳躺在昏暗的房间里，转动着手上的金属扣环，对那一头的兄弟说道："嗯，我在这边需要用钱，尽快吧。"说完他便挂了电话。

虽然前一天晚上，苏一灿的爸妈因为突如其来的打击对她说了一些重话，但到底女儿的情况比较特殊，当初几乎丧失生活能力时是杜敬霆在她身边才撑了过来，现如今她和杜敬霆闹分手，父母还是担心女儿的状态，所以第二天苏妈就赶来了凤溪，打算在这里住一阵子陪陪她。

篮球队的训练在第二周恢复了，天气越来越冷，每天早晨天蒙蒙亮，殷佐的身影便出现在学校大操场，雷打不动。而篮球馆最晚走的永远是龅牙明，他不是篮球队的成员，无法参加集体训练，如果大家练习传球或者运球，他便一个人站在角落自己练，本来大家都觉得以他的性格绝对坚持不了几天，但没想到他每天训练的时间比正规队员都长。

赵琦的话比从前少了些，训练结束他会单独留下来练投篮，很枯燥乏味的循环练习，几乎每天晚上都能在体育馆看见赵琦和龅牙明的身影。

岑莳最近没有去酒吧工作，主要精力都放在了篮球队，偶尔也会留得晚些，对个别队员单独指导。

　　苏妈过来后，苏一灿和岑芿的生活倒是滋润起来，每天回到家都有热汤热饭，岑芿又搞来些关于体育营销学的书籍，有时候他自己看得吃力，吃完饭会拉着苏一灿帮他读一段。

　　通常他们在大桌上看书的时候，苏妈就坐在客厅沙发看看电视、打打毛线。绝大多数时候，岑芿会拿个本子坐在苏一灿旁边，她读的时候，他会做些笔记，写的是英文，苏一灿看不懂。她问过他为什么要看这些书，他只是告诉她在为以后做准备。具体做什么准备，苏一灿也没多问，猜想大概是上大学的准备，不过她倒是问过他需不需要找些英文版的书，岑芿一口拒绝了，他只说了句国内外市场不一样。

　　偶尔他会放下笔看着她出神，故意凑近她问她某个字怎么读。每当他的气息靠近时，苏一灿总会紧张地朝老妈望去。

　　仿佛是刻意逗弄她似的，有时候她在读书时，他会不经意钩住她的手指，用身体挡住苏妈的视线，把她柔软的手攥在掌心里。苏一灿拿眼瞪他，他就对她笑，笑得痞痞的。苏一灿拿他没办法，又怕引来苏妈的注意，只能偶尔纵容他这些小动作。

　　苏妈住过来的这段时间，没再提起杜敬霆的事，一切都看似风平浪静，然而有一件事一直萦绕在苏妈的心头。她近来接到好几次苏一灿舅舅的电话。据说杜敬霆那边彻底拒绝了舅舅的请求，而且这次事情做得比较绝，他底下办事的人现在连电话都不接了。

　　舅舅大发雷霆，找到苏妈，想让苏一灿去问问杜敬霆到底是什么意思，然而这件事被苏妈压了下来。考虑到苏一灿和杜敬霆目前的情况，她没有将这件事告诉苏一灿。

第十六章

回到原点

1

年底杜敬霆通常很忙，但这么多年了，他似乎已经习惯了这种忙碌。

才参加完一场会晤出来，杜敬霆站在门厅前和两个熟人聊了几句地产私募基金的事。天色渐渐暗了下来，旁边不少工作人员在忙碌，似乎在为下周的活动做布置。

没一会儿，展厅经理上前客客气气地说了句："杜总，还要劳烦你们移步了，展板待会儿要运出去换新的，这里灰尘大。"

杜敬霆点了下头，说："那我先走了，有时间再聊。"

面前两人也跟他道了别。

就在杜敬霆离开之际，他回头看了眼，脚步忽然顿住了。他转过身，锃亮的皮鞋踩过一地狼藉，停在了那幅拆到一半的展板面前，墨黑的眼里沉着一汪深潭，不见底。

展厅经理见杜总又回来站在展板前，忙上前解释道："杜总，这是七夕的时候我们和米莱杂志联合举办的活动，那次活动反响挺好的，主要是围绕情侣……"

助理小陈用手拦了下，展厅经理的话戛然而止，有些不解地盯着杜总。他以为杜总盯着这个展板是询问上次的七夕活动，正准备汇报，然而杜总似乎并没有在听他说话，只是紧紧盯着展板，目光暗沉。

他顺着杜总的视线朝展板望去，上面除了一些活动介绍就是背景的两个模特。杂志社这两个模特找得挺好的，男的是个混血，身材样貌都没得说，俯身看女人的时候表情很野很勾人；女人并不是时下的网红脸，但身材火辣，属于氛围感美女，有一种又纯又欲的感觉。展板刚到的时候，工作人员都觉得这两个模特找得挺绝。展厅经理这会儿也很忐忑，不知道杜总到底是在看人还是在看活动介绍，大气也不敢出，立在旁边待命。

直到负责人在另一边给他使眼色，他才再次壮着胆子试探地说："杜总，这个展板已经卸到一半了，站这儿不太安全，要不……"

他还没说完，杜敬霆已经收回视线转身大步离开，门厅的人这才松了口气。

凤南二中一年一度的校运会要开始了，体育教学组的人需要筹备校运会的各项工作，苏一灿近期又忙碌起来，要拟订今年的赛程规定，安排场地、比赛器材和奖品，最近时常待在器材室。

岑莳中午去找苏一灿吃饭，老远就看见江崇掠进器材室，说了几句话后，江崇递给苏一灿一张卡，苏一灿接过，瞥见门外走来的岑莳，把卡放进了口袋。

江崇回头看了一眼岑莳，和他打了声招呼就走了。

岑莳靠在门框上："吃饭去。"

苏一灿回身锁了门，和他一起往食堂走。

路上，岑莳忍不住问她："江老师给你的是什么？"

苏一灿回道："没什么。"

岑莳便没再继续问下去。

下午，苏一灿接到了舅舅的电话，说有个项目过几天到截止期了，有东西要给杜敬霆，最近一直联系不上他人，让苏一灿帮忙问问看。

苏一灿当时人正好在体育馆，篮球队的人陆陆续续过来了，都在准备热身训练，路过她身边的时候嬉皮笑脸地喊她："苏老师。"

苏一灿朝他们点了点头，走到外面的过道，翻出杜敬霆的号码，又回身看了眼，岑莳拿着记录板在和赵琦说话，周围的队员都围了过去。

苏一灿收回视线，低下头拨通了号码，响了三四声后，那边接通了，杜敬霆低沉的嗓音传了过来："喂，灿灿。"

苏一灿转过身，望着窗外的操场说："舅舅说要送什么东西给你，联系不上你，你在公司吗？"

杜敬霆那头很安静，他的声音似乎掺杂着些鼻音，告诉她："不在。"

苏一灿停顿了一下，对他说："舅舅让我问你一声，去哪儿能找到你。"

电话那头没了声音。

半晌，杜敬霆才缓缓开了口："不太方便告诉外人。你应该知道在哪儿能找到我。"

苏一灿拿着手机的指节紧了些，两人都没再说话，电话里出奇地沉寂，直到舅舅的电话再次打过来，苏一灿才匆匆说了句："先挂了。"

入冬的白天要短一些，太阳已经无声地镶在西边，好像不知不觉一年又要过去了。她和舅舅通完电话，静静地在窗边站了会儿，看着冬日的暖阳一点点下落，拿出手机给体育馆内的岑蔚发了条信息：我去市里帮舅舅跑个腿，你结束后自己回去。

然后她便收了手机，匆忙离开体育馆。

苏一灿内心是不愿意跑这一趟的。自从和家里人摊牌后，她便想和过去彻彻底底做个了结，可是舅舅、舅妈从小对她就很好，只是送个东西的小事，她无法回绝。

所以再次站在这扇门前时，她的心情是复杂的。

苏一灿一手拿着文件袋，一手攥着海豚钥匙扣，半晌没有动。

这里似乎和以前不一样了，她记忆中直到搬走前，右边的过道还堆着纸箱。

苏一灿有些恍惚，好像自己只是出去溜达了一圈。还是原来的地方，却早已物是人非。

她看着完全陌生的钥匙孔，将手上那把钥匙插了进去，轻轻转动，门锁发出"咔嗒"一声，紧接着防盗门被她打开了，家里漆黑一片。

她喊了声："杜敬霆？"

没有人回答她。

她试探地踏进去，顺手按亮了门口的灯。

当熟悉的画面以这种猝不及防的方式突然撞进苏一灿的眼眸时，她愣在门口，心绪翻涌。熟悉的小饭桌，熟悉的双人沙发，就连那个她亲手打的木质酒架还完好地挂在墙上，一切都那么不可思议，在他们卖掉这间小房子时，她从没想过自己会有回来的这一天。

房间的门突然被人打开，杜敬霆套着一件深蓝色的睡袍从里面走了出来，在看见站在门口的苏一灿时，他的目光变得幽暗难懂。

有那么一瞬，苏一灿甚至有种想逃离的感觉。

但在她这个想法刚滋生的时候，杜敬霆已经走向客厅对她说："拖鞋在鞋柜里，进来吧。"

苏一灿打开右手边的鞋柜，果不其然在里面看见了一双女士拖鞋。

她不知道杜敬霆住的地方为什么有女士拖鞋，是不是专门为其他人准备的，如果是，她情愿光脚。

杜敬霆已经在客厅的单人椅上坐下，见她不动，挑起眼皮看向她，似乎是一眼看穿了她的心思，出声说："这里没人来过。"

苏一灿瞥了他一眼，将拖鞋拿了出来，换上鞋后拿着文件袋走了进去。

其实客厅的双人沙发早已不是他们从前买的那组布艺的，虽然大小规格差不多，却是名贵的意大利品牌。以前他们总喜欢窝在这个小沙发上，只是如今换成真皮的材质，多少让人感觉有些冰冷。

这组双人沙发旁放着一个单人靠椅，杜敬霆便趿着拖鞋倚在单人椅上看着她，苏一灿便只能在沙发上坐下，然后将手中的文件袋递给他。

杜敬霆默不作声地解开袋子，将里面的材料拿出来翻看。

屋子不大，又在小区最里面，夜幕降临后几乎听不见窗外的声音，空气出奇地静谧，只有墙上秒针的走动声和杜敬霆偶尔翻页的声音。

苏一灿踩着脚下的拖鞋，鞋底很柔软，像踩在棉花上。

她低眸扫了眼，发现杜敬霆脚上穿的是深蓝色的，和她脚上淡米色的拖鞋除了颜色不同，似乎是同款。

在他又一次翻页的时候，他抬起视线掠了她一眼，苏一灿收回目光。

他问道："喝水吗？"

她别过头回："不用，你看吧，我等会儿。"说完她拿出手机低头滑着。

屋里的灯光有些暗，苏一灿虽然表面上低头看着手机，可到了这个熟悉的环境，她的精神根本没法集中。余光看见客厅中间悬挂着一盏泛着黄色微光的装饰灯，和他们以前的那盏很像，对面原本是一台立式的 32 寸液晶电视，她从前和杜敬霆说电视太小，又总觉得没坏换了可惜。

如今那里挂着一台 60 寸的电视，在这个不算大的客厅里着实有些突兀。

身旁突然有了动静，她回过视线，看见杜敬霆已经将那沓材料放下了。他双腿交叠而坐，如今三十出头的他，早已褪去了少年气，举手投足之间是成熟男人的清贵儒雅，看向苏一灿时，眼神里似乎还有熟悉的温度，但更多的是陌生难懂的复杂情绪。

他的手搭在座椅把手上，淡淡地对她说："我大概看了一下，你舅舅有跟你说这里面是什么吗？"

苏一灿摇了摇头："没有，怎么了？"

杜敬霆沉默了一瞬，缓缓起身从酒架上开了一瓶红酒。

苏一灿始终紧盯着他，睡袍在他身上勾勒出男人的线条，他回身将一杯红酒放在苏一灿面前，她声音颇冷地说了句："开车，不喝酒。"

杜敬霆浅笑了下，兀自拿着红酒喝了一口，薄情的眼睛此时却沉着一抹光，看着杯中的红酒对苏一灿说："你舅舅的事你知道多少？"

苏一灿微蹙了下眉。去年中秋前后，她听家里人说起过，舅舅之前的一个工程出了点问题，好像还扯上了什么官司，具体情况她也不知道，只知道舅舅这一年的日子并不好过。

杜敬霆瞥了她一眼，放下酒杯，声音不疾不徐地对她说："几年前他挪用了一笔公款填窟窿，后来被投资人发现，官司打到一半，投资人撤诉了。"

苏一灿不禁问："为什么撤诉？"

杜敬霆静默地看着她，黑沉的眼珠泛着淡淡的光，慢条斯理地说："恰巧那个投资人当时在和我接触。"

他没再继续说下去，但苏一灿明白过来，投资人会突然撤诉，杜敬霆应该在当中做了什么。

她的目光落回那份材料上："那这个呢？"

杜敬霆看着她，笑意很淡："你舅舅的这些条款算是孤注一掷了，还特地让你跑这一趟，你说我是答应好，还是不答应好呢？"

苏一灿绷着脸，心慢慢沉了下去。

杜敬霆的话她听明白了，今天舅舅根本就不是拜托她来送文件的，而是希望通过她让杜敬霆点头。

杜敬霆当年欠舅舅的人情，早在那场官司中该还的都还了，如今这份材料，他没有理由点头。

苏一灿放在身前的手紧了下，抬起头看向他："后果是什么？"

杜敬霆清俊的下颌微动，将放在苏一灿面前的红酒又往她那边推了一下，拿起自己的红酒看着她。

苏一灿咬了下牙，端起酒喝了一大口，放下酒杯盯着杜敬霆。

他告诉她："亚邦现在在外面的口碑不好，可以说是四面楚歌，如果这次项目进不了常规单位名录，后面的路子基本上也就断了。我不是不愿意拉他一把，但这件事我一旦插手，自己也得掉层皮。"

她相信杜敬霆没有骗她，上次能在那么突然的情况下把她叫回家吃饭，虽然家里人没有告诉她缘由，但她能想到舅舅现在的处境不好，否则爸爸也不会亲自打电话给杜敬霆。但现在这种情况，让她放下身段求杜敬霆帮忙，她做不出来，何况他话已经说得这么明白，帮了舅舅的忙，他也得付出不小的代价。

突然，一阵"叽叽喳喳"的声音打断了两人的谈话，苏一灿侧过头去看墙上挂的钟，整个人怔住了。她已经记不得当初是看的哪部老旧的电影，背景是中世纪的英国，女主人公的房间挂了一个很可爱的钟，每当整点的时候，钟里面会跳出一只小鸟"叽叽喳喳"地报时，她当时说好想要那个钟，可杜敬霆说在家挂这种钟吵死了。

她猛地回过头看向杜敬霆，杜敬霆只是半垂着视线，光影缀在他的轮廓上，他的眉眼深刻沉静，仿佛还有些寂寥。

房子很小，没有正儿八经的客厅，旁边就是一张饭桌，客厅和饭厅在一起，不过从前就他们俩住，哪里都可以吃饭，有时候还会窝在厨房吃。

想到厨房，她的目光朝厨房的方向看了一眼。

杜敬霆对她说："冰箱还在老地方，想喝水自己去拿。"

苏一灿的确需要一个借口暂时离开，想想怎么处理这事，她便拿着手机起身，几步走进厨房。

冰箱果然还放在原来的角落，只是早已换成了智能的。她拿了一瓶水走到水池边，抬起头是一扇不大的窗户，厨房没有使用的痕迹，但是东西很齐全，恍惚间好像就连油、盐、糖摆放的位置都和从前一样。

她拿起手机拨通了舅舅的电话，告诉他东西已经交到杜敬霆手中了。

当舅舅问杜敬霆怎么说时，苏一灿踟蹰了半晌才说："我……其实和杜敬霆已经分开了，这件事我能帮的有限。"

舅舅猛然听说这个消息似乎很震惊，在电话里缓了半天才对苏一灿说："我知道了，难为你了，如果可以的话，你能不能……算了，你先回去吧。"

苏一灿能听出来舅舅想对她开口求助，但话到嘴边还是没忍心说。

挂了电话，苏一灿双手撑在水池边垂下头。她不知道拒绝舅舅后，他的处境会怎样，到底是一家人，她心里也不好受。

她感觉到有温热的气息在她身后笼罩而来，她抬起头看见玻璃窗上映出杜敬霆的身影，几乎同时，身体已经跌入他的怀中。

苏一灿的心惊了一下，挣脱的时候，杜敬霆收紧了力道，将她困在胸前，声音低沉地说："回来，离开那个小男孩，我答应你舅舅。"

苏一灿的身体突然僵住。杜敬霆将脸埋在她的发丝间，久违的温柔醉了他的眼眸，里面的光泛着微醺的迷离，他声音很沉、很重，也很凄凉，对她说："我都答应你，只要你回来。"

2

人还是那个人，怀抱还是那个怀抱，曾经贪恋的温度，如今对苏一灿来说却有些抗拒，她动了动手臂，杜敬霆干脆将她转了过来。

月影婆娑，他立体的骨骼有着东方男人的英气，气质却清冷，那双薄情寡淡的双眼看着她时，又有让人无法招架的强势柔情。从前苏一灿便是被他这种特有的气质吸引，而如今，她只是闪躲着他的眼神，低垂着视线。

杜敬霆握住她的双臂，对她说："你看看这个家，能还原的我都尽力去还原了，回来好不好？"

苏一灿无法否认，在这个房子里度过的日子是她出事后最安逸的光景，甚至一度忘记了曾经还有那么辉煌的梦想，再次回来，仿佛那些汹涌的记忆也一并回来了。

她以为自己在凤溪待了那么久，对于杜敬霆，对于过去那些事早就看开了，可再回到同样的环境，她的情绪还是无法控制地受到干扰。

她狠狠推开了他，大步往外走。

杜敬霆转过身对着她的背影说道："你问问圈子里有几个人愿意为你舅舅做担保？上次的事过后，亚邦里面多少股东忙着撤资。出了这扇门，你舅舅的路也彻底封死了，你想清楚。"

苏一灿停住了脚步，双手渐渐握成了拳，纤细的背影轻轻颤抖着，忽然转过身，对着杜敬霆说道："你在威胁我？"

"我只是让你看清事实，灿灿，现实点，这样对我们都好。"

苏一灿眼里浮上嘲讽："现实点？怪就怪我这个人没有你现实，做不到身心不一。"说完她直接走回客厅拿起包。

杜敬霆几步跟了出来，在她准备离开时挡在她的面前，拽掉她的包扔在一边，眼里也覆上一层愠怒："就这么稀罕那小子？"

苏一灿也有些恼火地说："这是我的事。"

她俯身要去拿包，杜敬霆直接扯住她的手腕，她另一只手朝他推去。

挣扎中两人碰倒了红酒，红色的液体溅在苏一灿浅色的外套上，杜敬霆提着她的两只手将她按倒在沙发上，抬手就去扯她的外套拉链，苏一灿惊得弯起膝盖直击他腹部。

杜敬霆的身形顿了下，不可置信地抬起头看着她，声音里压抑着怒火："你以为我要干吗？你衣服脏了看不见？"

苏一灿狼狈地拽着自己的外套，刚站起身，杜敬霆便从她身后揽住她的腰，将她反手抵在酒架边，漆黑的眸子涌动着翻腾的火光："你到底要我怎么样？"

苏一灿喘着气，也来了火："我不想你怎么样，我现在只想离开。"

杜敬霆攥着她手腕的力道越来越重，仿佛要把她的骨头捏碎，眼里浮上狠辣的光，靠近一步："你以为我真会放你走？放你回去和他拍那些不堪入目的照片？要不是顾及你家人，我早对他动手了。"

"你敢！"苏一灿朝他怒吼出声。

杜敬霆看着她歇斯底里的样子，心里猛地升腾一把熊熊烈火，拽着她的手直接将她提了起来，强行扯掉了她的外套。

苏一灿朝杜敬霆狂吼，杜敬霆充耳不闻，女人的力量不及男人，情急之下，她抽出酒架上的红酒朝着杜敬霆举了起来。

杜敬霆并没有躲闪，反而朝她逼近，嘴角泛着嗜血阴冷的笑意指着自己的头顶，呼吸也变得急促起来："砸啊！用劲砸，我倒要看看你为了那个小子能疯狂到什么地步？"

苏一灿的手停在半空中，胸腔剧烈起伏，仿佛很久情绪都没有如此波动过，整张脸白得像张纸，毫无血色。

杜敬霆握着她的手腕，眼里的光变幻莫测，强大的气场压了过来，眼中透着狠厉，嘴角反而露出鬼魅的笑意："多稀罕，我在你面前睡其他女人你都不会有这么大的反应吧？居然为了个小子发这么大的脾气，真是让我大开眼界。"说着握住苏一灿的手，狠狠将酒砸在墙上。

"啪"的一声，鲜红的液体溅得到处都是。

伴随着苏一灿的一声尖叫，她整个大脑都是混乱发狂的。这么长时间以来她从没有和杜敬霆闹过，可是在这一刻，所有的怒气终于冲出胸口。自从那天破浪而出的那一刻，她感觉到体内有什么东西被唤醒了，她开始渴望改变，渴望摆脱束缚，渴望与这个世界较量。

破碎的酒瓶口还握在她的手中，杜敬霆尽力压制她的动作，然而酒瓶的碎碴几次从他手臂划过。

杜敬霆怔怔地看着她发狂的样子。

这是杜敬霆记忆中的苏一灿，直爽泼辣，浑身透着打不倒的坚韧。

她眼里不再平淡、空洞、毫无情绪，在这一刻，他看见了她死灰复燃的生机，像徒步穿越了塔克拉玛干沙漠终于看见了水源。

杜敬霆瞳孔微微震颤，里面沉着一抹难以言喻的激动。

空气里弥漫着血腥和红酒的味道，刺激着人的神经，她的头发乱了，丝丝碎发落了下来，原本没有血色的脸因为情绪起伏潮红一片，外套里面的白色针织衫也沾上了红酒。她整个人像带刺的玫瑰般扎人却又透着势不可当的野艳，绮靡得想让人摧折。

一簇簇火苗在杜敬霆的体内越烧越旺，他按住她的肩膀，俯下身的同时苏一灿抗拒地躲开，他干脆直接撕开她的领口狠狠咬着她的脖子，她长久以来的疏离、冷淡、抵抗已经彻底耗光了他的耐心，此时此刻，他只想咬破她的血管，喝光这个女人的血，将她永远留在身边。

苏一灿吃痛，死命蹬着双脚，杜敬霆干脆将她举过肩头朝着房间大步走去。

这一刻，苏一灿终于感觉到了危险和害怕，她试图冷静下来对杜敬霆说："你放我下来，你先放我下来！我和你说话，你听见没有？！"

然而杜敬霆的脸上是冷峻的神色，直接用脚带上房间的门，落了锁，将苏一灿狠狠扔在大床上，拉开腰间的睡袍，露出光洁的胸膛朝她压了过去。

一种天旋地转的感觉不停朝苏一灿袭来，她只觉得整个天花板都在旋转。她读得懂杜敬霆带着情欲的眼神，也知道他想干什么，有那么一瞬，她甚至想放弃挣扎，跟杜敬霆睡一觉，先帮舅舅搞定常规单位名录。成年人的世界里，这不过是各取所需的代价，现实点，一切都会变得更简单。

可当杜敬霆掀开她的衣服，忽然一双眼睛猛地撞进她的脑中，棕褐色的眸子，深情浓密的睫毛，带着强大的电流唤醒了她的理智。

她突然发了狠地开始挣扎，那凶残的劲头让杜敬霆也大为震惊。她掐着他的脖子，用指甲抓他，拳头往他身上招呼，杜敬霆只是一次又一次将她的双手按在枕边。手不行她就用腿，杜敬霆一再隐忍，直到再也忍不住同样发了狠，将她不老实的双腿也禁锢住，吻啃着她的脖子、锁骨，手掌的力道在她手臂上留下一道道瘀青。

苏一灿已经没有挣扎的力气，她就躺在杜敬霆的身下，双眼绝望地瞪着他，心像被放在火上煎烤，人已经一丁点力气都使不出来了，还在试图扭动身躯摆脱面前的男人。

客厅墙上的"叽叽喳喳"声又响了两次，她终于耗尽了所有力气，眼里的狠劲也一点点退了下去。这时她才发现杜敬霆被她弄得浑身是伤，手臂划了好几道口子，流着血，裸露在外的皮肤几乎全是指甲印，比她还要惨烈。

有那么一瞬，她像个局外人，看着这样狼狈的他们，侧过头闭上眼，睫毛剧烈颤抖着，一滴莹润的液体顺着眼角滑落在枕边。

杜敬霆黑沉凶残的目光在看见她的眼泪时彻底破碎了。

苏一灿只感觉困住她的力道慢慢瓦解，他抬起手掌轻柔地将散落在她脸上的发丝拿开，看着她这副不堪的样子，心口发紧，将她拽进怀中。她没有动，整个人仿若失去了知觉，没有声音，没有回应，仿佛连呼吸都停止了。

月影慢慢爬上夜空，透过窗帘的缝隙照了进来，将她的脸照得更加苍白。看着怀中的女人，杜敬霆的手忽然颤了下。

他还记得她第一次堵住他路的样子，一头短发，英姿飒爽，有些嚣张跋扈地对他说："我叫苏一灿，你可以叫我灿灿，认识一下呗。"

那时的他只觉得这个女孩真吵，仗着自己漂亮就觉得全天下的男生都该喜欢她，整天出现在他身边，阴魂不散。

可现在，他多想她还能那样对他笑，黏着他，无论怎样都不松开手。

原本他只是打算帮她走出噩梦，陪着她重新面对自己的人生，然后彻底放手，离开这个地方，他连后路都想好了。可为什么留下，为什么一直待在她身边，为什么为了给她一个家出去拼搏，他忘记了，忘记自己是怎么一点点沦陷在她的笑容里，她的温柔中。

可现在，他不知道继续这样捆绑着她，会不会连她最后一丝生气也夺走，他不忍心，也放不开。

他松开她走进浴室，拿着温热的毛巾出来，俯身擦着她脸上的汗渍和红酒。

苏一灿始终闭着眼，不知道是不是不愿意看见他。

杜敬霆拿起她的手臂，看见被他捏出的瘀青，心疼地吻了吻，声音几近颤抖："当初你砸了新家，不接我电话，不开门见我，我守在凤溪一整夜，零下八摄氏度，外面下着雪，我等了一晚，等你出来看我一眼，可你不肯理我。十天，二十天，一个月，从外地回来的路上我被送去医院，打电话给你，你还是不肯接，你知道我没有家人，这么多年也只有你……"

他替她擦去眼角的泪，然而眼泪却越擦越多。他的声音隐着无法压抑的悲痛："不管我做什么，你都不会给我任何回应。有时候我会想，你问我一句，找我求证一下，跟我发个脾气，哪怕拿刀子捅我，都比这样好受。灿灿，我能用的办法都用过了，我甚至也试过放弃我们这段关系，但我办不到，你教教我，应该怎么做才能回到过去？"

他的双眼布满血丝，声音像被泥土掩埋，沉闷、难忍、悲恸。

苏一灿缓缓睁开眼看着他，她的眼睛同样也是红的，声音早在吼叫中哑了，此时已经发不出声音，只是动了动唇对他说了两个字。

"尤靖。"

杜敬霆蹲坐在床边，将她的手握在掌心放在唇上，几乎用祈求的语气对她说："忘了她，我们都忘了她。"

她怎么可能忘了这个影响她一生的人？她动了动嘴唇。

"为什么？"

杜敬霆垂下视线，喉头的苦涩缓缓滑动着，咽进肚子里。

他们之间的问题从来都不是那些不相干的女人，而是尤靖。杜敬霆清楚，但他无法胡编乱造一个理由移走他们之间这座大山，早在他到她身边的时候，这座山就已经存在了。

她问他为什么？他无法告诉她为什么，一如当年。他只是反复说着："忘了她，我们重新开始，以后我只有你。"

苏一灿嘴角划过一抹凄凉。

岑莳今天留晚了些，单独喊殷佐聊了会儿。他发现近来殷佐训练有些狠，其实他像殷佐这个年纪的时候也是这样，为了某个技巧不知节制，回到家后膝盖都直不起来。

正因为他经历过那段岁月，才知道适度训练的重要性，他劝导殷佐不要急于求成。

回到家的时候已经九点了，苏一灿还没有回来，他给她打了电话也没人接。

苏妈也感觉有些奇怪，听岑莳说苏一灿下午就去市里找她舅舅了，便一个电话打给苏一灿的舅舅问情况，这才知道苏一灿是去杜敬霆那儿送东西。听灿灿舅舅的意思，东西傍晚就送到了，按理说，苏一灿早回去了。

挂了电话，苏妈还对岑莳说："应该没事，是去敬霆那儿送东西的，说不定两人这会儿在说话，没听见手机响。"

然而岑莳的心却沉了下去。他看着手机上的时间，一个电话接一个电话地打给苏一灿，那边始终无人接听。

他忍不住问苏妈杜敬霆的住址，苏妈还反过来劝慰岑莳可能两人闹矛盾了多处一会儿，岑莳已经重新穿好了外套，坚持道："不放心，我去看看。"

苏妈想起上次吃饭听说杜敬霆搬回老房子了，那个地方离苏妈家很近。她把地址抄给岑莳，岑莳拿着地址走了，没一会儿他又折返进了房。苏妈问他怎么了，他脸色不大好，只告诉她带点东西过去。

然后他提着一个黑色运动包出了门。

3

房间里一片狼藉，但两人的情绪都平复下来。

苏一灿从床上坐了起来，赤着脚走下床。

她凭借着记忆翻开衣柜，在第二个抽屉里找到了小药箱。她的手顿了下，鼻尖有些泛酸，但还是将药箱拿出来，走回杜敬霆面前，拉过他的手臂，撕开创可贴，避开指甲印，将酒瓶划开的口子贴上，低垂着睫毛对他说："以后别胡来了，走到今天不容易，跟谁赌气呢？"

杜敬霆一声不吭，看着手臂上的创可贴。伤口遮住了，心却在滴血。

他双眼通红地盯着她，拽着她的手不肯松。

苏一灿也红了眼眶，拍了拍他的手背："我和家里人说过了，舅舅那边也说过了，他们以后不会再拿生意上的事来烦你，你自己的路自己好好走，其实这个世界上，谁离了谁都一样……"

她抬起另一只手擦干眼泪，对他说："不闹了，我们都别闹了，你让手下把该清理的资产分割清楚，行吗？"

说着，她从他掌心将手抽走。

房间的门关着，大门外面的声音不太明显，直到敲门声越来越大，杜敬霆才抬起视线，到后来几乎到砸门的动静，苏一灿也愣住。

杜敬霆慢慢站起身打开房门往外走，苏一灿也站起身，在她刚踏出房门走入客厅时，防盗门"啪"的一声被人从外面撬开了。

岑蔚穿着深色牛仔外套，提着运动包立在门口，三个人就这样猝不及防地望着彼此。

空气终于安静下来，岑蔚的目光扫过碎掉的酒瓶、墙上的斑驳和扔在地上的外套，最后目光越过杜敬霆落在苏一灿身上。她头发散落，满脸泪痕，毛衣的领口被扯得凌乱不堪，肩膀和锁骨露在外面，皮肤上是刺眼的痕迹。

他就这样望着她，后槽牙紧紧咬合在一起，琥珀色的眸子缀着沉重的光。

他什么话也没说，抬脚走入屋中，将手中的运动包放在地上，目不斜视地掠过杜敬霆走到苏一灿面前。她眼里满是震惊地看着岑蔚，震惊他能找来这个地方，震惊他的破门而入。

然而震惊过后，便是无尽的难堪。

她低下头抱着自己的身体，岑蔚将深色外套脱了下来罩在她身上，在替她扣上扣子时，他的目光扫过那些触目惊心的痕迹，指节发出闷闷的声音，紧紧咬着牙根将每个扣子严丝合缝地扣好。轻轻拉起她的手时，他看见了她手臂上的瘀青，那一瞬他握紧了拳头，把苏一灿拉到了门口，然后折返回身，拎起地上的运动包，拉开拉链朝着杜敬霆狠狠砸了过去，声音阴冷得仿若从冰窟里传来："五十万，你的钱，你要还是个人就别再出现在她面前！"

一捆捆红色的钞票从包里掉了出来砸在杜敬霆的身上，落了一地。

岑蔚没再看他一眼，拿起苏一灿的包和外套，牵起她的手，带她告别了那满是狼藉的过去。

下了楼，一阵冷风吹过，苏一灿的手很凉。岑蔚只穿了件卫衣，手掌却滚烫。

他问她："冷吗？"

她点点头，不知道是真的冷，还是情绪始终飘浮着，身体里面发出的寒意让她微微发颤。

岑蔚将她揽进怀里。他的胸膛很宽，像一片天撑起了她此时的脆弱，让她感觉到了一丝温暖。

她对他说："我开车来的。"

岑蔚只是"嗯"了一句，没问她车停哪儿，似乎也不打算让她再开车回去，而是直接走到马路边拦了车直奔凤溪。

路上，苏一灿听见他打了个电话给苏妈，告诉她苏一灿和他在一起，让她不用担心，先睡。

挂了电话后，岑蔚一句话也没说，只是将苏一灿的手牢牢攥在掌心，用他掌心的温度一点点融化她指尖的冰凉。

出租车停在学校后门。

或许是怕苏妈看到苏一灿的样子担心，岑蔚没有直接将她送回去，而是把她带回了宿舍。

夜已深，宿舍楼漆黑一片，岑蔚牵着她上楼，打开宿舍的门，让她坐在床边。

他蹲在她身前要去解外套纽扣，她躲了下，用手抓住前襟。

岑蔚眼里的光微微波动，双手撑在床边，声音尽量放得很低，仿佛怕惊了她一样对她说："先穿我的衣服，把里面的衣服换下来，别吓着你妈。"

苏一灿想到衣服上的红酒，乍看上去像血一样吓人，她松开了抓着前襟的手，岑蔚仔细地替她把纽扣解开。

刚才只是匆匆一眼，而现在宿舍里只有他们俩，静谧的夜，清晰的光线，她的脖颈、锁骨一路往下布满瘀青。他的眼睛红了，声音发紧："疼吗？"

苏一灿张了张嘴，没有发出声音，只是摇头。

他抬起眸注视着她，发现她嗓子哑了，刚才听她出声就感觉到不对劲，也许是现在太过安静，她怕他担心，所以没有再说话。

岑蔚的目光暗了下去，他无法想象她经历了多么激烈的挣扎才会把嗓子喊哑，她绝望的时候，他没能及时赶过去……

岑蔚狠狠咬住自己的唇，直到血腥味在口腔蔓延，他才颤抖着用双眸牢牢望着她："他强迫你了？"

苏一灿抬起视线，看见有血模糊了他的下唇，她怔了一下，心疼得不知所措，眼神停留在他的唇上，大脑一片空白。

岑蔚忽然立起身子走到旁边拿起水壶，他平时不喝热水，宿舍有热水壶也从来没用过，他想给苏一灿烧点热水，发了狠一样将水壶洗了一遍又一遍，直到手都搓红了才将水壶插上电。

宿舍里有间很小的单人浴室，他始终没有歇下来，一会儿帮苏一灿找衣服，一会儿到处找杯子，发现宿舍没有杯子，又披上外套对苏一灿说："你换衣服吧，我出去找个杯子。"

他带上了宿舍的门。苏一灿将浅色的毛衣脱了下来，换上岑蔚的干净卫衣，安静地坐在床边等他回来。

岑蔚不知道跑去哪儿借了一袋一次性纸杯回来，他重新关上宿舍的门，门外的寒意带了进来，苏一灿只穿了一件他的卫衣，外套脏了被扔在另一边。他的卫衣套在她身上宽宽大大的，显得她很单薄。

岑莳走回床铺边，拉过被子盖在她的肩头，又往她身前拢了拢，然后什么话也没说，走回那张很小的桌子旁。

水壶里的水烧开后自动跳了，他拿出一次性纸杯的时候瞥见了旁边的垃圾桶，那件沾满红酒渍、被扯得不像样的毛衣就扔在里面。

他绷着脸，一言不发拿起水壶。

苏一灿见他杵在那儿半天，抬起视线看向他，他的侧面藏在阴影中，长长的睫毛耷拉着，整个人出奇地沉寂，一只手拿着杯子，一只手拿着水壶，不知不觉水倒满了，滚烫的开水溢了出来，流到他的手背上，他仿佛不知道疼一般一动不动。

苏一灿叫了他一声："岑莳！"

他的眼睫动了下，低下头放下水杯，声音有些喑哑地说："有些烫，你等下。"说着他将通红的手收进口袋中。

苏一灿又叫了他一声："岑莳。"

他低着头，似乎不忍去看她。

她望着他对他说："他没碰我。"

岑莳的身子僵了下，缓缓抬起头转过视线。

宿舍只有一盏吸顶灯，两人隔着几步的距离，就这样望着彼此。

苏一灿看见他这样难受，眼圈也红了，她声音很轻很哑地开了口："真的。"

岑莳那双幽暗的眼睛仿佛终于聚焦了，支离破碎中拼凑出面前的她，他愣了半晌才开口："那你身上……"

苏一灿拿掉被子，站起身对他说："我本来是找他有事的，然后一言不合就吵了起来，我心里不爽就跟他干了一架，真的，你别看我这样，他比我惨多了，我没吃什么亏。"

岑莳转过身，忽然大步朝她走来，停在她面前，距离很近地瞧着她，呼吸很重，像终于把肺里积压的怒气释放了出来。

苏一灿抬起头望着他猩红的眼，不忍地抬起双手抚过他的唇对他说："傻子。"

他负气地攥住她的双手，眼神炽热："别乱碰，里面破了。"

苏一灿将他的手背翻了过来，那里已经被烫红一片，她抬起头瞪了他一眼："以后不许干傻事了。"

岑莳毫不在意地拿起她的手放在脸颊边摩挲着，眼里的光细碎柔软："控制不了，遇上你就控制不了，你给我下了什么迷药？"

苏一灿撇开头，哑着嗓子问他："怎么还会撬锁了？"

岑莳回身拿起水吹了吹，折回来对她说："正经事我会的不多，歪门邪道都挺在行的，我告诉过你吗，我一直是个坏小孩。"说完他将苏一灿拉到身前。

她笑了起来："看出来了。"

他将水杯喂到她嘴边，问她："你会嫌弃吗？"

苏一灿嘴角微弯："巧了，我以前也是个坏小孩。"说完她就着他拿着杯子的手喝了一小口。

岑莳双腿叉开，故意放低身姿问她："烫吗？"

她舔了舔嘴唇："有点儿。"

他不停晃着杯身，让水凉得快些，眼神却一直紧紧盯着她，没有移开半分。她歪下了头问他："看什么？"

他忽然停住了手上的动作，抬起手轻轻抚上她的脸，呼吸烫着她的睫毛对她说："我可能没告诉过你，我喜欢你的眼睛，第一眼看见就喜欢。"

苏一灿感觉睫毛痒痒的，眨了一下对他说："我眼睛不大。"

他的指腹有水杯的温度，碰在她的眼皮上很暖和，她闭上了眼："双眼皮也不深，不像你。"然后突然想起什么，弯了弯嘴角，"你没听那些小孩背地里都叫我女魔头吗？他们都说我眼睛长得比别的老师凶。"

"但别人都不是你。"

苏一灿的心跳重了些，眼眶温热。

他的目光落在她的唇上，其实更迷恋她的唇，很软很甜，想亲，却怕惊了她，今夜不忍再对她做出任何举动。

苏一灿忽然睁开眼看着他："你哪儿来那么多钱？"

岑莳收了手，将水杯递给她，转过身说道："别问了。"

苏一灿放下水杯走到他侧面看着他："还是现金。这么晚了，银行都关门了，你从哪儿搞来的？"

"反正不偷不抢，给了就给了，以后和他也别联系了，你嗓子疼就多喝点水。"

苏一灿便没再说话，拿着水杯一点点地喝着热水。

岑莳训练完回去也没来得及洗澡，拿着干净的运动衣对苏一灿说："我冲个澡，很快。"

苏一灿朝他点点头。

浴室门关上了，透过磨砂玻璃门好似还能看见岑莳的身影。苏一灿捏着一次性纸杯，听着浴室里的水声。宿舍有扇不大的窗户，用防盗网焊死了，但依然可以透过菱形的窗格看见窗外摇晃的树影。好像直到这一刻，她才清晰地意识到，她和杜敬霆十年的感情彻底走到了尽头，所有恩怨都随着这个激荡的夜晚结束了。

未来的生活没有了那个人，她是该好好想想怎么走，还有这段时间和岑莳暧昧不清的关系，似乎都需要理清楚。这好似是浑浑噩噩这么多年来，她头一次认真思考自己的前路。

一杯水喝完，纸杯在她手中被捏成扁扁的形状，她终于将视线从窗外的月影收了回来，浴室的水声也停了。

她起身几步走到浴室门口，好似终于下定决心，扶着浴室的门把手对里面说：“岑莳，你先别出来，我有些话想对你说，就这样说。”

里面的人影似乎晃动了一下，然后没了动静。

无声的气流在苏一灿的喉间滑动，她握着门把手的掌心再次一片冰凉，有些艰难地开了口：“你看，过了明年我都三十了，你还这么年轻，结束这段执教，你会回到美国继续学业，其实挺好的，真的，我挺为你感到开心的，不管你以后打算做什么，起码你有目标，有规划，这点比我强多了。有时候我挺羡慕你的，羡慕你有颗强大的心脏。但说回现实问题，你回国后得用四年时间才能完成学业，我的家人岁数大了，我不可能丢下他们跟你去那边，那就意味着我们得分开最少四年的时间，而且四年后，我们怎么选择在一起的生活方式也是个很头疼的问题。”

她垂下视线，嘴角泛起丝丝苦涩：“是，我承认我对你有感觉，这种事在我身上还挺稀奇的，如果我再年轻个七八岁可能会搏一搏，但是我不年轻了……”

她靠在浴室门边，岑莳的卫衣套在她身上很大，袖子都是拖着的，她抬起手攥着他的袖口，心也是揪着的，几度停顿，却还是一口气说道：“你的路还很长，如果只是谈一段风花雪月的恋爱，我想以你的条件还是挺容易的。我的情况你都知道了，我很遗憾不是在我最纯粹的年龄遇见你，我身上有太多没法卸掉的东西，对我来说跟你轻轻松松、不计后果地在一起很难，真的很难。所以，算了吧……”

隔着一扇门，他看不见她眼中充盈的泪光，也看不见她微红的鼻尖和因为努力抑制情绪而颤抖的肩膀。

他只听见她说：“那笔钱我会尽快还给你。”

门外没了动静。

一门之隔，岑莳单手撑在门边，呼吸像汹涌的浪，一波接着一波冲进他的心脏，有种撕裂的疼，传遍四肢百骸，双眼发酸。

等到他一把打开浴室的门时，门外的她已经离开了，只有被捏扁的一次性纸杯安静地放在桌子上。

他忽然倒在身后的门上，失而复得的踏实感一下子空了，他再次变回了那个漂泊无依的男孩。

他又被丢下了。

4

那天以后，仿佛所有人都回到了自己原本的位置。苏妈见苏一灿这段时间状态平稳，每天上班下班并没有什么异样，年底的时候家里忙便回家了。而岑蔚，那之后再没有回来住过。

"杜敬霆"这三个字彻底从她的生活中消失了，没有什么不适应的地方，她好像已经习惯了一个人待在凤溪，或者在她的潜意识里，早已做好了一个人的准备。

她设想过有一天自己彻底和杜敬霆断了会是什么状态，也许这辈子都很难再敞开心扉去面对另一个男人，会失去重新爱上一个人的能力，没有耐心和激情再去面对一段彼此交心的过程。而岑蔚是一场意外，一场在她生命中始料不及的意外。她无法将这场意外顺理成章地占为己有，她没有信心能克服和他之间必须面对的困难，更不想拖垮他，他的前路还长，她唯一能做的就是放手。

半个月后，杜敬霆的助理小陈亲自来凤溪找过她一次，跟他一起前来的还有一名律师，大概是怕她不放心，律师跟她讲解得很详细，每份要签字的东西，内容都说得明明白白。

直到杜敬霆放在她名下的资产清理干净，她的心头大石才终于落下。可能怕她嫌麻烦来回跑，还让她多签了几份委托书，律师告诉她，后续的一些手续他们会代为办理，能不用她亲自到场便尽量不会打扰她。

苏一灿本来觉得她和岑蔚需要一段时间去适应重新回归的关系，也做好了可能一开始会有些尴尬的准备，但让她没想到的是，那晚过后，岑蔚比她复原能力还要强。

他平时的办公区域是篮球馆旁边的隔间，队员找他方便，他带队训练也方便，不会被其他学生扰。他不在编，篮球队那些野性难驯的小子只服他管，学校便对他睁只眼闭只眼，除了开会，他基本不怎么回教学楼，也不用参加课间操和晨会。

所以纵使在学校，苏一灿也不一定每天都能碰见他。以往他会特地来教学楼找她吃饭，可自从那晚她把话说清楚后，他便再没来过。

再和他有接触是苏一灿每周五去篮球队参加训练例会，这是上次秋季赛结束后学校新出台的管理规定，每周五篮球队会针对每个球员的训练情况进行讨论，而苏一灿的工作基本上是记录和旁听，有时候校领导会从她这里了解篮球队的实时情况，她要随时做好汇报工作。

然而那天她拿着本子刚走到篮球馆门口，就听见岑莳的吼声："才跳了几下就跟我讲活动开了？没睡醒就回家睡觉去，少在这儿碍眼。"

苏一灿加快脚步走了进去，只见队员被分成了好几拨，大冬天的，小伙子们穿着短袖，热得满头是汗，却没有人敢松懈，平时看见苏一灿会嬉皮笑脸喊她，现在连眼神都不敢乱瞟。

岑莳一袭深色衣裤，高大的身形站在场中，冷酷苛刻，对着苗英音说道："你过来。"

苗英音拿着篮球慌乱地看着岑莳，像受惊的小鹿，他周围的两人也都停了下来忐忑地望向岑莳。

岑莳抱着胸，居高临下地说："挡拆以后往哪儿跑？"

苗英音的表情肉眼可见的紧张，眼神闪躲。岑莳就这样瞪着他，什么话都没说，周身却散发出可怕慑人的气场，压得苗英音几乎喘不上气。

岑莳的声音突然有力地砸在他面前："你到底懂不懂我的意思？我中文不够标准？"

苗英音的身体开始发颤，头越来越低。苏一灿站在门口没有走过去，只看见苗英音擦着眼泪。岑莳皱起眉丢下句："要哭到场边哭去，哭完再来训练。下次再让我看见你掉眼泪，我会跟江教练申请把你调去女子田径队。"

旁边的万向阳和赵琦互看了眼，没人敢上去帮他说话。苗英音蹲下身，放下篮球快步跑到场边，从书包里拿出纸巾，背过身面朝着墙。

馆内气压出奇地低，苏一灿几步走到苗英音身边拍了拍他的肩，他转过头，干干净净的小伙子眼泪鼻涕横流，在看见苏一灿的那刻，跟受了多大委屈似的，原本止住的眼泪"唰"地又掉了出来，惨兮兮地喊了声："苏老师。"

苏一灿见他纸巾用完了，从身上摸出包新的递给他，压低声音问了句："怎么了？"

苗英音有些崩溃地说："教练和我说了很多次了，我不是记不住，就是他看着我我就紧张，一害怕就总是走错，忘了从内线切。"

苏一灿回头瞟了眼岑莳，他的眼神紧紧盯着何礼沐，偶尔出声说上几句，就连一向比较从容的何礼沐神情都很严肃，频频朝岑蔚点头，一遍又一遍改变传球角度。

她问了句："你们最近……训练任务很紧吗？"

苗英音点了点头："教练说年后的青少年联赛我们必须打出小组赛。"

尽管刚被岑蔚训过，但他也不敢耽搁太久，擦干眼泪后很快跑回场中。

苏一灿只能在边上等他们结束。

又过去了十几分钟，所有人训练都很卖力，没有停下来的意思。

她看了看时间，又盯着岑蔚的背影。她走进来已经有二十分钟了，他一眼都没看她，时间过了六点，她等得有些焦急，便朝场中走去，打算问问岑蔚什么时候进行周训交流。

明明只有几天没说话，当她一步步走近他时，她竟然有些紧张，不知道是不是自己的情绪也被这些队员感染了，抑或是不知道该怎么面对他。

直到她走到岑蔚旁边，他也没有侧头看她一眼，依然全神贯注地盯着队员。

苏一灿拿着本子停住脚步看了他一眼，难怪队员看见他就害怕，他的脸绷着，侧脸线条锋利冷峻，不笑的时候眼神里都是煞气。

她试探地开口："什么时候能开始？"

岑蔚没有回答她，而是转头对赵琦喊了声："把我记录板拿来。"

赵琦应了声，小跑到场边，将岑蔚的记录板送了过来。

岑蔚接过后直接翻开，从里面撕了一张纸，目不斜视地递给她："这周的情况都在这里，麻烦苏老师自己总结，我们今天没有时间。"

苏一灿低头看见纸上的记录，很详细，但有一半是英文，专业名词太多，她看不懂。她刚准备开口，岑蔚直接走开了，对着万向阳说："球扔过来，看好我，运球的时候这里要留空间，你来切球。"

苏一灿拿着那张纸愣在原地，看见岑蔚背对着万向阳向前转身，侧面运球腾出空间不断推进，把万向阳完全隔在身体一侧，滴水不漏，给他演示着安全运球的方式。

她感觉留在这里也是徒劳，转身朝外走去。

岑蔚突然一个背后运球跃过万向阳把球扔回到他手中，转过身盯着苏一灿的身影，直到她消失在篮球馆门口，才收回视线垂下眼睑。

虽然那张纸上记录的内容对于苏一灿来说有些生涩，但她还是回去查阅资料自己啃，再总结记录，一份周报折腾了两天。

一周后，苏一灿将洗好的卫衣和装在信封里的银行卡交给了殷佐，让他训练的时候带给岑莳教练，然后将银行卡密码发给了岑莳，但是岑莳没有回复。

那段时间有交叉工作的时候，岑莳基本上都是公事公办，没有多余的话。谈不上对她多冷淡，他对队员包括其他同事也这样，只能算是一视同仁。

除此之外，两人不再有交集，偶尔中午在食堂吃饭碰上，岑莳也不会坐在她附近，吃完就走了。只有一次，他来晚了没有位置，拿着餐盘坐到了苏一灿对面。

那天下了入冬以来的第一场雪。

天气有些冷，苏一灿吃到一半的时候，窗外飘起了大雪，她也将视线转到外面。没多久，面前落下一道人影，她收回视线，看见岑莳穿着件单薄的运动外套，棕色的头发上刚落的雪化了，有晶莹的水珠凝在上面。

周围的老师议论着外面下雪了，有人拿出手机拍照，原本安静的食堂突然喧哗起来，只有他们这桌出奇地安静。

苏一灿拿着筷子看着岑莳，而岑莳低着头将饭菜塞进嘴里，另一只手拿着手机看视频，全程没有说一句话，也没有看她一眼。

好像还是前不久，也是在这张桌子上，同样的位置，他把花甲里的肉全部挑出来放在她的饭上，现在却像陌路人，这样的气氛让苏一灿感觉胸口像是压着一块大石一样难受。

可是她似乎也无法打破他们之间的这种僵局，特别是在那晚她说出那么决绝的话后。既然不可能更进一步，或许这样的疏离对他们来说都好。

她垂下视线飞快地将盘子里的饭菜吃完，站起身把盘子放回去，迎着鹅毛大雪走回教学楼，只是在踏上台阶时，不知道为什么，像有一种无形的力量拉扯着她回过头。

隔着遥远的距离，那道单薄的身影立在食堂外面的杨枫树旁，手上叼着根烟，丝丝烟雾融入大雪之中，树上的叶子全都掉光了，光秃秃的树干颓然衰败，她就站在台阶上，寒冷刺骨的风将她高高的马尾吹向一边，漫天的大雪卷落下来，阻隔了她的视线，那道影子也变得越来越模糊，融入一片白色之中。

苏一灿鼻尖一酸，转过身大步离开。

没多久就是学校的运动会。

开幕这天是个艳阳天，学校里面几个男体育老师都得担任各个项目的裁判工作，体育组就苏一灿一个女老师，丁组长让她统计成绩，和总务处对接奖牌和奖品的发放工作。

因为人手有限，岑莳那天也被丁组长拉来充当跳高比赛的裁判。他穿着一件浅色无帽卫衣，杏色的长裤，配上干净的黑色帆布鞋，戴了顶黑色的渔夫帽，遮挡了大半张脸。纵使看不清他的神色，但他往操场中间一站，大长腿实在太吸睛，颇有种校园男神的范儿。

看台上的学生尖叫不断，特别是女同学，明明是在为跑道上的男同学呐喊，眼神却都落在操场中间的那道身影上。

不过岑莳头上的渔夫帽卡得很低，一直没有抬过头，有看台上的女同学急了眼，大喊道："岑教练，抬下头。"

这尖叫声实在太大，连坐在前面的校领导都被惊动了，纷纷回头去找是哪个女学生叫的。

然而场中的岑莳却没有抬一下头，依然低着头记录比赛成绩。

听见女学生的尖叫，谢主任抬起头看向操场内，不禁道了句："别说，岑教练还真是挺帅的。"

苏一灿也看了过去，好像随便什么衣服到他身上都挺有型的。谢主任顺手拿起手机，拉近聚焦对着岑莳照了一张说道："回去给我女儿看看，让她老说男老师没几个长得好看的。"

忽然一道阴影罩了过来，谢主任和苏一灿同时抬起头，就见刚才还立在操场中间的岑莳不知道什么时候已经走到她们面前，帽檐依然压得很低，只能看见高挺的鼻梁和冷酷的唇形。

他将手中男子组的统计成绩递给谢主任，谢主任一脸姨母笑地对他说："你先和苏老师核对。"

岑莳转手将单子放在苏一灿面前。她看不见他帽檐下的眼睛，只能低头出声和岑莳核对姓名和成绩，岑莳只是单音节回着"嗯"。

她将成绩整理完毕后，对岑莳说："你在这儿签个字。"

岑莳绕过桌子走到她旁边。他弯下身来的时候，有种天然的草木气息笼罩而来，熟悉到让人心悸，苏一灿下意识往旁边让了让，岑莳拿着笔顿了一下。她侧过视线看见了他帽檐下的双眼，那迷人的色泽像深秋的红枫，烫得她脸上出现一抹不自然的红晕。

岑莳很快签好字，没作停留，大步回到场中，继续组织女子跳高比赛。

这下看台上的学生们更激动了，不少人尖叫道："岑教练，这里，看下这里！"

排队比赛的女同学也推推搡搡的，盯着岑莳笑，秩序一时间有些混乱。岑莳终于缓缓抬起了头，微微扶了下帽檐，露出那双琥珀色的双眼，只是眼神投向看台的刹那，尖锐刺骨。

坐在看台上的赵琦一见教练看过来，跟条件反射一样喷了一口水，转过头就对身旁的女同学嚷道："别叫了，我们教练这表情代表要揍人了！真受不了你们，我告诉你们，来篮球队待一天保证你们集体对他幻灭。"

有女同学八卦地问赵琦："岑教练真那么凶啊？我以为他挺好说话的。"

魏朱回道："不凶，就是站在他面前你不敢喘气。"

赵琦扒着魏朱的肩对他说："不过教练这段时间是有点暴躁。唉，你有没有发现，教练最近都不和苏老师说话了。"

魏朱一脸莫名："说话啊，怎么没说？刚才教练不还去统计台跟苏老师说话了。"

赵琦不知道怎么解释，反正感觉不太一样，便随口说了句："我的意思是，两人原来还会在一起说说笑笑的，现在不会了，你没发现吗？"

魏朱摇摇头："没发现。"

赵琦骂了句"大傻子"，转而去喊殷佐，结果殷佐他们班的人指了指下面，赵琦视线一转，发现那货正儿八经戴了个号码牌，跑下去参加田径赛了。

万向阳和何礼沐也报了好几个项目，成绩都不错。篮球队这次在校运会上倒是出尽风头。

赵琦一心扑在篮球上，压根儿就没想过在校运会上多费体力，于是拉着苗英音他们打赌，岑教练肯定和苏老师吵架了。他们问赵琦怎么看出来的，赵琦一脸坏相地说打个赌呗，赌十圈负重跑。然后一帮人还真打起赌来。

这些小子都知道教练不喝奶茶，故意怂恿徐清从学校后门溜出去，不多不少只买一杯热奶茶。徐清跑回来的时候，女子跳高比赛快结束了，魏朱他们对着徐清指了指岑教练，徐清点头表示明白，一路跑到操场中间将奶茶递给岑莳，其余人坐在看台抻着脖子，一脸看戏的表情。

岑莳对徐清说了句："不喝，拿走。"

徐清笑着说："喝吧教练，还热的，喝了暖和，我给你放这儿了。"说完他便把奶茶放在旁边，压在岑莳另一张记录单上面，然后对着台下那帮人眨了眨眼跑了回去。

苗英音憋着坏笑说："教练又不喝奶茶，只有一杯，他会给谁呢？"

赵琦很自信地说："反正不可能给苏老师，他们肯定吵架了，不信你们看吧。"

没一会儿，女子跳高比赛结束了。岑葶低着头将成绩填好，回身拿起地上的记录单时顿了下，顺手拿起那杯奶茶，大步朝着统计台走去。

魏朱他们直接站起了身，就见岑葶走到苏一灿面前，将手中的表格和奶茶一并放下，接过笔签了个字。刚转过身，看台突然骚动起来，所有人都在"捶打"赵琦，其他人不明所以地望着篮球队那帮小子发疯。

岑葶停住脚步，皱起眉看了过去，而后缓缓回过视线，将目光落在那杯奶茶上。苏一灿也顺着岑葶的视线看向面前的奶茶，拿了起来递给他。岑葶帽檐下的嘴角轻勾，嘲弄地弯了下，转身离开。

万向阳正好接过男子 400 米奖牌，以为兄弟们在为他呐喊，脸上洋溢着无以言表的喜悦，朝兄弟们投去飞吻。殷佐也莫名其妙地抬起头，骂了句"神经"。

只有赵琦被围在中间苦哈哈地想，为什么赌注是十圈？草率了。

第十七章

我绝对不会让你后悔

1

运动会结束后，一部分学生留下来帮忙清场，苏一灿先回了器材室盘点，一直忙到夕阳落下才差不多结束。

她出门穿过南区的鹅卵石小道，正好碰见准备下班的小庄老师。

苏一灿朝小庄老师点了下头，小庄老师却突然停住脚步叫了她一声："苏老师，你有看到岑教练吗？"

苏一灿目光微动，回道："没看见。"

小庄老师抚了下耳边的长发，忽然有些不好意思地说："那我可能看错了，我以为他往这边走了。"

苏一灿昂起下巴问了句："找他有事？"

小庄老师有些局促地瞥了她一眼，欲言又止的样子。

苏一灿看了看时间，对她说："你去篮球馆找找吧，我先走了。"

谁料小庄老师突然叫住她："苏老师，那个，你和岑教练，你们没事吧？"

苏一灿转过身，莫名其妙地问了句："我们什么事？"

"我之前看你们关系挺好，以为你们在一起了，看来是我想多了。"

苏一灿抿了抿唇，瞧着她没说话。

小庄老师被苏一灿看得心里没底，干脆开门见山地问："你觉得岑教练怎么样？会考虑他吗？"

苏一灿看着她希冀的眼神，停顿了几秒，对她说："他年纪太小。"

小庄老师长舒一口气，笑了笑，然后转身离开了。

苏一灿看着小庄老师的背影，眉宇淡淡地拧着，也转过身朝教学楼走去，然而没走几步，猛然抬头，看见岑蔚就靠在另一条路的桐树旁，如此近的距离，想必她刚才和庄老师的对话他都听见了。

苏一灿停在他几步之外，他也抬眼看向她，他的影子落在她的脚边，不安感瞬间占据她的心脏。她调整了一下心情，故意掩饰心里的不安，问道："庄老师找你，干吗不出来？"

岑蔚只是看着她，眼里透着光："不想应付。"

苏一灿垂下视线，打算从他身边过去，却在走到他面前的时候，突然停住对他说："你……"

她心口卡着一股气，上不去下不来，心脏悬浮着，压抑着自己，垂着视线说道："你写的那个训练记录我不大看得懂，上周都是连蒙带猜的。"

岑蔚只是"哦"了一声。

苏一灿抬起头，蹙着眉望向他："'哦'是什么意思？你画几个符号，我怎么知道这些符号代表什么？"

岑蔚只是语气淡淡地说："那你为什么不来问我？"

苏一灿紧抿着唇："我们能正常点吗？"

"你想让我怎么正常？"

苏一灿眼里的光像浮在湖面的掠影，心里一阵阵地发紧，干脆收回视线直接走开，却听见岑蔚不急不慢地说："不是符号，是汉字。"

"……"这谁能看出来？

今年寒假时间很短，苏妈的电话早打了来，让苏一灿带着岑蔚早点回去。

学生们都放假了，但篮球队还没放，苏一灿提前问了赵琦他们训练到哪天，赵琦说他们会多留一天。

于是苏一灿第二天收拾了一些随身用品，下午直接把车开去了学校。

学生们都回去了，校园里一片寂静，苏一灿没去篮球馆，而是直接把车子停在宿舍楼下。

四点一刻刚过，岑蔚长腿阔步地回来了，看见苏一灿的车子时微愣了下，她拉开车门对他说："你收拾下东西。"

岑蔚双手抄在兜里，问她："去哪儿？"

苏一灿扶着车门对他说："去我家过年。难道你一个人在这儿？"

岑蔚没说什么，几步走上楼，没一会儿拎着个箱子下来，拉开副驾驶的门。

一路上，两人几乎没怎么说话。

车子开回苏一灿父母家，家里早已贴上了春联，摆上了红色的盆栽，到处都是焕然一新的喜气。

苏妈已经将客房收拾出来，铺上干净的床单被套，过年这段时间给岑蔚住。

苏一灿和岑蔚已经有一个月没好好说过话了，两人就这么僵持着，还要待在一个屋檐下，装作若无其事地面对爸妈，这种感觉对苏一灿来说，简直就是煎熬。

正好那几天苏一灿生理期，整个人都不太舒服，她干脆以此为由，能不出房门就不出房门。

苏爸的腰病又犯了，拎不了重物，所以这几天置办年货苏妈就喊着岑蔚跟她一起出门，经常是一大早岑蔚和苏妈两人跑菜场，下午再去趟超市拎一堆东西回来，一个人高马大的小伙跟着苏妈跑前跑后的，有相熟的老邻居问她："是不是灿灿的男朋友啊？"

岑蔚拎着大包小包站在旁边也不说话，苏妈连忙解释道："不是不是。"然后还笑着跟门口大爷大妈打趣，"是我干儿子，长得不错吧？"

邻居们对岑蔚都赞不绝口，岑蔚也表现得挺谦和的，脸上挂着笑，看上去礼貌懂事，邻居们对他印象都挺好。

回家后，他就跟在苏妈后面打下手，准备过年的菜，帮忙收拾整理。

他还很小的时候跟妈妈在中国过过一次春节，那次春节在他心里并没有留下什么印象，这次来苏一灿家过年，他才知道原来有那么多讲究，包括年夜饭的菜都是有说法的，生菜是"生财"，腐竹是"富足"，鱼是"年年有余"，好多菜他之前看都没看过。

岑蔚也挺乐意帮苏妈做事，因为能听来很多他妈年轻的往事，大多是大学期间的辉煌史，当然，偶尔苏妈也会插播几则苏一灿小时候的荒唐事。

例如她八岁那年带着家门口几个小男孩捅了蜂窝，闹得消防队都上了门，所有小男孩都吓哭了，就苏一灿还能在一旁围观消防员清理蜂窝。那之后很长一段时间，每当作文写到《我的梦想》或者《我理想的职业》，她的内容永远是"消防员"，梦想是捅蜂窝。

再例如她十岁那年在老房子后面跟小伙伴捉迷藏，最后二十公里外的警察打电话给他们，让他们去领孩子。他们至今都不知道，她是怎么能躲猫猫躲到二十公里外的。

苏妈笑道："灿灿小时候皮得要死，假小子一样，不喜欢留长发，头发一长就要拽，带出去人家都以为我家是儿子。岑莳啊，你帮阿姨剥点板栗出来，我晚上做板栗烧鸡给你吃。"

岑莳接过板栗，苏妈便接着对他说："你妈那时候虽然已经去美国了，但是把灿灿认作干女儿，经常寄吃的给她，她小时候贪吃，一看见你妈妈的包裹就开心得不得了。"

岑莳低头剥着板栗，嘴角也跟着弯了起来。

那几天岑莳跟着苏妈上下电梯的时候，经常碰见楼下肖阿姨的女儿张婷。张婷在读大学，放假才从外地回来，苏妈时常会和她聊上几句。

哪知道一天下午，肖阿姨把苏妈喊下楼聊天，等晚上苏妈回来吃饭时，便在饭桌上提道："老张家的那个女儿啊越看越不错，书读得好，长得也标致，灿灿你还记得吧？"

苏一灿一边低头夹菜，一边回道："好像有点印象，多大了？"

苏妈接道："大四了，明年毕业，说是准备去埃默里大学读研究生。"说完转头问岑莳，"你觉得她怎么样？"

岑莳刚伸筷子，和苏一灿同时碰到一块鸡肉，两人不约而同顿了下，又一起缩回了筷子，谁也没夹。

岑莳回着苏妈的话："还不错，在佐治亚州。"

苏妈笑道："我不是问你学校怎么样，我是问你张婷怎么样，就是早上在电梯里和你说话的那个女孩，穿毛领外套的。"

岑莳抬起视线，正好看见苏一灿投来的目光。他回了句："没什么印象。"

苏妈吃得差不多了，放下筷子对他说："岑莳啊，我问你，你有没有找女朋友的打算啊？"

岑莳拿着筷子的手顿住了。

苏爸笑了句："问的什么话？"

苏妈打趣道："正儿八经的话，你先别插嘴。岑莳，你跟我说说看，没事，就是关起门来，自家人随便聊聊。"

苏一灿埋头吃饭，岑莳的目光似有若无地从她脸上瞥过："我年纪太小，没人要。"

苏妈笑道："这什么话，你这个年纪虽然不着急，但是遇到合适的也可以考虑了，对吧老苏。"

苏爸也笑了起来："我就是你这么大的时候追你郭阿姨的，她年轻时脾气大，可不好追了。"

岑苪嘴角泛起一丝笑意，没说话，苏一灿埋头苦吃，不参与他们的话题。

苏妈接着说道："我下午去张婷家，听她妈妈说张婷对你印象特别好，聊后才知道，她明年下半年也有去美国留学的打算。你不是明年正好也要回美国读书吗？不如趁着在国内的这段时间试着跟张婷接触看看，如果两人处得不错，后面一起去美国也能互相照应。你毕竟是在那边土生土长的，要是过去了有你在身边，肖阿姨他们家也能放心些。我是这样想的，你找个中国姑娘，就是以后你读完书想回国发展，不管是办居留权还是想定居都容易些。岑苪，你明白我的意思吗？"

岑苪放下了手中的筷子，就连苏一灿都有些惊讶地看着老妈。她老人家这是真把岑苪当亲儿子了，都掏心掏肺、设身处地为他着想了？

苏爸附和道："这倒是。张婷家呢，我们也算知根知底，不错的人家。要是以后有回国发展的打算，岑苪啊，找个中国老婆还是靠谱的。"

岑苪忽然不明所以地笑了，没说话。

苏妈继续道："我和张婷妈妈的意思，明天你和张婷找个时间聊聊，先做朋友，也不急，你觉得呢？"

苏一灿忽然感觉这顿饭有点吃不下去了，干脆也撂下筷子，往椅背上一靠。岑苪微挑起眉看向她。

苏妈也转头看了眼苏一灿，对岑苪说："我问你的意思，你看你姐干吗？"

岑苪慢条斯理地夹了颗板栗放进苏一灿的碗中对她说："姐，你觉得呢？"

苏一灿喉咙微动，苏妈也看向苏一灿："灿灿，你感觉张婷能不能处？"

苏一灿低垂着视线，心绪翻腾，面上却云淡风轻："能啊，为什么不能？你们想得这么周到。"

苏妈笑着看岑苪，岑苪将视线从苏一灿的脸上收了回来，淡淡地回了句："听姐的。"

苏一灿感觉胸口闷闷的，哽得她喘不上气，直接拉开椅子回了房。

那一整晚她睡得都极不安稳，夜里做了个梦，梦到岑苪结婚了，还是在教堂举行的婚礼，她莫名其妙成了伴娘。神父问有没有人反对，岑苪抬起头用幽怨的眼神看着她，像被卖掉的小可怜，一脸的伤心无辜。那一刻她心脏疼得四分五裂，想上去扯掉新娘的头纱让她滚蛋，救岑莳于水深火热之中，然而梦里她的身体像被封印了一样动弹不得，只能眼睁睁地看着岑莳委屈地把戒指戴在那姑娘的无名指上。

苏一灿猛然惊醒，自言自语了一句"什么乱七八糟的玩意儿"，然后骂骂咧咧地下了床。

走出房间的时候，心里都是哽着的，气也不顺，窝了一肚子火还没地方发泄。

她路过岑莳房间的时候往里瞄了一眼，房间门开着，被子叠得倒是整齐，但是里面没人。

直到她洗漱完都没见到岑莳，于是对苏妈随口问了句："岑莳呢？"

苏妈今天心情颇好，眉开眼笑地告诉她："跟张婷出去了。我昨晚告诉张婷妈这事后，一早人家张婷电话就打来了，说约岑莳到家附近转转。现在小姑娘都挺主动的啊，我看这事十有八九能成。女追男隔层纱，刚才张婷妈来电话，说两人去街对面的咖啡店了，看来聊得挺好。"

本来苏一灿早上心情就不好，听完这话后，对着苏妈嘀咕了一句："咖啡还没喝好？不吃中饭了吗？"

苏妈说了她一句："你管他们呢，说不定两人一高兴直接在外面吃了，你要饿你先吃就是。"说完又朝苏一灿看了眼，擦了擦手走到她面前，盯着她的嘴唇问，"你嘴怎么了？"

"什么怎么了？"

"起个泡。"

苏一灿抬手一摸，疼得她眉头都皱在了一起，丢下两个字："上火。"

苏妈对她说："不要用手摸。家里胡椒粉不多了，我下趟楼去买。"

苏一灿看着苏妈走到门口的身影，突然开口道："我去吧。"

苏妈回过身对她说："那你去，顺便再买瓶料酒，过年备着。"

苏一灿套了件外套，拿上手机下了楼。在小区门口徘徊了几步，刚往超市的方向走了没多久，又突然停下了。苏一灿望向街对面，鬼使神差地过了马路，推开咖啡店的门。

2

这家咖啡店一共有两层，苏一灿也算比较熟悉了。中午咖啡店的人不算多，一楼稀稀拉拉几桌，她没见到岑莳，便直接往二楼走去。

踏上楼梯后她便看见窗边坐着一对男女，两人正在说话，没有注意到她。

她放轻了脚步，轻车熟路地从另一边绕到靠里的位置。这里不太显眼，岑蔚背对着她，而那个张婷，她们多少年没见了，自然也认不出。

苏一灿用手机扫码点了杯咖啡，安静地坐在角落。服务员拿着托盘走了上来，径直走到她这桌弯下腰对她说："你好，你的冰美式。"

苏一灿朝他点了下头，咖啡放在了她面前。

服务员离开后，她目光朝那头的窗边瞄了过去。

她记忆中的张婷还是初中生的模样，没想到现在已经出落成一个靓丽的轻熟女，大概就是走在大街上都会让人多看两眼的那种，的确长得不赖，笑起来的时候人也是甜甜的。

就她坐下的这几分钟，听见张婷笑了好几次，不知道岑蔚对张婷说了什么，张婷双手贴着脸颊，眼睛发光地盯着对面的男人，像极了恋爱中女人的样子。

苏一灿低下头拿起咖啡喝了一口，嘴里是苦涩的味道。明明知道不该来，明明知道自己不该插手岑蔚的事，但就是控制不了脚步，想看看岑蔚和别人相处的样子，会不会纵容地笑？

想起昨晚那个梦，他握着别人的手套上戒指，苏一灿就感觉呼吸不畅。

她以为无视岑蔚浓烈的情感就可以淡化一切，但他的出现其实已经打乱了她原本一潭死水的生活。

她不得不承认岑蔚让她心底重新燃起一股危险的冲动，这种感觉已经很多年没出现过了，只是她一直在用理智拉扯住这股冲动。

听着那桌轻松的交谈声，张婷愉悦得像只百灵鸟，苏一灿握着咖啡杯，手指冰凉。虽然她知道这个年纪的女孩才是最适合岑蔚的，就像一张白纸，勇敢无畏，但她的心脏就是抽抽地痛。她想上前假装若无其事地跟他们打招呼，却又觉得那样做太可笑，只能收回视线垂下头。

一直等到他们起身，路过她的身后，她听见张婷清脆的嗓音对岑蔚说："真的，冬天去特别有感觉，我也没去过，下一次一起啊？"

岑蔚的声音不紧不慢地回："有机会再说吧。"然后两人的脚步声在楼梯上响起，有说有笑渐行渐远。

苏一灿僵直的身体一点点朝沙发靠背上滑去，整个人有种脱水的感觉，指甲陷进掌心，大脑发胀，人是混乱的，甚至混乱到没有听见折返的脚步声，直到一道身影在她身旁坐了下来，她才条件反射地抬起头。

岑莳就这样毫无预兆地坐在她身边，目光专注地注视着她，眼神一转落在她紧握的双手上，眸子里浮上几许心疼。

苏一灿迅速收回视线，慌乱地低下头。

岑莳起身离开了一小会儿，几分钟后又走了回来，重新在苏一灿身边坐下，拿走她握着的冰美式，将一杯热水放在她的手心里，声音低沉地说："身体不舒服还喝冰的。"

一句话让苏一灿憋了一早上的沉闷化为了无形的风，吹进她的眼里，眼眶湿润。

她有些抗拒岑莳看见她这副样子，故作冷淡地问了句："什么时候看见我的？"

岑莳拿起她的冰美式喝了起来，说道："你进来我就看见了。"

她有些窘迫地转过头，不愿让岑莳看见她狼狈的样子。

岑莳双手交握放在桌上，侧过头，一直望着她，两人之间的空气静了下来。

岑莳只是这样坐在她身旁，哪怕什么话都没说，却能给她一种强烈的存在感，甚至让她的指尖发颤。

直到温热的大手轻轻碰了她一下，她下意识地往回缩了一点，岑莳的手背再次朝她靠了过来。苏一灿没有再动，他很轻柔地钩住她微颤的指尖，无声的情绪在两人之间涌动。

她回过头看岑莳，岑莳望着她的唇微微蹙起眉，琥珀色的眼眸里搅动着细碎的光，声音低沉："嘴唇怎么了？"

苏一灿没有出声，微红的眼睛垂着，翘挺的小鼻尖也是红的。

岑莳从来没有见过她这副样子，嗓子像被什么东西塞住，心疼地看着她委屈的模样。他低下头，阴影笼罩着她，抬起手轻轻抚着她湿润的眼睫，拂去她眉心的褶皱，垂下眸看着她起泡可怜的唇瓣，喉头发紧。

苏一灿敏感地躲开他的手，别开头不再去看他，她承受不了他这样的眼神，好像能让她溺死在里面。

岑莳看着她一再闪躲，压抑着自己的模样，收回视线，静默地坐在她身边。

过了好半晌，他沉着声音缓缓开了口："如果我不走呢？"

苏一灿倏地回过头，眼里满是淡淡的血丝，凶巴巴地望着他："说什么鬼话？申请都通过了，不走留下来拿一个月四千块的工资吗？你要是为了我耽误自己的前途，明天就滚蛋！"

岑莳望着她笑了起来，眼里浮上难以磨灭的柔光："是啊，连老婆都养不起……我总得为以后考虑。"

他把"老婆"两个字说得很轻，苏一灿知道他是故意的，转头不理他。

岑莳的声音忽然传来："在那边我有些处得不错的兄弟，有的还在读书，可能会比我早毕业，我们对以后有些规划，但是还不成熟，只是一些想法，很多事情还在摸索阶段，所以我对你说我需要这段执教经历，可能会对我以后会有些帮助，但前提是我得回到学校进行系统的学习，最起码也要拿到毕业证书，这样以后的路会好走一些。"

苏一灿沉默地听着，岑莳继续对她说："我每年最少有四个假，再加上一些国家公共假日，我可以提前安排好课程，不要你跑，我来跑，只要有假我就回来。

"我知道你有你的顾虑，我明白。

"我只想告诉你，那些困难我来想办法解决，我绝对不会让你后悔。

"不试试看，你怎么知道我小？"

他眼里泛出柔光烈焰，苏一灿望着他，心底的防线一点点被突破，她甚至听见了土崩瓦解的声音，可她依然无法给他任何回应，这不能草率决定。

岑莳没有逼她做出选择，他拿起咖啡喝掉最后一口，放下杯子对她说："我最迟五月中旬走，等你答复。"

说完他便起身，先离开了咖啡店。

他走后，苏一灿坐在原位呆愣了好半晌，直到杯中的热水彻底冷了她才起身往家走。

她失魂落魄地回到家中，苏妈见她两手空空地回来，只觉莫名其妙，问了她一句："你出去半天都干吗的啊？叫你买的胡椒粉和料酒呢？"

苏一灿愣了下，突然想起来自己是带着任务出去的。

岑莳早她一些回家，这会儿饭都吃完了，拎起外套对苏妈说："我去吧。"说完他与苏一灿擦肩而过出了门。

苏一灿没有看他，让了一步。

她走进家中，自觉去盛饭了，听见餐桌上苏妈对才从房间出来的苏爸说："岑莳和张婷没戏了。"

苏爸将老花镜拿了下来，问道："怎么了？不是说两人早上还高高兴兴出去了吗？"

苏妈叹了一声说道："刚才岑莳回来跟我说，他有喜欢的人了，让我帮他回了张婷。"

苏妈眼眸一转，正好看见苏一灿端着饭过来，顺口问了句："灿灿啊，你知道岑蔚喜欢的人是谁吗？是不是你们学校的老师？"

苏一灿捧着碗的手心直冒汗，含糊地应付："我怎么知道。"

年三十一大早，苏妈把岑蔚叫进屋中，当着苏爸的面塞给他一个红包。

岑蔚不知道什么意思，苏妈告诉他："一来呢，这是我们中国的传统，长辈要给小辈压岁；二来呢，虽然当初和你妈说好，她生的儿子也就是我们的干儿子，但这么多年两地相隔，我们也没机会见面，以后要是你愿意，我和你苏叔叔就是你在中国的爸妈，这也是我们的一点心意，你收下就当答应了。"

岑蔚看着厚厚的红包，又看看苏爸。苏爸今天穿了一件唐装样式的棉袄，乐呵呵地朝他点点头。

年三十上午，全家照例会去爷爷家拜年。

苏一灿特地打扮了一下，化了淡妆，穿上雅致的裸粉色羊绒套裙，换上高跟皮靴，一头长发微微卷了起来，散落在肩头。她刚从房间走出来，岑蔚的眼里便蕴着涌动的光。

也许是工作的原因，绝大多数时候她都习惯穿运动装平底鞋，岑蔚还是第一次看见她打扮得如此女人，骨子里的温柔和妩媚让人挪不开目光。

早上吃饭的时候，苏一灿几乎每抬一次头都能撞上岑蔚的视线，让她喝粥都不自然。

苏爸已经等不及在催促了，说要先下去发动车子。苏妈换上鞋提上节礼，岑蔚走过去喊了声："妈，你先去，东西我带下去。"

苏一灿刚站起身，猛然愣住，怔怔地看着岑蔚，出了一身冷汗，这也太明目张胆了，怎么都叫妈了？

她立马看向老妈。

不知道是不是自己老妈没听清这声称呼，还交代了句"交给你了"，转身就跟着苏爸先下楼了。

一直等两人拎着东西走进电梯，苏一灿才终于后怕地问了句："你刚才为什么喊我妈叫妈？"

岑蔚缓缓转过头看着她，注视了两秒，眼里泛起戏谑的意味，丢下句："你觉得呢？"

电梯门开了，他率先走了出去，留下苏一灿心跳如鼓。

3

苏一灿的爷爷已九十岁高龄了，和她叔叔住在一起。苏一灿的叔叔没几年也要退休了，这些年没以前那么忙，叔叔一家很早就准备好饭菜，等着亲戚们登门。

往年杜敬霆年三十也会来给苏一灿的爷爷拜年，今年的情况比较特殊，家里亲戚基本上都知道苏一灿和杜敬霆掰了的事，只不过除了这件事，今年还多了一个人，岑蔚。

虽然一大家子对岑蔚都很陌生，但对岑蔚的妈妈并不陌生，想当初苏一灿爸妈谈对象那会儿，苏妈来苏爸家吃饭还带上过岑佩英，只是大家都没想到岑佩英走得那么突然，儿子都大了，个儿还长这么高。

苏一灿的叔叔年轻时雷厉风行，岁数大了倒也时常挂着笑，对苏一灿说："你爷爷一大早起来就在念叨你，人在后院，你带着岑蔚去看看。"

于是他们一前一后来到后院。

爷爷坐在轮椅上晒太阳，旁边摆着个老式半导体收音机，放着黄梅戏《八世夫妻》。爷爷的脑子如今已经不清楚了，有时候记不清事情，还会喊错人。

苏一灿的奶奶去世于十二年前的年三十当天，所以爷爷每年的年三十都会放这首《八世夫妻》，这是奶奶生前喜欢的戏曲，每次苏一灿听见这首曲，总会想起奶奶。

她走过去喊了声："爷爷，新年好啊。"

爷爷混浊的眼睛在看见苏一灿时有了光彩，抬起头对着她笑："灿灿啊。"他朝她伸出手。

苏一灿弯下腰握住爷爷的手，对他说："这是岑蔚，他妈妈叫岑佩英，是我爸妈的同学，您还记得吗？"

爷爷满是褶皱的小眼睛缓缓看向岑蔚，朝他伸出另一只手。

岑蔚走过去弯下腰握住爷爷，规规矩矩叫了声："爷爷新年好。"

老爷子笑眯眯地看着他喊道："敬霆啊，你看着越来越年轻了。"

"……"

苏一灿飞快地扫了眼岑蔚，他唇际紧紧绷着没吱声。

苏一灿尴尬地说："他是岑蔚，不是杜敬霆。"

老爷子拍了拍岑蔚的手背对他说："你什么时候把灿灿娶回家啊？我这把老骨头还能不能吃到你们的喜酒？"

岑蔚怔了下，抬起视线看向苏一灿。

苏一灿也僵住了，刚准备说话，老爷子却摆出一副长辈的架势说着："我们灿灿给了你是你的福气，你给爷爷个准信，还娶不娶了？"

岑莳垂下视线点了点头："娶。"

老爷子开怀地大笑起来："好，好。"

苏妈伸头出来笑问了句："爸，你跟他们说什么笑成这样？"

苏一灿的脸都黑了，爷爷从身后拿出两个红包，一个给了苏一灿，一个给了岑莳，给完岑莳后还特地又嘱咐了一句："她奶奶在的时候，我凡事都让着她，我们家灿灿要是闹脾气，你要包容。"

岑莳拿着红包，目光沉稳地看着爷爷："会的。"

苏一灿在旁听着，心里七上八下的，虽然知道岑莳是为了应付爷爷，但还是久久无法平复。

从院子进去的时候，苏一灿拉了下岑莳的衣角，他停下来转过身看她，她面色不太自然地说："我爷爷老了，有时候犯糊涂会认错人，还麻烦你哄他开心。"

岑莳穿着纯黑的连帽夹克，比平时看起来要稳重一些，他低垂着眸看着她，声音清浅："我没哄他开心。"

往年吃完年夜饭，大人都会上楼打牌，打完牌在楼上休息，而苏家的小孩则在一楼守岁，一直等到十二点给奶奶上完新年的第一炷香才能睡觉。

这算是老苏家的一个传统，自从奶奶走后，爷爷便定了这个规矩。

今年苏一灿的堂姐跟着老公去外地过年了，因此吃完饭留在一楼守岁的，除了她和岑莳、被留下的小侄子，就剩苏一灿的堂弟和堂弟的波兰小女友。

苏一灿坐着无聊，去厨房找了几个鸡蛋和低筋面粉，做了个小蛋糕，没想到还挺成功的。

当她兴致颇高地拿着蛋糕出去准备给小侄子和堂弟他们尝尝看时，却发现客厅里面已经安静下来，堂弟和他的小女友不见了，侄子趴在岑莳胸口睡着了，小肉脸嘟着，屁股也撅着，睡得挺香。

她几步走过去将蛋糕放在茶几上，没看见堂弟，便看向岑莳问了声："苏嘉鸣呢？"

岑莳左右看了看，回了句："不知道，可能躲哪儿干坏事呢。"

空旷的客厅里，除了睡着的侄子就剩他们俩，岑莳看着她才做的蛋糕，香喷喷的味道扑鼻而来，不禁问道："好吃吗？"

苏一灿拿了一小块递到岑莳嘴边，岑莳维持着原本的姿势用嘴叼过蛋糕，唇瓣似有若无地碰到她的指尖。

苏一灿慌乱地收回了手，对岑莳说："把庆庆给我吧。"

岑莳没动，拿了旁边自己脱下的外套盖在小侄子身上，眼神勾着苏一灿，对她说："还想吃。"

苏一灿只能将蛋糕拿了过来，和他并肩坐在沙发上，两人你一口我一口地分食掉了不大的蛋糕。

电视上演着小品，很多哏苏一灿怀疑岑莳根本看不懂，但他依然专注地盯着电视。小侄子浅浅的鼾声很可爱，口水流到了岑莳的胸口，他低头看了眼，浅色的眸子里溢出笑意。

苏一灿就这样望着他，人有些恍惚。这样的场景，他们惬意地坐在一起，像极了一家三口。

十一点刚过，她就有些犯困了，调了闹钟后，她就靠在沙发上抱着双臂合上了眼。

直到她淡淡的呼吸逐渐均匀了，岑莳才轻轻地抬起手臂，悄无声息地将她的脑袋拨到自己的胸口。于是他一只手搂着苏一灿，一只手护着怀中的小侄子。

时间一分一秒地接近农历新年，这大概是岑莳这几年来过得最安逸的一个节日了。

快到十二点的时候，苏一灿调的闹钟响了，她猛然惊醒抬起头，岑莳的脸就在她眼前，近得唇差点撞到一起。她心脏猛地一颤，发现自己倒在他怀里，惊得直接从沙发上弹了起来："我怎么睡这儿了？"

岑莳慢悠悠地眨了下眼，显出几丝无辜："你自己靠上来的。"

苏一灿尴尬地顺了顺头发："唔……那不好意思了。"

岑莳抱起小侄子，将他轻轻放在沙发上，云淡风轻地弯起嘴角："原谅你了。"

"……"

苏一灿打电话将不知道躲去哪个角落的堂弟喊了过来，凶巴巴地吓唬他："让你等着给奶奶上香，你跑哪儿去了？也不怕奶奶待会儿站在你床头教育你。"

堂弟一听吓尿了，上香的时候嘴里念叨个不停，岑莳站在一边，也拿了一炷香默默点燃。

苏一灿说了句："你随意，不一定要按规矩来，没关系的，我奶奶也不认识你。"

岑莳淡淡地睨了她一眼，等堂弟念叨完了，他走到苏一灿旁边，对着奶奶笑呵呵的照片自我介绍道："我叫岑蔚，是苏一灿的……"

他故意拉长语调，苏一灿立马侧过头瞪着他："别胡说八道。"

岑蔚笑道："干弟弟。"

"？？？"这又是什么鬼？

他们给奶奶上完香便各自回房睡觉。因为房间有限，所以堂弟和岑蔚睡一间，堂弟的波兰小女友和苏一灿睡。

结果苏一灿都上床了，那波兰小姑娘还没进房。她有些困，不打算等她了，刚准备关灯，房间的门被敲响了。

她说了声："进来吧，门没锁。"然后便裹着被子转了个身，面朝里面先睡了。

波兰小姑娘挺安静，进来没找她说话，也没闹出什么动静，直接关了灯，然后在她身后躺下了。

她怕小姑娘冻着，还把被子往后拉了一下掀在小姑娘身上。小姑娘也没说什么，躺下几乎没动过，睡觉还挺老实的。

苏一灿不太习惯和陌生人一起睡，本来还挺困的，小姑娘上来后，她反而有点睡不着，于是翻了个身，悠悠睁开眼，想看看小姑娘睡着没。

然而就在她睁开眼的同时，就发现在她面前一厘米的距离有双幽深的眼睛盯着她。

她叫了一声，吓得直接弹坐起来。然而她的声音刚发出来，一双手便捂住了她的嘴。下一秒，她更震惊了，面前的人哪里是堂弟的小女友，分明是一个男人，她差点就一脚蹬了上去。

黑暗中，岑蔚声音很低地压在她面前："是我。"

苏一灿整个人都坐了起来，难以置信地盯着他："你跑我房间干吗？"

岑蔚见她穿着单薄的睡衣坐着，直接把她拉进被窝里，压着声音对她说："你弟的女友溜进房了，你让我怎么待在那儿？留在那里看现场直播？"

苏一灿顿时恼火，窝在被窝里就骂了句："臭小子，真欠收拾。"然后就一副要冲出去的架势。

岑蔚"嘘"了一声："你家里人都睡着了，过年，别闹。"

苏一灿随即意识到事情的严重性："苏嘉鸣知道你到我这儿了？"

"不知道。"

苏一灿只能滑进被子里，蒙住头对岑蔚说："那你跑我房间来干吗？"

岑蔚学着她的样子，也将被子拉过头顶，两人的气息瞬间交会在一起。他对她说："没办法，楼下沙发不能睡，不然谁夜里起来看见我，你弟就穿帮了。"

"你还真够贴心的。"

被子里的空气很稀薄，暧昧的气氛很快弥漫开来，苏一灿快无法呼吸了。她背过身去伸出头，岑蔚看着她的背影，长发就散落在他旁边，像柔软的绒毯，她身上是香的，是一种让他无法自持的味道。

他忍不住用食指在她背上轻轻划了一下。

安静的夜，黑暗的环境，清晰的触感，苏一灿感觉他指尖带着电，直击她的心脏，让她的身体僵住，人没动，闭着眼的睫微微颤抖着。

岑蔚的指尖绕着她的头发，睡不着，人越来越清醒，想碰她，哪怕只是头发都让他着迷。苏一灿的意识也越来越清明，这样的夜充满了危险，她有些不敢放任自己睡着。

可纵使这样也是折磨人的。好在岑蔚还算规矩，不知道过了多久，她坚持得累了，人渐渐放松下来，就在快睡着时，她无意识地转了个身，然而她并不知道岑蔚根本没睡，一直撑着手肘安静地盯着她，她一转身便直接撞进他的胸口，结实、温暖。

她感觉不太对劲，猛地睁开眼，腰已经被岑蔚扣住了，他没再给她逃离的机会，手放在她的腰上，指腹一点点摩挲着睡衣的布料，直到她的上衣被他掀起一角，他滚烫的指腹贴着她的皮肤，她心里像漫过一阵阵电流，人想往后缩，但被他圈在怀里，耳边是他的轻喘，她感觉身体使不上劲，像被人蛊惑了一样，在这样迷离的夜，大脑是乱的。

她在他怀中转了个身，可岑蔚搭在她腰上的手却并没有拿开，手指微微磨蹭着，像试探，也像在祈求。

苏一灿知道这个年纪的男人精力都是旺盛的，特别是他这种搞运动的。她背过身都能感觉到他带着情欲的眼眸，她不敢看，怕自己也会沦陷。

岑蔚见她不理自己，兀自躺下，人依然是侧向她那里，手搭在她的腰上，不肯放手。苏一灿往床边移了移，他也跟着她挪了挪，直到她避无可避。

折磨人的夜，时间一点点流逝着，苏一灿终于感觉精神不济，跟岑蔚耗不下去了，人也不动了，任由他抱着睡去。

4

第二天苏一灿醒来的时候，旁边已经没人了。她收拾好下楼，长辈们正聚在一起说笑。

苏家年初一早上有吃年糕的习惯，寓意着"节节高升"，所以苏一灿给爷爷问过好后，苏妈就对她说："年糕在桌上，先去吃了。"

苏一灿点点头，余光瞥见旁边正在看电视的岑蔚。

似乎是察觉到她的目光，岑蔚略微偏头朝她看来，隔着一屋子的人，两人对望了一眼。

吃完年糕，她把碗收拾好，就一个人坐在桌子边看手机。

婶婶喊她："灿灿到这儿坐啊，你一个人待在饭厅干吗呢？"

苏一灿起身走到客厅，长辈们在闲聊，她也没看电视，一个人坐在旁边刷手机，顺便回一些祝福短信，看上去挺忙的样子。

不一会儿，话题绕到了苏一灿身上。

婶婶问道："灿灿啊，你叔叔手下有个小伙子，也是你们凤溪的，年轻时一直待在部队，经历简单，家庭背景也不错，父母都是公职，你要不考虑考虑啊？"

岑蔚浓密的睫毛缓缓眨了一下，从电视上移开视线，落在苏一灿身上。她迎上那道幽深的目光，偏开头回道："再说吧。"

长辈们听她这么说也没人敢催，倒是不怕死的苏嘉鸣插了句嘴："你别不急，说不定我都比你早结婚。女人过了三十就难找了，我看你最好找个老实巴交的男人，赶紧在三十岁之前把自己嫁了。"

叔叔在旁教训他说话不过脑，大伯也说了苏嘉鸣两句。苏一灿的情况比较特殊，所以在这种事上，家里人一般不会逼她。

岑蔚垂着视线，掩住眼里的光，手指有一下没一下地拨弄着一个很小的中国结，这是他一大早起来苏妈见他没事干教他编的，摆弄了一早上才编出这么一个歪七扭八的。

婶婶怕苏一灿大过年的听了刚刚的话心里不舒服，把小零食拿到她面前："吃些东西。"

苏一灿点点头，刚伸出手，岑蔚将那个小小的中国结套在她的手指上。她抬头看着他，他唇际线紧紧抿着，清晰的轮廓透着说不出的沉闷。那是初一上午他们唯一的交集，吃完中饭，苏一灿一家人就准备离开叔叔家了。

她套上外套和苏妈往外走，苏爸和岑蔚站在门外。

苏妈叫了苏爸一声："大过年的，人家不知道几点关门，你早些去。"

岑蔚在旁回了句："我和爸一起去看看。"

苏一灿再次怔住。这次岑蔚是当着四个人的面叫的这声"爸"，清晰明了，再耳背的人也该听见了。

苏一灿看了看苏爸，又看了看苏妈，好像除了她一脸震惊，爸妈倒是淡定得很，她再也忍不住，说了一句："你乱叫什么？"

苏妈倒是说道："没乱叫，忘了告诉你了，我和你爸收岑蔚当干儿子了。"

还真是干弟弟了？

寒假篮球队需要加训，岑蔚便提前返校了。苏一灿要比他晚几天回凤溪，一眨眼的工夫已经到了二月中。

等苏一灿忙完开学大大小小的检查和评比，大半个月都过去了。

这些天她过得很煎熬，岑蔚没再问她要过答案，可日子一天天流逝，她的心底仿佛上着一根发条，好几次夜里醒来对着漆黑空荡的屋子，便再也睡不着。

苏嘉鸣的话虽然刺耳，但的确是中肯的，找个背景差不多的老实人，对她来说无疑是最合适的。

如果这是一条平坦安逸的路，一眼能望得见未来，那么答应岑蔚，必定要踏上一条布满荆棘的路。路的前方有什么等着她，无法预计。这是一场冒险，更是一场赌博。

年后他们再见面时，关系没有年前那么僵了，也不会刻意避着对方，起码工作上倒还算和谐。

苏一灿没事也会往篮球队跑，偶尔帮他们做做记录，搞搞后勤。岑蔚在训练场中的冷静和睿智和平常判若两人，短短大半年时间，篮球队被他管理得井井有条。

有时苏一灿会在场边盯着他发呆，想象着他十年后的模样。那时候，他一定是个成熟有能力的男人，他的身边会站着谁？每当想到这个问题，苏一灿就感觉心口发堵。

忙碌的间隙岑蔚会看见苏一灿托着腮帮发呆，然后就拿钱出来让赵琦他们去买水或者买些吃的，当然会多带一份给苏一灿。

队员们明显感觉到，只要苏老师来的那天，他们一定能够按时吃饭，因为教练不忍心看着苏老师跟着他们饿肚子，所以但凡苏一灿有空来篮球队，队员们的情绪都是高涨的。

龅牙明跟着篮球队的人训练已经有几个月了，岑蔚始终没有点头让他归队，赵琦这个队长倒是很热心，临时加训也会告诉龅牙明一声。岑蔚对他的出现睁只眼闭只眼，没特别说过什么。

三月下旬，学校篮球队报名了省青少年篮球联赛，不少队员听说岑莳带完这场比赛就要离任。

那天，苏一灿拿着参赛表去篮球馆发放，刚走到门口就看见龅牙明站在门口，眼睛通红地对赵琦吼道："你懂什么！去年他们北中来我们学校是什么场面？我咽不下这口气！秋季赛被他们搞得还不够惨？我没什么意思，就是想在毕业前正儿八经跟他们打一场。我最后两项跨步垂直跳高和耐力测试年前就达标了，岑教练那边依然没有动静，我怀疑他就是看我不爽，我暑假训练营针对过他，他故意卡我！"

赵琦也有些恼火，一把攥着龅牙明的衣领，冷脸道："你在胡说什么？你以为你一个队外人员凭什么能跟着篮球队训练？战术指导也从没让你回避。要不是教练让我提醒你，我闲得没事跟你沟通训练技巧？教练要不跟总务处打招呼，你凭什么能自由进出篮球馆，还能留到那么晚也没人赶你走？你个狼心狗肺的东西！"

龅牙明忽然怔住。

赵琦气得狠狠甩开他，骂骂咧咧的。

苏一灿几步走过去，两人同时停止了交谈回身望着她。她一直走到两人面前才停住脚步，眼神直直地朝龅牙明看去，龅牙明低下头，目光回避。

苏一灿拿起手中的表格，翻了一下，从里面抽出一张。

龅牙明看到一张表格伸到自己面前，他抬起目光，看见表格上写着省青少年篮球联赛参赛者登记表，学校那栏印着凤南二中的全称，而参赛者姓名那栏，赫然印着"何子明"三个字，归属凤南二中篮球队。

他难以置信地抬起头，初春的朝阳爬上树梢，落下斑驳的影子，照进他的眼里。他激动地接过表格，听见苏一灿对他说："准备好两寸蓝底照片贴上去，然后在底下签上名，尽快交给我。"

龅牙明紧紧攥着报名表，抬起头泪眼婆娑。篮球馆的门被推开，殷佐面无表情地出现在门口对他们说："快点，教练说要开会。"

龅牙明冲进去直奔岑莳，作势就要往他身上跳，大吼道："教练，我爱死你了！"

那吼声在篮球馆不停回荡，笑声响成一片。

岑莳的大掌直接拍在他的脑袋上，将他推开，眼睛瞄到他手中的表格，了然地看向苏一灿。苏一灿立在场馆门口，双手背在身后朝他牵起嘴角。

岑莳眼里攀上一丝温度，没说话。

直到会议结束，所有队员拿到各自的表格散了后，他们两人一前一后从篮球馆出来。

苏一灿回身锁门，岑莳靠在她身后的走廊上，声音缓缓响了起来："我记得好像没有跟苏老师对过参赛队员名单。"

苏一灿将门锁好，转过身回望着他："那岑教练现在有什么异议，可以提出来。"

岑莳盯着她笑："不敢，苏老师都能看透我的心思了，我还能有什么异议。"

苏一灿也抿着唇回望着他。

岑莳半垂下视线，看着他们脚下的距离，眼里的笑意渐渐淡了，半晌，出声对她说："如果打不进初赛，我就要提早结束执教了。"

天色暗了下来，楼下的路灯突然亮了，像薄雾一样的光落在他们之间，仿佛带来了一丝光亮。

苏一灿也垂下视线，他们一人靠在一边，谁也没有再开口说话，空气安静地流动着。

良久，苏一灿开口问道："如果打进小组赛呢？"

岑莳眼神牢牢盯着她："我会待到最后期限。如果到那个时候他们还没有被淘汰，学校会安排人接替我。"

他的声音像微风拂过她的脸颊，在她心头荡漾开一圈圈波纹，久久无法平复。她低着头，声音像闷在泥土里，轻轻点了下头："知道了。"

第十八章
信我一次

1

不知道是不是苏一灿的错觉，自从那天岑莳告诉她篮球队接下来的比赛计划后，他便很少再和她说话了，两人之间再次恢复了没有交集的状态。但是和年前不同，这一次她能感觉到岑莳的疏离，就好像随时准备淡出她的生活。

四月上旬初赛开始。

这次省里举办的青少年篮球联赛致力于发掘各个学校比较有潜力的篮球运动员，所以本次初赛阶段就有各个大学的教练和一些专业机构前来考察。

二中这次初赛没有碰上北中，但是小组赛第一场就遇到了方育外国语学校。这是新北城那边一所很有名的私立高中，学校规模很大，校方每年对社团活动投入的经费也相当大，多次进过市三强的队伍，去年秋季赛，他们也打到了市第五。

比赛的当天上午，苏一灿负责协调大巴，一早就等在学校门口。

最早来的是殷佐，一身黑色运动服，斜挎着运动包，细长的眼里没有任何温度，好像永远不会笑一样。

苏一灿几步走到他面前，说了句："没想到第一场就对上方育，放轻松，尽力就行，重在参与。"

殷佐只是淡淡地转头看向她，反问道："你怎么知道我们一定会输？"

苏一灿哑口无言，这不是明摆着的吗？前天拿到分组名单，昨天校长就找她谈话，让她比赛当天尽量安抚好队员的情绪，赢面几乎没有，但是不要再做出什么失格的事，去年那种情况坚决不能再发生了。所以今天的比赛学校压根儿没重视，就她跟着，主任都没去。

　　她本来以为大家会像去年对上北中那样垂头丧气，但所有队员都提早集合，没有人抱怨，个个表情都挺严肃的。

　　而当她看见岑蔚从学校大门走出来时，整个人都怔住了。他把头发剃了，那头飘逸的自然卷荡然无存，一眼望去，干练的金棕色短碎衬得眉骨更加深邃。

　　她想起了曾经在视频中看过的他的样子，那时他就是这样的一头短碎，眉眼炯炯有神，像赛场上所向披靡的狼，那是他人生中最巅峰的时刻。

　　再次看见他这副模样，苏一灿是震惊的，以至于拿着登记表都忘了收回视线。岑蔚直到走到大巴边才轻描淡写地掠了她一眼，直接上了车。

　　大巴开出学校后，岑蔚一个人坐在最后，手上拿着个平板电脑，轮流叫人过去交代着什么，其余人也都在低声交谈。篮球队的气氛谈不上很好，但也没有多丧气，这倒是出乎苏一灿的预料。

　　或许因为这是一场毫无悬念的比赛，所以来看的人并不多，仿佛队员还没进场，胜负已经确定，无非是比分的问题。

　　岑蔚带着队员做赛前准备时，苏一灿跑前跑后核对名单，办理各种签到手续，和主办方对接。等她忙完大步走回去时，首发的五个人已经准备进场，岑蔚也回到场边坐了下来，没再说什么。

　　她不禁朝对面望去。

　　方育那边的队员都穿着正红色的篮球服，小伙子们精神头很足的样子，大概由于上私立学校的小孩家里都比较有钱，方育出来的人身上没有那种痞劲儿，眼神里都透着一种优越感。

　　苏一灿走过去，将办好的材料交给岑蔚。岑蔚接过看了眼，苏一灿便在一边找了处地方坐下了。

　　比赛正式开始。

　　他们这边首发的是魏朱、万向阳、殷佐、徐清和赵琦。让苏一灿意外的是，何礼沐坐了板凳，就坐在岑蔚旁边，神情严肃。

　　前半场比赛双方打得都比较吃力。

　　二中的战术配合可圈可点，一时间让方育那边以为很轻松可以拿下的比赛变了味，有些自乱阵脚，不过他们很快调整过来，比分一直压制着二中这边，差距逐渐越拉越大。

　　比赛进行到第十五分钟的时候，原本坐着的岑蔚突然站了起来，场中的赵琦立马朝他看去。他两个手指在胸前交叉了一下，赵琦迅速点头，对万向阳使了个眼色，队伍立即调整防守策略。在方育那边又一次发起进攻时，赵琦和万向阳猝不及防地交换防守位，让对方球员有些始料未及。

这种思路便是迷惑对手，迫使进攻球员在猛烈进攻的状态下突然面对不同的防守方式，来不及思考如何进攻，从而给对方队伍制造不安，打乱整个队伍的进攻节奏。

殷佐出乎意料地从外线突破，看准了对方的运球路线，直接抢断，一个长传，魏朱回身带球上篮。看台发出一阵呼声，四个人配合得天衣无缝，打出了一波小高潮。

对方教练有些意外，他比赛之前做过调查，二中这支队伍重整时间不长，几个月时间能做到这种配合度，大大超乎预料。

而在这波小高潮之后，方育的战术受到很大程度的干扰，虽然方育的人身体素质和基础都还行，但到底是学生，经验有限，无法在短时间内适应这种不停变换的战术，中场结束时，比分已经缩小到10分。岑莳把万向阳换了下来，在这之后，比分来回徘徊，二中始终无法赶超。

最后一小节的时候，岑莳拍了下何礼沐的背问道："看明白了吗？"

何礼沐点了点头。

他接着问道："能不能拿下？"

"我尽量。"

岑莳撇了下嘴："能不能？"

何礼沐站起身，扔掉外套目光坚定："能。"

岑莳对万向阳挑了下下巴，把两个人同时换了上去。

岑莳原本就是打控球后卫出来的，这个位置在球场上等于半个教练，需要能解读比赛情况，掌握对手特征，处理各种突发状况。这大半年来，他有意把何礼沐往这个方向培养，而今天，他也给足了何礼沐时间。

所以何礼沐一上场，就带领全队改变进攻速度，万向阳也已调整到最佳状态。两个精力充沛的球员一下子拉快了比赛节奏。

何礼沐只上场十分钟，就能够有意识地主导比赛，比分差距不断缩小，到最后竟然追平。

第一场就打出了加时赛，看台上为数不多的观众全部沸腾了，这场原本毫无悬念的比赛立马变得充满看点，已经有人拿出手机开始录像。

就连苏一灿都有些坐不住了，从座位上站起身，双手抱胸紧盯着场内。

加时赛一开始，方育就直接夺下球拿下两分，场内一片喧哗，对面方育的人几乎全部都叫了起来，仿佛胜负已定。

苏一灿皱起眉回头去看岑蔚，岑蔚依然稳坐在板凳上，双手撑膝，短发张扬，眉眼却凛着，她想起无数次在篮球馆听见他对队员们说的话——"坚持到最后一秒"。

在方育夺下两分后便开始全力防守，场上气氛瞬时间变得更加紧张，二中一直难以突破。

僵持了两分钟后，比赛开始倒计时。

这是苏一灿第一次如此清晰地感受到篮球竞技比赛的刺激，比她以前花游比赛完了宣布结果还要刺激，她的肾上腺素不断攀升，最后十秒，她转过身去看岑蔚，只见岑蔚的眸子忽然亮了起来，就那么一瞬，她突然隔着几步的距离因他眼里的光怔住。

下一秒，身后一片狂吼。

她迅速回过头，只见魏朱他们全部冲到中场，疯了似的把殷佐举了起来。她不知道发生了什么，立马去看比分——二中以1分的优势赢了方育！

她不可置信地瞪大了双眼。

凤南二中，一个从没在市里露过头的校队，第一场比赛绝地反杀，赢了市里连续多年进决赛圈的强队，消息一经传出，几乎所有关注此次比赛的人都十分震惊。

大校长直接把电话打到了苏一灿这儿，问她消息属不属实。

还在比赛场的苏一灿确认了这一消息，整个二中从老师到学生都炸了。

比赛一结束，有两个人立马受到了高度关注，一个是在下半场比赛一上场就带动整个团队节奏的何礼沐，他超出这个年纪的篮球智商和对全场的把控能力，大受外界认可。还有一个就是在最后十秒以后仰式三分，绝杀逆袭比赛的殷佐。

当天加时赛的小视频迅速在各个学校传开，等到二中第二场比赛时，前来观赛的人一下子就多了起来，

那个星期苏一灿跟着篮球队进进出出，也看到了岑蔚随身携带的平板里记录了这次参赛所有队伍的赛前分析，专业详尽。虽然这对他来说只是一份短暂的工作，但他依然付出了自己全部的热情和精力。

那时苏一灿才深刻地体会到，上天夺走了他健康的身体，但无法夺走他对篮球的热爱，他能够为了这份热爱另辟蹊径，破釜沉舟。

不知道是被这群小子感染，还是被岑莳身上那种坚定的力量触动，在市里比赛期间，她抽空回了趟省队。

十年了，她无数次路过这个地方，但从来没有勇气停下。

保安室的人早就换了又换，没人认得她，问她是来干吗的。

苏一灿站在大门前，望着熟悉的楼，不时有一些年纪很小的女孩背着运动包，有说有笑地从她身旁走过。

时光仿佛回到了很久以前，爸爸第一次将她送来这里，亲手交给潘教练，从此开启了她在省队的训练生涯。那时是真的苦，但每天都是有奔头的，爱做梦，也坚信梦想肯定能实现，天不怕地不怕，好像整个世界都掌握在自己手中。

那时的苏一灿是张扬的，也有资本张扬，她只要站在那儿，仿佛浑身都散发着无法阻挡的光芒。

可不知道什么时候，她让自己的光芒蒙了尘，再次回到这个地方，心情是忐忑的。

直到身后有辆车开了过来，电动门开了。车子从她身边滑过，在开进大门后突然又停了下来。车上下来一个人，有些吃惊地回头望着她。

那人看着已经上了年纪，但苏一灿还是一眼认出了他，她有些动容地叫了声："丰主任。"

电动门缓缓滑动，年过半百的丰主任激动地大步走了回来对保安室喊道："快开门。"

年轻的保安不知道什么情况，再次把门打开。

丰主任大步往外走，却忽然停在门前，对着苏一灿招了下手："还不快进来。"

苏一灿低下头走到大门前，心情也跟着起伏，几步路对她来说走得无比沉重。她停在门前，抬起头望向丰主任，满眼复杂地迈入省队的大门。

当初她在省队的时候，丰主任对她很照顾，如今他也到了快退休的年纪，没想到还能在这里看见苏一灿。

他带着苏一灿踏进楼里："你终于肯回来了。我听潘教说前阵子在市体馆碰见过你，还说以你这拗脾气，大概这步很难迈出。你从这里走后，你们潘教一下子失去两员大将，整个人都老了好多，你知道吧？"

苏一灿的眼神紧了下，无声地点点头，沉默地垂下视线。丰主任还是和以前一样唠叨，但他对这些队员是真的好。

苏一灿不禁问道："现在队里怎么样？"

丰主任对她说："我带你去看看。"

路上，丰主任说："我们现在的情况啊，想送出国训练没有经费，几年不出成绩上面费用更难批，我和潘教是在这儿待惯了，外面新招过来的教练好些承受不了压力。现在搞游泳的，不像你们那时候，有归属感。目前最重要的问题是缺教练，特别是经验丰富的教练。你也知道，这个项目，没有好教练根本带不出成绩。潘教精力不如从前了，年轻时受了腰伤，她现在上了岁数也不能经常下水。本地教练不好找，引进外面的教练又没法给人解决住房、提供好的条件，谁愿意来呢？"

苏一灿沉默地听着，心里五味杂陈。走近熟悉的场馆，还没踏进去，就听见潘教练中气十足的声音。

丰主任领着她进去，两人站在边上。苏一灿的目光落在那些年轻的运动员身上。

此时他们正在做陆上柔韧训练，一排小姑娘腿踢到一百八十度，丰主任在旁问了句："怀念吗？"

苏一灿笑了起来。

丰主任说道："知道潘教为什么那么喜欢你吗？平时皮，训练起来动作做得比谁都到位，别人没做好，还会帮着教练骂人，潘教每次提起你，都是又爱又恨。"

苏一灿的目光朝边上一身运动装的潘教练看去。似乎注意到他们，潘教练交代了几句，就朝他们走来。

看见苏一灿，她直接张开双臂给了苏一灿一个大大的拥抱，说："欢迎回家。"而后重重在苏一灿后背上拍了两下。

苏一灿的情绪也有些激动，那些丢失的激情，燃烧的岁月，好像在这个地方，在看见潘教练时都回来了。

潘教练带着她往运动员那边走去，对她说："怎么样？"

苏一灿回了句："都挺小啊。"

潘教练笑道："跟你刚进队的时候差不多，是你长大了。"

潘教练停在几步开外，问她："还想回来吗？"

苏一灿感觉自己的心在颤抖。空气里是熟悉的味道，刺激着她的大脑皮层，唤起她内心蠢蠢欲动的渴望，那是和她骨血相连的东西，这种热爱仿佛生来长在她的身体里。

她哽咽了一下，很快又压制住那股情绪，对潘教练说："刚才听丰主任说些队里的情况。"

潘教练爽朗地笑道："他啊，就怕我哪天告假回去了，这些姑娘成了没人要的散军，比我还着急，让我多打电话联系联系你。我跟他说这事急不得，得你自己想明白了走出来，别人劝都没用。"

苏一灿低下头，轻声说了句："让您操心了。"

潘教练也有些动容："是啊，是让我操了不少心，所以也该让我轻松轻松了。你有几年从教经验，又是搞这项运动出身的，了解规则和技术，会带学生，也懂训练那套，趁年轻早点过来，我还能再带你几年。以后省队在你手上，你培养出几个好苗子，不见得这辈子就不能和世锦赛甚至奥运会打交道。路都是人走出来的，灿灿啊，你浪费的十年该捡起来了。"

苏一灿低着头，心情复杂地交织在一起。听见"世锦赛"和"奥运会"，好像过去那些梦历历在目，如此清晰地告诉她，她放不下，这里所有的一切都放不下。

潘教练带着她往前走，对她说："我们这里虽然谈不上高薪，但也不比你现在待的学校差，以后你真能带出成绩，该有的都会有。人生的路啊，还是要自己争取的。"

此时她们正好走到运动员后面，姑娘们个个好奇地回头看她，不知道谁悄声说了句："苏一灿，真的是苏一灿。"

所有运动员都回过头来，脸上洋溢着无以言表的兴奋，像围观稀有动物一样。

苏一灿挑起眉梢看向潘教练："她们认识我？"

潘教练说了句："继续练。"然后对苏一灿说，"跟我来。"

她把苏一灿带到游泳馆外的展示窗前。

橱窗里是一些省队过去获得的奖牌和照片。苏一灿停下脚步，意外地看见了自己。那年，她应该才十六岁，拿着奖牌高举过头，脸上是稚嫩却兴奋的光彩，而她身边站着的，是那个早已消失在这个世上的身影。

自从尤靖离开后，苏家收起了她所有的比赛照片，她没想到有一天会以这种方式突然再次见到曾经她们比肩而立的样子。她的目光落在两人牢牢牵着的手上，那时，她们的目标都是进国家队，参加奥运会为国争光。

她还记得尤靖走前对她说的话。

尤靖说："我们两个无论谁去都一样，个人技术你比我扎实，去了以后能更快融入集体，选你胜算更大，还是你去吧。"

那时，尤靖把所有希望都寄托在了她身上，尤靖希望她们两人当中有一个人能走到那个最大的国际舞台。可随着尤靖的离开，尤靖寄托在她身上的梦也一并沉沦了。

此时再次站在这张照片前，苏一灿竟然觉得自己愧对于尤靖的信任，愧对于家人和教练的培养，愧对于自己付出多年的艰辛，这便是她始终无法走出的心结。那最后一道结不是因为别人，不是因为当年那件事，是因为她放弃了自己。

潘教练对她说："你走后，我们这里的运动员没能再超越过你们当时的成绩，进队的新人都会观看你们那时候的视频，听你们的辉煌历史，对你能不熟悉吗？"

苏一灿泪眼模糊，潘教练的手重重地放在她的肩膀上对她说："十年前我和你说过同样的话，那时候你小，又遇到那样的事，听不进去也走不出来。现在我再对你说一遍，姑娘，胆子大点往前看，只要你敢往前迈，精彩还在后头。"

从省队出来的时候，傍晚的夕阳缀在天边，苏一灿忽然感觉堵在心口多年的结被打开了，整个人都有种豁然开朗的舒畅感。

她抬起头望着碧蓝如洗的天，感觉自己的世界再次恢复了色彩，胸口涌动着一股热流，那个天不怕地不怕的苏一灿苏醒过来了。

2

也许是第一场比赛打得太激烈，后面几场小组赛反而轻松很多，没有遇到太强劲的对手。一周后，凤南二中打进了循环赛，而北中也进了循环赛，巧的是，分组第一场，两个队就碰上了。

本来这次凤溪有两所高中打进循环赛是件挺值得高兴的事，但偏偏这两所高中在去年的秋季赛犯过事，并且闹得沸沸扬扬，还惊动了市里。所以这次循环赛前趁着休息时间，区里特地把两边的教练和校领导请去开了个会，大意是做好赛前学生的教育工作，杜绝再发生去年那样的恶性事件。

本来就只有一天的休假，结果岑莳还要被喊来区里听领导讲话，这会一开起来还没完没了，领导说了足足几个小时，散会的时候都四点多了。

苏一灿从省队出来的时候，差不多都快傍晚了，她干脆回家拿了点东西，顺便在家里吃完晚饭才回的凤溪。

回到凤溪已经晚上八点多了，她开车路过小广场的时候，居然看见赵琦和魏朱在和一帮社会青年说话，神色匆匆的样子。

她落下车窗对着他们喊了句："你们在这儿干吗？明天一早还要比赛，不早点回去休息？"

谁料赵琦一回头看见苏一灿，立马焦急道："苏老师，完了，殷佐不见了！"

苏一灿一愣，拉开车门下了车就问道："怎么回事？"

一问才知道，下午岑蔚去区里开会，这帮小子本来待在篮球馆等岑蔚，后来跑来一个人找殷佐，然后他就再没回来，电话也打不通，几个小时了，人就跟凭空蒸发了一样，死活都联系不上，他们等急了，就准备出来找人。

所以赵琦和魏朱才来小广场，找那些跟殷佐关系好的社会青年打听，结果这帮人也没见到殷佐。赵琦说他们打算再去酒吧街转转，凤溪的小年轻都喜欢往那一带去。

苏一灿看了下时间，对他们说："上车。"

赵琦和魏朱立马拉开车门，苏一灿一个急速掉头，车子便朝着酒吧街的方向奔去。

下了车，三人穿梭在各家酒吧之间。

到了夜晚，凤溪就数这里最热闹。三个人分头找了大约半个小时，人越来越多，这样找下去不是办法。

苏一灿直接带着赵琦和魏朱杀到了孙老四的酒吧，在后场的雅座找到孙老四，苏一灿把情况和他一说，回身就问赵琦要殷佐的照片。赵琦捣鼓了半天，找了张训练时无意中拍的。

孙老四拿到照片后，对苏一灿说："放心吧老妹，照片已经发到各个酒吧了，只要这人出现在我们这片，肯定给你薅住。"

孙老四和这带酒吧看场子的人很熟，有他的人帮忙盯着，比他们抓瞎到处找要强。于是出了酒吧，苏一灿便带着赵琦和魏朱往回赶，路上又顺便去了趟圊岗和附近学生常去的网吧，但都没有看见殷佐的身影。

等苏一灿开回学校时，篮球队其他人全都聚在校门口，一个都没走。

苏一灿带着两人下车，岑蔚有些讶异地朝她看去。她径直走到这些人面前说道："酒吧、网吧、圊岗、小广场都找过了，暂时没有消息，你们这边呢？"

何礼沐在旁开了口："刚才联系上他家人了，说他没回家。他几个关系近的同学都联系过了，没人知道。"

一群人开始七嘴八舌地讨论起来，看看还有没有漏掉的地方。

岑蔚立在一旁低头抽烟。

苏一灿眼眸一瞥，发现遇事一向积极的万向阳此时站在一旁，半天没说一句话，一副欲言又止的样子。

苏一灿直接看着万向阳，眸光犀利："你知道什么？"

万向阳左右看了看，脸色不大好。

苏一灿朝他走去，面色严肃地盯着他："没事，说，都这个时候了，别耽误大家时间。"

万向阳有些不确定地说："我……下午从厕所出来的时候，听见那个来找殷佐的人提到了宋翰，还说什么被甩了，我不敢确定是不是北中的篮球队队长宋翰。"

此话一出，所有人都安静下来，一个可怕的想法同时在每个人脑中炸开——殷佐去找宋翰了。万一在比赛前一天，殷佐再做出什么出格的事，或者干脆明天直接不来了，无论是哪种情况，对于明天的比赛来说都是重创。

苏一灿回头和岑蔚对望一眼。

岑蔚掐灭了烟，说了句："其他人先回去，赵琦跟我走一趟。"

苏一灿看了下时间，已经过了十点，她直接拦在岑蔚面前对他说："你也回去。"

岑蔚居高临下掠着苏一灿，苏一灿迎上他的目光："现在殷佐到底是不是去找宋翰还不得而知，而且这个时间点……明天就比赛了，今天莫名其妙跑来一个人跟殷佐说这事，太奇怪了，是吧，岑教练。"

岑蔚幽暗的眸子微微抬起睨着她，没说话。

苏一灿接着道："所以这个时候，你作为二中的主教练，比赛前一晚私下去找北中队长，万一有心人拿这件事做文章，纵使殷佐找到了，我们也会被人揪住小辫子。而且现在已经太晚了，你必须立刻回去休息，保证明天的比赛顺利进行，我不是在跟你商量。"

后面的队员都在看着他们俩。

苏一灿朝岑蔚迈了一步，压低声音抬起头对他说："我们做最坏的打算，如果殷佐真出了状况，明天所有人都要指望你重新布局安排。缺了殷佐比赛还得打，缺了你不行。这场比赛虽然决定不了我们是否能进入晋级赛，但在所有队员心里明天就是决赛，为了和北中较量，他们等了半年，我不允许你被别的事影响。现在你带着你的队员全部回去休息，凤溪我比你们都熟，人我去找。"

岑蔚皱了下眉，还没说话，苏一灿直接抢在他前面说道："我跟你保证，我一定会把殷佐找回来。这次听我的，下次……下次我听你的。"

岑蔚琥珀色的瞳孔在路灯下急剧收缩，他看着她，瞳仁被她的样子溢满。他在她脸上看见了不容置喙的神采，坚定又充满生机。

比赛前一天主力队员失联，按照岑蔚的性格肯定不会放任不管，但这次，岑蔚破天荒地带着其他队员回去了。

在他踏进校门前，回头望去，只见苏一灿匆匆上了车，直接掉头，消失在他的视野中。

第二天，所有人早早就聚集在校门口。岑莳天没亮就醒了，站在校门前的空地上把大家召集在一起开着简短的会议。直到大巴缓缓驶过来，岑莳才转头问万向阳："联系上苏老师了吗？"

"刚才电话打通了。"

"怎么说？"

万向阳赶忙告诉岑莳："苏老师在开车没多说，让我们先去比赛，她会尽量往回赶。"

岑莳眉宇间微微拧着，沉默了一瞬，召集大家："先上车。"

然而到了球场，北中的队伍进场后，所有人都转过头寻找宋翰，当看见他安然无恙地出现在比赛现场时，大家的心头都像压着块石头。

很快，北中的人也都停下脚步朝这边瞧了过来。去年交过手的 16 号、22 号都在列，赵琦和魏朱也面无表情地看过去，比赛还没开始，两队之间便剑拔弩张。

一直到比赛开始，殷佐也没能出现在球场。

岑莳站起身对着所有人招了招手，大家朝他围了过来，他开始报上场名单："徐清，刘昌裕，苗英音，张圣臣。"

所有人都紧盯着岑莳，等他念出最后一个人的名字。岑莳扫视一圈，最终将目光停住："何子明。"

龅牙明听见自己的名字时，血液疯狂流动。这是他第一次正儿八经在正规场上打比赛，对手还是北中！亢奋的情绪立马升腾起来，他整个人无比激动。

岑莳看着出列的几人，每个人的情绪状态都不太稳定。他长臂一伸，将几个小伙压在臂弯下，对他们说："平时怎么训练的，今天就怎么发挥，按照我早上说的去打，时刻注意 play the catch（传球），对方擅长区域联防，确保抢夺篮板的三角位置。"说完眼神定定地望向何子明，落下几个铿锵有力的字，"你主攻，放开来打。"

岑莳嘴角微斜，眼里迸发出强悍的光，从容无惧，强大的气场瞬间压向所有人，给这些即将上场的热血男儿打了一剂强心针，所有人眼里燃起斗志，朝着属于他们的战场走去。

纵使昨晚到现在球队里状况不断，但到这一刻，大家都沉下心来，即使前方枪林弹雨，也无所畏惧，他们身后有强大的后盾，没有什么好说的，一个字——打！

比赛前，岑茜走到技术台，正好北中的王教练也在那儿。两人对望一眼，岑茜唇角微扬，缓缓朝他伸出手，王教练微愣了下，而后重重和他相握。

所有队员都远远望着两个教练，神情严肃。坐在场边的何礼沐忽然牵起嘴角说了句："看出两个教练的意思了吗？"

魏朱问道："什么意思？"

"光明正大来一场真正的较量，属于凤溪两所高中之间的较量。"

赵琦将外套拉链"哗"地一拉，眼里充满斗志。

比赛一开始，王教练就有些吃惊。这次二中派上场的全是生面孔，以往和他们打过的老队员一字排开，全都坐在场边，虽然他也想过换几个没出过手的队员，但绝对没有底气整队全换。

就连看台上的人也都露出惊讶的神色。前面几场比赛出彩的球员一个都没上，甚至这几天被热议的逆袭小子连人都没看见。

而上场的北中队员看到对面陌生的对手后，原本有针对性的盯人策略瞬间失效。因为摸不准对方的打法，所以北中开场打得相对保守，二中则恰恰相反，刚上场就打出了气势，他们没有什么好顾虑的，何礼沐、赵琦他们都坐在场边，随时能换人，教练给他们机会，要的就是他们放开来拼。

另一边，苏一灿已经将车子开下高速直奔市区，却碰上早高峰，车子行驶缓慢，急得她不停瞄着时间。

昨天夜里她和篮球队的人分开后，一个电话打给北中的老同学，让他帮忙确认一下他们学校的宋翰人在哪儿。

老同学联系了宋翰的班主任，确认宋翰正在家中并没有出门，而且由于第二天有比赛，已经上床睡觉了。

苏一灿听说后直奔回家，拿上电脑，调取里面曾经留存的学生档案，一边电话联系询问有没有人认识殷佐的初中同学，一边开着车往凤溪年轻人常去的几个地方找。大约十二点的时候，她突然接到了一个陌生号码打来的电话，对方告诉苏一灿，她是唐沁。

苏一灿立马反应过来是二中学生会主席，以前搞活动和这个丫头打过几次交道，非常优秀的一个女孩。但让她没想到的是，唐沁在电话里开门见山地说："听说苏老师在打听殷佐的初中同学，我初中三年都是殷佐的同桌。"

这点让苏一灿有些意外，一个年年都是三好学生，一个课都不怎么上，两个人居然做了三年同桌。

她没绕弯子，开口问道："你知道殷佐喜欢的女孩叫什么吗？有没有她的联系方式？"

唐沁在电话里顿了下，冷静地回："是隔壁班的徐雅薇。我没有她的联系方式，但我知道她家住在哪里。请问苏老师，殷佐发生什么事了吗？"

考虑到可能带来的负面影响，苏一灿没有明说，只告诉她有些事需要联系下那个女孩。

让苏一灿没想到的是，唐沁直接对她说道："我现在出门，苏老师，我们哪里见？"

苏一灿在唐沁家附近接到了她，两人碰面的时候已经十二点多了。赶到徐雅薇家之后，她们才发现徐雅薇家里根本没有人，敲了半天门都没人应。

后来还是邻居跑出来，以为出了什么大事，将徐雅薇父母的联系方式给了她们。当她们联系上徐雅薇的父母后，才得知徐雅薇根本不在宁市，因为个人原因，她暂时休学，前几天被送去外婆家休养了。徐雅薇的外婆家在三百公里开外的贺县。

苏一灿瞬间就感觉头皮炸了，殷佐那小子很有可能听说了徐雅薇的事，直接跑去找她了。

唐沁一直很沉默，低着头文文静静的样子。苏一灿见时间不早了，对她说："我先送你回去。"

上车后，唐沁看着车子的仪表盘问道："苏老师，现在赶去贺县的话，大概几个小时能开到啊？"

苏一灿缓缓转过头，看着这个眉眼清秀的姑娘，回道："最起码要四个小时，顺利的话也要三个小时出头。"

唐沁用询问的语气说着最果决的话："我们去吧？"

苏一灿有些吃惊，对她说："你明天还要上课。"

唐沁依然是微笑礼貌的样子："我会和家里人说的，苏老师放心，不会耽误我的学习。"说罢，语气很轻地落了句，"和他初中三年同桌也没能耽误我，不在乎多一个晚上了。"

苏一灿将方向盘一转，直接将车子开上绕城高速，奔往贺县。她们一点多从凤溪出发，开到贺县已经将近凌晨五点，跟着导航找到了徐雅薇的外婆家，终于在她外婆家附近的石亭里看到了两人的身影。

苏一灿的无名火刚蹿上来，就看见一路上文文静静、讲话温声细语的唐沁目光笔直地盯着殷佐大步走了过去，在殷佐震惊的目光中，上去就甩了他一巴掌。

清脆响亮的声音划破了清晨寂静的小区，不仅把殷佐打蒙了，也把刚准备发火的苏一灿看蒙了。

唐沁一个眼神也没给徐雅薇，对着殷佐就命令道："回去。"

两人就这样把殷佐从几百公里外拽回宁市，路上殷佐只是沉闷地说了句："你们不来，我早上也会坐高铁回去。"

唐沁礼貌地对苏一灿说："苏老师，借下手机。"

苏一灿将手机给唐沁，她直接找到列车时刻表顶到殷佐面前，语气凶悍："最早一趟车是八点十分，开到南站九点半，九点钟比赛开始，你回去的意义是什么？"

殷佐彻底闭嘴。

唐沁将手机还给苏一灿，依旧客客气气："谢谢。"

一路上，两人没再说过话。

开到市区后，苏一灿看到堵车，一打方向往各个小道狂奔，坐在副驾驶座的唐沁紧紧攥着安全带，脸色煞白。

殷佐扶着车门有些头晕，低低地说了句："看不出来苏老师还是个赛车手。"

苏一灿毫不客气地回："我还是个刽子手。要是赶不上，我保证把你皮剥了下油锅。"

3

车子刚开进体馆，殷佐和唐沁就直奔球场。苏一灿将车子停好冲进场馆时，上半场已经快结束了。她扫向记分牌，38:31，北中领先7分，场中只换上去了一个万向阳。大半主力队员没上场的情况下，比分居然咬住了。

殷佐已经脱了外套，穿着深蓝色的队服立在岑莳面前。岑莳双手背在身后，神色淡淡地跟他说了句什么，殷佐垂下视线，而后走到场边坐着，赵琦他们全都朝他望去，但没人上前跟他说话。

苏一灿拿着本子走到另一边做报备。

中场哨声已经响了，所有队员都围着岑莳，只有殷佐一个人坐在一边，大家交流的时候，没有人去叫他。

等苏一灿签完字回来，中场休息结束，下半场开始，何礼沐、赵琦和魏朱被换了上去，殷佐依然坐在冷板凳上。岑莳没有再跟殷佐说过话，殷佐半低着头，眼睛里没有丝毫温度，紧紧盯着场中，一言不发。

何子明上半场个人得分17分，超过一半的分数都是他拿下的，然而随着北中那边改变战术后，何子明被针对，慌乱下两次误传，一次被判违规，岑莳喊了暂停。

将他换了下来，回身看着殷佐，岑莳没有说话。

殷佐从板凳上站起身，声音坚决："教练，我上。"

岑莳看了眼计时器，何子明也回头瞧去，整场比赛还有十二分钟。何子明收回视线望向殷佐，汗水从额上滴落，喘着粗气，双眼赤红，紧紧盯着他，忽然走到殷佐面前攥着他的篮球服，语气发狠地说："你要是扳不回比分，教练就算不找你，我何子明也不会放过你！"说完他一屁股坐在板凳上。

当殷佐一步步迈入场中时，几乎所有人的目光都瞬间聚焦过来，无论是北中的还是本队的，抑或是看台上的人。

就在岑莳把殷佐换上场的同时，对面王教练也将下半场被换下来的宋翰重新换了上去。

苏一灿站在另一边，皱起眉看着这一幕。她看过他们训练，不得不承认殷佐的篮球悟性甚至比专业队出来的何礼沐还要强，但这个少年无疑是一颗不定时炸弹，启用他的同时也要承担着他随时爆炸的风险。

任何理智的教练都不会用这样的队员，然而岑莳似乎就是喜欢冒险，她一直无法理解他为什么想要去驯服这匹脱缰的野马。

此时此刻她最担心的是，经过昨晚那件事，再在球场上和宋翰对上，殷佐能不能控制自己的情绪。

殷佐径直朝宋翰走去，所有人都替他捏了把汗。他停在宋翰面前，眼神冰冷："打完这场，去把她接回来。"

宋翰眼里浮起一丝挑衅："这是我和她的事。"

北中掷了个界外球，对方16号持球，殷佐一个闪身掠过宋翰，丢下句："那现在就来解决我们俩的事。"

去年秋季赛，北中将殷佐死死困住，球到他手上甚至传不出去。这场同样是紧逼防守，殷佐连续用了三个动作，那迅速和复杂化的动作让对方迟疑了一秒，便是那一秒，一个假动作后，殷佐直接将球扔给外线的何礼沐，直奔底角。何礼沐盯着殷佐的身影反手一个长传，所有人始料未及，拼命往篮板退，试图阻止殷佐上篮，他嘴角扬起一抹邪笑，原地起跳三分命中，全场哗然。

随着这个进球，殷佐越打越稳。出乎意料的是，他并没有特别针对宋翰，整场比赛打得异常冷静，该传球毫不迟疑，该助攻也决不拖沓。

相较去年的那场比赛，殷佐的打球风格发生了很大的变化，不过短短半年时间，他个人技术的提升让北中主教练也缓缓抬起视线，看向对面负手而立的年轻教练。

唐沁站在苏一灿身边，望着满场飞驰的身影开了口：“他家就在徐雅薇家楼下，两人从小一起长大的。我只知道他很护着徐雅薇，初中就一直那样。学校里有传徐雅薇和宋翰的事后，他还带人找过宋翰，警告宋翰不许欺负徐雅薇。我也不清楚他对徐雅薇是什么感情，但是要说喜欢似乎是不准确的，他不懂什么叫喜欢一个人。”

苏一灿略微侧头，望着身边这个高三姑娘，她的眼神随着殷佐的身影移动，不知道是不是女生要比男生早熟，她说出来的话让苏一灿有些讶异。

场中的宋翰也挥洒自如，打出了状态。连进两球后，殷佐超强的得分能力突然爆发了。看台上陆续有人站了起来，一场普通的高中联赛，两队打出如此精彩的节奏，实属罕见。

唐沁眼里的光也跟着燃烧，声音起伏：“其实殷佐很聪明，他的智商绝对超越了大多数人。初中的时候制作数学模型，我提前半个月开始准备，信心满满地参加比赛，东西交上去前他借我的模型去看……后来我拿了第一。模型重新发下来后，我才发现他在我的模型上动过手脚，将两根小棒的位置重新调整过，解决了一个致命的问题，使相交弦定理的比值可以转换成乘积。”

唐沁突然对苏一灿笑了下：“我们初中班主任也姓苏。”而后接着说道，“有次苏老师请他的家长来学校，我在办公室听见他姥姥和苏老师说，他小时候不在爸妈身边长大，姥爷对他惯得很。他爸妈都在深圳工作，很忙，有年春节，他妈妈就在家待了三天，走的那天早晨，是背着殷佐偷偷走的，他从床上爬起来，冬天里，穿着秋衣光着脚追他妈妈的车子……他姥姥说，从那年起，殷佐的性格就变得比较古怪，学习也不上心，脾气越来越大，到后来他姥姥、姥爷也管不住了。苏老师很看重殷佐，试图把他往好的方向引导，还把我调到他旁边，让我管着他，但是他对什么都不感兴趣，也对什么都不在乎，没人管得了。

“他是唯一一个把我气哭过的男生，在初三毕业那年。上了高中后我们再也没说过话。有时候我会猜想，殷佐以前故意不写作业，和同学打架，是不是为了引起他爸妈的关注，或者让他爸爸回来看看他，只是后来他大概迷失了方向，越走越歪。以前苏老师说，殷佐是属于老天爷把饭喂到他嘴边，他都不屑吃的那种人。

“到了高中，他更是完全不收敛。所以他肯进篮球队，我挺惊讶的，他的成绩可能也上不了什么好大学了，所以苏老师，如果可以的话，能不能请你帮忙和岑教练说一声，不管怎么罚他、骂他，都请不要放弃他。

"我家里已经安排好了，毕业后我要去国外读大学，以后我就真的管不了他了。"

唐沁脸上的神色淡淡的，好似很多情绪都藏在了心底。

苏一灿也是从这个年纪过来的，她立在唐沁身旁，在挥汗如雨的球场边，在场馆内无数光束下，在周围一阵阵喝彩的掌声中，她的心情也跟着波动。

她忽然想起了一句话，驯服一头兽，必须冒很大的风险，可一旦驯服了，就得对它负责，因为你会成为它的全部。

手机响了，苏一灿拿出来一看，是余校长的电话。她刚接通，余校长的声音就传了过来，直接质问道："殷佐今天又是怎么回事？"

苏一灿回过身大步朝外走去，站在场馆门边解释道："的确出了点状况，但殷佐已经在场上了，而且……"话未说完，身后呼声震天。

苏一灿转过身去，忽然一张路线图直接映在她眼前，她似乎在哪儿看过。这是一种组织横向掩护攻击的方法，防守者不断缩短和持球者的距离，破坏持球者的传球路线，形成了一种菱形群体防守术。北中教练大骇，宋翰的汗水从额上滴落到地板上，手中的球来回运送，天衣无缝的防守让他找不到任何突破口，逼得他直接出手投篮。

而后，苏一灿眼睁睁看着殷佐原地跃起一米多高，身体在半空中犹如绷直的弓，带着气吞山河的气势，一个狠狠的盖帽，果断的动作和力量融为一体，所有人都昂起头，哨声响起，全场沸腾，滔天的掌声压过了听筒的声音。苏一灿感觉有细微的电流漫过皮肤，她汗毛乍起，对着电话里的余校长说："赢了！我们赢了，赢了北中！"

余校长在电话中也愣了几秒，大笑出声。

这是一场精彩绝伦的对决，是一场超越比赛本身的较量，更是一场完美的视觉盛宴。

而这场比赛出自一个郊区的两支队伍，在今天这个球场上，两队同时发挥出超常的水平，下半场快节奏的竞技将比赛的看点直接拉满。

谁也想不到凤溪那个连主城区都算不上的小地方，居然隐藏了两支爆发力如此强大的队伍。

场内呼声震天，苏一灿也跟着心潮激荡。唐沁的眼里充盈着闪动的光，转过身对苏一灿说："苏老师，那我就先回去了。"

苏一灿回过神来看着她："等下和校车一起回吧。"

唐沁摇了摇头："不了，我先回去，还能赶上下午的课。"说完她便直接走了，没有多做停留。

苏一灿刚迈开脚步准备往队里走，原本夹在腋下的笔记本突然掉落。她弯腰捡起本子时，那张纸掉了出来，她赫然看见用黑笔潦草画出的战术图。她把纸捡起来，突然知道刚才的熟悉感从何而来，是了，她看过岑莳给他们讲解过这种布局的利弊和适用情况。

她再次看向手中这张纸，这是那次岑莳给她的会议记录，上面的英文词汇花费了她大量时间才搞明白，还因为几个歪七扭八的符号问过他，结果他说那不是符号，是汉字。

迎着场馆巨大的 LED 灯，苏一灿将这张纸举到眼前，重新朝那几个鬼画符似的汉字看去，直到目光瞥到那条横线上，才突然反应过来那可能并不是横线，而是一个"一"字。

她的瞳孔瞬间收缩，几个字拼在一起是，信我一次。

她拿着那张纸，心脏剧烈跳动着，隔着雷动的掌声，满场飞奔的球员，在兴奋的呐喊声中朝对面望去。岑莳一身白衣立在场边，被所有队员包围着。

苏一灿感觉自己的心脏在燃烧，那跳动的声音清晰地撞在她的耳膜上。多少年了，她没有这样为了一个人怦"燃"心动。

这个为了让全队饱腹，半夜一个人骑车出山找食物的男人，这个将七零八落的校队重新组建，力挽狂澜的男人。

这个明明自己遍体鳞伤也要拉着她走出消沉的男人，这个在她灰暗的前路为她点起一盏灯的男人。

在这一刻，她也想冲破世俗，想勇敢一次。

岑莳转过视线，隔着遥遥的距离望向她。

苏一灿眼里泛起激动的泪水，对他露出最动人的笑，燃了前路，烫了星河。

第十九章
你的未来
只有我能给

▲

▼

1

赢了北中后，所有队员都处在高度亢奋状态中，大家互相拥抱，激动地拍着彼此的后背，就连岑蔚都被他们拉着抱在一起，虽然他一副不太情愿的样子。

看见苏一灿进来，大家都吼了起来："苏老师来了，抱一下！"

苏一灿看着他们一身臭汗的样子，心里是抗拒的，但耐不住小伙子们太热情，只能一手拿着表格，伸出另一只手意思下鼓励鼓励大家，结果这些小伙子全都跑过来寻求爱的抱抱，还起哄道："我们都跟苏老师抱过了，苏老师和教练还没抱过。"

"对对对，就剩苏老师和教练了，你们不抱一下吗？"

苏一灿瞅着岑蔚，他站在最里面的柜子边也盯着她看了眼，两人都没动。

赵琦吼道："我要上厕所，快快，跟我一起去！"

不到一分钟，所有人都组团去厕所了，殷佐本来一个人坐在板凳上，也被魏朱一把架走了，休息室瞬间安静下来。岑蔚修长的身影靠在柜子上，窗外的天暗了下来，明明上午还出了太阳，这会儿开始乌云遮日了，不时响起春雷声，闪电带起的光照亮了岑蔚俊挺的五官。

苏一灿走到他面前，将手里的东西递给他："下一场的日程安排，你看下吧。"

岑蔚接过东西并没有看，直接放在了一边，望着她熬红的眼，声音放轻了些："累了吧？"

苏一灿垂下视线点了点头："嗯，有点。"而后缓缓抬起视线，凤眼微挑，"所以不抱一下吗？"

她嘴角泛起很浅的笑意，岑莳牢牢盯着她的表情，无法分辨她此时的态度。

苏一灿见他盯着自己没有动，撩起眼皮睨着他："不抱算了。"

她刚转过身，手臂被岑莳拉住，连同她的身体都扯回了他怀里。

她安静地靠在他怀中，脸颊贴在他的胸前，没有丝毫抵抗。

他试着抬起手臂横在她的腰上，她依然没有动。他又慢慢将手往上移，圈住了她，苏一灿整个人似乎变得异常顺从。

岑莳的呼吸加重了一些，他渐渐收紧手臂将她完完全全地拥进怀中，感受着她柔软的身体和起伏的呼吸。

终于，怀里的人动了，不是推开他，而是用她纤细的手臂圈住他的身体，轻轻回抱住了他。

岑莳眼里闪着光，他反手将苏一灿压在身后的衣柜上，半圈着她，垂下视线仔细观察她的表情，判断她的情绪。

而苏一灿只是微垂着视线，任由他靠近，早已超过了暧昧的距离。

岑莳眼里搅动的光似波澜的海水，他慢慢低下头，一点点地试探，关注着她的反应。

空气里弥漫着汗水和荷尔蒙的味道，让人的意识渐渐沉沦，苏一灿始终垂着眼睫，双手贴在身后的柜子上，直到岑莳的鼻尖摩挲着她，她依然没有躲。

岑莳看着她柔软的唇，喉头发紧，忍不住凑近，浅吻了一下。

久违的温度侵占而来，苏一灿的身体不受控制地轻颤。他俯下身一点点吻着她，她的眼，她的鼻，直到滑落到她的唇上，慢慢吮吻着她的上唇，柔软细滑。

苏一灿缓缓抬起手放在岑莳紧窄的腰上，一瞬间，岑莳好似确定了什么，再也按捺不住，咬着她的下唇就缠住她的舌，激烈而疯狂地将她彻底揉进怀中吻着她。

苏一灿感觉他的狂热快要阻断她的呼吸，身体被勒得太紧，快要喘不上气。

直到岑莳松开她，苏一灿的腿都是软的，扶着他大口喘息，眼睛通红地瞪着他："这段时间不是不理我吗？"

岑莳嘴角的笑容扩散开来，低下头柔声在她耳边说："不是不理你，只是在等你松口。"

苏一灿咬着唇，心化成了水。

当所有队员穿上校服，拿着随身的包浩浩荡荡跟着岑莳从休息间出来时，他们在楼梯口碰上了同样准备离开的北中队伍。

王教练停住了脚步，两边的队员自然也都停了下来，在逼仄的通道上，二十几个少年面无表情地盯着对手。

王教练看向岑蔚先伸出手，岑蔚原本放在裤兜里的右手缓缓拿了出来。王教练说：“屈才了岑教练，听说你要离开了，以后有什么打算？”

岑蔚淡淡地回道：“反正离不了篮球。”

王教练露出几许笑意：“希望还有机会见面，下次如果再碰上，我们好好聊聊。”

两人松开了手，而后带着各自的队伍擦肩而过。

殷佐走在队伍最后，快走出过道时，他的肩膀被宋翰压住，殷佐抬起冰冷的视线，宋翰看着他：“不是我让人通知你的，我宋翰不至于用这么龌龊的手段来赢比赛。人我会劝回来，但我不可能和她一起报考财经大学，我会去理工大继续打 CUBA（中国大学生篮球联赛）。”

殷佐只是“嗯”了一声，眉眼间的冷并没有化开，一直轻轻拧着，跟着队伍离开。

岑蔚带队走到大厅时，外面突然下起了雨，不少观看比赛的观众也被困在了场馆门口。

这群少年刚出来就引起了观众的注意，纷纷为他们让了条道出来。大家都没有带伞，苏一灿怕这帮孩子才流完汗就淋雨会感冒，干脆冲进雨中拿着工作牌让保安放行，把大巴车直接给调了过来，开到了场馆门口。

岑蔚带着队伍出去的时候，侧头看见了一个眼熟的身影，那人戴着黑色手套，习惯性地去摸根本不存在的小拇指，对着他挑衅地勾勾下巴，动了动嘴却并没有发出声音，但岑蔚读懂了他的唇语：不要让我碰见你。

岑蔚收回视线，转身带着队员上车。

苏一灿站在车上，头发和衣服都湿了。岑蔚最后一个上来，脱下外套罩在她身上，没再往后走，直接坐在她旁边问了句：“我们什么时候对上八中？”

苏一灿翻了下表格，告诉他：“他们这次和我们没有划在一组里，打进淘汰赛才能碰上了。”

岑蔚没说什么，攥过苏一灿的手问她：“冷吗？”

身后全是队员，大家叽叽喳喳的，整个车厢内都很嘈杂。

苏一灿想起刚才休息室里那个激吻，悄悄抽回手说：“还好。”然后瞥向车窗外嘴角微微扬起。

春的嫩芽抽出枝头，花的芬芳沐浴着这场春雨，一切都是复苏的样子，让人心情愉悦。

　　大巴停在学校门口，雨还没有停，不知道要下到什么时候，队员早已一身臭汗。岑蔚放他们回家洗澡换衣服，五点再到篮球馆集合。

　　岑蔚将他的外套顶在苏一灿的头顶，两人冲进了学校，衣服都湿了，岑蔚对她说："先到我宿舍。"

　　于是一路上两人顶着雨跑回宿舍楼。这会儿老师们大多在食堂吃饭，宿舍楼隐在一片烟雨朦胧中，很幽静。

　　两人爬上楼后，苏一灿喘着气靠在墙上，岑蔚摸出钥匙打开宿舍的门，一把将她拉了进去。

　　他翻出一件长袖衬衫递给她，说道："你先洗，衣服换下来我帮你挂起来，下午应该能干。"

　　苏一灿先进了狭小的浴室，把外衣外裤脱下来透过门缝递出去，喊了声："岑蔚。"

　　岑蔚将苏一灿的衣服挂在房间里，看着微微飘荡的女式衬衣，思绪不知道飘到哪里去了。

　　直到苏一灿拉开浴室的门，宽大的浅格纹衬衫套在她身上，两条匀称的长腿就这么光着，岑蔚的眼里掀了一阵巨浪，杵在原地没有动弹。苏一灿瞥了他一眼对他说："你洗吧。"

　　走过他身边的时候，空气中带起一阵香气，岑蔚干咳了一声对她说："抽屉里应该有吃的，你找找看，吹风机在床头。"说完他拿着干净T恤就冲进了浴室。

　　等他出来的时候，苏一灿倚在小桌边，嘴里叼着块苏打饼干，手里拿着吹风机，头发全部拨到了右肩，被风一撩，轻柔地飘荡着，抬手之间衬衫的衣摆被拉了起来，那若隐若现的高度和诱人的线条让岑蔚忽然感觉脑子有些充血。

　　他丢掉毛巾，几步走到她身前，弯下腰从她嘴上叼走了半块饼干。

　　苏一灿看着他毛茸茸的短发，干脆举起吹风机帮他吹了吹问道："好好的，把头发剪了干吗？"

　　岑蔚叉开腿让身体低些方便她吹，回道："太长了，碍事，你又不给我扎小辫。"

　　苏一灿的眉眼再次弯了起来，岑蔚干脆将脑袋埋在她的锁骨间，眼神低垂，盯着苏一灿身上不时被吹风机吹起的衬衫一角，呼吸里都是香软的味道，喉间燥热。

　　他情不自禁把手搭在她的大腿上，他掌心的温度让苏一灿感觉心脏被烫了下，拿着吹风机的手也有些软。

　　岑蔚感受着手间的细滑感，难以言喻。比起男人，女人的身体像柔软的豆腐，他眼里渐渐覆上一层赤色的光，慢慢滑进衬衫，脑袋也越来越低，直至呼吸烫得连他自己都感觉身体烧了起来。

苏一灿微微吸了一口凉气，岑莳每个细微的动作都在撩拨她的神经，后背的酥麻感像浪潮袭击着她。

她关了吹风机，岑莳抬起头，吻着她的锁骨，她的颈侧，轻轻咬住她的唇，仿若在她身上放了一把火，她感觉到他的手碰到了衬衫纽扣，滚烫的手掌探了进来，她膝盖发软，身体贴着他。

岑莳醉眼蒙眬地问："不是梦吧？"

苏一灿依附在他胸前，声音半软："你经常梦到我吗？"

岑莳笑了起来："一个月两三次吧，多的话每周都能。"

苏一灿捏起拳头捶在他结实的胸口，就知道不是什么正经梦。

岑莳将她抱了起来放在床上，眼神蒙眬地望着她，声音沙哑："姐，你别嫌弃我。"

苏一灿莫名其妙道："我嫌弃你干吗？"

"这方面，我没什么经验……"

宿舍的螺丝床睡个觉问题不大，但承受不了岑莳这么大的动作，稍微幅度大点就有声音。

这声音就像警钟，不断提醒着苏一灿现在所在的环境，让她完全无法放松下来，岑莳干脆直接将她抱去了浴室，关上门。

等苏一灿再被岑莳抱出来放在床上时，她累得感觉眼皮子随时都要合上。

岑莳这会儿是真心疼她了，开了一夜的车，来回六七百公里，还折腾到现在，他终于良心发现，眼里浮上一丝愧疚，对她说："我去校长室汇报，顺便帮你请个假，你安心睡。"

苏一灿闭上眼之前喃喃地说了句："好。"

2

虽然循环赛第一场赢了北中，但后面要面对的队伍还很多，岑莳需要将下一场比赛的情况和队员们交代一下。

但让大家奇怪的是，平时在分析赛情时不苟言笑甚至有些严肃的岑教练，今天带着他们分析数据时，突然盯着白板笑了起来。他这一笑不打紧，队员们很莫名啊，互相交换着眼神询问，什么情况？

虽然他们搞不清楚为什么，但是能感觉出来教练心情很好，他们也跟着放松了很多，所以效率非常高。

岑苙六点多就带着吃的回到了宿舍，上楼的时候两步并一步，几乎是跑上去的。当打开宿舍的门，看见依旧躺在他床上的苏一灿时，他嘴角忍不住飞扬，就连关门的动作都轻了些。无论漂泊过多少个地方，他从来没有为了谁这么归心似箭过。

苏一灿面朝着墙，身体蜷缩在一起，还是他离开时的姿势，仿佛一下午都没变过。

他轻轻碰了碰她，想喊她起来吃完东西再睡，可她实在太困了，闭着眼嘟囔着："再让我睡会儿……"

岑苙只有轻手轻脚不去打扰她。

晚上，他难得一早就上了床，躺在她身边，修长干净的手指在她的手臂上一点点移动着，指腹感受着她的温度，心里有种被塞满的充实感。

苏一灿睡了个好觉，把前一天熬的夜彻底补了回来，以至于早上五点钟就神清气爽地起床了。

她回身看着躺在身边的年轻男人，闭着眼，睫毛浓密，眼窝很深邃，鼻梁挺立，好看得找不到一点瑕疵。不过就是睡觉时手都不老实，搭在她身上。

她眼里渐渐浮起笑意，轻轻拉开他的手，起身从床尾跨过他，踩着他大大的拖鞋走去了浴室。

当岑苙听见浴室传来的水声时，几乎是秒醒，一骨碌就从床上弹坐起来，下意识去摸身边，然后又望向浴室的方向，有丝丝沐浴露的香气从里面飘散出来。他勾起嘴角，赶忙下床将昨晚带回来的吃的重新热了一遍。

等苏一灿洗完澡出来的时候，他已经把热腾腾的饭菜全部摆好，给她拿好了筷子，站在床边看着她。

房间没有开灯，太阳才探出头，浴室的水汽蔓延出来，朦胧的光线里，两人隔着几步对视着，忽然都笑了。

宿舍就一只凳子，苏一灿在床边坐了下来，把凳子留给岑苙。她吃饭时，岑苙也走进浴室快速冲了一把澡，出来时整个人干净清爽。

这回苏一灿眼神没有回避，正大光明欣赏着她的小男友。岑苙将凳子拉到床边，挨着她坐着。

苏一灿戳了下他胸前的文身："你的胜利之矛什么时候文的？"

岑苙看着自己面前苏一灿为他剥好壳的鸡蛋，笑着告诉她："手术出院后文的。"然后将鸡蛋拿了起来，一口吞了下去。

联想到之前他说胜利之矛是古希腊神话中三大天神的兵器结合而成，没有任何生灵可以阻挡，想来在他人生最低谷的时候也应该经历过绝望和挣扎吧，只是他找到了他的胜利之矛，所以这个世界上便再没有什么困难能阻挡他了。

苏一灿拿起床上的衣服扔给他："穿好，别冻着。"

岑蔚把衣服套上。

苏一灿默默在心里算着，如果他五月中旬走的话，机票应该订好了。她一边吃着饭，一边看似随意地问道："机票订的哪天的？"

岑蔚顿了下，沉默下来。

苏一灿没有看他，只是把左手放在他的掌心，继续低头吃饭。

半晌，岑蔚声音颇低地说："本来想迟点走，可是没有合适的航班，订的是7号飞洛杉矶的。"

苏一灿"嗯"了一声，7号走的话，连一个月都不到了。

岑蔚无法确定她在想什么，干脆将她的手拿了起来放在唇边轻轻地吻着，好似想通过这种方式来安抚她的情绪。

然而苏一灿早已不是小女孩了，虽然会失落、会迷惘，但不会表现在脸上。她只是转过头淡淡地对他笑："要是我昨天没答应你，你就这么飞走了，以后我们也不会再见面了吧？"

岑蔚的表情前所未有地认真，他牢牢盯着她，忽然问了句："想听实话吗？"

苏一灿表示听听看。

岑蔚告诉她："我做了最坏的打算，如果到我走那天你还是不肯松口，我一没事就回来在你面前继续晃悠。反正你家不是还有我的房间嘛，你看我在学校这么多眼线，万一你真跑去跟别人相亲，我就派我的眼线对你进行战术干扰，拖到我回来。"

苏一灿笑了，无语地摇了摇头："你不觉得你这么做是在耽误我的未来吗？"

岑蔚挑起眉梢："不觉得。你要真跟什么乱七八糟的人相亲才是在放弃自己的未来，毕竟你的未来只有我能给。"

说完这句话，他自己也笑了出来。

外面雨后天晴，他们坐在狭小的宿舍里看着彼此，无声地笑着，眼里的光暖了一室。

3

今天的比赛在下午进行。

十二点半的时候大巴开了过来，岑莳带着队员从体育馆出来。

上了大巴后，岑莳在苏一灿身边坐下，苏一灿问他："今天首发安排哪几个上场？"

岑莳将名单递给她。

苏一灿看了一圈，果然没见到殷佐的名字，事实是，殷佐被岑莳禁赛两场，所以下午的比赛他只能随队过去坐冷板凳。

比赛开始后，苏一灿交完材料走回来往殷佐身旁一坐，将东西整理了一下，也把视线投向场中。

半场快结束时，她忽然说了句："唐沁毕业要出国读大学。"

殷佐没有出声。

苏一灿朝殷佐看去，殷佐缓缓垂下视线。

中场休息的哨声响起，苏一灿拧开身旁的矿泉水，对殷佐说："好的感情一定是有温度的，巴掌还没把你打醒啊？当然，我说的是友情。"

她笑了下，起身将矿泉水递给岑莳。

岑莳一边和队员说着话，一边接过矿泉水喝了几大口，然后自然地将水递回给她。

经过上一场比赛，二中这个年轻的教练受到不少关注，有很多人在打听他的来历背景。

岑莳虽然年轻，但接触篮球早，早年的生活颠沛流离，少年时期缺少父母的陪伴和固定的居所，几乎所有热情和精力都投入篮球运动，特别肯钻研，也因此，他有自己的一套篮球哲学，退役后做教练虽然时间不长，但他灵活多变的战术经常打得对手猝不及防。

打街头篮球出身的岑莳，一路打进欧洲职业赛和 NBA，接触的大小比赛和对手不胜枚举，这些经历让他的执教风格独一无二。几场比赛下来，他的训练和现场指挥能力有目共睹，在他接手二中篮球队以后，培养出了几个三分得手，三分快节奏的打法似乎成了整队的风格，也打造了一套属于他们自己的切传体系。

所以今天这场比赛，看台上来了不少身份特殊的人，对他更是特别关注。

在球场边，他负手而立或双手抱胸。

这场比赛，他指挥的次数不多，但只要他出手，基本上都是踩在关键节点上，每一次调整都直接影响比赛的节奏和局势。

下半场优势打出来后，他偶尔坐下来和身旁的女老师说一两句话，旁人猜测大概是技术交流。

但是岑莳对苏一灿说的却是："结束了我回宿舍收拾下，你等我还是自己先回去？"

"晚上可以进你房间了吧？"

"……"

苏一灿看他指挥比赛挺专心的，从来不知道他可以有这么多废话，完美诠释了什么叫一心二用，她干脆直接走开，离他远远的，怕影响到他。

岑莳虽然偶尔和苏一灿说上两句话，但视线没有从球场上移开过。直到比赛结束，在没有殷佐上场的情况下，其余人也打出了配合，轻松拿下这场比赛。

苏一灿不知道殷佐什么心情，想来应该挺折磨人的，特别是这么热血的年纪，只能干看不能亲自上场，更是一种煎熬。

不过她完全支持岑莳的决定，这小子太自以为是了，摔摔跟头不是坏事。

车子返校后，苏一灿还是陪岑莳回了趟宿舍。

从宿舍的窗户望出去，夕阳挂在操场的足球框上，好像随时要落入框中，苏一灿就站在窗边，这个画面刻在岑莳的瞳孔中，让他不禁俯下身从浅吻到深吻。和以前的吻不同，现在的岑莳像随时要把她啃噬干净的狼，透着危险的侵略性。

良久，岑莳终于抬起头，眼眸里投射着夕阳的光，泛着赤红的颜色，就这么看着苏一灿。

苏一灿的手机不合时宜地响起，是盛米悦发起了一通多人语音通话。苏一灿接通后，听见盛米悦说："再等等啊，还有两个人。"

岑莳靠在房间的门上看着她。

苏一灿不知道盛米悦在搞什么，大约等了两分钟，人差不多都加入了，盛米悦才说道："各位兄弟姐妹，我就不一一通知了，在这儿统一告知一下，本人下个月要订婚了，过几天会把具体地址和时间发给各位，听见的在群里发个收到，我怕通知漏了。"

苏一灿一脸蒙，这就订婚了？对象是谁？

她立马把手机拿到眼前一看，江崇果然也被她拉了进来。大家满屏刷起恭喜，苏一灿也打了句：收到。

然后大家七嘴八舌地聊了一会儿，但是直到视频电话结束，江崇都一言未发。

挂了电话，苏一灿还有些迷惑，本想再单独打个电话给盛米悦问问什么情况，但是某位弟弟已经靠在门上等她半个小时了，并且目光越来越幽怨，大有把她手机夺过去扔出门的意思。

于是苏一灿只能收起手机，和他一起回了她家。

进了房间后，岑莳就直接把她披在肩上的薄外套给脱了，拉着她上床。

在岑莳侧身去关灯的时候，苏一灿突然想起什么，对他说："等一下。"

岑莳靠在床头看着她，苏一灿半坐起身："能给我看看你动手术的地方吗？"

岑莳垂着睫毛说了句："不好看，怕吓着你。"

苏一灿非要看，岑莳没办法，只能将长裤脱了。他不太习惯在别人面前暴露自己的伤疤，不自然地拿被子挡着。

苏一灿一点点将被子往下拉。当他的伤疤完全呈现在她眼前时，苏一灿还是有些吃惊的。

本来以为只是一道手术疤，但伤口面积比她想象中还要大两倍，皮肤皱褶，有明显缝合的痕迹，丑陋狰狞，和其他地方的皮肤形成很强的反差，让她不禁皱起眉。

那次听爸妈提起岑莳的手术，她想到也许很严重，但亲眼看到又是另一回事，这强烈的视觉冲击看得人触目惊心。

岑莳声音沉沉地说了句："别看了。"

苏一灿没有动，下一秒，她低下头轻吻着那块伤疤。

岑莳瞳孔地震，他一直小心翼翼地将疤痕遮掩住，尽量不让任何一个人看见，可不承想有一天，一个女人会用如此虔诚和温柔的吻抚平这个给他留下一辈子伤痛的地方。

岑莳低垂着视线望着她的脸，心底最柔软的地方被触动，被占领，满心满脑就只剩下面前的女人。

以往碰到那地方总会感觉隐隐地痛，他知道那不是真的痛，而是一种记忆疼痛，然而在苏一灿的亲吻中，那种条件反射的记忆疼痛好似突然消失了，他并没有感觉到任何不舒服，反而因为她这暧昧的姿势，让他的思绪又开始飘散。

岑莳咳了一声，床头灯下他那痞帅的笑意透着张扬的坏。苏一灿抬头对他说："关灯，睡觉，老实点。"

灯是关了，房间里也暗了，但是没过五分钟，苏一灿便感觉一只大手在她身上来回游走。她按住他的手背对他说："你不觉得这个频率有点过了吗？"

岑莳还正儿八经请教起来："那一般情况下，应该是什么频率？"

苏一灿想了想对他说："反正对身体不好，你克制一下。"

过了好半晌岑莳都没说话，苏一灿以为他终于打消邪念了，谁料他突然一个翻身将她压在身下，声音绵绵地喊着她："姐。"

他一只手轻抚着她的额，另一只手去解她胸前的纽扣。苏一灿抓着他的手，他就咬着她的唇可怜兮兮地喊她："姐，我身体好。"

苏一灿算是发现了，除了在她家人面前做做样子，其他时候但凡他开始叫姐，就是来哄骗她妥协的。

夜已深，老区很安静，只有房间里的狂热在不断堆叠。

4

第二天去到学校，苏一灿原本想看看江崇对盛米悦订婚的反应，毕竟昨天在群里他从头到尾一言不发。结果去了以后才听说江崇请了两天假。

她还特地发了条信息问江崇：没出什么事吧？

结果直到中午江崇才回：有点事，回来说。

苏一灿也不好再问。

和岑莳确定关系后，苏一灿感觉生活有了翻天覆地的变化，这个小她七岁的弟弟在很多事情上都刷新了她的认知。

晚上回家后，她做饭，他在厨房打下手，替她拿盐拿糖；她炒菜时，他要在她身后抱着她，握着她的手一起炒，像无尾熊一样黏着她；吃饭时，他不肯坐在对面，非要将板凳拉到她身边跟她并排坐，还用左手吃饭，右手来牵她；甚至就连她洗澡的时候，他都非要挤进来一起，美其名曰省水费。

苏一灿把他推出去告诉他："姐不差这点水费。"然后他便会露出可怜无辜的眼神抵着门耍赖。

所以自从岑莳搬回来后，苏一灿便再也没有一个人洗澡的机会了。

岑莳的头发长得很快，苏一灿让他坐在小板凳上，然后在他头上搓出好多泡沫，再把泡沫堆成一个小山丘，看着他变身泡沫超级赛亚人的样子笑弯了腰。

岑莳特地跑去和主任打招呼，说是篮球队联赛期间，希望苏老师多加配合，跟着篮球队的节奏走，所以丁组长通知苏一灿，这段时间篮球队在校期间她尽量随队，随时了解比赛进程和布局，做好配合工作。

苏一灿接到这个消息后，慢悠悠地走到篮球馆。依然是一身干练的运动装，只不过从不戴丝巾的她，今天脖子上围了条丝巾。

到了球馆，岑莳正在和何礼沐说话，看见苏一灿过来，拍了拍何礼沐的肩让他先过去。

苏一灿几步走到他身边问道："晚上闹我就算了，白天还绕着弯子把我弄来干吗？"

岑莳侧过头盯着她脖子上的小丝巾，嘴角压着笑："因为想你。"

苏一灿在他眼里看见了熟悉的热度，她敢打赌要不是队员还在场，他肯定就亲过来了。

中午休息的时候，岑莳把她拉到了他的办公室，这还是苏一灿第一次来这里。他在更衣室后面的隔间给自己整了个办公区，虽然就一张桌子一把椅子，倒也挺清闲自在的，办公桌旁还放了把躺椅，颇有种退休老干部的感觉。

岑莳往上一躺，对她说："我中午一般就在这儿睡一觉。"

苏一灿看着还挺舒服的，对他招招手："起来，给我躺会儿。"

岑莳干脆一把将她拽到身上说："一起躺。"

苏一灿被他抱在怀中，身体陷进他的臂弯里。她并不算小只，高二的时候由于个子高，性格又大大咧咧的，一度被家里人认为以后难找对象。

谁能想到她找了个这么高大的男人，睡在他怀里，感觉人都是踏实的。她闭上眼，岑莳将她往上捞了捞，一点点凑近她的唇，她微微挣扎着。

岑莳低声哄她："什么都不做，就亲亲。"而后他一下又一下地啄吻着她，弄得她的心底痒痒的，身体越来越软。

这时门被敲响，外面好多人在喊："岑教练，在不在啊？"

岑莳这才松开微喘着气的她，厮磨着她的唇低低地说了一句："这群讨厌的小子。"

苏一灿的眼睛笑眯起来："去吧。"

岑莳走后，苏一灿接到了盛米悦的电话，居然还听见了江崇的声音，她很诧异地问："江崇和你在一起？"

盛米悦那头似乎有些吵，一阵脚步声过后，那边安静下来，盛米悦告诉她："江崇在我家，那个……我们俩扯证了。"

苏一灿猛地从躺椅上坐起来，愣了半天才问道："是我认为的那个扯证吗？"

盛米悦在电话里笑道："我和江崇晚点来找你。"

晚上，他们约在一家常去的台球室。当岑葳牵着苏一灿走进去时，江崇和盛米悦也很诧异，目光落在他们交握的手上。

苏一灿有些别扭地缩了下，一时间无法适应在老朋友们面前袒露她和岑葳的关系。但是岑葳没有松开她，紧紧攥着她的手，低头说了句："我不想被你藏着。"

苏一灿便没再缩回手，任由他牵着。

江崇很快恢复平常的神色，盛米悦也笑得一脸了然。两人刚到，江崇就递了根杆子给岑葳："来一局？"

苏一灿在旁边一坐下来就赶紧问盛米悦："你什么情况？"

盛米悦长腿跷着，笑得意味深长："我还没问你什么情况呢，把岑弟弟睡了？"

岑葳正好在旁边用巧粉涂杆头，大概听见了这句话，低着头轻笑。他穿着牛仔夹克，里面一件黑色内搭，一双大长腿更是引人注目，一站在那儿，旁边好几桌的妹子就直瞄他。

盛米悦笑道："能理解，这样的弟弟该睡。"

苏一灿直接撑了盛米悦一句："你可闭嘴吧。"

再说下去，某人晚上回去又要骄傲了。

苏一灿岔开话题压低声音："到底怎么回事？那天你不是还说要订婚吗，怎么转眼就跟江崇领证了？"

盛米悦一脸老谋深算的样子："我不这样逼逼他，他能知道急吗？"

"他昨天请假就是去跟你求婚了？"

盛米悦一言难尽："没有，就带着户口本来了。"

苏一灿更是一言难尽，说："然后你就跟他去民政局了？这么冲动，你家人同意啊？"

盛米悦说得云淡风轻："不同意啊，我说不同意我就出家当尼姑去。"

"……"这点不光是她家里人，苏一灿也相信这位我行我素的盛大小姐真能做出来。

总之盛米悦和江崇领证了，成了合法夫妻，毫无征兆，猝不及防，估计连他们自己现在都是蒙的。

盛米悦侧过身子低声问她："那你呢？和岑葳什么时候搞到一起的？"

苏一灿听着刺耳："你能不能把'搞'字去掉，我和他确定关系没几天。"

正好这时岑葳绕了过来，俯下身对苏一灿说："赢了。"

苏一灿抬起头惊道："打得不错嘛，一般人很难赢我们江老师的。"

岑蔚的身子又低了些，声音里透着温热的气息："不亲下吗？"

搞了半天是赢了一局跑过来邀功的，盛米悦在旁边不厚道地笑了。

苏一灿推了下岑蔚："在外面，正经点。"

岑蔚却视若无睹地低头在她唇上落了个吻，对她说："不亲不行，我怕再发挥一局，对面那几个女的会生扑我。"

苏一灿头一侧，才发现另一头的确有不少女生在往这里看。岑蔚又一脸淡定地去和江崇打台球了。

盛米悦在旁"啧啧"了两声："那个词怎么说的？忠犬？是不是形容的就是岑蔚？"

苏一灿撑着下巴盯着岑蔚帅气的姿势，嘴角泛笑。

盛米悦感兴趣地问了句："跟这个年纪的男人恋爱什么感觉？"

苏一灿正儿八经地想了想，回答她："精力旺盛。"

四个字把盛米悦直接笑翻了，瞄着苏一灿的丝巾对岑蔚竖起大拇指。岑蔚以为她在夸他台球打得好，也回了个笑。

随后盛米悦低下声来叹息了句："唉，你和杜敬霆刚在一起时，也是这么年轻。"

苏一灿陷入了短暂的沉默。她没有刻意比较过两段感情，但细细想来，到底是不一样的。

杜敬霆是个很克制的人，他对待什么事情都很理智，哪怕对待感情。就是他们关系最融洽的那几年里，他似乎也是有所保留的，或者说始终无法让苏一灿触碰到他内心最深处的东西。很多时候他会给苏一灿一种若即若离的感觉，也许年少时正是这种感觉才会吸引她，可后来随着年龄的增长，这却成了扼杀她安全感的凶器。

但岑蔚完全不同。她能够非常清晰地感觉到他浓烈的情感和坦荡的内心，他可以毫无保留地将自己的心意放在她面前，他不会吝啬任何一句情话，也不会放过任何一次靠近她的机会。虽然他们的年龄差用世俗眼光看有些离谱，但在这段关系里，她是享受的，她喜欢这种时常被人惦记和照顾的感觉。

她看着岑蔚笑。

岑蔚察觉到她的目光，几步走过来，一会儿拉下她的手，一会儿摸摸她的脸。他和江崇打得都不错，基本上谁失误，另一个就能清掉大半，几局下来难分伯仲。

在他们又开始新一局时，盛米悦又凑过来："听说岑蔚要离开中国啊？"

苏一灿点点头："7号走。"

　　盛米悦看了眼手机惊道："那不是只有一个礼拜了吗？你怎么想的啊，他都要走了你还一头栽进去？"

　　苏一灿没说话，眼神跟着岑莳移动。

　　盛米悦皱了下眉："你不会还准备等他几年吧？这不是异地，是跨国恋了啊，你想清楚了？"

　　苏一灿语气淡淡地反问她："你说这个年纪的男人，一腔热情能维持多久？"

　　盛米悦捉摸不透她的想法："什么意思？"

　　苏一灿忽然笑了，笑容里有种洒脱的魅力。

　　这样的苏一灿让盛米悦无比怀念，和记忆中那个活在张狂岁月中的她渐渐重叠。

　　只听见她不紧不慢地说："他还年轻，要经历的事情还很多，我不可能绑着他。我以前就是太在意结果了，觉得谈恋爱就一定要有结果。现在不了，我不会被爱情捆绑。"

　　盛米悦虽然没搞懂苏一灿到底有什么打算，但感觉苏一灿已经准备好面对所有变数。苏一灿似乎比她想得更通透，倒让盛米悦放下心来。

第二十章

那一天不会太久

▲

▼

1

虽然岑蔚和苏一灿在学校并没有明目张胆地表现出两人的关系，但篮球队这些人整天和他们朝夕相处，多少也能察觉到不同。

这几天学校送来一台饮水机放在篮球馆，但由于饮水机的出水口不是很好，经常喷水出来，下午苏一灿过去接热水的时候就突然被喷了一手。

所有人眼睁睁地看着教练从场馆对面直接朝苏老师狂奔过去，抓起她的手着急地问："有没有烫到？"

那宠溺的语气直接让一整个队的男孩震惊了，全都扔了球傻傻地看着他们，强势围观。

近来他们之间的粉红色泡泡，就连从来都一根筋的魏朱都察觉到不对劲，晚上训练完，他还对万向阳和赵琦说道："你们觉不觉得我们教练和苏老师在处对象啊？"

万向阳直接笑喷了，赵琦白眼直翻："你怎么不等他们俩小孩出生才发现？"

魏朱很是不服，回头问了句殷佐："老殷，你什么时候看出来的？"

殷佐一边扯下护腕一边回："去年。"

"怎么没人告诉我？"

自从上次北中王教练提起岑蔚回国的事后，队员们虽然嘴上没说，但都感觉到分别在即的落寞和紧迫感。原本岑蔚定在7号走，计划能带完整个循环赛，下一轮淘汰赛是市八强的队伍，不容易进，往年能打到这个阶段都是主城区一些成熟的校队。但是没想到这帮小子在循环赛末尾越打越凶，个个杀红了眼，硬是挤进了八强，成了历年来除了北中，第二支杀进八强的郊区校队。

进入淘汰赛的那天，学校开了大会，大校长激动得亲自上台发言，还给岑蔚颁发了一个最佳教练员的奖杯，给他在二中的执教生涯画上圆满的句号。

然而当岑蔚拿到淘汰赛日程安排时，却忽然改变了主意，他将7号的直飞航班改签到了9号。虽然9号那趟航班需要在多伦多中转，但他决定留下来，亲自指挥和八中的比赛。

9号前一日，岑蔚去了趟苏一灿家里和她父母道别。

苏妈很不舍，他回国好像还是昨天的事，一转眼就要回去了。苏爸也一直让他在外面不顺心了就赶紧回来。

苏一灿在旁听得心里难受，干脆走到阳台上透气。苏妈的盆栽将阳台装点得姹紫嫣红的，到处都是春的气息，然而苏一灿却无心欣赏，她只是站在阳台，望着窗外鳞次栉比的楼房出神。

直到结实的双臂从身后环住她，岑蔚的声音落在她的头顶，带着属于他的温度："舍不得我走吗？"

苏一灿拿开他的手，转过身看着他笑："在家里呢。"

岑蔚知道她的顾虑，没有再进一步，只是将她的手拿到身前，轻捏着对她说："我舍不得你。"

苏一灿偏开头，眼睛有些酸涩，但她不喜欢分别伤感的氛围，她觉得即使以后他们没能走下去，她也会感激在她浑浑噩噩时出现过这样一个人，万里而来，拉她出深渊，温柔了岁月，照亮了前行的路。

她将眼里的情绪藏在心底，转过头盯着他笑："9号的比赛一结束你就得赶到机场吧？临时改变行程是因为八中那个嘴碎的教练吗？"

岑蔚深邃的眸子落在她的眼中，牢牢望着她："也不全是。"

苏一灿歪了下头："哦？"

岑蔚告诉她："因为是八中。"

他们初次相遇是在八中旁边的巷子，她为什么会经常在那儿，岑蔚从没问过，但战胜八中是他的一个执念。

晚上从市里回到凤溪，两人难得没怎么说话，只是牵着彼此的手，一起回家，收拾行李，洗澡，上床，接吻，深深地拥抱着对方。

他们谁也没再提起那个关于未来的约定，他没再问她要过承诺，她也用最舒心的姿态为他送行，就像一个再普通不过的夜晚，他从她身后拥着她入睡，只是在她意识快要模糊的时候，他轻吻着她的后颈，气息层层叠叠地包裹着她，喃喃低语："'莳'这个字是移植的意思，我知道我的根在哪儿，你要相信我。"

温热的水汽沾湿了她紧闭的睫毛，黑夜在大地蔓延，吞噬了白昼的光亮，但她已经不再惧怕黑夜。

2

淘汰赛统一在市奥体新馆举行，八支球队两两对决，输的一队直接被淘汰。

比赛打到四分之一决赛，来观看的人明显多上许多，正好又赶上周六，上午两场，下午两场，市四强会在今天诞生，各大高中篮球队都包车前来观摩，一早上，奥体新馆东面的停车场就开来不少大巴。

二中不仅几个主任都来了，就连大校长和余校长都亲自到场，十分重视今天的比赛。

所有队员神情肃穆，外面套着二中深红的运动校服，里面是统一的队服。两大校长亲自带队，岑莳和苏一灿垫后，一群人浩浩荡荡，刚下车就引起了附近校队的注意。

迎面而来的车上也下来一队人，只不过他们今天没有穿统一的服装。那是二中的老熟人，北中校队。

王教练和二中两大校长打着招呼，一边说着话，一边往里走。

岑莳的眼神往远处刚开来的大巴看去，那是市第一中学的车子。前面的比赛他抽空去看过一场，论个人技术不一定是全市最厉害的，但他们学校初中部和高中部连读，优势在于有自己的篮球社和篮球校队，注重篮球人才培养，体制完善，高中校队的这些人已经在初中磨合过三年，直升上来再打个一两年，战术配合自然要强于很多队伍。

如果他们今天能顺利拿下八中，那么下一场的对手便是这支队伍。

在场馆门口，北中和他们兵分两路，北中要从观众席入场，他们则要去后场休息室做准备。

宋翰在转身时，忽然停在岑莳面前，殷佐就在岑莳旁边几步，也跟着停下来朝他看去。

宋翰今天穿的是便服，目光沉静地注视着岑莳，忽然压低声音说："循环赛我们对上过八中，手很脏。"

岑蔚低眸看着他，没有说话。宋翰飞快地掠了殷佐一眼，若无其事地跟上了北中的队伍。

岑蔚则带着二中篮球队从另一个通道进入奥体场馆。

休息室里，岑蔚的两个大行李箱就放在角落。他的航班下午起飞，所以带完这场比赛，他会从市里直接赶往机场。

队员们坐在板凳上，岑蔚做最后的交代时，大家不禁盯着他的行李箱，胜负欲在休息室缓缓燃烧着。

岑蔚抬起手腕看了下时间说道："差不多了，大家准备下跟我进场。"

苏一灿收了笔，跟岑蔚先走出休息室。

休息室的门刚关上，赵琦忽然起身，眼里燃着热血的光对着所有人说道："这大半年岑教练几乎和我们同吃同行，队里多少小白都是他手把手从运球基础教起的，今天他要走了，我们不能让他走得不痛快！我赵琦把话撂这儿，这场比赛无论对手多厉害，大家都要拼尽全力！"

说完他上前一步，伸出自己的手背。

很快，另一只手背搭了上来，陆陆续续地，所有人的手都叠在一起。大家一同看向站在角落的殷佐。他眼里依然没有任何情绪，只是直起身子一步步走到大家中间，将干净的大手压在所有人的手背上。瞬时间，一声"干"震响休息室的天花板。

门再次打开时，所有人眼里充满斗志，挺着胸膛，大步迈向属于他们的战场。

由岑蔚带队进场，二中两大校长、三大主任亲自坐镇，朝气蓬勃的少年们一进场，看台上便响起一阵议论声。

岑蔚难得穿得比较正式，深色衬衫勾勒出高大的身形，领口最高的一颗扣子扣得严丝合缝，配上他一头短寸有种独特的魅力，低调中透着无法抵挡的傲睨之色。

苏一灿也很罕见地穿上了很正式的裙子，高级清新的蓝色，适度的V领优雅温柔，灵动的裙摆和恰到好处的收腰设计将高挑的身材展示得淋漓尽致。她走在岑蔚身边，两人立马成了整个球场最养眼的风景线。

二中的队伍走到自己的休息区后，八中的队伍在秦刚的带领下也出场了。看台上同样爆出一阵不小的呼声，相比二中这支新冒头的队伍，主城区的八中更被大家熟知。

双方队伍在做着赛前的沟通和准备。

比赛开始前，后面有几个高个子男人直接走到看台前两排预留的位置坐下。

宋翰远远瞧见，身子一侧说道："教练，那边刚坐下来的两个人好像是理工大男篮队长张志峰和他们的明星球员刘俊。我去年看过他们比赛，很强，省赛区第二名，决赛输给了矿大。"

王教练循着宋翰的视线朝对面瞧了眼，开口道："你应该关注的是坐在他们俩旁边那个穿黑外套的男人，崔升松崔教练。他原来在国安青训队执教，今天应该是带着两名主力队员来考察的。你以后要想进他们队，待会儿比赛结束可以去和崔教练混个脸熟。"

宋翰双手交叠在身前点了点头。

比赛哨声响起，八中12号跳球，直接将球打给本队9号，一路快速突破到了篮下，魏朱回防，9号传球给3号，3号从外线再次切入内线，殷佐从侧面杀了过来，预判起跳扣篮。当他身体腾空的那一刹，本能地觉得不对劲，对方3号身体突然微弓，就在殷佐下落时，3号身体跟他一个错位，抬起的膝盖狠狠撞在他胯骨处。"砰"的一声，殷佐猛地失去平衡，身体砸在地板上。

哨声响起，3号犯规。

这一切发生在比赛开始第31秒。3号脸上露出几许歉意，赶紧弯腰将手伸给殷佐说了句："抱歉兄弟，没事吧？"

殷佐掀起眼皮看了他一眼，没有伸手，直接起身重新返场。岑莳叉着腰站在场边对殷佐扬了扬下巴，殷佐摇摇头表示自己没事，比赛继续。

坐在前排的刘俊对身边的男人说："崔教，前几场数据最漂亮的是不是这个3号？叫什么来着？"

张志峰插了句："高晟，小前锋，之前场均19加，上一场首发出战，32分钟个人砍下20分，三分10投6中，综合投篮命中率51.6%，对面宁大和宁航的人估计也是冲着这个3号来的。"

崔升松推了推鼻梁上的眼镜，双手抱胸："再看看。"

场中八中持续进攻，赵琦盯着9号小个子，9号一边运球一边往左对着自己的队友喊了声："快点快点。"

赵琦的目光刚往冲来的8号瞧去，9号直接将球扔给了另一侧的3号。赵琦大骇，转过头去，3号持球对他露出一个抱歉的笑意，那表情贱得赵琦深呼一口气。

3号直接带球上篮，篮下两人防守严密，万向阳起跳盖他，3号高晟忽然发出一声惨叫！

哨声响起，裁判示意万向阳打手犯规。

万向阳朝裁判吼道："我根本没有碰到他！"

八中的人全部围了过来，万向阳指着高晟质问道："你好好的，叫什么？"

高晟只是一脸平静地揉了揉手背，转过身准备罚球。万向阳朝着裁判走去，理论道："误判，是误判！"

人还没走到裁判面前就被岑蔚按住肩膀，他面无表情地对万向阳说："回去。"

万向阳满脸怒气，对着岑蔚说道："教练，我刚才那球不应该被判，你看见了吗？"

岑蔚只是加重了搭在他肩膀上的力道，再次拍了他一下："我上场前跟你们说过什么？"

万向阳从喉咙里挤出一句："打出自己的节奏，别被牵着鼻子跑。"

岑蔚动了下脖子："明白了吗？"

万向阳咬紧牙根跑了回去。

八中判罚的两球全进，高晟轻轻松松和队友击掌庆祝。

看台上的宋翰低声说道："上一场他们就这样骗了我们四球。"

宋翰身旁的队友冷冷"呵"了一声："虽然二中的人我看不顺眼，但还真希望他们能雄起，干翻八中。"

宋翰抬起视线朝看台另一边望去，理工大的几人也在相互讨论。

刘俊开了口："听说这两个队都擅长快攻。"

张志峰接道："八中建队以来一直是这种风格，让我意外的是凤溪的这支队伍，前面那么多场基本以快攻为主，今天半场都快结束了还在防守，居然打得这么保守。"

崔升松眼镜下的双眼闪着睿智的光："但你们注意到没，他们一直在变换群体防守战术，采取的高低位战略，八中的低位球员根本进不了限制区，只能依靠队里的3号和9号。他们协防应对卷切的能力很强，任何时候，只要有进攻机会，内线球员都能顶上，这就是我常说的空间和间隔。所以你们看凤溪这个队一直在防守，比分却并没有落后太多。他们教练这么安排，我要没猜错的话，应该在摸底。

"但是这么个打法，队员在没有持球的情况下不断移动，体能下降太快，下半场体力能不能跟得上是个问题。"

上半场比赛还有六分钟，岑蔚突然叫停。再上场时，二中的打法发生了变化。万向阳和赵琦通过横向和纵向不断交替式的进攻将球往篮板下带，却在八中猝不及防下回传给外线的殷佐，连着两个三分命中。殷佐在场中越来越狠，球到他手上几乎没有失过手。

看台上又是一阵议论声。

在殷佐又一次往内线冲时，高晟快速抢位，殷佐来不及停下脚步，直接撞了上去，被判带球撞人，高晟立马对着他说了句："兄弟，你慢着点，急什么呢。"

殷佐捂着左手臂，死盯着他。

随着何礼沐组织第三次进攻，上半场时间还剩下一分钟，魏朱篮板被锁死，赵琦从三分线外冲了过来。八中3号朝12号看了眼，12号直接侧跑，利用视觉死角伸出了黑肘，闷闷的一声响，赵琦趔趄了一下，12号抢下篮板开始回攻，直接投篮得分。

二中瞬间全炸了。

赵琦上去揪着12号就跟他理论，何礼沐他们全围了上去询问什么情况，赵琦嚷道："他下黑手！"

八中的人也围了上来。12号摊开手，一脸莫名其妙的神情。裁判吹着哨跑了上去，板凳替补全都站起身，场面一度陷入混乱。

岑莳走到场边，抬起手指着赵琦，深邃的眉骨带着凶悍之气。殷佐侧头看了眼黑脸的赵琦，赵琦紧握着拳头，硬生生将脏话咽了下去。

所有人的眼神在场中无声地交换，怒火无形中烧了起来，上半场比赛最后二十秒，就连一向很稳的何礼沐都被判犯规一次。哨声响起，中场休息，比分38:31，八中领先7分。

就在下场的时候，对方12号路过赵琦身边，擦着他的肩丢下句："傻狗。"

赵琦脚步顿住，猛然回头，被殷佐一把架住，扯到场边。

看台上议论声不断，有个男人朝崔升松走了过来，喊了声："崔教练，好巧啊。"

崔升松侧头看去，是灌康俱乐部的马总，四十几岁的中年男人，在业界有点名气，长得挺富态和善。

崔升松站起身跟他握手："你好马总，怎么有空过来看比赛啊？"

张志峰往旁边挪了个位置，马总在崔升松身边落座："我家就在这附近，过来转转。"

崔升松问起："孙晓川教练没来啊？"

马总眼神微抬："坐那头呢，跟陈东淼他们坐一起。"

崔升松看了眼陈东淼和他手下那些职业队员，没想到他也会抽空过来看高中生打比赛，笑笑没说话，却听见马总问他："这场比赛，你怎么看啊？"

崔升松望着场边说："八中整体实力还行，毕竟是四强常驻队。但论个人实力，二中这边让我挺意外的，算是各有特色吧。听说八中擅长炮轰战术，前几场分数都能破百，看今天半场这比分，破百是不可能了，二中的防守做得不错，有些技术还挺高级，跟他们教练有很大关系吧。"

刘俊在旁轻描淡写地说了句："八中的人，手不太干净。"

马总立马问道："这位是刘俊吧？东南中锋王。"

刘俊客气了一下："不敢当，都是网上叫着玩的，我要是中锋王，你们俱乐部的人第一个不服吧。"

马总笑着给刘俊和张志峰递了名片说道："老在场上打比赛的，就是要看得明白些。八中的教练秦刚我倒是很早以前就听过他，出了名的打球狠，但是手指残疾无法打职业赛，打过一阵子暴力球，他带出来的队员有小动作也在预料之中。"

几人把目光落在远处的秦刚身上，秦刚正抬手指着 12 号说道："我不管你用什么方法，这个比分你们能看吗？被个新球队打成这样？脸呢？"

而另一边的二中，赵琦骂骂咧咧地掀开衣服对何礼沐说："帮我看看。"

何礼沐按了按他的背部："还好。"

赵琦啐了一口："真恶心。"

话音刚落，万向阳便满脸怒意地说："教练，下半场我去吧，把他们两个主力弄下场。"

对于万向阳的提议，没有人出声反对。上半场比赛他们已经受够对方的小动作，奈何对方动手十分隐晦，有技巧地避开裁判的视线，让他们只能吃闷亏。

岑蔚眉峰微凛，对大伙招招手，所有人朝他靠拢。他的眼神里透着不容置喙的气势问道："你们当中，几个高三的？"

大家指着殷佐、何子明、徐清和张圣臣。

岑蔚微微昂起头，环顾看台对他们说："这次比赛对于你们几个人来说是高中阶段最后一场赛事，你们好好看看四周坐着的人，多少个校队在这里，接下都是你们有可能会对上的，更别说这底下坐了多少大学球探还有外面机构的人。

"我知道你们当中有的人会脚上功夫，有的人拳头硬，但是我要求你们在这场比赛中，无论对手怎么打，你们都给我打干净的球，哪怕最后输掉比赛。"

338

所有人怔怔地看着岑蓓，呼吸此起彼伏，有的握着拳头，有的咬着牙根，但所有人眼里都燃着不甘心的光。

岑蓓长臂一伸，搂住几个队员，压着他们的肩膀说道："对你们来说，这场比赛充其量只能算是个起点，如果你们热爱这项运动，尊重竞技比赛，就给自己留个干净的起点。如果心里不痛快，想想这几个高三的队友，这是他们最后一次机会，是光明磊落地输，还是卑鄙龌龊地赢，选择权在你们手中。

"我只是在临走前，告诉你们这条路怎么才能走得长远。"

岑蓓的一席话让所有人为之一振，就连站在旁边的苏一灿都感觉到一种强大的能量从心头迸发了出来。

这个在专业领域波澜不惊的年轻男人，可以将全部的热情和智慧投入这项竞技运动，像个沉稳的操盘手，用自己将近十年的经验，为这群半大的男孩指引前方的路。

再次上场前，岑蓓突然压着嗓音低吼了句："下半场，给我用对方最擅长的技术对攻，论得分能力，你们任何一个人都不比他们差，去！"

全队齐齐转身。

这一刻，五个人的身后像是燃起了一把熊熊烈火。

再次上场，二中的气势截然不同，不仅防守变成铜墙铁壁，还开始了激烈的反击。

崔升松双眼一亮，歪过身说道："看好了马总，比赛真正开始了。"

果不其然，下半场比赛五分钟不到，殷佐、万向阳和赵琦三人互相配合，有意识地不断制造二对一有效快攻，一连拿下两球，全场沸腾。

两方都杀红了眼，节奏越来越快，就连看台上的人肾上腺素也在不断攀升，视线完全无法从场中移开。十个少年像不停转动的马达，球鞋与地板的摩擦声越来越密集。

何礼沐始终在侧翼道上为身旁的队友制造机会，但凡一边演化成二对二，他会立马判断情势，反向传球。

但是八中很快发现破绽，开始两路包抄。谁也没想到，这次何礼沐两边谁也没传，直接瞄准中路进攻上篮，全场哗然。

北中王教练拍掌叫绝："漂亮！"转头就说道，"知道你们上次为什么输在他们的快攻上吗？因为他们有个厉害的控球后卫！看好那个10号，没有盲目推进，而是有意识地制造机会，让对手根本捕捉不到进攻方向，这种视野和传球能力你们要多看多学。"

说完王教练看向站在场边的岑蔚，意味深长地说："岑教练好像是打组织后卫的，这战术意识真是一脉相承。"

宋翰接道："殷佐的球技提升太快，去年秋季赛他的打法还没有这么细腻。"

不仅是宋翰感觉到了，就连场中八中的球员也开始针对殷佐。何礼沐的战术意识再强大，都需要有人打配合，殷佐在下半场仿若凶悍的猎豹，突破进攻的速度快到让人根本防不住，关键他不仅能上篮，三分能力也强，让高晟他们不胜其烦。

高晟回头对12号歪下头，12号开始回防，在殷佐又一次带球上篮时，12号起跳盖帽，殷佐突然空中拉杆，直接得分。

殷佐下落时，12号的右脚结结实实地踩在殷佐的脚上，后跟往他脚踝一打，殷佐脸色霎时惨白一片。12号快速收脚拍了拍他："不好意思没看见。"然后便跑开了。

这种踩脚在比赛中属于无意识失误，裁判不会判犯规。二中队员此刻都沉浸在快要赶超比分的喜悦中，没有人注意到这个细节。

殷佐的脸色也只在那两秒之内变化了一下，很快又恢复如常，回身对何礼沐和赵琦比了个加快进攻节奏的手势。

然而站在场边的岑蔚却毫无征兆地解开了衬衫纽扣，还一连解开了两颗，目光落在殷佐身上，沉寂地注视着他。

坐在看台上的马总对崔升松说："你可能不清楚，这个凤溪的教练叫岑蔚，过去在美国打街头篮球被球探挖掘，后来还进过NBA，以前在街球场上也是个神人，去欧洲打职业赛，一开始还因为个人风格问题不被球队重视。"

崔升松有些讶异："照你这么说，秦刚在国内打的暴力球跟美国街球文化根本不是一个级别吧，他队员的这些小动作，凤溪这个教练应该很了解才对。"

马总饶有兴致地说："我也以为中场休息时岑教练会安排一些'反制招数'，但是你看，并没有，这说明什么？"

崔升松侧眸看向马总，马总笑道："一个兜里有刀却不屑用刀捅你的人，说明他另一个兜里装着更厉害的东西，不瞒你说，我今天就是冲着这个教练来的。"

崔升松问道："合作？"

马总笑得意味深长："我不喜欢把这个叫作'合作'，我更愿意称之为'事业'，终生事业。"

　　而后殷佐的打法近乎凶残。他身上的汗水已经浸湿了篮球服，大片汗渍从额上滴落，眼里却杀出了猩红的血丝，接连过了两人，场中已经没有人再能防得住他。高晟皱起眉头看向12号。八中的12号叫丁翔龙，身高一米九三，块头大得吓人，他刚才一脚踩下去，身体的重量全部放在了右边，那个力道几乎可以把殷佐搞下场，然而场中的殷佐不仅没有受到影响，反而越打越凶，他也很费解。

　　眼看二中的比分开始以疯狂的速度追上，高晟的神情越来越凝重。在殷佐再次一连过了两个人后，高晟挡在了他的面前。

　　四目相对的那一刻，殷佐的眼神像嗜血的野兽，透着冷到极致的轻蔑，带着恐怖的气息。

　　高晟心中大骇，心理防线突然崩塌。殷佐像是能嗅到血腥的猎豹，迅速从他左侧掠了过去，在擦肩而过的那一瞬，时间仿佛静止了，高晟的余光里只剩模糊的残影。他没有遇到过这样的对手，浑身充满杀气，那滔天的气势仿若能将人生吞，但是他不甘心一次次将殷佐从身前放走，在两人肩膀交错的那一瞬，他下意识抬起肘部，狠狠朝殷佐撞去。

　　"砰"的一声，殷佐的胯骨着地，随着哨声响起，全场沸腾，高晟被判技术犯规，血冲进眼睛里，他机械地转头去看殷佐。

　　殷佐艰难地从地上撑起身体，嘴角讽刺地扬起："你也就这点本事。"

　　这句话像无数把冰刀刺进高晟的心脏，周围人的声音瞬间模糊了。

　　二中替补席上的队员集体起立抗议，看台上观战的高中校队也连连发出嘘声。

　　赵琦指着高晟："你是不是玩不起？"

　　所有人的影像在高晟面前来回晃动，他就站在聚光灯下，周围全是人，可是有那么一刻，他感觉自己的身体在不停下落，所有光束都消失了，他置身在一片黑暗中。他看见哥站在训练场上对他摇着头："小晟，球不能这样打。"可转眼，秦刚教练的话又强势地冲进他脑中："比赛的目的是什么？要赢！只要能赢得比赛就是本事。"

　　他从进队以来就是在这样的引导下训练，可因为殷佐的一句话，两种声音忽然在他脑中冲撞，他就这样盯着殷佐，突然开始深深地质疑，如果他不是靠着这种本事一路走来，那他真正的实力到底在哪儿？这种怀疑让他整个人看上去有些恍惚。

　　岑莳及时叫了暂停，双手高举过头击了两下掌，将所有队员召了回来。魏朱去扶殷佐，被他一把打开。殷佐艰难地咬着牙撑着地，一点点挪动着脚步，额头的汗模糊了视线，却发了狠般地站起身，一步步走回场边。

岑莳看着他的胯问了句："是上半场他上篮时撞你的地方？"

殷佐沉着脸说："没事，不影响。"

岑莳又将视线往下移动，继续问道："那你的右脚呢？"

殷佐怔了下，不可置信地盯着岑莳，他连对手都迷惑到了，却没有瞒过教练的眼睛。

旁边队友七嘴八舌地问道："你右脚怎么了？"

殷佐依然嘴硬，淡然地说："我的脚也没事。"

岑莳睨了他一眼，目光一瞥，看向何子明："准备。"

殷佐的情绪突然就上来了："我还能打。"

岑莳直接转头对苏一灿说："喊队医来。"然后回过头对殷佐说，"你不能再打了。"

殷佐扯着岑莳急切地说道："教练，你没看到全队现在节奏多好吗？我们只落后 5 分！现在是整场比赛的关键时刻，打赢我们就挺进四强了！"

岑莳没有理他，转头对何子明说："你上去作为第五个快攻跟进球员，尽量注意在传球中制造机会。"

何子明还没来得及应声，殷佐直接攥住岑莳的衬衫领口吼了句："让我上！"

岑莳的衬衫纽扣直接被殷佐扯掉一颗，场边有人将目光投了过来，队员们立马用人墙将岑莳和殷佐围住。

岑莳低头看着被殷佐攥在掌心的纽扣，不怒反笑，直接捏住殷佐的下颌，对着他低吼道："想知道我今天为什么会站在你面前？因为曾经我也像你一样觉得自己是铁做的，直到把自己打废。你想让你的篮球生涯止步在今天？我告诉你殷佐，我在这里，你就休想！"

看台上的人都不知道二中这边是什么情况，纷纷转头看过来。

张志峰说道："凤溪这个队的后卫很会组织进攻，但是配合再好，最终还是要看得分手。现在他们失去了最有力的得分手，下面配合再好也容易出现断层，不知道这个换上去的 13 号怎么样。"

马总在旁插了句："下来的这个小伙子够拼，现在很少有人能让我看到这种拼搏精神了。"

崔升松习惯性地推了推眼镜："他应该受伤了，不然这个时候凤溪教练不会选择把他换下场。这小孩带伤还能坚持成这样……"

　　下面的人墙散了，苏一灿带着队医过来一看，殷佐的脚踝已经肿得不成样子了，看得苏一灿又气又急。

　　队医检查了一番，对岑莳摇了摇头。

　　何子明走到坐着的殷佐面前，居高临下地对他说："上次我把打下的江山交给你，今天你就放心交给我吧。"

　　他朝殷佐伸出手，殷佐紧紧咬着牙，上去拍了下他的掌对他说："你要敢掉链子，就算教练不找你，我也不会放过你。"

　　何子明忽然笑了，直起身影落下一个字："好。"

　　对面的秦刚正对着岑莳，摸了摸自己黑色手套下失掉的小指，脸上露出一抹狠意。

　　打到最后十分钟的时候，崔升松的预测落进现实。二中队员的体力开始明显下滑，就连一向体力较好的万向阳也明显不如之前。在殷佐下场后，队里的节奏慢了下来。

　　但是八中的情况也好不到哪里去。高晟没了之前那股自信飞扬的劲头，打得越来越心不在焉。

　　二中靠魏朱的篮板不断拉分，整体只落后两分。

　　场上的气氛越来越紧张，就连看台上的观众也都捏着把汗，比分太接近了，随时都有翻盘的可能。

　　在比赛进行到最后三分钟的时候，八中再次防守犯规，二中得到了一次罚球的机会。

　　何礼沐站在罚球区域望着记分牌，73:75。他收回视线，大口喘着气，球在他掌心一下又一下地拍打在地板上，脸上的汗从脖子一直滴落进衣服里，篮球服贴在后背，呼吸起伏间，他忽然抬起头紧盯篮圈。

　　球从他手上掷出，他突然轻微摇了下头，篮球没有投中，狠狠砸在篮圈上，场边响起一阵叹息。

　　让所有人都没有料到的是，下一秒，篮球朝着他的方向反弹了回来，何礼沐往前跑去，猛地起跳反向回传，篮球直直地朝外线的何子明砸去。何子明接到球的同时起跳投篮，一个精准无误的三分球，比分瞬间拉到76:75，赶超1分。

　　一系列的动作快到让人眼花缭乱，八中全队都没反应过来。记分牌滚动了一下，二中得分反超。

　　底下坐着的高中校队几乎全部起立，膜拜这高难度的操作，掌声滔天，震彻全场。

这场球赛的精彩程度已经远远超过高中联赛的水平，就连对面打职业赛的人都纷纷鼓掌。

站在场边的岑蔚终于露出了笑意，替补席的全员已经嗨翻了。

随着这个扭转局面的关键球，八中的气势彻底被击垮，二中这边又接连拿下两个篮板，最后两分钟反而打得轻松起来。

马总说了句："对面大势已去，我要会会那个岑教练，你们聊。"

崔升松朝他点点头，转而问旁边的张志峰："今年我们这边特招名额有限，你们都说高晟数据好，现在感觉呢？"

张志峰略微迟疑了片刻，回道："他的打球风格和我们队可能不符。"

崔升松没说话，张志峰反问了他一句："崔教，你看中了谁？"

崔升松的表情有些耐人寻味："这届好苗子很多啊！"

最后的几分钟，高晟明显不在状态，逼得秦刚喊了暂停，当着所有人的面对他破口大骂。高晟低头不语，手指渐渐握成了拳。再次上场时，他的状态稍微调整过来一点，进了个三分球。

比赛最后十秒，赵琦带球上篮，高晟起跳拦截。最后一次机会了，他几乎本能地抬起腿对准赵琦的胯骨，可就在那0.1秒之间，他好像看见了坐在场边的殷佐，殷佐头上顶着毛巾，带着轻蔑的眼神对他说"原来你就只会犯规啊"。

在身体悬空的刹那，无数张脸在高晟眼前掠过，那都是他曾经用肮脏的手段打败过的对手，每个人的眼神来回在他脑中切换。

他听见了哥哥的话："小晟，球不能这样打，风物长宜放眼量。"

"什么叫'风物长宜放眼量'？"

"你现在烦恼和困惑都源于你自己，你应该在意水滴石穿的过程，当你有了这种力量，好的结果也会随之而来。"

身体腾空的那一瞬，高晟似乎终于找到了心里的那束光。最终，他将腿放了下来，身体突然失衡狠狠砸在地板上。赵琦上篮得分，哨声吹响，全场比赛结束，88:83，二中领先五分赢了这场比赛。

周围呼声震天，而高晟只是趴在地上，将脸埋在手臂间热泪盈眶。结束了，这是他高中生涯里的最后一场比赛。无数的情绪交织在一起，直到有人来拉他。他抬了下头，当看见扶他的人是二中队长赵琦时，他微微愣了下。

　　两人没再说话。高晟从地上爬起来默默归队，在走回秦刚教练身边的时候，秦刚气得上去就对着他的后脑勺来了一下："废物。"

　　高晟没有还手，也没有顶撞，只是默默脱掉了那件印有八中校队3号的篮球服放在场边，然后就这样在众目睽睽之下，赤着上身直接离场。

　　秦刚朝对面望去，脸上阴云密布。岑蔚被围在人群中，所有球员都往他身上跳，苏一灿站在几步开外盯着他们笑。

　　虽然学校包了大巴接他们回去，但是队员们想送岑蔚最后一程，自发跟着他去了机场，所以机场大厅里，这些还穿着篮球服的少年眉飞色舞地围着岑蔚，苏一灿跑去买了些饮料分发给大家。

　　岑蔚交代他们："我走以后，你们好好训练不能松懈，特别高一和高二的队员。你们也要有些志气，往市第一的队伍冲一冲，多看比赛多总结，好好听苏老师和新教练的话，不许气苏老师，更不准没事逗她玩。"

　　赵琦话接得最快："知道了教练，要逗也只能你逗，我们不敢。"

　　大家都朝着站在一边的苏一灿起哄，苏一灿脸上挂着笑意。

　　岑蔚走出人群几步，停在苏一灿面前，低下头对她说："我快进去了，你还有什么想要对我说的吗？比如会想我，舍不得我，爱我之类的，我听着。"

　　苏一灿笑着不说话，岑蔚伸出双臂环住她的腰将她带进怀中。旁边的小伙子们哄笑着，岑蔚眼里也有笑意，重复了一遍："我听着。"

　　苏一灿垂下了视线，声音很轻地说："会想你，舍不得你……"

　　但是那个"爱"字她始终没有说出口。这个字对她来说分量太重了，这是她留给自己最后的保护伞。

　　岑蔚直接托起她的下巴覆上她的唇对她说："总有一天，我会让你心甘情愿说爱我。"

　　耳边充斥着少年们兴奋的吼叫声，在如此热烈的气氛中，大家望着岑蔚走进安检口。他没有回头，背脊挺直，走得如此坚定。

　　苏一灿就站在几米之外静静目送。来这里接岑蔚的一幕仿佛还在眼前，彼时她拿着玩具赛车，举着牌子巴巴地等着某个可爱的萌娃，最后命运将这个大男孩带进了她的生命中，转眼又到了送别的时候。

　　岑蔚走时非要把那台遥控赛车带走，他说那是她送他的第一个礼物，他要带在身边。

随着岑蔚的身影彻底消失在安检门内，苏一灿的心口某处仿佛突然空掉了。她久久没有挪动脚步，直到左肩被万向阳拍了下，右肩又被赵琦拍了下，两人不约而同地说："苏老师，想哭就哭吧，我们不笑你。"

她终于有了反应，甩开两人的手转过身，将情绪咽进心底，斥了他们一句："话多。"

然而就在她快要走出机场大厅时，却突然顿住脚步，侧眸望去，就见殷佐一个人靠在柱子上。

其他人也陆续走了过来，有些意外地停下脚步。

由于殷佐伤势比较严重，大家没有让他来送行，但他还是偷偷来了。只是没人知道为什么他没在岑蔚临走前和他道声别，只是默默地站在这里目送他。

出了机场大厅，一群少年坐在栏杆上喝着手中的饮料，苏一灿就站在他们身边，双手搭在栏杆上看着不时从天际划过的飞机。

说来奇怪，岑蔚来凤溪的时间并不长，满打满算一年都不到，可是他就像一束炽热的火光，照亮了所有人心中的路，他这一走，好像大家短时间内都有些无法适应，心中总有些失落和惆怅。

殷佐立在她两步之外的地方，手上拿着那枚从岑蔚身上扯下的衬衫纽扣出神。

苏一灿忽然问道："刚才为什么不把这个还给他？让你们教练还要少颗扣子上飞机，在穿着上他可是个讲究人。"

殷佐将扣子重新攥在掌心，抬头望着湛蓝的天际，眼里覆上一片蔚蓝的色彩，语气无比坚定："我会还给他的，在将来的某一天。"

苏一灿笑了，和他望向同一片蓝天。

有飞机掠过头顶飞向远方，殷佐没来由地问了她一句："听主任说你也要离开了？什么时候走？"

苏一灿告诉他："放心，会把你们带到毕业。我倒要看看，你能不能在我手上体育全过。"

殷佐脸上露出了难得的笑意，问了句："打算去哪儿？"

苏一灿望着直冲云霄的飞机伸了个懒腰，指着飞机掠过的山巅对他说："去那里。"

旁边的赵琦问道："什么？苏老师你辞了工作要去爬山啊？黄山还是泰山啊？不会是长白山吧？我听说长白山……"

苏一灿揉了揉耳朵，转身大步朝着另一头走去。

　　一群意气风发的少年看着她风姿绰约的背影，他们齐齐朝她喊道："苏老师，你去哪儿？"

　　苏一灿没有回头，举起右手向前一挥，英姿飒爽："带你们去爬山！"

番外一
未来（一）

1

岑蔚走后，篮球联赛二中最终止步于四强，输给了市一中。这个结果似乎岑蔚在走前就已经预料到了，但对于第一次参加省级比赛的球队来说，取得如此成绩已经是意外之喜。

比起那些常胜球队，凤南二中这次的战绩更具有传奇色彩，也受到了更多的关注。在那场比赛过后，有几所大学的教练特地到校队考察，篮球队里那届的高三生只有殷佐被特招去了市理工大，而后的两年，何礼沐以全校第一的成绩考去了上海交大。至于再后来这些孩子的归宿，随着苏一灿的离职，慢慢杳无音信。

苏一灿的老朋友王家淼最后还是卖房填了债。联赛结束没多久，苏一灿收到了王家淼还给她的七十万，除了她自己的二十万，她给岑蔚那张卡里的钱，三十万是父母的，还有二十万是从江崇那儿暂借的。

所以在她收到这笔钱后，第一时间便打算把江崇的二十万还给他，可让她没想到的是，在她还钱的那天，江崇递给她一张卡，一张让她无比眼熟的卡，当初她让殷佐带给岑蔚五十万就是用的这张卡。

江崇告诉她，那二十万岑蔚很早就帮她还清了，卡里还剩下三十万，岑蔚临走时交代江崇，等他走后再把卡给苏一灿。

他大概料到如果当面将卡退还给她，她不会要这笔钱，所以直到他离开后，她才知道这件事。

当初他将五十万换成现金砸在杜敬霆身上的那一刻，便亲手斩断了苏一灿的过去，将她彻底带离那个男人的身边。虽然方法有些粗暴，但他既然决定的事便不会再改变，所以苏一灿知道，这笔钱他是无论如何不会再收回的。

在岑莳刚走的那半个月里，苏一灿几乎天天都失眠。

人就是这么奇怪的生物，几年养成的独居习惯，和岑莳同居不到一个月就全部被打破了。他在国内时，她整天抱怨他打扰她睡觉，现在他真走了，她却不习惯了。很多次半梦半醒之间，她总觉得身后的男人会把她捞回去，她可以靠在他宽阔结实的胸膛里，暖和踏实。可每次睁开眼身边都是空的，那种失落感让她经常一个人出神，这是她从来没有过的感受。

这样的状态随着六月底结束学校的工作，七月份正式到省队报到后得到了缓解。

换到新环境，工作节奏和人际关系都需要重新适应，但是多年后终于回归到她熟悉的领域，她的生活重心迅速转移，岑莳离开带来的孤单和失落感也渐渐因忙碌的工作被冲淡。

苏一灿的人生又开始有了奔头，看着一群花季少女一点点成长的过程，是她每天的动力。

2

十月份的时候，苏一灿从助理教练正式升为副教。

队里有个男教练叫周健，比苏一灿大两岁，据说因为工作忙一直没交女朋友。周健时常过来，总会顺便带些吃的喝的给大家，次数多了苏一灿不太好意思，回请周健吃过两顿饭，两人在一起，话题也基本上都是讨论训练内容。

队里总有小年轻拿他们俩开玩笑，连潘教练都对苏一灿提过一次："小周这人不错，你们职业背景相似，能互相谅对方，你考虑下。"

对于大家的旁敲侧击，苏一灿总会以有男朋友了来终结这个话题。

可队里从来没有人见过她口中的男朋友，她始终独来独往。

那段时间，苏一灿从早到晚都待在队里准备比赛，工作任务很繁重，每个环节都不能出错。队员们每天水下训练将近九个小时，非常辛苦，她作为教练，自然全部时间都耗在了队员身上。

在她工作最忙的那段时间经常会漏接岑莳的电话，晚上回到出租屋后人又太疲惫，有时候洗完澡，躺在床上就睡着了，偶尔会忘了回电话，或者回过去他在上课又没能接到，两人的时差作息完全不同步，最长的一次，两人将近半个月没通上一次电话，只能发发短信，等第二天对方醒了再回。

光棍节那天，苏一灿刷朋友圈看见江崇发了张和盛米悦的合照，备注"脱单"——虽然她十分怀疑是盛米悦逼着他发的。

两人领证比较突然，婚礼定在来年的春天，所以这也算是江崇第一次在朋友圈里公开两人的关系。

临下班前，周健跑到办公室来找她，还带了一束玫瑰给她，说是他队里那些小子买给他的，祝他光棍节快乐，他一个大老爷们儿办公桌上放着花似乎有点奇怪，带回家也别扭，扔了也不好，所以特地将这束玫瑰带来给她。多的话周健也没说，放下玫瑰人就走了。

苏一灿是最后离开的，看着办公桌上被丢下的玫瑰，担心明天队员过来又讨论，于是她便带回了出租屋，顺手放在床头。

晚上，岑蔚打来了视频电话，苏一灿像往常一样靠在床头和岑蔚聊着近况。她侧身拿水杯喝水时，镜头带到了床头的玫瑰，视频里岑蔚的笑意渐渐淡了。快挂电话前，岑蔚还是开口问了她一句："是不是有人追你了？"

苏一灿有些讶异地说："没有，想什么呢？"

岑蔚彻底敛了笑意，琉璃色的眼睛牢牢盯着屏幕另一头的她。

半晌，他对她说："你床头有花。"

苏一灿侧眸看了眼，有些尴尬地告诉他："同事闹着玩的，没有的事。"说着她垂眼，轻微拧了下眉，抬眸对他说，"明早扔了，好吗？"

岑蔚只是侧过头去摆弄着草坪旁被风吹起的小野花，淡淡地说："不用，留着吧。"

那次通话中岑蔚并没有表现出什么不对劲，在苏一灿看来这不过是个很小的插曲，很快她便又投入赛前训练。

比赛前的一天，她的手机不小心掉进水里，等队员捞上来递给她时，手机已经黑屏开不了机了。本来就是用了好久的手机，她想着这次比赛结束后干脆换个新的，就没放在心上。

两天的比赛全部结束后，她紧绷了几个月的神经才总算稍稍松懈下来。

和大伙儿乘车回省队的路上下起了雨，快到省队的时候，苏一灿透过窗户，好似看见个挺高的人站在门口。车子一拐，她也并未在意，然而刚下车走进队里，就有同事跑来告诉她："苏教，门卫说有人找你，等了两个小时了。我告诉门卫你带队去比赛了，他说那人一直在外面等你。哦对了，说是个男的，个子特别高，长得像外国人。"

苏一灿刚放下包，猛然怔住，拿起伞转身就朝外跑去。

宁市的冬天很少会下雨，但一下便会夹杂着寒冷刺骨的风，外面一刻也没法待人。

整座城市仿若笼罩在冰窖之中，直到很久以后她都无法忘记在那个寒冬，有个男人飞越万里长空，淋着雨等了她两个小时。

当苏一灿拿着伞跑出省队大门的时候，就看见岑莳站在狭小的棚子下，背着双肩包，身上穿得很单薄，就一件短款的风衣，还被横风吹来的雨不停拍打着，一片水渍，就连柔软的栗色自然卷也湿漉漉地趴在头顶，像无家可归的可怜虫。

在看见他的那一瞬，苏一灿的心脏就发紧。

她几步走到他面前，没了雨帘的阻隔，她看清了他的样子，嘴唇冻得发紫，睫毛上都沾了水珠。

她想责备他为什么不去室内等，手腕却突然被岑莳攥住。

他琥珀色的眼里熬满了红血丝，开口，声音嘶哑地传到她耳里："姐，你是不是不要我了？"

苏一灿望着他憔悴的样子，眼眶瞬时红了。她看着他，踮起脚将伞罩在他头顶，声音哽咽地骂他："傻瓜。"

3

那个圣诞节由于岑莳回来了，苏一灿的笑容也变多了。他能在国内待一个多星期，白天苏一灿要工作，担心他无聊，但是她每天上班，他也会跟着出门，不知道去干什么，问他就说是去见些朋友，有时候会去一些俱乐部转转，自己找事情打发时间。

不过苏一灿下班前岑莳总会准时来接她，一来二去，门卫都认识他了，做个登记就放他进去。

岑莳熟门熟路地找到训练馆，也不打扰她，就自己找个角落坐着。

队里的人终于相信苏教有男朋友了，不仅有，还是个高大帅气的混血男友，每天按时按点来接她下班。

自那以后，倒是没人再拿她和周健开玩笑，有时候周健过来看见岑莳，也会象征性地冲他点个头打个招呼。

　　有次苏一灿忙得顾不上吃饭，岑莳就去食堂给她打好饭，端到她面前。她和潘教打电话沟通事情，他就默默站在一边帮她把奶茶吸管插好。挂了电话她忙着登记表格，他就把饭喂到她嘴边。

　　岑莳对她的好，明眼人都看在眼里。周健碰见过两次，算是彻底服了，怪不得苏一灿对别的男性从来不为所动。

　　八天时间过得很快，苏一灿刚适应岑莳在身边，他就不得不走了。

　　送他去机场的时候，她拉着他的手。也不知道是不是上次分别有一群小子陪着她，感觉还没那么强烈，这次是真舍不得了。岑莳能感觉出来，不顾旁人的目光，将她拥进怀里对她说："我听着。"

　　苏一灿拽着他的衣角，告诉他："回去好好吃饭，别光想着打工。钱不够了跟我说，我现在工作都理顺了，别替我担心，自己没事也别瞎想。"

　　岑莳将她抱得更紧了些："然后呢？"

　　苏一灿笑着说："嗯……会想你，舍不得你……"

　　她依然说不出口那个字，觉得挺肉麻的。

　　岑莳低头在她耳边替她说道："爱你。"

　　苏一灿只是点头。

　　岑莳回去了。这次对苏一灿来说改变最大的是，她买了个手机挂套，防水的，平时训练也不会再把手机锁进抽屉，而是挂在脖子上，如果岑莳找她，纵使她不方便接电话，也会第一时间给他回个信息。虽然看上去只是一个很小的改变，对岑莳来说却意义重大。

　　第二年，他们约见的地点不在国内，而是在斐济，原因很简单，六月份的时候苏一灿的工作终于告一段落，有几天比较闲，正好那几天岑莳有假，想见她，一切都是临时决定的，办理签证需要等，怕错过假期，于是两人找了个双方都免签的地方，约定在斐济见面。

　　那年苏一灿三十岁，岑莳订了蛋糕，提早十几天为她庆生。

　　晚上，苏一灿穿着性感的小吊带，喝了些红酒，微醺后的模样风韵十足，举手投足间都是勾人心神的模样，就是人有些惆怅，弯着凤眼对岑莳说："明年开始别替我过生日，我不想每年被人提醒奔四了。"

　　以前苏一灿对年龄并没这么敏感，自从跟岑莳在一起后，这倒成了无形中的压力。

岑莳勾着她的红酒杯，又一点点钩住她的手指，轻轻摩挲着，声音透着缱绻的情意："干吗在意这个，我又不是图你的皮囊。"

苏一灿没好气地说："那你手在干吗？还能不能规矩点了？"

大概不能。

烛光摇曳中，苏一灿的小吊带早就滑落到了肩头。岑莳将她抱在怀里，拿出一个小方盒对她说："生日礼物。"

苏一灿倚在他身前看着这个小盒子，心跳突然加速，有些不确定地说："你不会……"

岑莳将盒子打开，里面躺着一枚钻戒，还不算小。

苏一灿怔住了，没想到他会买戒指作为生日礼物，因为不知道他什么意思，她没有接。

旁边的私人泳池连接着阳台，上面漂浮着一层玫瑰花瓣，抬头是满天繁星，玉盘般的明月见证着他们从两个遥远的国度奔赴向彼此，气氛刚刚好。

岑莳垂着头，俊朗的轮廓在浪漫的烛光下有些不真实，他语气郑重地问她："愿意吗？"

这三个字一出，苏一灿再也无法保持镇定。她欲言又止了半天，还是一句话都说不出来，她怎么也没想到这次出来岑莳会直接向她求婚，太突然了，一点征兆都没有。

她沉默了半响，只是落了句："你还在上学，我觉得……是不是有点早？"

岑莳将戒指盒关了又开，开了又关，来回捣鼓着对她说："反正都要结的，迟结不如早结。结婚后我回来，手续上不是也方便些吗？"

他见苏一灿不为所动，握着她的手，又揉又捏，继续游说道："有了结婚证，我回来可以办探亲签证，速度要快点，后面申请居留证也方便，不然每次都要折腾一遍，你说对不对？"

见苏一灿没出声反对，岑莳乘胜追击道："而且永久居留证能不能批下来也要看婚姻续存关系的，我们早点结婚，年限上不是更占优势吗？"

反正苏一灿也没仔细查过这些手续上的事，光听岑莳这么说，好像还挺有道理的样子。

到最后，岑莳是怎么捏着她的手指鬼使神差地把戒指给她套上，她都是迷糊的。人在他怀里，被他吻哄着，在漫天的星空下，在海浪的绵延声中，烛光摇曳，浓情似火。

番外二

未来（二）

　　在他们交往的第三年，苏一灿意外怀孕了。她挣扎了很久，在岑蔚的坚持下，她决定留下这个孩子，这也说明他们必须向苏爸苏妈坦白他们的关系了。

　　当她带着岑蔚回家时，苏妈无比诧异地盯着他们："哎哟喂，岑蔚你什么时候回国的？"

　　苏爸闻声也从房间里迎了出来，然后，二老便将目光放在岑蔚攥住苏一灿的手上。

　　苏一灿脸色微红，有些不好意思跟父母对视。

　　本以为他们肯定会问些什么，出乎意料的是二老很快就把目光移开了。苏妈一脸平常地对岑蔚说："你这孩子，回来怎么也不提前打个电话，早知道我上午去菜场就多买点菜了。"

　　岑蔚回头和苏一灿对视一眼，两人都做好被劈头盖脸痛骂的准备，然而眼前的一幕让他们都有点摸不着头脑。

　　吃饭的时候，苏一灿始终低着头沉默不语，苏爸和苏妈询问着岑蔚在美国的生活怎么样，气氛一直很融洽，直到岑蔚看大家吃得差不多了，放下筷子直接握住苏一灿放在桌边的手，开口说道："我们在一起有三年多了。"

　　当着爸妈的面，手被岑蔚滚烫的掌心包裹着，苏一灿一颗心七上八下的。

　　苏爸苏妈不约而同将目光落在两人的手上，一时间无言，整个客厅静谧无声，气氛有些诡异难测。

　　苏一灿在等爸妈的反应，苏爸苏妈却很平静，这让苏一灿心里根本没底。

岑莳见大家都不说话，干脆继续开口道："我不太了解这边的习俗，我是不是要提亲？提亲应该怎么提？需要什么流程和东西，你们可以先告诉我，我去准备。"

苏一灿的手心开始冒汗，她压根儿没想到岑莳会这么直白，直接就谈到了提亲的层面，也不知道他从哪里打听来的。

苏妈若有所思地将目光停留在苏一灿的脸上，冷不丁地问了一句："你怀孕了吗？"

气氛随着苏妈这句话彻底僵住了，苏一灿都能感觉自己的脸部肌肉抽搐了一下，苏爸拿着茶杯的手也顿在半空。

整个家就像被人按下了暂停键，所有人都处于一种相对静止的状态，连空气都凝结了。

唯独岑莳笑了起来，坦白道："两个多月了，我们打算生下孩子。"

岑莳的坦诚让苏爸苏妈一时间无言以对。

半晌，苏爸开了口，语气还算温和地对岑莳说："我们就这一个女儿，她过去经历过一些不太顺的事情，一直磕磕绊绊的，作为父母，我们只希望她过得好，如果她愿意跟你，我们也不需要什么聘礼和形式上的流程，何况你对我们家来说也不是外人。"

苏妈一直若有所思，此时突然插道："老苏，不是这样的。"

三个人都看向苏妈。

苏妈盯着岑莳，很坦白地告诉他："她爸爸说得不错，我们就这一个女儿，所以嫁人该有的，一样也不能少。"

苏一灿微蹙起眉，不想事情搞得太复杂让岑莳为难，喊了一声："妈。"

岑莳轻轻捏了捏她的手，望向苏妈，示意苏妈继续说。

苏妈继而开口道："这是人生大事，一辈子就一次，不仅对灿灿，对你来说也是，马虎不得。有些事情本该是你家长辈出面替你张罗的，佩英不在了，我既然认你做干儿子，也不是嘴上说说的，这些事我会替你做主安排，不然以后我们也没脸去见佩英。"

苏妈的一席话让岑莳和苏一灿十分惊讶和动容，家人的理解和包容在此时对他们来说无比珍贵。

苏一灿终于忍不住开口问了句："我感觉……你们也不是很意外？"

苏妈瞥了她一眼："你以为我和你爸是瞎子啊？戒指戴了有一年了吧？"

苏一灿恍然大悟地看了看无名指上的钻戒，笑道："就一枚戒指，你们怎么就能联想到岑莳身上？说不定是我戴着玩的呢？"

苏爸乐呵呵地笑道："什么戴着玩，你从来不喜欢戴这些东西。再说，每年跟着你回来的人，除了小莳还有谁？只不过你妈不让我问你，说你们年轻人的事，你们年轻人自己会看着办。"

苏一灿怔怔地看着爸妈，亏自己每年都和岑莳在父母面前上演姐弟互敬的戏码，搞了半天爸妈早看出他们不对劲了。

岑莳一个劲地笑。

苏一灿越想越纳闷，还是问了句："不是，你们是什么时候看出来的啊？"

苏妈一脸藐视的神情："小莳还没出国读书那会儿我就看出你们俩有问题了。"

"啊？"苏一灿一言难尽地盯着老妈。

苏妈笑着说道："他眼睛就跟长在你身上一样，我一跟他说你小时候的事，听得比谁都认真，就那年过年住在家里，你身体不舒服，水杯里热水一喝完他就给你倒好，我估计他自己都没在意。和老张家女儿处个朋友还得问你意见，我是过来人，还看不出来这小子对你什么意思吗？"

"……"这么早的吗？苏一灿貌似记得那时候老妈还故意套过她话，问岑莳是不是喜欢他们学校的女老师，她一点也没意识到老妈是在点她。

岑莳倒是一脸笑意，默默为苏妈的机智竖起大拇指点了个赞。

他们在国内领了结婚证，但是苏一灿想在"卸货"前全力应对全运会，而岑莳也正处在毕业的关键时期，所以商量过后，他们决定将婚礼推迟到一年后再办。

在苏一灿怀孕的那几个月里，最辛苦的人大概就是岑莳了。因为她整个妊娠过程没有任何反应，好吃好睡，除了肚子在不停变大，似乎从精神面貌到身材没有丝毫变化。

而岑莳却要来回往返于两国之间。由于时间的限制，他经常前一天刚落地，待不到两天就又要飞回去。尽管苏一灿让他不要这么折腾，但他依然不想错过她孕期的变化。

每次回来看着她的肚子又大了一点，他就十分有成就感，贴着她的肚皮都能听上好久。

岑莳赶在苏一灿生产之前回到了中国，他们有了个漂亮的女儿，外国姓氏随岑莳，中文姓氏随苏一灿，所以小家伙的中文名叫苏雁。大雁是春的使者，带来爱意复苏的生机。小东西是在岑莳正式回国那年出生的，有大雁归来的寓意。

仿佛印证了岑莳的话，孩子跟他简直是一个模子出来的，一生出来就是小鬈毛。长到半岁的时候，那棕褐色的瞳孔像铜铃一样，无论带到哪儿总有一堆人围着夸小孩长得漂亮，甚至还被母婴品牌相中，去拍了个小广告。所以在苏雁还没满一岁时，就为自己赚到了人生中的第一桶奶粉钱。

岑莳在刚回国的那一年加入了灌康俱乐部，第二年就联同他几个华裔朋友完成了对灌康俱乐部的收购，组建了自己的体育文化公司，并结合他之前在中国的执教背景，谈下了与美国篮球机构的合作，在国内成立了青少年篮球培训品牌，将美国那边更加科学的训练体系和教学理念引进到国内，同时通过他这么多年在圈子里的人脉，组建了拥有 NBA、NCAA（美国全国大学体育协会）背景的教练团队。

在外人眼里，他是成熟睿智的人，由于入圈早，懂的比很多年长他的人还要多，加上现在的身份，又懂得把控人心，会给人一种威严感，特别是在年轻球员和教练面前，他过往的经历足以让这些小伙子仰望和敬重。

但有一次晚上他在球队待得忘了时间，直到苏一灿的电话打来，他才想起自己误了事，拿起手机眉梢就挑了起来。几个老队友眼睁睁看着他匆忙走到角落接起电话，说了半天都没回来。

后来大家散了准备回家，殷佐他们走过去打算跟他打声招呼，就听见他对着电话里说了句："姐，别气了。"

一群大老爷们儿虎躯一震，万万没想到岑老板私下对老婆是这个称呼，想笑又不敢在他面前笑，勾肩搭背地走了。

番外三
苏雁小朋友

苏雁小朋友上小学了，小小的身体背着比她后背还要宽的书包，岑蔚看着就心疼，吃早饭的时候还嘀咕道："她这年龄，晚一年再上学其实也可以。"

苏一灿剜了他一眼，替苏雁整理好校服衣领，回道："在家玩一年不等于输在起跑线上了？"

岑蔚是个享受竞技的运动员，但是唯独在对待女儿方面，他从不要求她和别人比。

而苏一灿则和他相反。早在幼升小的阶段苏一灿就开始焦虑。说起来苏一灿这些年的生活还算"佛系"，不争不抢，随遇而安，直到生命中出现了这么个小人，看着她牙牙学语，蹒跚学步，一点点长成小姑娘的模样，苏一灿总是希望把最好的都给她，让她变得更加优秀。

开学第一天，岑蔚和苏一灿一同送苏雁去了学校。

校门口熙熙攘攘，全是家长，特别是一年级新生的家长，对刚上学的孩子，父母总有些不放心。

岑蔚轻轻捏了下苏雁的小手，然后慢慢松开了她，眼睛里溢满了为人父的骄傲。

他的确是骄傲的，甚至觉得有些不可思议，转眼间自己的女儿已经离开了幼儿园，踏入小学的校门，即将独自面对一个新的环境，好像一转眼，还没等他反应过来，孩子就长大了。

苏雁倒是没心没肺地笑着回头挥了挥手："爸爸妈妈再见。"然后便朝着老师们一蹦一跳地走了过去。

苏一灿看着她远去的背影，脸上布满了愁绪，嘴里念叨着："你说她能交到好朋友吗？要是上致实小学还有不少幼儿园的同学做个伴，这里没一个认识的人。"

岑蔚笑道："不是你非要把她送来民办小学吗，鱼和熊掌不可兼得。"

苏一灿斜过头挑起眼皮盯着岑蔚，他现在已经可以时不时冒几句文绉绉的话，中文再精进下去，她怀疑以后吵架都不能占上风了。

岑蔚见她这副表情弯起嘴角，一把揽过她的肩望向越来越远的小小背影，开口道："我们得相信她。"

苏一灿也同样望向女儿，把心放回了肚子里。

一整天，苏一灿不时翻出手机查看家长群里老师有没有发照片或者消息。

好不容易到了晚上，接到了苏雁，她的状态看上去还不错，一路上叽叽喳喳和苏一灿说着在学校发生的事，还说班主任曹老师今天在班上问大家有没有上过幼小衔接班。

苏雁紧接着说道："班上只有两个小朋友没有举手。"

至此，苏一灿还没有意识到这简单的小调查将意味着苏雁小朋友后面的求学之路竞争压力有多大，直到第一次摸底的分数出来，苏一灿才彻底傻眼了。

苏雁小朋友数学 68 分，语文 72 分，英语……只有可怜的 36 分。

当天，苏一灿就接到了曹老师的电话，电话里，曹老师委婉地表示，苏雁小朋友要加油。

挂了电话，苏一灿只感觉脑壳嗡嗡的。虽说她上学时也不是学霸级人物，但是还不至于小学一年级就考六七十分，好歹她三年级之前，每一门都能在 95 分以上，三年级之后她的成绩才急转直下。果然"青出于蓝而胜于蓝"。

于是苏一灿带着试卷直奔岑蔚的办公室。岑蔚还在和何礼沐聊商务合作的条款，看见苏一灿黑着脸走进来，何礼沐很识趣地收起文件，站起身说道："苏老师今天下班挺早啊？"

苏一灿点了点头。

何礼沐丢下句"你们聊"，然后就出去了。

他一离开，苏一灿就从包里把三张试卷平铺在岑蔚的面前。

岑蔚从椅子上坐直，盯着试卷看了看，又重新确定了一遍姓名栏里的确是女儿歪歪扭扭的名字，然后陷入了一阵沉默。

随后他开口的第一句便是："现在国内一年级就要考英语吗？"

岑蔚努力回忆他那时候在国内上学，好像一年级是不考英语的。

"小雁读的是双语学校。"苏一灿一句话终结了他的疑惑。

岑莳听见她语气不好，问道："老师联系你了？"

苏一灿抿着唇没说话。

岑莳重新靠坐在椅背上："对你说什么了？"

这时苏一灿才抬起视线看向岑莳，语气沉沉地告诉他："班主任电话一来就喊了我一声苏老师，还问孩子爸爸是不是外籍。"

岑莳愣了两秒，随后大笑起来。

虽然这通电话曹老师只字未提苏雁的成绩，但言下之意，苏一灿曾在高中任职老师，岑莳又是外籍人士，家里教学氛围和语言环境都是得天独厚的。

苏一灿见岑莳还能笑出来，更是气不打一处来，直接问道："你说怎么办？"

岑莳双手交叠，一副轻松的姿态："小雁成绩不好，说不定其他方面异于常人。你看她拍皮球多厉害，我敢说他们年级没人能拍过她。"

苏一灿无语道："小升初考拍皮球吗？还是高考需要考拍皮球？"

岑莳见她再度陷入焦虑，向前倾身笑得人畜无害："孩子才上小学，说不定只是不适应考试，你该多给她一些时间。"

"我倒是想给她时间，后天的家长会没人给我时间。"

苏一灿曾经也做过几年老师，虽然带的是副科，但对于成绩严重拖班级后腿的学生家长，每次开家长会仿佛当众被凌迟的感觉她还是能体会一二的。

岑莳干脆果断地说道："我去。"

于是这个上断头台的任务便落在了岑莳的肩上。

开家长会当天岑莳显得很轻松，丝毫不觉得苏雁的成绩让他丢脸，反而一路上带着女儿有说有笑。

当他踏入班级的那一瞬，他过于出众的身高和长相立马吸引了家长们的视线，坐在一群家长中间显得鹤立鸡群，就连老师走进教室看见岑莳，视线都停留了几秒。

整个家长会的过程中，岑莳始终面带微笑，盯着这位三十左右的班主任，看得曹老师都有些不好意思。倒是最后进来的英语老师在家长会结束后点名道："苏雁的家长留一下。"

岑莳缓缓从椅子上站起身走到窗户边，问等在教室外的苏雁今天还有没有作业没写完，苏雁告诉他还有几项没写，于是岑莳让她先去图书角看会儿书，他需要和英语老师聊两句，苏雁也很听话地去了。

整个对话过程父女俩都是全英文交流，发音纯正，没有丝毫障碍。英语老师在一旁看得眼皮子跳了跳，本来还想和苏雁爸爸沟通孩子英语学习的问题，这下突然不知从何聊起，最后草草叮嘱他加强孩子的书写能力便结束了对话。

苏雁步入小学的第一次家长会，岑莳给学校老师和家长留下了很深刻的印象，班上的小朋友都说苏雁有个帅爸爸，所以虽然苏雁成绩不好，但在学校从来都是昂首挺胸，大约就是爸爸给她的底气。

苏一灿依然很焦虑，买了很多同步练习，又给女儿报了辅导班，试图在女儿学习这条路上尽力拉她一把。

偏偏岑莳总是跟苏一灿唱反调，只要她去队里训练，他就偷偷带苏雁出去疯。

所以尽管妈妈对她很严厉，但苏雁依然每天都过得很愉快。

到了二年级，苏雁的成绩依然没有起色，可要说她真的很差劲，似乎也不是那么回事。例如她获得了全校英语情景剧小演员第一名，虽然她的英语成绩却一直徘徊在及格线以上；例如她的珠心算获得了区名次，虽然她的数学考试成绩一塌糊涂。

通过两年的努力，苏一灿不得不承认她的女儿可能并不是天才，甚至不是学习的料，她必须说服自己接受苏雁只是个普通娃的现实。她取消了苏雁的补习班，对待女儿的学习也不那么激进了，唯一的要求就是努力就好。

值得一提的是，苏雁在二年级就展现出了比同龄小朋友更加优秀的运动能力。对于这一点，苏一灿始终不太希望苏雁走体育生这条路。

正是因为她和岑莳都是搞运动的，才更加能体会到运动员有多不容易，几乎整个青春都要奉献给体育事业，真正能出成绩的只是凤毛麟角，大多数运动员到退役都不见得能闯出什么名堂还落了一身伤病，终身无法根治。

如果她的女儿注定走不了学习这条路，那么她只希望女儿能平平安安、健健康康过一生，纵使平庸，起码安稳。

可偏偏实力不允许苏雁低调。

在一次校羽毛球友谊赛中，身高已经一米四的苏雁被老师拉去和高年级的姐姐比赛，完爆对手。

为了说服苏一灿同意苏雁加入羽毛球社团，社团老师甚至还亲自家访了。其实对这事岑莳倒是挺支持的，运动本就不是坏事，女儿也喜欢羽毛球，于是果断加入了说服苏一灿的队伍。

最终，苏一灿征求了苏雁的意见，决定尊重女儿的喜好，虽然她打从心里还是不太赞成，特别是看见她每天训练回来，累得写作业都能睡着的可怜样。

尽管她自己也是个教练，可真当这些高强度的训练落在女儿身上时，她到底还是心疼的。

本来苏雁的成绩就是班级倒数的，这下课余时间都要去社团训练，苏一灿对她的成绩更是不抱希望，可事情往往就是这么让人出乎意料。苏雁三年级开始成绩有了起色，她甚至没有像一二年级时那样刷题、上补习班，可奇怪的是，她的考试成绩居然一次比一次好。四年级的时候，苏雁的成绩已经稳居班级前十。

在家长交流大会上，老师让苏一灿分享孩子学习进步的方法，苏一灿想了老半天，告诉大家："可能因为参加了羽毛球社团。"

家长们都笑了，可苏一灿实在想不到除了让苏雁参加了羽毛球社团，她还做了什么。

再后来，班长换届选举中，苏雁以高票当选，戴起了班长的袖章。

苏一灿望着女儿一颦一笑之间自信飞扬的模样，好像她和岑蔚小时候都没有拥有过的阳光全洒在了苏雁的眉眼间，她至今仍然不明白女儿为什么对学习像是突然开了窍。

直到岑蔚走到她身边牵起她的手告诉她："这就是体育竞技的魅力。"

苏一灿侧过头望着他的轮廓。他眼里依然有光，纵使曾经跌入最深的谷底，这抹光始终照亮他前行的路。

他对她说："充满变数和不确定性，才能激起人的斗志，全力以赴。"

苏一灿紧紧回握住岑蔚的手，眼里的光变得柔和，转头和他一同望向那个沐浴在阳光中的女孩。